U0106084

判案论法丛书

总主编　王信芳

# 经营合同案例精选

主　编　阮忠良

副主编　澹台仁毅

上海人民出版社

判案论法丛书

# 目　　录



## 一、联　营

## 二、承　包

## 三、合　伙

## 四、特许经营



## 五、中外合资合作

## 六、其　他



## 附　录

# CONTENTS



## Ⅰ. Affiliation

## Ⅱ. Contracting

## Ⅲ. Partnership

## Ⅳ. Franchised operation

## Ⅴ. Sino-foreign joint venture and cooperation

## Ⅵ. Others



## Appendix

# 序

在我国，商事法律制度的建立得益于改革开放，特别是得益于实行社会主义市场经济体制。1992年，邓小平同志的南方讲话提出了社会主义市场经济的问题。之后，党的十四大作出了在我国建立社会主义市场经济体制的决策，并载入了宪法。社会主义市场经济的发展提供了商法在我国扎根、发展的土壤，商事法律部门由此快速地发展起来。进入21世纪，伴随着全球经济一体化的进程，我国社会主义市场经济的发展步伐加快，国内和国际市场拓展的广度和深度都已超过历史上任何时期。商业的飞速发展，为商法的发展注入了新的生机与活力，中国商事法律制度的完善成为众目之焦点。

和民事法律相比，商事法律因其与市场经济天然的密切联系而更富有变动性，更强调适应市场经济运作的发展。而快速发展变化着的商事交易实践，使成文商法不能完全适应，从而造成商法在法律适用上的矛盾明显大于其他法律部门。譬如，在公司法和证券法等领域，虽然立法已尽可能完善，但随着我国市场经济体制的深入发展，除了部分既有制度仍不成熟外，更有一些法律空白使得不少商事交易活动处于无法可依的状态，而人民法院又不能以法无明文规定为由而拒绝受理这类案件。此时，商法理论和司法实务的结合就显得尤为重要。一方面，商法理论为法官的创造性司法提供理论支持，使之能在商事审判中借助更灵活的法律适用方法，解决商事交易实践中产生的纠纷；另一方面，法官关于商事交易的司法实践和经验，可以升华为学术理性，提炼为新的商法理论，促进商法理论的丰富和发展。

上海市第二中级人民法院编写的《经营合同案例精选》一书，即体现了司法实务和商法理论相结合的有益尝试。本书以经营合同案例为切入点，是基于最高人民法院于2000年10月30日发布的《民事案件案由规定(试行)》中设置的一项名为“经营合同纠纷”的案由大类。根据该案由的释解，经营合同是指与个人投资经营或企业经营活动有关的各种合同的总称。其实，在商法理论上，经营合同是一个相当模糊的概念，甚至可以说没有人为之真正下过定义，缺少相关的学说。但是在司法实务中，该名词出现的频率却相当高，涵盖了经济体制改革中所出现的各种经营形式，既包括承包经营、租赁经营、联营等传统意义上的经营行为，也包括随着社会经济活动日益活跃而不断涌现的各类新型经营形式，例如特许经营等。经营合同的多样性，充分体现了以合同为基础的市场交易模式的多样性。在商事活动中，商人站在营业和商业利益立场上，会不断创造新的经营合同形式。由此可以发现，多样的合同种类、非典型化的法律关系性质，使得经营合同纠纷不同于通常意义上具有高度概括性的案由类别，在看到此类案由时，不仅不能“读之可蠡测管窥，窥一斑而知全豹”，反而需要深入案情、抓住核心争议点才能对症下药。

考虑到目前我国在经营合同纠纷领域的著述不多，而现实中的大量经营活动又亟需正确有效的引导，本书作为上海市第二中级人民法院“判案论法丛书”之一，针对性地精选了该院及其下属部分辖区法院自2000年以来受理的相关典型经营合同案例，介绍案件情况及审判结果，并从法学理论角度予以置评，提炼、整合了经营合同纠纷的相关学说和理论。因而在我看来，本书具有以下几个特点：1. 时代性。改革开放以来，我国经济领域两大显著变化是，从计划经济转变为市场经济、从单一国有经济转变为以公有制为主体、多种所有制经济共同发展。具体而言，30年来，出现了诸多富有中国特色、深刻改革开放烙印的新生事物，从最初的个体工商户、国有企业个人承包、国有企业和集体企业联营，到其后的中外合资经营企业、中外合作经营企业、个人合伙企业，直至近年来兴起的非正规就业劳动组织、特许经营等。与这些新型经营形式相关的案例在本书中都有收录，这些案例从司法的视角，折射出了改革开放伟大时代的重大变化。2. 实践性。本书中收录的诸多案例所涉及的经营形式，源于我国改革开放中出台的多项经济政策。由于相关政策过于原则，又缺少可以直接引用的法律法规，相关纠纷一旦处理不慎还可能影响经济发展，甚至引发社会矛盾，因此在审理这类案件时，需要法官充分把握政策内涵，密切联系经济形势，果断运用司法智慧，公平合理作出裁判。3. 补缺性。本书中所收录的案例是从数千件与经营合同相关的案件中精心选取的，由于该类案件过于繁杂，不成体系，故以往学术界和实务界对其研究不多，即使有研究的也仅选取了其中的部分类案，如特许经营、联营等,很少有将经营合同归于一类加以系统分析的。以经营合同纠纷案例为名将联营、承包、合伙等相关案件集中汇编成案例选出版,本书尚属首次,填补了相关案例研析的空白,很有价值,值得一读。

要撰写缺少系统性学术理论支撑的经营合同纠纷一类案例的著述,自是存在较大困难,但是上海市第二中级人民法院的法官们通过丰富的实践材料,辅之以对法理的缜密逻辑思维,从而将分散的理论融入具体实践,促使该书最终成型。正所谓"竹杖芒鞋轻胜马",比起富有高深理论的著作,浅显易懂而便于实际操作的实务书,在现实工作中也许更有特殊的作用。

中国法学会商法学研究会会长

清华大学法学院教授、博士生导师

王保树

2008 年 10 月

# 一、联　　言

# 张某与某文化馆、某汽车修理公司等返还经营投资款纠纷案

## ——非法人型联营解散后的责任主体及其义务的认定

**【提示】**

不具有法人条件的联营组织,应当按照联营各方的出资比例或者协议约定,以各自所有的财产对联营债务承担连带责任。

**【案情简介】**

上诉人(原审被告):某文化馆

上诉人(原审被告):某汽车修理公司

被上诉人(原审原告):张某

被上诉人(原审被告):胡某

原审第三人:某艺术团

原告张某诉称:被告某文化馆与被告某汽车修理公司签订对外演出窗口协议,合作组成大剧院演出项目经理部,对外承接承办演出。之后,原告与被告经理部经理胡某签署协议书,约定由原告投资 11 万元,原告可得到 16 万元的票款。原告依约向胡某支付了投资款,后因发现经理部并未组织所谓的演出,故要求三被告归还投资款 11 万元,赔偿损失 5 万元。

被告某文化馆辩称:原告张某与经理部没有合同关系,张某

的投资行为是与胡某的私人交易，其损失由他们个人承担。

被告某汽车修理公司辩称：经理部与第三人某艺术团签订协议，被告胡某作为经理部代表收下投资款系单位之间的经济往来。演出带来的风险不应由操作方承担赔偿责任。

被告胡某辩称：虽然收到原告张某的11万元，但张某没有诉讼主体资格。其本人只是履行职务，不应成为被告。经理部与第三人某艺术团的协议已履行完毕，不存在任何违约。作为商业性的演出合同，盈亏风险客观存在。

第三人某艺术团述称：2001年2月16日，被告胡某对其团长言某称，已找到张某合作，要在大剧院组织演出，希望以某艺术团的名义签订合同。当时胡某和言某一致表示，在某艺术团不承担任何责任的前提下支持该项目演出，同意原告张某用某艺术团的名义签订协议书。某艺术团没有收到张某的钱款，项目的操办也与某艺术团无关。

一审法院经审理查明：

2001年1月20日，被告某汽车修理公司与被告某文化馆签订《关于共同创建大剧院对外演出窗口的协议》，内容主要是：双方合作组成大剧院演出项目经理部（以下简称经理部），隶属某文化馆；由某汽车修理公司委派胡某等三人、某文化馆委派佘某等二人；地点设在大剧院内；经济上自负盈亏，对外接团及承办演出任务，由某汽车修理公司负责办理各类演出项目手续，某文化馆负责剧场内调度及配合工作；经理部只承办有关演出活动中的宣传业务，但不能使用某文化馆名称对外开展其他业务活动；合作期为4年。在实际履行中，经理部对外由被告胡某负责，对内由佘某负责，双方对经理部均未作投资，经理部所有的资金运作均由胡某负责。同年6月，双方签订了《合同终止协议书》，一致同意终止原签订的协议。

2001年2月16日，经理部与第三人某艺术团分别作为甲方、乙方签订《协议书》，约定甲方的权利义务为：2001年5月28日组织大型涉外演出“瑞典少女之春展演”活动，所有宣传、演出活动一切事务由甲方执行，保证演出质量，协助乙方搞好票务宣传、销售活动，演出活动中一切手续由甲方负责落实，与乙方无关。乙方的权利义务为：负责在该涉外演出活动中一次付清投资款，“瑞典少女之春展演”与“永放生命之光歌舞”张贴宣传的投资总款项为11万元；2001年2月20日支付款项到位同时委托甲方处理票务、宣传事宜，接收2001年1月28日票务经营权，该场演出票数400张，每张400元的全部收入归乙方的再生产演出基金。《协议书》乙方一栏里打印了原告张某的名字，某艺术团作为《协议书》名义上的乙方未履行投资义务，11万元实际由张某投资，交给了胡某。胡某在《协议书》上签名表示“已收到投资款现金壹拾壹万元正”。之后，“瑞典少女之春展演”与“永放生命之光歌舞”两场演出活动因故未能举办。

一审中，证人佘某出庭作证，证明经理部签订《协议书》后，积极开展准备工作，制作了宣传资料，派了许多人张贴宣传广告。之后一个月未接到咨询电话。为慎重起见，她和胡某、冯某(某剧团团长)观看“瑞典少女之春展演”的资料片，感到剧目枯燥，不适宜市场演出，故当场决定取消该演出项目。冯某出具书面说明，所述事实与佘某所述基本一致。当时做的宣传广告经费全由胡某全权处理支付。证人陈某(某剧团演员)出庭作证，证明2002年有一天与胡某到某机关，想和某机关一起搞“永放生命之光歌舞”的活动，当时班子搭起来了，他为策划，胡某为总策划，胡某为这个节目做了很多准备工作，后因重要合作团体突然提出不参加该节目而搁浅。

一审法院经审理认为：

关于张某是否具备原告的主体资格问题。虽然《协议书》的乙方为某艺术团,但其只是名义上的合同一方当事人,并未履行合同约定的投资义务,真正的投资人是张某。某艺术团在《协议书》上加盖公章,却不履行合同义务,合同义务由张某履行的行为有悖于法律规定的合同订立和履行方式,但不能推翻张某实际投资的事实。胡某作为经理部的代表与某艺术团签订《协议书》时,双方对此事实均为明知。所以,某艺术团是名义上的合同当事人,张某是实际的合同当事人,张某作为投资人具备原告的主体资格。关于经理部是否将《协议书》的合同义务履行完毕的问题。事实上,"瑞典少女之春展演"与"永放生命之光歌舞"两场演出活动均未举办。胡某认为收到张某的 11 万元全部用于该两场演出活动,宣传需要投资,演出有风险,11 万元已用完且远远不止,对此其提供了相应的发票(3 张打印服务社出具的发票以及 1 张广州市文化体育业发票),开票日期分别为 2001 年 2 月 18 日、6 月 20 日、8 月 17 日。按胡某提供的证人所讲,发票于 2002 年 2 月补开给胡某,但问题在于该 3 张发票均为 2002 年 5 月印制,证人如何能在 2002 年 2 月开具 2002 年 5 月才印制的发票?显然,证人所作的证词与上述 3 张发票显示的事实矛盾。另一张广东省的发票则与本案无关联性。因此,胡某提供的证人证词以及四张发票缺乏客观性、关联性,不予采信。胡某提供的其他证据也均不能证明经理部是否将张某的投资款用于前期投入、广告宣传、策划筹备,亦不能证明经理部为履行《协议书》而对此款所做的具体处分情况。胡某代表经理部收取 11 万元后最终如何处理,只有胡某本人知道。根据其提供的证据,只能证明经理部未将《协议书》的合同义务履行完毕。关于经理部对外的民事责任应由谁承担的问题。由于经理部系某文化馆、某汽车修理公司联合组建,属于协作型联营,因此经理部对外的民事责任应由某文化馆和某汽车修理公司分别以各自所有或经营管理的财产承担。胡某作为经理部经理收取张某11万元，属于职务行为，所产生的法律后果应由经理部承担，与胡某个人无关，胡某在本案中不应承担民事责任。综上所述，经理部收取张某投资款11万元，未按约举办演出活动，亦未将该款用于歌舞张贴宣传，已构成违约，某文化馆、某汽车修理公司应对经理部的违约行为负民事责任，共同偿还张某11万元。张某另要求赔偿经济损失5万元，因无事实与法律依据，不予支持。据此，一审法院根据《中华人民共和国民法通则》第一百零六条第一款的规定，判决：

一、被告某文化馆、被告某汽车修理公司共同偿还原告张某人民币11万元；

二、对原告张某的其余诉讼请求不予支持。

一审判决后，某文化馆、某汽车修理公司向二审法院提起上诉。

某文化馆上诉称：被上诉人张某不具备原告主体资格，原审法院对此认定违反程序法。《协议书》的乙方为某艺术团，只有某艺术团才有合法的主体资格。张某的名字虽然出现在该协议中，但并非其本人签名。协议提及收到投资款，但现有证据并不能证明张某就是投资人。原审判决某文化馆承担偿还投资款的民事责任错误。被上诉人胡某收取投资款是其个人行为而非职务行为，其收款后未入某文化馆账中。某文化馆既未收到投资款，也未享有任何利益。另根据协议约定，经理部不能使用某文化馆的名称对外开展其他业务活动，某文化馆对外不应承担任何民事责任。

某汽车修理公司上诉称：原审对性质相同的行为和事实进行了不同的解释，认定被上诉人张某具有原告主体资格没有事实和法律依据。原审在判决某文化馆和某汽车修理公司承担民事责任时，严格按照合同形式上的主体来确定，尽管被上诉人胡某是这个协议的实际操作者，但在确定协议另一方的主体时却不按合同形式要件来判断。原审没有正确理解《协议书》约定的内容。事实表明，经理部已全力以赴按照约定筹措了演出、宣传等工作，按照约定，只要履行了这些事项，即可认为经理部已履行义务。但原审将经理部未履行完毕合同义务与不履行义务相混淆，从而推导出经理部违约的错误结论。

被上诉人张某辩称：其与某艺术团之间是委托人与受托人的关系，合同法没有禁止受托人以自己的名义签订合同，因此某艺术团接受其委托与经理部签订《协议书》，由某艺术团代为盖章，实际投资人也是其本人，其应是协议主体。被上诉人胡某和某艺术团对此事实均为明知。经理部系上诉人某文化馆与上诉人某汽车修理公司合伙组建，两上诉人应当承担相应责任。某文化馆、某汽车修理公司及胡某均无证据证明为演出做过宣传活动，也未联系任何一家演出团体，故经理部没有履行协议义务，应当承担还款责任。

被上诉人胡某辩称：《协议书》的主体应是某艺术团和经理部，被上诉人张某不具有主体资格。协议上写明的是“收到投资款”，而非“收到张某投资款”。11 万元投资款是由张某出资给某艺术团，再由某艺术团投资给协议约定的演出项目。某艺术团对签约事实是清楚的，其事后所出具的证明书与协议不符。按照目前的市场行情和票务惯例，要组织一场演出，首先是搞广告宣传，然后再出票，视出票情况再与演出团体签订合同。经理部根据《协议书》的约定全权负责宣传和票务，已履行了广告宣传义务，但原审法院对与此相关的大量证据材料未予采纳。有关的宣传资料是在 2001 年 2 月印制的，因宣传、票务等概由其本人承包，故当时确实没有开具发票。直至以后得知张某要起诉，才向打印服务社补开了发票。有关证人证词所述开票时间可能有误。《协议书》对演出项目不成功的风险承担未作约定，仅约定如项目成功，张某可以把所获资金作为再生产基金。

原审第三人某艺术团述称：同意张某诉讼主张，原审判决应予维持。

二审法院经审理查明，原审查明的事实属实，予以确认。

二审法院经审理认为：

涉案《协议书》的主体问题和民事权利义务的承受者问题，是本案首要的争议焦点。关于协议的甲方，经理部在协议书上加盖了印章，其无疑应是协议的主体。被上诉人胡某作为经理部的负责人之一，有权代表经理部对外进行民事活动。胡某直接收取 11 万元投资款的行为系职务行为，所产生的法律后果理应由经理部承担。上诉人某文化馆上诉称“经理部不能使用某文化馆的名称对外开展其他业务活动”，此系与经理部之间的内部管理关系，该理由不能对抗经理部对外民事活动的相对人主张权利。因此，某文化馆和上诉人某汽车修理公司作为经理部的组建单位，依法应对经理部的民事行为承担法律责任。关于协议的乙方，某艺术团在协议书上加盖了印章，其无疑也是协议的主体。被上诉人张某没有在协议书上签名，但称其本人是委托人、某艺术团是受托人，某艺术团是受张某的委托签订协议，该说法缺乏相应的事实依据，且与某艺术团在一审中出具的书面说明不完全相符，难以采信。根据合同法原理，合同当事人并不定然是合同义务的履行人。从本案查明的事实来看，张某确系真正的投资人，且协议签约主体也确认合同的实际履行者为张某，张某是真正的权利义务承受者。因此，综合考虑上述事实，并从方便诉讼的原则出发，原审认定张某为适格的诉讼主体具有一定合理性，应予认可。

各方当事人的民事责任如何承担，是本案另一争议焦点。首先，由于《协议书》是张某据以主张民事实体权利的主要依据，因此认定各方当事人的民事责任首先应考虑《协议书》的相关内容。关于11万元投资款的用途，协议载明系两个演出张贴宣传的投资总款；关于经理部的义务，协议约定由该部负责演出的宣传、票务及其他一切手续；关于投资风险如何承担，协议书并无相应约定。其次，经营演出活动具有一定的特殊性，在组织演出团体之前需要进行包括策划、宣传在内的前期投入。从上述协议内容来看，经理部开展广告、宣传等活动同样也是协议约定的经营行为。再次，从一审中某汽车修理公司和胡某的举证情况和相关的证人证言来看，经理部为组织约定的演出活动履行了前期策划、宣传等义务，但在履行这些义务过程中的具体支出情况，当事人的举证材料中缺乏明晰的账目。综上因素，原审法院未考虑经理部为筹划演出活动实际履行了相应义务的客观事实，仅以经理部未履行完毕合同义务为由，判决两上诉人承担全部投资款的返还责任，既缺乏《协议书》的约定依据，也有失投资经营活动风险负担之公允，其实体处理应作适当调整。鉴于经理部系履行筹办演出活动的义务人，故酌情认定由其对系争投资款损失承担主要责任，其余部分投资损失由张某自负。

据此，二审法院根据《中华人民共和国民事诉讼法》第一百五十三条第一款第(二)、(三)项的规定，判决：

一、维持原审判决第二项；

二、撤销原审判决第一项；

三、上诉人某文化馆、上诉人某汽车修理公司共同返还被上诉人张某人民币7万元。

**【评析】**

本案主要涉及三个法律问题：一是关于委托合同、代理行为和向第三人履行的构成；二是关于非法人型联营终止后联营债务的承担主体；三是关于筹办演出的经营合同义务的履行。

一、关于委托合同、代理行为和向第三人履行的构成

本案的争议焦点首先在于，张某是否为系争协议书的主体。张某诉称其与某艺术团之间是委托人与受托人的关系，虽然其本人未在协议书上签字，但某艺术团代其盖章，其应成为合同主体。关键点在于张某与某艺术团之间是否构成委托合同关系，某艺术团与经理部签订协议书是否构成代理行为。

委托合同是委托人和受托人约定，由受托人处理委托事务的合同。委托合同具有以下特征：(1)委托合同是以为他人处理事务为目的；(2)委托合同是诺成性、不要式合同；(3)委托合同可以是有偿合同，也可以是无偿合同。基于委托合同所产生的代理，是指受托人在委托人的授权范围内，以委托人(被代理人)的名义与第三人订立合同等的民事法律行为。这种代理制度在我国《民法通则》中有规定，在理论上称为直接代理。有别于我国传统的直接代理制度，英美法国家还存在一种间接代理制度，即指受托人以自己的名义，在委托人的授权范围内与第三人订立合同等民事法律行为，其最主要的特征就在于受托人不公开委托人身份而实施代理行为。

本案中，某艺术团与张某之间既没有书面协议，也没有取得代理证书，却在印有张某姓名的协议书签约人栏内加盖了公章，那末是否凭此就可认定张某与某艺术团构成了口头的委托合同关系，某艺术团与经理部签订《协议书》的行为是否构成了直接代理或者间接代理呢？对此可以作如下分析：首先，张某与某艺术团之间关系的基本构成是张某出资、某艺术团出名，对外义务

的实际履行人为张某。由于双方没有订立书面协议，实践中他们之间可能是一种委托关系，也可能是借用关系、挂靠关系、承包关系等其他关系。由于当事人的表述并不明确其关系性质，这就给司法认定委托关系的成立带来了困难。其次，《协议书》由某艺术团盖章，张某的姓名出现在签约人栏内，但本人未签章。从成立代理行为的前提条件看，某艺术团未取得代理证书，经理部及胡某又不认可张某的合同主体地位；从直接代理的形式要件看，某艺术团并未表明系代理张某签约；从间接代理的形式要件看，张某的身份似乎已经公开。上述各种代理构成要件“若隐若现”的缺陷，给司法认定代理行为的成立也带来了困难。再次，在合同法领域，还存在着向第三人履行和第三人履行的情形。我国《合同法》第六十四条规定，当事人约定由债务人向第三人履行债务的，债务人未履行或者履行不符合约定的，应当向债权人承担违约责任。根据这一规定，经理部即便知道张某为实际投资人，其返还投资款的对象也只能是某艺术团而非张某。由于名义投资人不在本案中主张权利，这就给实际投资人在法律上寻求权利救济带来了困难。

基于上述问题，从本案的实际处理情况来看，一、二审法院没有拘泥于对法律关系的定性，而是本着对实践中不规范的商事活动当事人交易本质的把握，根据现有书证和当事人当庭陈述，确认张某系合同权利义务的实际承受人，其有权就投资款权益行使请求权。这虽是非常规的处理，但在客观上没有背离当事人的真实意思，也不违反法律的强制性规定，对于解决这类法律关系比较模糊的纠纷，不失为一种妥当的方式。

## 二、关于非法人型联营终止后联营债务的承担主体

联营是企事业单位或其他组织之间的联合经营。根据《民法通则》的规定，联营分为三种类型：(1)法人型联营。即由联营

各方组成具有法人资格的联营企业，对外独立行使权利、承担义务。(2)合伙型联营。即由联营各方组成不具有法人条件的经营组织，按照出资比例或者协议约定，以各自所有的财产对外承担连带责任。(3)协作型联营或称合同型联营。即联营各方按照合同约定，各自独立经营，各自承担民事责任。

本案中，某汽车修理公司与某文化馆合作组建了不具有法人资格的经理部，显然这是一种非法人型联营。因为按照双方签订的《关于共同创建大剧院对外演出窗口的协议》，经理部是双方共同投资、共同经营的合作平台，经济上自负盈亏，具有一定的组织机构和职责划分。这符合合伙经营组织的要件。根据《民法通则》第五十二条和《最高人民法院关于审理联营合同纠纷案件若干问题的解答》的有关规定，合伙型联营各方应当依照法律法规的规定或者合同的约定，对联营债务负连带清偿责任。因此，经理部解散后，由组建它的某汽车修理公司和某文化馆共同承担联营债务是完全正确的。

三、关于筹办演出的经营合同义务的履行

本案中的《协议书》是一份筹办演出活动的合作经营合同，在法律上可定性为合伙型联营合同。张某是根据该协议投资了11万元，现起诉要求返还，能否得到法律支持，应该根据合同的性质、特点、内容以及当事人的举证情况来认定。

首先，《协议书》关于乙方的主要义务是负责对演出活动的宣传进行投资，关于甲方的主要义务是负责具体事务的操作，协议对经营收入的分配体现在票款收入上，没有约定对乙方的“保底条款”和双方的风险承担。可见，张某作为投资人，对营业性演出的投资风险应当是清楚的。这种演出必然需要组织策划、广告宣传等前期投入。所以本案中的演出活动最终能否成功举办，不是衡量操作方是否违反合同义务的标准，而是这种投资经营活动的风险所在。另一方面，经理部作为经营活动的具体落实者，应当按照协议目的用好投资款，这是其履行合同义务的主要体现。如果有证据表明经理部收取投资款后未用于演出的用途，则其属于根本违约，依法应当承担返还投资款的民事责任。

其次，对《协议书》甲方义务履行与否的认定，还涉及举证责任的问题。根据《最高人民法院关于民事诉讼证据的若干规定》第五条第二款的规定，对合同是否履行发生争议的，由负有履行义务的当事人承担举证责任。据此，经理部是否履行了演出筹办义务，应当由其提供证据加以证明。本案中，胡某系经理部的实际负责人，为此提供了前期策划材料、与演出单位的往来件、演出合同、宣传样张、广告宣传画等证据材料，并有多位证人出庭作证。尽管其不能提供投资款使用情况的明细账目，但上述证据对其履行相应义务具有一定的证明力。因此，在行为意义上的举证责任经理部已经承担完毕，而结果意义上的举证责任则需要通过结合协议性质、特点和内容后作出公正合理的裁量。本案一、二审判决的差异，正是体现在对以上两个方面的把握上。

（俞　巍）

# 某房产公司与某投资公司、某实业公司联营合同纠纷案

## ——联营合同解除权的行使和联营终止后的财产处理

**【提示】**

当事人一方可以按照合同约定或者法律的规定行使合同解除权,另一方有权对合同的解除提出异议。对于联营合同解除的财产后果,当事人应当尽可能在合同解除诉讼中一并提出。合伙型联营在清退投资时,原物存在的,返还原物;原物不存在或者返还原物确有困难的,作价还款。

**【案情简介】**

上诉人(原审原告):某房产公司

上诉人(原审被告):某投资公司

原审第三人:某实业公司

原告某房产公司诉称:2000 年 1 月 15 日和 3 月 16 日,原告与被告某投资公司先后签订《合作经营酒楼浴场等服务项目协议书》和《合作项目补充协议书》,约定原告提供某大厦裙房及相关部分约 6000—7000 平方米作经营用房、1000 平方米左右的地下室作后勤用房;被告组织在项目场地投入装修、设备及配套设施的实际投资额不得低于 2000 万元;在合作经营期间,原

告自2000年10月1日从被告的月营业收入中按5%收取营业提成；被告如在经营期间单方面停止经营，造成协议终止时，应按实际经营面积以每平方米1.60元/天计算的租金减去原告在合作经营期间实得的收益部分为被告应付给原告的实际使用的违约租金；被告应在每月5日前，向原告支付上月应得的营业提成以及应付的水电、锅炉人工等费用，如逾期支付达6个月，原告有权终止合同，并视为被告违约。上述协议签订后，原告按约履行了义务，但被告未按约全面履行投资义务，仅在当年向原告支付定金30万元。后被告因其整体经营不善，对外负债累累，无力继续履行合作协议，单方面关闭经营场地，并遣散员工，使房屋处于空置状态。原告认为，由于被告违约造成原告经济损失和商誉损失，继续履行协议已不可能，故诉请判决解除原、被告签订的两份协议书；被告根据上述协议支付原告违约金900万元、因违约而承付的租金162.96万元。

被告某投资公司辩称：首先，双方在签订协议后，被告根据协议约定将权利义务一并转给了协议所指的新企业即第三人某实业公司。作为合作项目投资、经营主体的第三人确系被告同原告某房产公司签订协议后重新变更的公司，其重组的目的就是为了承接被告在协议中的权利义务。合作项目的所有经营证照均由第三人申领，被告不应承担任何责任。原告要求解除合同的问题，应由第三人决定。其次，原告在与被告签订合作协议时，故意隐瞒其提供的经营场地已被抵押的事实，以欺诈手段订立合同，合同应属无效。对原告基于无效合同提出的诉请，应予驳回。

第三人某实业公司述称：其承受了合作协议，承担了被告某投资公司的全部权利义务，投入1000多万元装修完成了全部项目，并于2000年10月1日准时开业。第三人不同意原告某房产公司解除合同的诉请，造成目前暂时停业的原因主要是：原告提供的场地五楼漏水致使四楼不能正常营业；装修公司质量问题引起三楼漏水，致使二楼无法营业；原告提供的锅炉和设备无法保障营业区所用热水和空调热源；由于原告负债败诉，三楼被查封、拍卖，该执行程序尚未了结。因此，第三人暂时停业不构成违约，不应承担违约金。关于其他费用，第三人已支付了90%，剩余部分需进一步对账后解决。

一审法院经审理查明：

1. 2000年1月15日，原告某房产公司与被告某投资公司签订《合作经营酒楼浴场等服务项目协议书》一份，主要内容为：双方合作建立集餐饮、桑拿浴场、休闲、娱乐等综合性服务项目为一体的企业；原告以其拥有的某大厦裙房及相关部分约6000—7000平方米作经营用房，1000平方米左右的地下室作后勤用房；被告组织在项目场地投入装修、设备及配套设施约2500万元；合作期限自2000年1月15日至2010年6月18日；组织形式由被告自行组建独立法人企业或被告分支机构，待新企业建立后，由新企业作为本协议主体承受被告的权利义务；原告有权收取合作项目即新企业总营业额的5%作为原告合作分利；被告有义务按营业额的5%按月支付原告合作分利，支付定金30万元，并直接从原告以后收益中抵冲；被告有权以经营场地为注册地成立独立法人或分支机构的新企业。同年3月，原、被告签订《合作项目补充协议书》一份，主要内容为：被告的实际投资不得低于2000万元；原告自2000年10月1日起收取收入提成；在经营期间，被告逾期支付原告营业收入提成达3个月的，原告有权采取停止供应和使用的权利，逾期达六个月的，原告有权终止合同，并视为被告违约；在经营期间，原告除不可抗力外，人为造成水、电、油供应问题而影响被告经营停业的，原告应赔偿停业损失，按照当月日平均经营额计算，1年中累计影响经营停业1个月的，被告有权终止合同，并视为原告违约；双方任何一方违约而可能造成协议终止时，除赔偿对方损失外，还应赔偿对方违约金，第一年违约金为900万元；在经营期间，若原告违约造成协议终止时，原告应赔偿被告按照净值法对被告的装潢、设施、设备以及递延资产在终止时计算的价值，并承担违约金；在经营期间，若被告违约造成协议终止时，被告应赔偿原告实际经营面积按照平均每平方米1.60元/天计算的租金与原告在经营期间实得收益的差额，被告还应承担违约金。

2. 第三人某实业公司成立于1999年7月，原有注册资金1500万元。2000年7月，被告以无形资产投资80万元参股第三人，第三人由此变更工商登记。第三人为经营“休闲中心”陆续申领了各类许可证。

3. 2000年5月，第三人某实业公司将合作项目“休闲中心”交工程公司进行施工。同年10月15日，“休闲中心”开始对外营业。营业期间，发现二楼至四楼的装修出现漏水问题，第三人要求工程公司予以解决。该工程公司承诺于2001年2月底前解决工程质量问题，但最终尚未解决。

4. 在“休闲中心”经营期间和停业后，原告某房产公司与被告某投资公司、第三人某实业公司就有关问题发生争议：一是关于锅炉设备和空调无法保障正常营业；二是关于经营场地楼顶漏水；三是关于原告拖欠锅炉燃油费并任意停水、停电，以及被告拖欠水电费和锅炉人工费。前两个问题因休闲中心停业至今，未作解决。费用问题，经原告与第三人在诉讼期间核对双方往来账，结果为：第三人应付原告收入提成261074元、水电费665711.90元，合计应付926785.90元；第三人已付原告水电费455649.21元、预付定金抵付30万元、原告签单消费抵付

53823.70元，合计已付809472.91元；关于原告应承担的柴油费问题，双方仍有争议。此后，原告向法院书面说明认为应是原告与被告对账，由于被告拒绝盖章而由第三人盖章。

5. 原、被告合作项目经营场地被设定了房产抵押：1996年12月5日，原告某房产公司将第一、三层抵押给信托投资公司；2000年4月30日，原告将第二层抵押给农业银行；2002年4月8日，原告将401室抵押给浦东发展银行。原告未将抵押事宜告知过被告某投资公司和第三人某实业公司。2001年7月31日，法院为执行信托投资公司诉原告借款纠纷一案，查封了原、被告合作项目经营场地第一、三层的房产。同年8月16日，法院委托拍卖公司对第三层的房产予以评估、拍卖。同年9月12日，法院为执行工商银行诉被告借款纠纷一案，查封了被告在第二至四层的装潢和设备。

审理中，法院委托资产评估机构对合作项目现存装潢及设备进行估价，结论为：装潢及电气安装现值4659832.77元、机器设备现值2261202.78元（其中不便移动的设备现值1407674.30元）、电子设备现值900365.22元（其中不便移动的设备现值162748.47元），合计人民币7821400.77元。法院还委托工程造价咨询事务所对大厦地下1层至5层及16层装潢造价进行评估，结论为：装潢、安装及消防费用为人民币8535829元（其中16层造价为258416元）。法院又委托会计师事务所对被告（第三人）在合作项目中的投入进行审计，结论为：截至2000年10月31日，累计投入款项为人民币17080388.32元。

一审法院经审理认为：

原告某房产公司和被告某投资公司签订的两份协议书具有联营合同性质，该协议书内容符合法律规定，依法成立。虽然在该协议书订立之前，原告已在合作项目经营场地上设定了房产抵押，但这仅产生限制抵押物处分权的效力，不影响抵押人对抵押物占有、使用、收益的权利。原告将该房产用于合作项目，系原告行使房产使用和收益之权能，符合法律规定，故对系争合作项目协议书及补充协议书的法律效力予以确认。

关于合作项目停业的原因及过错责任的归属问题，是本案的争议焦点。造成合作项目停业的原因主要有以下几方面：(1)工程公司承担的装饰工程出现质量问题，影响正常营业，有待返工；(2)对经营场地楼顶漏水和热源供应问题，双方发生争议；(3)对经营中水、电、油等费用的结算问题，双方发生争议；(4)因原告的债务原因，其提供的经营场地被抵押、查封、拍卖；(5)因被告的债务原因，其在经营场地的装潢、设备被查封。以上第1—3项原因，原、被告可根据协议书的约定或通过协商方式予以妥善解决，并不直接导致合作项目长期停业。第4项原因系原告未将房产权利瑕疵如实告知被告所引起，且该房产已进入被法院强制执行的查封、拍卖程序，双方以此房产作为经营用地实施的合作协议客观上已无法继续履行。原告在此问题上有违诚实信用原则，应对合作协议不能继续履行承担主要过错责任。第5项原因并不能直接引起合作项目停业，但基于被告的资信状况，对其继续履行合作协议也会产生一定的影响，被告应对合作协议不能继续履行承担次要过错责任。

综上所述，原告某房产公司和被告某投资公司签订的合作项目协议书及补充协议书客观上已无法继续履行，原告要求解除该协议书的诉请可予准许。由于造成合同解除的主要过错责任在原告，因此原告要求被告支付违约金的诉请不予支持。同时考虑到合作项目经营场地被查封、拍卖虽系无法继续履行合同的根本原因，但该项目此前停业的主要原因在于被告，故对2001年5月19日至同年7月31日期间的停业租金损失，应由被告按照协议约定的价格 1.60 元/天和实际经营面积 6700 平方米予以补偿(根据双方对账记录,被告支付的定金 30 万元已冲抵被告应付费用,此款不再在租金损失中予以抵扣),此后的损失应由原告自负。被告为合作项目投入的装潢、设备等资产,除由被告自行取回可移动的资产外,其余部分应由原告按评估价值(装潢及电气安装现值、不便移动的机器、电子设备现值的合计数)向被告予以补偿。

据此,一审法院根据《中华人民共和国合同法》第六十条、第九十四条第(四)项、第九十七条、第九十八条的规定,判决:

一、解除原告某房产公司与被告某投资公司签订的《合作经营酒楼浴场等服务项目协议书》和《补充协议书》;

二、被告某投资公司应偿付原告某房产公司损失 782560 元;

三、被告某投资公司自行提取投入联营合作项目的可移动的机器设备和电子设备,运输费用由被告某投资公司自行负担;

四、原告某房产公司应偿付被告某投资公司装潢、设备损失计 6230255.54 元;

五、上述第二、四项相抵,原告某房产公司应偿付被告某投资公司 5447695.54 元。

六、对原告某房产公司的其他诉讼请求不予支持。

一审法院判决后,原、被告均提起上诉。

某房产公司上诉称:某投资公司未履行投资义务、拖欠相关费用等构成违约,但原审未判决要求其支付违约金 900 万元,却判令原告偿付装潢、设备损失 623 万元,该判决不公。

某投资公司上诉称:合作项目的投资主体为第三人某实业公司,因此投资损失的受偿主体也应是第三人。

二审法院经审理查明,原审认定的事实属实,予以确认。

二审中，在法院主持下，各方当事人达成调解协议：(1)某房产公司与某投资公司签订的《合作经营酒楼浴场等服务项目协议书》和《补充协议书》自即日起解除；(2)“休闲中心”内所有装潢投资和设备属第三人某实业公司所有；(3)本调解协议生效后30日内，某实业公司应提取可移动的机器和电子设备，所涉及全部费用由某实业公司承担，未按期移走的财产归某房产公司；(4)本调解协议生效时，除上述第三条约定外的其他装潢、设备投资所形成的资产全部归某房产公司所有；(5)某房产公司在调解协议生效时一次性补偿某实业公司人民币50万元；(6)本调解协议未作约定的“休闲中心”内的装潢和设备投资，某投资公司和某实业公司不得以任何理由向某房产公司主张权利；(7)三方签收调解书后，在涉及“休闲中心”的法律关系中再无任何争议。

**【评析】**

本案涉及两方面的法律问题：一是一方当事人要求解除联营合同，另一方当事人要求确认联营合同无效，法院应当如何认定？二是联营合同终止后的财产后果，应当如何处理？

一、关于合同解除权、合同无效确认权的行使及其司法认定

本案首先涉及合同解除与合同无效的问题。合同解除是指合同有效成立后，当具备合同解除条件时，因当事人一方或双方的意思表示使合同关系消灭的一种行为。在我国《合同法》上，合同解除被规定为合同终止的原因之一，而实质上合同解除是合同法中一项独立的制度，其本身具有一定的构成条件、行使程序和法律后果。合同无效是指合同虽已成立，但因其内容和形式违反了法律、行政法规的强制性规定或社会公共利益而被确

认为无效。上述两者的重要区别，首先表现在适用场合的不同，合同解除针对的是有效成立的合同，而合同无效体现的是合同关系根本缺乏生效条件；其次表现在确认权的归属上，合同解除权由当事人自由主张或共同决定，合同无效则由仲裁机关或审判机关依法确认。

关于合同解除权的行使，我国《合同法》第九十三条至第九十六条作了规定。根据这些规定，合同解除分为约定解除和法定解除两种。约定解除又分为两种情况：当事人协商一致的解除合同，称为协议解除；当事人根据事先约定的条件，在条件成就时单方面解除合同的，称为约定解除权。法定解除是指没有约定解除条件，但符合法律规定的解除条件时，单方面解除合同。本案中，原告主张解除联营合同依据的是双方约定的终止合同条款，因而它所行使的是单方面的约定解除权。其实，仔细对应《合同法》第九十六条的规定，原告行使约定解除权在程序上并不符合该条规定。因为，合同解除权属于形成权，主张解除的一方将解除合同的意思表示送达到对方，就能发生合同解除的法律效果，无需对方同意。所以，如果原告当时通知被告解除联营合同，并且被告没有提出任何异议的，该联营合同即告解除。当然，被通知解除合同的一方有权提出异议，这种异议可以以相同或相似的方式送达主张解除的一方。但异议方只有通过提起确认异议效力之诉，才能彻底解决合同解除的争议。《合同法》第九十六条就是对合同解除权的行使程序和解除效力确认程序的规定。

关于合同无效确认权的行使，我国原《经济合同法》规定，无效经济合同的确认权归合同管理机关和人民法院。现行《合同法》没有直接作出规定，实际做法是归属人民法院，也就是说以当事人提起诉讼为前提。但需要指出的是，人民法院确认合同无效不是以当事人主张无效为前提，如果诉讼所涉及的合同存在《合同法》第五十二条、第五十三条所列情形的，人民法院就应当依法确认合同无效。本案中，被告答辩认为原告故意隐瞒所提供的经营场地被抵押的事实，以欺诈手段订立合同，应属无效。按照《合同法》第五十四条规定，一方以欺诈手段使对方在违背真实意思情况下订立的合同，属于可变更或者可撤销的合同，不属于法院强行认定无效的合同。因此，被告主张合同无效，没有法律依据。

二、关于联营合同终止后财产后果的处理

（一）关于合同解除的法律后果

合同解除的法律效果是使合同消灭。《合同法》第九十七条规定："合同解除后，尚未履行的，终止履行；已经履行的，根据履行情况和合同性质，当事人可以要求恢复原状、采取补救措施，并有权要求赔偿。"所谓恢复原状，是指恢复到合同订立前的状态。如果根据具体情况，不宜恢复原状的，诚如本案双方合作项目中的装潢部分，由于已经添附在房屋上而不宜拆返，装潢投资人可以要求房屋业主作价补偿。

合同解除与损害赔偿能否并存，理论上有不同的观点，但根据《合同法》的规定，合同解除不影响当事人主张赔偿的权利。关于本案中原告主张的赔偿如何认定，需要从以下几方面考虑：首先，需要确定不履行合同义务的过错方，将过错方确定为赔偿责任人。由于原告对双方合作协议不能继续履行负有主要过错，被告仅负有次要过错，因此被告只对与其过错相适应的部分承担赔偿责任。其次，需要确定赔偿损失的范围。合同解除是使合同归于消灭，在解除之前因不履行合同义务所产生的损失自然应在赔偿之列。但是合同解除以后的可得利益能否赔偿，实践中存在争议。有学者认为，可得利益只有在合同完全履行时才能产生，既然当事人选择了合同解除，就说明当事人不愿意继续履行合同，非违约方就不应该得到可得利益。笔者赞同此观点。在本案原告负有主要过错的条件下，对于原告主张的损失范围应从严限制。再次，需要确定约定违约金是否承担。违约金的主要功能是补偿非违约方的损失，次要功能是对违约方的制裁。因此，由于原告对双方合作协议不能继续履行负有主要过错，其损失本身也远未达到约定违约金的数额，因此其主张违约金的诉请不能得到支持。

（二）关于联营合同解除后财产后果的处理原则和程序

本案涉及的合作经营项目"休闲中心"不具有独立法人资格，该"休闲中心"在法律上可定性为合伙经营组织，双方的联营合同应属于合伙型联营关系。对于这类联营合同解除后的财产如何处理，《最高人民法院关于审理联营合同纠纷案件若干问题的解答》（以下简称"联营合同司法解释"）第七部分规定："联营体为合伙经营组织的，联营合同解除后，联营的财产经清偿债务有剩余的，按照联营合同约定的盈余分配比例，清退投资，分配利润。联营合同未约定，联营各方又协商不成的，按照出资比例进行分配。""在清退联营投资时。联营各方原投入的设备、房屋等固定资产，原物存在的，返还原物；原物已不存在或者返还原物确有困难的，作价还款。"上述司法解释的规定，与《民法通则》、《合同法》的原则性规定是一致的。

本案中，原、被告的合作项目尚未产生盈利，利润分配无从谈起，财产后果的处理主要是解决清退投资的问题。然而本案原告起诉解除合同并未同时要求清退投资，被告也没有反诉要求清退投资，但一审法院对此作了相应的判决，二审法院对此进行了相应的调解。对于判决合同解除的案件是否必须一并处理其财产后果，实践中存在一定的分歧。第一种意见认为，根据

"不告不理"的诉讼原理，既然原、被告均不主张一并处理联营合同解除的财产后果，法院对此应不作处理。第二种意见认为，联营合同解除的同时，应当对财产后果一并处理，这是"联营合同司法解释"的强制性规定，不受当事人诉讼主张的约束。而且，从解决纠纷的终局目标出发，也应当予以处理。第三种意见认为，若当事人不提出处理财产后果，一旦法院判决解除合同成立，对于解除合同的财产后果应通过另案诉讼解决。为了避免讼累，法院应当向当事人释明。如果当事人仍不愿意就财产后果提出诉求的，法院只能按照现有的诉求处理。从法院审理本案的实际情况看，采纳第三种意见。

这是因为，首先从审判原则上讲，法院对当事人民事权利和义务的认定与配置，基本上无一例外的是以当事人申请启动诉讼程序和选择诉讼标的为前提。在审判过程中，法院援用有效合同的约定和适用实体法律的规定，其前提无疑也是源于当事人的诉讼选择。除非存在无效民事行为、违反法律禁止性规定等特殊情形，法院不应该撇开当事人的选择而直接实施干预性的裁判。第二从法律规范类型上讲，《合同法》第九十七条关于"当事人可以要求恢复原状、采取补救措施，并有权要求赔偿"的规定，属于授权性规范，而不是强制性规范，故对于已经开始履行的合同解除后的财产后果，当事人可以根据具体情况提出相应的处理方案，这种处理方案在诉讼中就体现为诉讼请求（含反诉请求）。"联营合同司法解释"的有关规定属于法院的审判规范，其适用的前提是基于上位法（主要是《民法通则》、《合同法》）的规定和当事人的诉求。第三，法院就解除合同的财产后果行使释明权，是为了避免当事人丧失实体权利，使案件的处理结果最大限度地实现公正，也是为了减少当事人解决纠纷的诉讼成本，使案件的处理结果最大限度地实现效率。当然，释明的结果并不必然导致当事人提出财产后果的处理。对于涉案的全体当事人均坚持不提出处理财产后果的，法院可不作处理。但只要有一方当事人提出，不论是原告还是被告，法院就应当作出处理。

（俞　巍）

# 某机械进出口公司与某投资集团公司经营合同纠纷案

## ——国内联营合同与对外项目承包合同关系的认定以及对约定违约金的调整

### 【提示】

根据合同相对性原理，国内两企业为承接对外项目而订立的联营合同与它们共同与外方订立的项目承包合同系不同的法律关系，具有不同的拘束力。法院在一定条件下，可以根据当事人的请求依法适当地对合同约定的违约金进行调整。

### 【案情简介】

上诉人(原审原告)：某机械进出口公司

上诉人(原审被告)：某投资集团公司

原告某机械进出口公司诉称：2004 年 9 月 13 日，原告与被告某投资集团公司签订《关于越南某船厂建造项目的合作协议书》(以下简称“合作协议”)，约定双方以组建联合体的方式对该建设项目进行合作，被告作为责任主体承接项目，负责落实和完成项目的国内融资贷款，原告的基本职责是协助被告以项目联合体的名义获得项目的承接。协议签订后，原告积极履行合作义务，于同年 10 月促成越南造船总公司(以下简称“越船总”)作为业主和原、被告共同订立了《EPC 第一期工程建造合同》(以下简称“EPC合同”)。在该合同履行过程中,原告于2005年1月4日突然接到被告传真,单方通知原告因融资困难而不再参与该项目下一步实施工作,退出联合体。后经双方沟通,被告表示继续承担办理融资手续的义务,但一直未见成果。2005年7月12日,原告致函被告,要求其在2005年8月31日前开出合同金额15%的预付款还款保函,并立即作出答复。同月25日,被告致函原告,提出对项目联合体进行重组,要求增加有融资能力的第三方参加。上述事实说明被告确实融资不能,无法履行合同义务。根据“合作协议”9.2款的约定,因被告的违约行为导致不能履行融资贷款义务,并因此导致与业主之间的合同不能履行或不能完全履行,被告应向原告承担人民币1000万元的违约责任。另根据“合作协议”5.2.2款的约定,由于被告违约致使合同不能按时履行,原告替合作项目实施垫支设计等直接费用人民币100万元,理应由被告承担。故请求判令被告支付违约金人民币1000万元;支付前期垫支费用人民币100万元。

被告某投资集团公司辩称:根据“合作协议”的约定,原告某机械进出口公司主张权利的前提是协助被告获得越南船厂项目的承接。现原告关于已促成“EPC合同”的签署并具备行使权利的前提认识错误。“EPC合同”的签署仅仅是合同成立,而非合同生效。按照该合同约定,应在具备相关政府批准和董事会批准等四项条件成就后,该合同才生效,但原告至今未提交相关的批准文件。故原告未能完全履行其建设项目的承接责任,不具备主张权利的前提。根据“EPC合同”的约定,承包商在未收到政府批文、付款担保行出具的付款担保书等文件和业主支付总价15%的预付款之前,不能被责成提供信贷或开始履行合同。由于上述文件在被告通知放弃合同之前从未收到,所以被告的融资责任仍未发生，原告不得要求被告承担该项责任及违约责任。“合作协议”本身没有约定被告开立预付款还款保函的义务，从“EPC合同”的内容看，该项义务至少是原、被告双方共同的义务，因此原告认为被告未开立保函违反“合作协议”的主张没有依据，被告无需为此承担责任。

一审法院经审理查明：

2004年9月13日，原告某机械进出口公司与被告某投资集团公司签订“合作协议”，以此明确双方在越南某船厂建造项目上的合作范围和方式、各自的权利和义务。主要内容为：双方组建不具有独立法人地位的项目联合体进行合作，以联合体名义签署实施合作项目的对外合同；在联合体中，以被告作为责任主体承接合作项目，负责国内融资贷款手续的落实完成；原告的基本职责是协助被告并以联合体名义获得本协议项下合作项目的承接，在此前提下，原告有权根据本协议的约定取得相应的合作权益和前期费用的补偿；合作期限自联合体成立之日起至项目运作完毕时止，联合体的成立日期为本协议的生效之日；联合体因项目取得的所有财产及收益，除以本协议明确约定应分配给原告的合作权益以外，归被告所有；被告负责落实和完成合同金额85%的出口卖方信贷贷款的相关法律手续（以银行出具“受理函”为准），确保联合体与业主签订总承包合同之后相关资金按计划及时到位；被告代表联合体向有关政府部门申请所需要的批文（除约定应由原告负责申请的批文外）；同等条件下，原告在项目范围内享有分包船坞起重设备的权利；由于在项目准备阶段原告已替合作项目的实施垫支了设计等直接费用共计人民币100万元，原告有权在联合体与业主签订总承包合同并且生效后（以收到业主的预付款及还款保函为准）的30个工作日内，从被告方获得补偿；原告在联合体与越船总签订总承包合同后，有权就项目的实施获得双方约定的应得的固定合作收益人民币1000万元；在联合体与业主正式签署总承包合同之前，原告代表联合体负责与业主进行联系、沟通与协商等工作，并负责协助被告筹划与组织有关谈判及准备相应文件；因被告不能履行本协议确定的融资贷款义务及相关条款义务，并因此导致与业主之间的总承包合同不能履行或不能完全履行，则被告应向原告承担人民币1000万元的违约责任；如原告不能履行相关义务，导致对外项目总承包合同不能签订，原告应向被告承担违约责任，被告有权不支付本协议约定的原告应得合作权益人民币1000万元以及其他原告所垫付的先期费用，并有权解除本合作协议；本协议自双方签字之日起即发生法律效力，任何一方不得无故擅自变更或解除。

2004年10月7日，以越船总为业主方、原被告联合体为承包方签订了"EPC合同"，合同总价为9980万美元。与本案事实相关的合同主要内容有：业主应在收到承包方开具发票后支付合同价15%的预付款，此外还需书面通知预付款金额和出具与预付款同等金额的预付款还款保函；承包方在合同签订后应尽快提供一份占合同价15%的预付款还款保函；在收到预付款后14天内，承包方应提交合同金额10%的履约保函。"EPC合同"还约定，本合同应在满足下列全部条件后立即生效：(1)各方有关政府机关批准合同，且各方董事会批准合同；(2)承包方银行开立预付款还款保函；(3)业主已支付预付款；(4)根据付款协议的约定开立的一份金额为合同价85%的付款保函。

2004年12月28日，越船总致函原告，要求能将合同有效期延长90天，从而能为此项目安排一个合适的资金来源以及保证人。原告收函后转发给被告。2005年1月4日，被告致函原告称："经再三与银行交涉，银行方面还是要求100%金额担保，为此我们有一定难度。经研究决定，我公司不再参与该项目的下一步实施工作，退出联合体。”1 月 6 日，原告致函被告，表示双方为取得合同投入了大量人力和物力，如被告因为融资困难就决定放弃项目，将对该项目和合同各方造成灾难性后果，希望被告重新认真考虑其决定。1 月 26 日和 4 月 8 日，被告致函原告，通报了其将继续融资所做的工作。

5 月 5 日，越船总致函（传真件）称：“项目已获越南政府的最终批准，以总理决定确认。我们已决定通过越南财政部安排资金偿还担保，由于需要办理各种手续，预计于 2005 年 6 月份可以批准下来。”原告收函后，于 5 月 11 日将上述传真件转给被告，同时致函被告，希望被告加大工作力度，尽快落实项目资金来源，开出预付款还款保函，促使项目早日进入实质性的实施。5 月 26 日，原告再次致函被告，提请“对近期工作重点（主要是落实项目的融资，开出保函）和完成工作的时间做一个切实可行的总体安排，以便答复越船总和我司配合工作。”

7 月 12 日，原告致函被告称：“自从与越船总签约至今，时间已过去近 9 个月，贵司在解决项目融资问题上一直没有取得实质性进展，未能履行我们双方合作合同中规定的融资义务，导致项目迟迟未能启动……我司请求贵司在 2005 年 8 月 31 日前按合同规定向越船总开出合同金额 15％的预付款保函，并完成配套的融资手续……于 2005 年 7 月 20 日以前做出正式的书面答复。如在该日期前未收到贵司的肯定答复，我司将视为贵司不能履行合同中规定的融资责任。”7 月 25 日，被告致函原告称：“我司已两次收到贵司的来函，转达越方延长合同生效期的要求，越方实际上已违反了双方签订的合同生效约定。为了解决问题，现将有关重组联合体方案提交你们，期望得到贵司的理解和支持，并于 2005 年 8 月 3 日前做出书面答复。”该函附件

"联合体重组方案"提出改由案外人某建设总公司作为总承包商并作为项目融资主体承担主要责任,被告保留为项目部分融资的责任和义务。8月4日,被告又致函原告称:"我公司认为,鉴于合同至今仍未满足生效条件,且各项情况均已发生实质性变化,当初签约时的基础已不存在。因此,我们郑重通知贵方,我公司将从即日起停止推动该项目的任何努力,且'EPC合同'从即日起就因未能在合同规定的期限内成就其生效条件而不生效,我方正式放弃该合同。"

11月16日,中国驻越使馆经商处向商务部合作司、亚洲司、进出口银行信贷部、中信保发出《越方建议加快越南某造船厂项目的实施进程》的传真函,称越南某船厂项目已获得越南政府批准。

审理中,法院就是否主张调整违约金的问题向被告进行释明。被告明确表示坚持其不构成违约的抗辩理由,不提出调整违约金;如果法院认为构成违约,可由法院自行决定违约金数额。

一审法院经审理认为:

关于原告主张权利的前提是否成就。"EPC合同"属于涉外工程承包合同,它是在完成招标、投标、定标等一系列步骤后正式订立的合同,从法律程序上讲,合同自签署日起即告成立。因此,按照涉外工程承包合同的一般理解,"EPC合同"的订立就意味着该项目已获得承接。本案的特殊性在于,"EPC合同"约定了合同生效的四个条件,其中获得政府批文是首要条件。根据查明的事实,越南政府事后已批准实施该项目。至于其他三个条件,事实上均是合同对双方规定的具体义务,实施完成该三个条件,取决于合同双方的履约能力,而不在于外力。因此从本合同约定的特殊性上讲,联合体已经获得项目的承接。

关于合同项目承接与否与原告主张违约金的关系。被告一再强调由于原告没有协助完成项目承接而不能主张权利,是混淆了其所指权利与原告所主张权利的范畴。根据“合作协议”的约定,在“EPC合同”签订并生效后,原告所能取得的权利是由被告支付1000万元的合作收益。如原告不履行职责导致“EPC合同”不能签订,被告有权不支付该收益款。由此可见,合同项目的承接是原告获得合作收益的前提,它与原告因被告违约而主张违约金的权利没有关联。原告向被告主张违约金,依据的是“合作协议”的约定,原告行使该项权利并不受被告所称前提的制约。

关于开立预付款还款保函是否属于被告应当履行的融资贷款义务。首先,根据银行国际业务规则,预付款还款保函是承包商通过银行向业主开具的担保承包商按合同规定偿还业主预付的工程款的担保书。担保人向业主开具保函后,业主才能按合同总价的一定比例预付给承包商,以便中标人购买设备材料。预付款一般逐月按工程进度从工程款中扣还,而保函的金额将逐月相应减少。可见,预付款还款保函是与预付款相对应的。其次,就被告在联合体中的地位、职责分析,被告是承接项目的责任主体,在联合体与越方签订“EPC合同”后,承包商的全部权利义务几乎都是由被告直接承受。因此,合同中约定的承包商开立保函的义务,在联合体内部自然应落实在被告身上。再次,从被告在“合作协议”签订后的行为分析,亦可证明开立保函属于被告的义务。在原、被告信函往来中,原告多次敦促被告开立保函,被告在回函中提出过不能马上完成的各种理由,但从未以此不是其义务为由提出过异议。最后,从涉外工程承包合同的商业惯例和申请保函的程序分析,应将开立预付款还款保函归于被告应当履行的融资贷款义务。其一,涉外工程承包具有投资大、时间长等特点，承包商按惯例须自筹资金进行施工，一般会向银行申请出口卖方信贷。从银行业务上讲，开立预付款还款保函与出口卖方信贷是两个不同的概念，但对承包商而言，前者必然是后者的前序步骤，没有完成前者就不可能进展到后者。其二，向银行申请开立保函也必须落实交纳保证金或其他担保，待银行审核申请人资信情况、履约能力后，才可开出保函。由于保函体现的是银行信用，从这个意义上讲，申请开立保函当然属于融资的范畴。其三，具体到本案，被告在申请保函时就被银行告知需要100％的担保，被告表示存在难度。举轻以明重，申请保函的担保都难以落实，申请85％卖方信贷显然就更难以落实了。

综上所述，被告因不能履行开出预付款还款保函的义务，已构成违约，依法应承担相应的违约责任。但被告的违约有别于恶意违约，且尚未造成“EPC合同”的搁浅或者引发外方索赔的后果。被告适时向原告作出了解约声明，客观上也为原告及时寻找新的合作伙伴，防止损失扩大创造了条件。另一方面，原告不愿意提供其与新伙伴重组联合体的相关协议，故法院无法判断原告因被告违约是否实际存在损失或者具体的损失额。在这种情况下，原告主张1000万元违约金的惩罚性意义要远高于补偿性，该违约金数额显然过高。被告在法院释明后，也表示其虽以不违约进行抗辩，但不反对法院认定其违约的前提下对违约金进行调整。鉴于上述考虑，法院对双方约定的违约金数额予以适当调整，酌情判定由被告承担违约金500万元。另关于原告要求被告支付前期费用100万元的诉请，按照原告所依据的协议条款，原告只有在“EPC合同”生效后（以收到业主的预付款及还款保函为准）的30个工作日内才能获得该项费用的补偿。但原告现在不愿提供这方面的确凿证据，故对该项诉请难

以支持。据此,法院根据《中华人民共和国合同法》第八条、第一百零七条、第一百一十四条的规定,判决:

一、被告某投资集团公司应偿付原告某机械进出口公司违约金人民币500万元;

二、对原告某机械进出口公司其余诉讼请求不予支持。

一审判决后,某机械进出口公司、某投资集团公司均提起上诉。

某机械进出口公司上诉认为:"合作协议"约定违约金1000万元,与整个船厂项目合同总标的额相比并不算高。某投资集团公司从未提出约定违约金过高的主张,原审法院调整违约金违反法律规定,对于违约金的诉请应予支持。

某投资集团公司上诉认为:某机械进出口公司没有完成对"EPC合同"的承接,其主张权利的前提并未成就,因而其无需履行融资义务,本案应驳回某机械进出口公司的各项诉请。

二审法院经审理查明,原审查明的事实属实,二审予以确认。

二审法院经审理认为:

"合作协议"与"EPC合同"虽有联系,但仍属不同的法律关系。"合作协议"的生效条件为签订生效,故双方一经签章即应恪守。某机械进出口公司是否能够获得固定收益及是否应承担违约责任,仅取决于"EPC合同"签订与否,"合作协议"并未将项目承接与否的衡量标准限定为"EPC合同"是否生效。某投资集团公司系依据"合作协议"而负有融资义务,现未能完成该义务而导致两公司不能合作履行"EPC合同",其应负有偿付违约金的责任。

某投资集团公司未能完成融资,系由其自身履约能力所限。信函往来、积极进行融资活动、提出重组方案等事实可以说明,虽然某投资集团公司未能履行融资义务，但并非出于恶意。某机械进出口公司主张违约金的主要依据为“合作协议”，不应直接以“EPC合同”标的为标准来判断系争违约金是否过高。根据违约金具有补偿和惩罚的双重性质，在某机械进出口公司未能提供证据证明实际损失的情况下，原审法院对违约金进行调整无明显不当。

据此，二审法院根据《中华人民共和国民事诉讼法》第一百五十三条第一款第(一)项的规定，判决驳回上诉，维持原判。

**【评析】**

一、关于中方为承接对外项目而订立的联营合同与对外项目承包合同生效与否的关系

本案中，最关键的问题是原、被告双方签订的内部的“合作协议”与双方共同与越方签订的“EPC合同”之间的关系。依据合同相对性原理，它们是两个独立的合同，二者之间不存在直接的制约与被制约关系，在主体、内容、责任三个方面均具有独立性。

首先，两合同的主体具有相对独立性。所谓主体的相对独立性，是指合同关系只能发生在特定的主体之间，只有合同一方当事人能够向另一方当事人基于合同提出请求或提起诉讼。本案中，“合作协议”的双方当事人为原、被告；而“EPC合同”是原、被告共同作为一方当事人，越船总为另一方当事人。所以，两个独立合同的任何一方当事人只能向相对的另一方当事人提出基于该合同的有关请求和提起诉讼，而不能向与无合同关系的第三人提出合同上的请求及诉讼。

其二，两合同有各自独立的内容。内容的相对独立性是指除法律、合同另有规定之外，只有合同当事人才能享有某个合同

所规定的权利，并承担该合同规定的义务，任何第三人不能主张合同上的权利。这是因为，根据合同内容的相对独立性原理，合同规定由当事人享有的权利，原则上不及于第三人；合同规定由当事人承担的义务，一般也不能对第三人产生拘束力。这种只对合同当事人产生的权利与义务约束力，是一种内部效力。本案中，2004 年 9 月 13 日原、被告双方签订“合作协议”，明确约定了双方在越南某造船厂建造项目上的合作范围和方式、各自的权利和义务；2004 年 10 月 7 日，以越船总为业主方、原被告联合体为承包方签订“EPC 合同”，约定相关权利义务，且特别约定了合同生效的四个条件。显而易见，“EPC 合同”中所约定的针对合同双方当事人的权利义务，以及就该“EPC 合同”生效与否所附的条件，当然不能拘束“合作协议”的双方主体，反之亦然。

其三，独立合同，责任独立。责任的相对独立性是由合同主体、内容的相对独立性派生出来的。由于违约责任以合同义务的存在为前提，独立的合同义务必然决定独立的合同责任。所谓违约责任的相对独立性，是指违约责任只能在特定的当事人之间即合同关系的当事人之间发生，合同关系以外的人不负违约责任，合同当事人也不对合同关系以外的人承担违约责任。就本案而言，被告方一直主张“EPC 合同”的生效条件尚未成就，原告向被告主张违约责任的前提并不具备。显然，被告坚持自己主张的原因，在于其混淆了自己在“合作协议”以及“EPC 合同”中的不同的权利义务。然而责任的相对独立性必然要求违约当事人应对由于自己的原因、过错造成的违约后果承担违约责任，合同只在当事人之间产生拘束力。

原、被告在“合作协议”中明确约定，被告的义务即是作为责任主体承接合作项目，负责国内融资贷款有关手续的落实和完成;原告在联合体中的基本职责是协助被告并以联合体名义获得本协议项下合作项目的承接,在此前提下,原告有权根据本协议的约定取得相应的合作权益和前期费用的补偿。从案件查明的事实来看,原告积极履行并完成了“合作协议”项下的义务,而被告则通知原告因融资困难而不再参与项目的下一步实施工作,并要求退出联合体。根据《最高人民法院关于审理联营合同纠纷案件若干问题的解答》第五部分“关于在联营期间退出联营的处理问题”中规定,“不符合法律规定或合同约定的条件而中途退出联营的,退出方应当赔偿由此给联营体造成的实际经济损失。”因此,被告方应当承担其在“合作协议”中明确约定的违约责任,这与另外的独立合同“EPC合同”的生效与否没有直接关系。

二、关于调整约定违约金的法律程序和实体认定

(一)法院有条件地适度干预违约金具有正当性

法院通过行使审判权代表国家干预违约金的正当性在于:

首先从性质上看,违约金责任不仅仅是当事人预先约定的事项,而且是法律对违约责任所设定的一种形式。当国家认为约定违约金严重不合理时,可以通过法院的审判予以调整。

其次从功能上看,我国《合同法》确定的违约金制度,主要强调违约金的补偿性,同时适当体现违约金的惩罚性。根据《合同法》第一百一十四条第二款的规定,若约定违约金“低于”违约造成的损失,当事人可以主张“增加”,以使违约金能够使实际损失得以弥补;若约定违约金“过分高于”违约造成的损失,当事人也可以主张“适当减少”。法条在“高”、“低”、“增”、“减”之前有无使用状语以及用词上的精细程度,充分反映了立法对于设立违约金制度的基本态度:着重强调违约金的主要功能是对守约方进行损失赔偿,将违约金作为违约救济的措施,以保护守约方的

利益；同时允许违约金适当大于实际损失，在不是“过高”的情况下，体现对违约方的制裁功能。

再次从必要性上看，由于事先约定的违约金与违约造成的实际损失不可能完全一致，因而会产生违约金不足以弥补损失或者使守约方不当获利的结果。如果违约金不足以弥补损失，在违约金之外可以要求赔偿；如果使守约方不当获利，则违约方无从取得限制违约金惩罚性副作用的合法途径。为了平衡当事人的利益，在尊重契约自由的同时更好地体现契约正义与公平，所以有必要对违约金进行干预。

（二）法院调整违约金应以当事人主张权利或者提出内含该意思的抗辩为前提

从《合同法》第一百一十四条第二款规定来看，增加或者适当减少约定违约金的，当事人应当主动提出请求。这种请求的方式，可以以原告身份将调整违约金作为请求事项提起诉讼，也可以在作为被告时提出相应的反诉。实践中，也有被告不通过提出反诉而在答辩中主张调整的。对此我们认为，不宜苛求当事人的主张方式，当事人以抗辩的方式主张调整违约金，应以允许。但是，法院一般不应在当事人没有直接提出该项请求时，主动审查合同的违约金条款，否则便背离了契约自由原则和民事诉讼“不告不理”原则。

实践中，当事人会提出抗辩否认违约。这种抗辩欲追求不构成违约或不承担违约责任的诉讼结果。“举重以明轻”，它与要求减少违约金的抗辩在目标方向上是一致的。如果经法院审理，认定该当事人构成了违约，则往往由于其没有明确提出减少违约金而导致其承担巨额的违约金。为了避免双方当事人之间的权利义务出现过度失衡，法官可以就违约金过高向当事人作必要的提示。这种提示不属于《最高人民法院关于民事诉讼证据的若干规定》所要求的释明范围，但理论上仍属于法院行使释明权的一种，目的是使案件的处理结果最大限度地实现公正，避免当事人因诉讼知识和诉讼技巧不足而丧失可以行使的权利。具体来说，是为了保证违约责任的合理承担。

需要强调的是，法院对于违约金事项的释明，必须站在司法中立的立场上，杜绝出现司法偏袒。为此，程序上需要把握一个条件、三项原则。即以当事人否认违约或者辩称非恶意违约为条件，以有法可依、公开透明、适时适度为原则。所谓有法可依，是指符合《合同法》等法律法规的相关规定；所谓公开透明，是指应当在全体当事人到庭的场合下公开释明；所谓适时适度，是指不能超前于当事人提出抗辩之前释明，也不能在辩论终结后释明，不能干涉当事人的处分权，更不能替代当事人的诉讼主张。

（三）约定违约金“过高”的判断标准和调整方法

关于违约金是否过高的判断标准，首先应当以违约造成的损失为考量基础。根据《合同法》第一百一十三条的规定，违约造成的损失“应当相当于合同履行后可以获得的利益，但不得超过违反合同一方订立合同时预见或者应当预见到的因违反合同可能造成的损失。”实践中，通常将这种损失称为实际损失。除了考量实际损失外，还应兼顾其他几个因素。例如违约金条款是否为格式条款；违约方在主观上是故意还是过失；违约是出于恶意还是因履约能力差或者第三方原因；已部分履约的程度和违约的程度；违约方是否积极采取了补救措施；守约方预期利益的举证状况等等。

关于违约金“过高”的调整方法和调整幅度，目前除某些类型案件已由司法解释作出规定外，大部分民商事合同案件须由法官根据个案情况审慎地自由裁量。从本案来看，法院适当调整违约金考虑了以下几个因素：第一，原告主张违约金的主要依据为“合作协议”，故不应直接以“EPC合同”标的为标准来判断系争违约金是否过高。第二，被告的违约有别于恶意违约，主要因被告所属的企业集团突然爆发债务危机而引起，且尚未造成“EPC合同”的搁浅或者引起外方索赔的后果。第三，被告及时向原告作出了解约声明，客观上为原告及时寻找到新的合作伙伴，防止损失扩大创造了条件。第四，原告不愿意提供其与新伙伴重组联合体的相关协议，故法院无法判断原告因被告违约是否实际存在损失或者具体的损失额。综合以上因素，应当酌情对违约金予以减少。

（俞　巍）

# 某商务公司与某经贸公司合作经营纠纷案

## ——合作经营设定收取固定回报不承担亏损的保底条款无效

**【提示】**

合作经营活动应当遵循共同经营、共负盈亏、共担风险的原则。只分享联营盈利，不承担亏损责任，在联营体亏损时，仍要收回其出资和收取固定利润的条款为无效条款。

**【案情简介】**

上诉人（原审被告）：某商务公司

被上诉人（原审原告）：某经贸公司

原告某经贸公司诉称：1999 年 11 月起，原告与案外人某塑胶公司合作经营进口废旧涤纶原料业务，后被告某商务公司参与共同合作。在合作过程中，有两笔业务未成功，原告投入的资金人民币 615200 元经三方协议由被告归还，但被告仅归还了人民币 5 万元，尚欠人民币 565200 元，故请求法院判令被告归还原告合作资金人民币 565200 元。

被告某商务公司辩称：原告某经贸公司、被告及案外人某塑胶公司签订的合作经营协议，名为合作实为借款，为企业之间无效借贷合同，之后三方签订的还款协议及被告出具的还款计划均为无效。还款协议中约定被告还款的前提是某塑胶公司应将其所有的198包PTA归还被告所有，但某塑胶公司至今未给付，故被告不同意归还原告欠款，并申请追加某塑胶公司为本案共同被告。

一审法院经审理查明：

1999年、2000年，原告某经贸公司与案外人某塑胶公司签订了5份合作经营协议。1999年底，某塑胶公司及被告某商务公司为甲方、原告为乙方签订了2份合作经营协议。协议约定合作方式为：由甲方全面负责进口原料、生产经营和提供销售客户；甲方直接将原料销售给乙方，乙方加价后将原料销售给甲方提供的客户；销售时，甲乙双方须同时在场，客户必须带款提货，由乙方全额收回本金及应得分利，同时开出增值税发票；项目的投资回报本着共享成果、互惠互利的原则，根据经营结果按约定比例分成，由甲方承担项目的任何风险，无论市场销售价格上浮和下跌，均保证乙方利润。每份协议均约定了双方每次合作的经营项目、双方各自应投入的资金、每次合作经营期限、乙方加价的具体数额及投资回报具体数额等。最后一期合作经营发生在原告与某塑胶公司之间，期限为2000年1月22日至2月4日。之后原告与某塑胶公司、原告与被告之间未再签订合作经营协议。2001年2月28日、3月1日、4月25日，三方先后在同一份协议书上盖章确认：三方一致同意终止合作经营活动，被告应将原告剩余合作经营资金人民币615200元归还给原告，至此三方经济往来全部结清，各方互不追究他方的任何责任（被告还款计划另附）；在某塑胶公司仓库内的198包PTA归被告所有；至2001年7月1日前，某塑胶公司应提供被告上述货物的存放与装卸方便；三方以前签订的合作经营协议自本协议签订之日起失效。2001年4月24日，被告向原告出具还款计划1

份，称根据三方协议书，现就剩余合作资金人民币 615200 元的归还计划安排如下：2001 年 5 月、6 月每月归还人民币 50000 元，7 月、8 月、9 月、10 月每月归还人民币 100000 元，11 月归还人民币 50000 元，12 月 31 日前还清余款；同时，被告在销售库存的 198 包 PTA 时通知原告，并力争在销售当月多归还部分货款，以便尽早还清；上述款项不计利息。被告归还原告人民币 50000 元后未再还款，原告遂诉至法院。

一审法院经审理认为：

原告某经贸公司与被告某商务公司、案外人某塑胶公司之间签订的合作经营协议中，约定无论市场销售价格上浮和下跌均保证原告利润的条款，为双方合作经营协议的保底条款，该条款违反了合作活动中应当遵循的共负盈亏、共担风险的原则，因此该条款无效，但并不影响其他部分的效力，故其他部分仍然有效。之后由原、被告及某塑胶公司达成的协议实为三方对合作经营签订的终止协议，该协议为三方在平等自愿的基础上建立的，内容未违反法律规定，应确认有效，协议签订方均应按约履行。该终止协议并未约定被告取得 198 包 PTA 为其向原告承担付款责任的必要条件，协议签订后被告也曾归还过款项，且 198 包 PTA 应由某塑胶公司交付给被告，与原告无关，故被告应按协议约定向原告承担还款责任。被告与某塑胶公司之间的争议应另行解决，不应在本案中合并处理，故被告认为应追加某塑胶公司为本案共同被告的意见，不予采信。据此，一审法院根据《中华人民共和国合同法》第八条、第五十六条、第六十条、第一百零九条的规定，判决：被告某商务公司归还原告某经贸公司合作经营投资款人民币 565200 元。

某商务公司不服一审判决提起上诉称：(1)被上诉人某经贸公司与上诉人某商务公司、案外人某塑胶公司共签订 7 份合作经营协议，其内容除某经贸公司提供相应资金并按月利率11.45%收取固定的保底利润外，并无参与经营的实质性规定，故该7份协议应认定全部无效，而并非仅个别条款无效。(2)终止协议上规定返还的款项中，既包含了某经贸公司原投入的合作资金，也包含了某塑胶公司及某商务公司应付未付的那部分保底利润。原审在认定保底条款无效的同时，又认定终止协议有效，两者显然矛盾。(3)尽管没有明确载明，但纵观终止协议有关条文之间的联系，应当可以得出“尚未销售的198包PTA所有权归某商务公司是该司向某经贸公司付款的前提条件”之结论，因此某商务公司拒付系争款项合情合理。(4)198包PTA存放于某塑胶公司仓库内，处于本案双方当事人的共同监管之下。对于某商务公司至今未能取得实物，某经贸公司同样负有责任。(5)本案案情需某塑胶公司到庭才能全部查清，原审法院未准许某商务公司要求追加某塑胶公司为本案共同被告的申请，依据不足，故请求二审法院撤销原审判决。

被上诉人某经贸公司辩称：原审判决对合作经营协议效力的认定是正确的。无论合作经营协议是否有效，均不影响本公司对本金的主张。理由是终止协议中涉及的还款仅指1999年12月1日协议项下的本金人民币285200元及2000年1月6日协议项下的本金人民币330000元，不包括保底利润。198包PTA所有权确系上诉人某商务公司所有，但终止协议中并未约定某商务公司必须在拿到实物后才向本公司付款。且前述物品是放置于某塑胶公司仓库内的，某商务公司是否取得与本公司无关。本公司与某商务公司之间的债权债务明确，故某塑胶公司是否成为本案当事人并不影响本案审理，请求二审法院维持原判。

二审法院经审理查明:一审法院查明的事实属实,予以确认。

另查明:1999 年 12 月 1 日,上诉人某商务公司与被上诉人某经贸公司签订的合作经营协议约定,第三期项目共需资金人民币 666098.88 元,首期开证资金需人民币 285200 元,由某经贸公司投入。2000 年 1 月 6 日的合作经营协议则约定第六期项目共需资金人民币 330000 元。诉讼中,某商务公司确认终止协议中约定的人民币 615200 元即为上述两份协议中所指本金。

二审法院经审理认为:

保底条款的约定,违反合作经营各方应共负盈亏、共担风险的原则,故应认定无效。但保底条款的无效,并不影响合同其他条款的效力。某商务公司此节上诉主张显属无理,法院不予采信。终止协议是合作经营各方就终止合作经营后遗留的债权债务所作的约定,系当事人真实意思的表示。庭审中已查明该协议中所涉还款仅指本金,并不包括保底利润,因此并不存在无效的因素,原审法院据此认定终止协议有效亦无不当。根据终止协议的文字记载,得不出某商务公司取得 198 包 PTA 系该公司向某经贸公司还款的前提条件的结论,且某商务公司亦无证据证明某经贸公司存在阻挠其取得前述物品的情形,故某经贸公司以终止协议及还款计划为据向某商务公司主张债权,于法有据,应予支持。至于某塑胶公司,因其并非本案必要共同诉讼当事人,且本案事实清楚、证据确凿,原审未予准许商务公司追加被告的申请并无不妥。综上所述,原审判决认定事实清楚,适用法律正确,应予维持。

据此,二审法院根据《中华人民共和国民事诉讼法》第一百五十三条第一款第(一)项的规定,判决驳回上诉,维持原判。

**【评析】**

本案是一起涉及三方合作经营终止后的资金返还纠纷。争议焦点在于:一、某商务公司、某经贸公司及某塑胶公司签订的合作经营协议应认定全部无效还是仅保底条款无效;二、还款协议、还款计划是否有效。

一、关于某商务公司、某经贸公司及某塑胶公司签订的合作经营协议应认定全部无效还是仅保底条款无效的问题

《中华人民共和国民法通则》第五十八条规定,违反法律或社会公共利益的民事行为无效。《中华人民共和国合同法》第五十二条亦规定,违反法律、行政法规的强制性规定的合同无效。最高人民法院《关于审理联营合同纠纷案件若干问题的解答》第四条第(一)款规定,联营合同中的保底条款,通常是指联营一方虽向联营体投资,并参与共同经营,分享联营盈利,但不承担联营的亏损责任,在联营体亏损时,仍要收回其出资和收取固定利润的条款。保底条款违背了联营活动中应当遵循的共负盈亏、共担风险的原则,损害了其他联营各方和联营体的债权人的合法权益,因此应当认定无效。该条第(二)款规定,企业法人、事业法人作为联营一方向联营体投资,但不承担联营的风险责任,不论盈亏均按期收回本息,或者按期收取固定利润的,是明为联营,实为借贷,违反了有关金融法规,应当确认合同无效。本案中,某商务公司、某经贸公司及某塑胶公司签订的合作经营协议中虽约定"由商务公司和塑胶公司承担项目的任何风险",违反了联营合同应当分享盈利、分担亏损、共担风险的基本原则,但合同中关于"销售时须共同在场,客户必须带款提货由经贸公司全额收回本金及应得分利,同时开出增值税发票"的约定,反映出某经贸公司在该合作经营关系中不仅有投资,且参与共同经营,故系争合作经营协议并不符合某商务公司提出的明为合作

实为借贷的主张，因此法院仅认定保底条款无效并无不妥，而该保底条款并不影响联营合同的性质。

二、关于还款协议、还款计划是否有效的问题

我国《合同法》第五十六条规定，无效的合同或者被撤销的合同自始没有法律约束力。合同部分无效，不影响其他部分效力的，其他部分仍然有效。本案中，合同保底条款无效，并不影响当事人对合作合同终止引发的财产后果的处理。在符合法律规定的前提下，相关处理并不因原合同部分条款的无效而无效。所以，某商务公司、某经贸公司及某塑胶公司就终止合作经营、剩余资金返还的问题所签订的协议书或出具的还款计划，系合作各方就终止合作经营后遗留的债权债务所作的约定，是当事人真实意思的表示，并无违反法律法规之处，其中所涉金额也仅指某经贸公司尚未收回的投资本金，并不包括保底利润，不存在无效的因素。因此，还款协议应当认定有效，某商务公司应按照有效约定履行还款责任。

（李　蔚）

# 某国际贸易有限公司与某百货商店股份有限公司联销合同纠纷案

## ——证据优势规则和公平原则在联销合作纠纷中的适用

**【提示】**

在涉及较为复杂的事实和法律争议的联销纠纷中，应注意把握证据规则进行正确认定，并从公平原则出发，合理平衡合作双方利益。

**【案情简介】**

原告（反诉被告）：某国际贸易有限公司（以下简称某国际贸易公司）

被告（反诉原告）：某百货商店股份有限公司（以下简称某百货商店）

原告某国际贸易公司诉称：原告与被告某百货商店签订联销合同2年后，被告突然扣押原告营业货款，并单方终止合同，原告与之交涉无果。故请求法院判令解除联销合同；被告返还原告合同押金人民币100万元、营业器材、财务和人事资料；支付违约金人民币587.5728万元。

被告某百货商店辩称：同意解除合同，但被告账上未发现原告某国际贸易公司交付过合同押金，被告也未扣留原告营业器材和相关资料，且按合同规定，装嵌在联销场地内的固定设备在联销终止后归被告所有，故不存在被告返还押金、营业器材、财务和人事资料等问题。又因原告自身未与被告结算营业货款，也不存在被告扣押货款问题。

某百货商店反诉称：某国际贸易公司违约在先，拖欠反诉原告固定提成利润、垫付款等。现反诉原告将留存于己方的双方尚未结算的货款人民币 711.38874 万元，冲抵上述拖欠款项计人民币 730.619901 万元和相应违约金人民币 88.814622 万元，同时扣除反诉原告漏付的货款和相应违约金共计人民币 25.041748万元，反诉被告仍结欠反诉原告人民币 83.003945 万元。故请求法院判令反诉被告支付反诉原告上述经冲抵后尚欠款项。

反诉被告某国际贸易公司辩称：反诉原告某百货商店所主张的未付固定提成利润，系合同履行中经双方口头协商，约定减半支付而免除的款项，反诉被告不应再支付。另反诉被告对联销场地的装修投入所形成的资产价值，应当在本案合同解除善后结算中一并予以考虑。

法院经审理查明：

1997 年 11 月 10 日，某国际贸易公司与某百货商店订立为期 10 年的联销合同。某百货商店按约提供该商店东楼 7 层全层(约 3290 平方米)作为双方联销场地；某国际贸易公司向某百货商店缴纳了合同押金人民币 100 万元后，出资对联销场地进行翻修，并经商标注册冠名为“运动特区”，组织经营体育运动类商品。合同履行期间，联销场地每日营业款由某百货商店收取，某百货商店按月从中扣除固定提成利润后，返回某国际贸易公司上述含税营业款。某国际贸易公司随后再与联销场地内各柜台供应商结算和缴纳税款。2000 年初，某国际贸易公司陷入多起拖欠联销场地柜台供应商货款的诉讼。2000年2月26日以后，联销合同双方开始进行终止联销事宜的交涉，但无法达成一致，矛盾开始激化。2000年4月25日以后，某百货商店开始单方经营和管理联销场地。法院委托司法审计和鉴证，查明1997年10月20日至2000年2月25日，某百货商店共从某国际贸易公司的营业款中提取固定提成利润计人民币1164.971911万元，某国际贸易公司按约尚结欠某百货商店固定提成利润人民币405.767089万元；某百货商店为某国际贸易公司向联销场地柜台供应商垫付了部分货款计人民币14.583262万元。某百货商店也有漏付某国际贸易公司货款计人民币15.19529万元。2000年2月26日至2000年4月25日，联销场地营业款计人民币711.38874万元，双方尚未结算。截至2000年4月25日，某国际贸易公司对联销场地的装修工程造价残值为人民币98.5733万元。联销场地尚有一批属于某国际贸易公司的可移动营业设备和器材，司法审计中业经当事人双方签字确认并清点造册。

法院经审理认为：

本案实质是一起合作经营合同终止善后事宜处置纠纷。虽然诉辩双方均把合同的提前终止归咎于对方过错，但双方举证均不具有优势，故对当事人据此主张巨额违约金的请求，不予支持。本案关键问题在于解除合同所涉及的相关财产争议。一是关于合同押金的返还。联销合同中记明了某国际贸易公司已向某百货商店支付合同押金人民币100万元，但某百货商店辩称自身查账未发现该笔款项。在无其他证据证明的情况下，书证效力优先，合同记载的事项具有较高盖然性，某百货商店应当返还合同押金。二是关于货款和固定提成利润的最终结算。经查，双方当事人互有结欠对方款项，某百货商店在反诉中提出的结算方案与司法审计结果和合同约定无悖，应予认可。某国际贸易公司关于双方口头商定固定提成利润减半的陈述，缺乏证据证明，不予认定。三是关于联销场地装修残值及可移动财产的处理。某国际贸易公司对联销场地进行装修所形成的有形和无形资产，属于巨额权益，其要求在合同解除中一并考虑其装修投入和损失的意见应予采纳。根据公平等价原则，某百货商店理应按照以 2000 年 4 月 25 日接管联销场地为基准日的审计装修残值对某国际贸易公司进行补偿。某国际贸易公司在联销场地内的可移动财产，经审计清点得到双方确认，某国际贸易公司可自行取回，对其要求某百货商店返还的请求不予支持。

据此，法院根据《中华人民共和国民法通则》第四条、第一百零八条、《中华人民共和国合同法》第九十一条第一款第(二)项、第九十八条、第一百二十条的规定，判决：

一、解除原告某国际贸易公司与被告某百货商店所订立的联销合同，双方合同权利义务自 2000 年 4 月 25 日起终止；

二、被告某百货商店返还原告某国际贸易公司合同押金人民币 100 万元；

三、对原告某国际贸易公司的其他诉讼请求不予支持；

四、原告某国际贸易公司支付被告某百货商店合同结算款项人民币 83.003945 万元；

五、被告某百货商店支付原告某国际贸易公司装修补偿款人民币 98.5733 万元。

法院判决后，双方当事人均未上诉，按生效判决各自履行了债务。

【评析】

本案审理中，法院着重把握了以下三个焦点问题：

一、确定纠纷的实质和把握争议的重点

本案当事人诉辩意见纷繁复杂，但总体上可归结为造成合同终止各自违约责任、合同终止所涉财产处置两大争议，而这两者之间孰轻孰重，对本案纠纷的解决十分关键。双方当事人就前一争议各执一词：某国际贸易公司陈述，因双方投资北京某广场产生分歧，以致某百货商店起意终止联销合同；某百货商店陈述，因某国际贸易公司股东香港某集团公司受亚洲金融危机影响，收缩在大陆的贸易投资，以致某国际贸易公司无意继续履约。诉讼中，双方当事人用以证明对方过错的证据多为往来函件，其中不乏相互指责、纠缠不清，无法形成各自的证据优势，而且有关当事人陈述的双方投资北京某广场产生分歧抑或香港某集团公司产业结构调整，对于引起双方终止履行合同而言应属于正常合理情势，有别于合同一方擅自恶意毁约情形，故就此将责任简单地归于当事人任何一方，令其承担巨额违约金或进行失衡的利益补偿是不恰当的。因此，本案过分执着于辨明该项争议的是非曲直显得并不现实，也无益于纠纷的根本解决。事实上，自 2000 年起，当事人鉴于形势变化已开始磋商涉及终止合同的事宜，但对终止合同所牵涉的一系列善后安排发生了严重分歧。遗憾的是，双方当事人协商不成，反而矛盾激化，以致诸如货款结算等相互负有配合义务的事项已无法正常进行，双方合作履约形势恶化。至 2000 年 4 月 25 日，某国际贸易公司已完全退出，某百货商店开始单方经营管理联销场地，形成本案联销合同事实上终止履行。诉讼中，双方当事人对合同均无异议，悬而未决的仅是双方协商未成的合同终止善后事宜。据此，本案最终将案件实质性问题锁定为对合同终止所涉善后事宜的处置争议，从而为彻底解决纠纷号准了脉搏。

二、运用证据优势规则和盖然性证明标准正确认定事实

本案双方当事人争议的事项繁多，这也是合作经营类纠纷的特点之一。本案通过委托司法审计，为准确认定当事人之间的合作经营往来结算和合作资产盘点奠定了坚实基础。但在诸如合同押金的交付、部分固定提成利润的减半支付、引起合同终止履行的原因等事实问题上，双方仍然各执一词，真伪不明。对此，法院在审理中充分运用了证据优势规则和高度盖然性证明标准来进行认证。如在某国际贸易公司是否已向某百货商店交付合同押金事实争议中，仅有联销合同记载某百货商店收到押金人民币100万元，某国际贸易公司未能提供直接的支付凭证，而某百货商店否认收到合同押金。法院认为，在没有直接支付凭证证明的情况下，与某百货商店陈述相比，合同记载事项在证明力上仍具有相对优势。考察整个联销合同文本，双方当事人对各自权利和义务的约定十分精细，从联销方式、提成标准、结算办法到违约责任逐项详尽规定，有关押金条款也不例外，该条关于某百货商店已收到押金的记载，失实的可能性较小。因为当事人签订如此长期和大型合作经营协议文本，自然对包括押金在内的条款文字所记载的内容谨慎有加，在人民币100万元押金交付与否的问题上一般不会随意记载。某百货商店关于在其账面上没有查到押金因而得出未收取押金的结论，在逻辑上不具有排他性，可信度较差。签约之际押金到位是商业惯例，忘收巨额押金已属失误，未收押金而在发生法律效力的文件中承认已收押金属于重大失误，某百货商店作为一家大型零售商，这种一错再错的发生几率相对较小。据此，可以确信某国际贸易公司已向某百货商店缴纳了合同押金人民币100万元。

三、适用诚信原则，平衡双方实体利益

本案在实体处理中，据分析，该案可能是某国际贸易公司的

海外母公司遭受亚洲金融风暴冲击，损失惨重，以致引发经营结构的战略性调整，而本案系争的联销合同亦在调整之列。合同履行中一方因自身状况发生急剧变化而产生终止合同的动因，可以看作正常合理的情势变更，因终止合同给对方造成损失自然应当考虑，但从某百货商店就合同终止所主张的处理方案来看，明显失衡，表现在合同押金100万元不予返还、巨额装修归己方所有等。这种利用对方非恶意动因“违约”，在合同终止善后处理问题上争取过分实惠的做法，并不符合商业交易等价有偿的原则，有违诚实信用，所以双方诉前有关善后处理纪要非但未能签署，反而招致矛盾加深。本案同样对某国际贸易公司要求某百货商店支付人民币580万元巨额违约金的请求也不予支持。但某百货商店仍需返还押金人民币100万元和支付装修折价款人民币98万元。同时对某百货商店反诉请求支付人民币83万元的结算款项予以全额支持。两相抵扣，某百货商店尚需给付某国际贸易公司人民币115万元。这样处理，从总体上对双方当事人是公平合理的。事实上，某国际贸易公司按照10年的合同期限，所营造的“运动特区”经营理念、创意设计、装修投入具有现实价值和使用价值，这些有形和无形的资产至今仍在创造其可观的商业效益。诚如某国际贸易公司所提出的合同解除应一并考虑其装修投入和损失的意见，妥善处理装修设施是本案合同解除必然涉及的法律后果之一。有关合同终止时，装修设施归属于某百货商店的条款约定，双方并未特别明确是否包含中途终止的情形，故应按照通常的理解，仅指合同10年期满终止的情形。现某国际贸易公司经营仅2年即告退出，装修设施为某百货商店所继受，且当初由某国际贸易公司召集的柜台供货商转而开始与某百货商店合作，从商业效用考量，某百货商店支付人民币115万元了结本案纠纷,实属物尽其用,所谓某国际贸易公司单方毁约造成联销终止给某百货商店造成的损失,完全可以在以上资产置换中得到有效弥补。

(潘云波)

# 某食品有限公司与某超市(集团)有限公司联销专柜协议纠纷案

## ——超市与供货商之间的权利和义务应按合约和行业特性确定

**【提示】**

超市与专柜供货商之间的联销结算纠纷中,超市是否利用其优势地位隐匿供货商货款和不合理收费,应根据合同约定,在充分把握超市连锁经营内部结算的行业特点和习惯的基础上加以认定。

**【案情简介】**

上诉人(原审原告、反诉被告):某食品有限公司(以下简称某食品公司)

上诉人(原审被告、反诉原告):某超市(集团)有限公司(以下简称某超市)

原告某食品公司诉称:自2000年1月1日至2002年10月25日,原告在被告某超市各门店进行熟食专柜联销。合作期间,被告私自销毁门店POS机电脑销售记录,隐匿原告销售款,并利用超市优势地位无理扣款和强行收费,以致原告经营无法维计,被迫停止联销。故请求法院判令被告归还原告货款人民币3601293.78元;无理扣款(年终广告费)人民币1966954.4

元;巧立名目收费(促销服务费)人民币 3292018.98 元等。

被告某超市辩称:受当时技术条件所限,作为双方联销结算依据的各门店 POS 机电脑读数无法汇总和储存,纸质收银条因数量庞大也无法长期保存,但各门店与原告某食品公司每日对账,并在每月核对的基础上共同确认销售额,当时并无争议。被告除根据合同约定扣除原告应支付的留利、返利(年终广告费)、品牌使用费、水电费、电子消费卡、旗杆费等合理费用外,并不存在隐匿货款、无理扣款和收费的情形。

某超市反诉称:根据双方联销协议约定的结算项目和扣率,某食品公司现仍结欠其应付款项。故请求法院判令反诉被告某食品公司支付反诉原告欠款人民币 533996.58 元。

反诉被告某食品公司辩称:反诉原告某超市反诉没有事实依据,反诉所涉欠款金额纯属捏造。

一审法院经审理查明:

1999 年 12 月 30 日,原告某食品公司与被告某超市签订《联销专柜协议书》。该协议约定,甲方某食品公司在乙方某超市各门店设立专柜,经营熟食;甲方每月按零售价的销售总额的 15%作为乙方留利,并在每次结账时,按结款额的 1%向乙方支付广告宣传费,年终根据 2000 年全年销售总额的 2%一次性返利给乙方;甲方每月 25 日按乙方门店该专柜的电脑读数开出增值税发票(减去价格条款中的返利和广告宣传费的扣率)和当月销货清单;乙方在每月 15 日付款;如甲方提供的销货清单数据与乙方门店该专柜的电脑读数不符,以双方核对的实际数据为准;协议终止日为 2000 年 12 月 31 日。协议还就供货、卫生和人员管理等事项作了约定。同日,双方还签订了《联销专柜定牌经营协议书》,约定为确保乙方某超市门店的统一形象和联销专柜的产品和服务质量,甲方某食品公司共享乙方的统一品牌,乙方授权甲方按《联销专柜协议书》的规定以乙方的品牌从事一定的经营活动;甲方在乙方所属营业场所经营的商品与服务统一使用约定的品牌,不得使用其他品牌或服务标识,不得在与乙方营业场所同属一个商圈范围内设立经销点、专柜或以其他方式销售同类产品与提供同类服务;乙方向甲方提供营业前的人员培训和开业后的管理指导,以及人民币50万元经营流动资金,合约期满后,乙方撤回流动资金;甲方据此同意向乙方支付品牌使用定期权利金,2000年按5%提取;协议有效期至2000年12月底等。上述两份协议书签订后,某食品公司开始在某超市各门店进行熟食专柜经营,期间双方定期核账、按期结付,并无争议。2002年10月17日,某超市以某食品公司员工打架斗殴违反经营秩序为由,通知某食品公司限期停止专柜营业。某食品公司遂于2002年10月25日从某超市撤出专柜。此后,双方就联销协议终止后的专柜设备留用及其折价款、返还"5%的营业款"发生争议,以致引发本案讼争。

法院经委托司法审计确定:双方实际履行联销协议期间,某食品公司的销售额为人民币77411232.82元,其中2000年销售额为人民币41071454.75元;2001年销售额为人民币24379416.05元;2002年销售额为人民币11706450.60元;加上差异调整人民币253911.42元。某食品公司向某超市开具发票金额共计人民币68842351.65元,其中某超市已通过银行支付了人民币61583025.41元,剩余金额人民币7259326.24元,某超市以各种形式予以扣除(水电费、电子消费卡、祝贺费、旗杆费、专柜消费品、代收代付摊位费、检验费、年终广告费、促销服务费、利息等费用),另有挂账应付款人民币26708.68元。

一审法院经审理认为:

本案审计报告在核实被告某超市提供的相关会计凭证的基

础上，结合双方其他送审资料，就销售总额作出了审计结论。原告某食品公司未提供由其掌握的包括销货清单在内的供货记录，无法证明其关于实际销售额高于上述审计金额的事实主张，且双方核对结算中，其从未提出对方存在隐匿货款的异议。某食品公司在联销终止阶段也仅提出退赔“5％的营业款”和设备折价款两项要求，故对某食品公司关于某超市隐匿货款的事实主张不予采信。本案系争联销协议实际履行期间，某超市扣收15％留利、2％年终广告费、5％促销管理费，未超出双方协议约定的利益分成比例和范围，于法不悖，也不存在重复扣款的情形，但某超市还需向某食品公司支付账内应付货款人民币26708.68元及相应利息。某超市以审计结论反推其漏扣款项，与双方定期核账、按期清结的事实不符，对某超市据此提出的相应诉请也不予支持。此外，根据本案审计报告显示，本案系争联销合作期间，某食品公司的销售额以每年50％的幅度下滑。这种情况下，某超市的各项收费虽有协议约定，但也应体现公平合理的原则，特别是其利益分成应当与联销合作经营的市场风险相一致。由于系争联销协议期限为1年，后两年双方未重新签约，但仍按原协议约定的收费项目和扣率结算，这就与联销合作实际经营状况不相符合。考虑到双方对15％留利没有争议、2％年终广告费某超市也未全部扣收，该两项费用可不作调整。唯有5％促销服务费，某食品公司在终止联销时曾要求返还2001年、2002年的“5％营业款”，有其合理性。根据上述实际情况，在个案中酌情予以相应平衡，某超市返还某食品公司人民币70万元，希冀双方友好解决收费争议，妥善了结联销合作纠纷。

据此，一审法院根据《中华人民共和国民法通则》第四条、《中华人民共和国合同法》第五条、第四十四条第一款、第五十四条第二款、第六十条第一款、第九十七条的规定，判决：

一、被告某超市支付原告某食品公司货款人民币 26708.68 元及相应利息；

二、被告某超市返还原告某食品公司促销服务费人民币 70 万元；

三、对原告某食品公司其他诉讼请求不予支持。

四、对被告某超市的反诉请求不予支持。

某食品公司不服一审判决提起上诉称：某超市在 3 年联销期间隐匿货款、重复扣除 2％年终返利、无理扣除 5％促销服务费，请求撤销原判，支持其在原审所提诉请。

被上诉人某超市辩称：某食品公司上诉无事实依据。

某超市不服一审判决提起上诉称：原审法院以利益分成应与联销合作经营的市场风险相一致为由，判决某超市返还某食品公司部分促销服务费，缺乏法律依据。请求撤销原审该项判决，改判支持某超市在原审的反诉请求。

被上诉人某食品公司辩称：某超市上诉无事实和法律依据。

二审法院经审理查明：原审查明的事实属实，予以确认。

二审法院经审理认为：

第一，虽然本案审计未见双方结算的最直接依据，即各门店 POS 机原始电脑读数和收银条，但双方提供的记账凭证、挑账单、发票等财务账册和单据是真实的，且能相互印证，符合审计条件和规范，由此得出的审计结论程序公正、内容客观真实。某食品公司未提供相应供货单和销货单来佐证其对审计数据所提的异议，故对其关于某超市隐匿货款的事实主张不予采信。第二，根据审计报告，某超市扣收 2％年终广告费和 5％促销服务费，实际就是双方合同约定的 2％年终返利和 5％品牌使用定期权利金，费率相同，也不存在重复扣收的情况，故对某食品公司就此以巧立名目为由提出返还的请求不予采纳。由于双方结算中从无争议,应视为债务定期清结,故对某超市根据审计结论提出的对方补足其少收部分2%年终返利的请求,也不予采纳。第三,原审法院综合系争联销经营实际情况,根据经营风险和收益相一致原则,酌情调整超市收费,属合理行使自由裁量权,符合公平等价的商事司法理念,应予维持。

据此,二审法院根据《中华人民共和国民事诉讼法》第一百五十三条第一款第(一)项、第一百五十八条的规定,判决驳回上诉,维持原判。

【评析】

本案是一起超市与供货商终止联销合作而涉及的款项结算纠纷。案件的争议焦点在于超市是否隐匿货款以及超市收费的合法性问题。

一、结合超市行业内部结算习惯和特点确认结付事实

围绕某超市是否隐匿货款的事实争议,某食品公司提出:联销期间,某超市从未向其提供真实的零售价销售总额(即未扣除过留利、返利、广告宣传费率的零售价销售总额原值),也未提供双方约定作为货款结算依据的门店专柜电脑读数,只是每月提供一份增值税发票汇总清单即挑账单。迫于超市的优势地位,其只能根据对方的要求开出增值税发票,而该金额与实际供货数差异很大,超市从中隐匿巨额销售款。某超市提出:联销经营期间,双方按照协议约定结算货款。具体结算流程是:各门店每天都记录熟食专柜的POS机电脑读数,将该数据写在固定的黑板上与供货商进行销售额核对,在此基础上生成双方确认的月售后结算商品金额,供货商每月据此开出增值税发票(扣除约定扣率)给各门店,上述发票汇总交超市总部财务审核入账形成应付账款,并按协议约定每月定期向供货商支付货款,供货商在确

认后领取相应支票和挑账单(超市向供货商开出的用于核对所支付款项支票的明细清单),双方按此结算从无争议。

对于双方的争议,法院注意到,超市与供货商之间的结算方式和流程,有其特定的行业习惯和运作模式,这在本案系争结付事实的认定中具有相当关键的作用。经对营业门店实地察访、庭审查证和征询连锁商业协会的意见,法院对超市内部结算的特点有了客观的了解:一是受当时技术条件所限,某超市各门店POS机电脑读数在一定时期后就会清空,也无法保留相应收银条,但应存有对POS机电脑读数进行相应记账所生成的会计凭证和汇总记录(包括会计账簿和电脑汇总等形式);二是超市与供货商双方每日对各门店销售情况进行盘点以消除误差,每月共同核对销售额,并在此基础上按合同约定扣率开票,清结货款。根据以上客观情况和结算流程,法院作出认定:第一,系争联销协议中关于付款条件及方式的约定,系当事人真实意思表示,公平合理,合法有效。各门店POS机电脑读数是反映专柜销售额的直接凭据,双方约定以此作为结算依据,符合联销经营客观实际。双方还约定,某食品公司开出的销货清单如与POS机电脑读数不符,以双方核对的实际数据为准,从而有效防止某超市单方数据的偏差;第二,根据双方当事人的增值税发票、挑账单等证据材料,可以确认双方在联销经营中是按照协议约定的付款条件和方式,每月按期清结货款,当时并无争议。双方设定了矫正数据偏差的核对条款,实际经营中专柜的供货也按约由某食品公司自行负责验收、保管和销售,某食品公司掌握供货记录(包括某超市出具的设定商品编码的作为商品进场依据的专柜商品管理单)并每月制作销货清单。因此,某食品公司与对方核对数据,具有协议保障和客观条件上的可能,其每月所开增值税发票与各门店专柜销售一一对应,也便于数据的核对。事实上,某食品公司未能举证证明这些增值税发票与其实际销售存在差异,以及即时提出异议并要求核对遭拒绝的事实。某超市关于双方结算方式及流程的陈述,与协议约定的付款条件和方式相吻合,其当庭出示通过在超市醒目位置安置黑板进行对账的照片以及证人证言的陈述,能够相互印证。这些证据所反映的各门店与柜台供应商每日对账,并在每月核对的基础上共同确认销售额的做法,符合超市行业的结算习惯,应当予以采信。第三,根据司法审计意见,虽然某食品公司未提供供货记录、某超市未提供POS机电脑读数,但某超市提供的对POS机电脑读数进行相应记账所生成的会计凭证以及相应财务账册是真实的,且与某食品公司提供结算单据相一致。据此,法院对审计机构在此基础上所得出的数据结论予以确认。

二、结合公平交易的超市行业规范平衡双方收费争议

近年来,国内超市业态发展迅速,已成为商品进入市场的重要通道,而超市在其中无疑具有销售经营网络的优势。一些超市借此优势,店大欺客,向供货商强行收费、不合理收费的问题日渐突出,形成超市和供货商之间不公平交易的矛盾,一方面阻碍了有潜力的商品进入超市,同时也给超市行业自身的健康发展带来负面影响。为规范零售商与供应商的交易行为,维护公平交易秩序,商务部、国家发改委、公安部、国家税务总局、国家工商总局联合发布了《零售商供应商公平交易管理办法》,明确规定零售商与供应商的交易活动应当遵循合法、自愿、公平、诚实信用原则,不得妨碍公平竞争的市场秩序,不得侵害交易对方的合法权益。结合超市收费的行业规范性要求,法院针对本案超市是否强行和不合理收费的争议焦点,从以下方面进行了审查,并作出了适当的利益调整:

一是公开规范收费。超市收费的项目、用途、标准,应当事

先向供货商公开，征得供货商同意，在双方平等协商一致的基础上，以书面合同的形式，在具体收费条款中明确。值得一提的是，实际联销经营中，双方协议文本往往是由超市单方制定的格式文本，超市应当遵循公平原则来设计双方的合同权利和义务，不得滥用自身的优势地位，做出损害供货商合法利益的规定。超市还应当严格按照合同规定的对账、结算流程进行收费，不得利用结算优势，以收费为名截留、延付货款，或对供货商的对账要求置之不理，更不能在合同之外随意扣收供货商费用。超市在合同约定期限届满后，还应及时与供货商续签或重新签订新的合同，以确保收费规范性。二是公平合理收费。超市收费是依据合同约定向供货商直接收取或从应付货款中扣除，或以其他方式要求供货商额外负担的各种费用，主要包括以销售额为基础的返利、留利等；以提供特别服务为基础的促销服务费、广告费等；以拓展销售渠道为基础的进场费、上架费等。超市与供货商之间是商事交易平等主体关系，超市收费是一种市场行为，应当遵循等价有偿的合同法律原则。具体而言，超市确定的收费项目，其用途、标准应当符合直接关联性、比例性和风险性的要求，即收费与用途相符，不得巧立名目向供货商收取或摊派与双方联销经营无关的费用；超市收费后提供的服务应当与收取费用相当，严格按照合同的约定提供相应服务，不得擅自终止服务或降低服务标准；超市收费应当与商品销售的市场风险相关联，不得强迫供货商无条件销售返利或设定固定返利的保底条款。

对照上述超市收费的基本原则，本案中，某超市按照双方协商达成的联销合同的约定，收取的返利、年终广告费、促销服务费、旗杆费、代收代付电费等费用，均与双方实际联销经营相关，不存在虚设项目或重复收费的情形。超市也按约提供了相应的促销服务,基本上做到了通过协议约定公开收费的要求。但其中也存在不尽规范之处:一是合同约定的收费项目与实际收费名称存在出入,易引发争议。双方合同约定为“2%年终返利”、“1%广告宣传费”、“5%品牌使用定期权利金”,某超市在实际扣收中却是以“2%年终广告费”、“5%促销服务费”的名义收取,虽然法院最终认定以后者名义收费实际未超出前述双方约定的分成比例和范围,且在当时扣收过程中无争议,应视为双方对合同约定扣收项目的共同调整,但如此调整双方应即时以修订合同的方式加以确认,否则事后极易引发巧立名目和重复收费等事实争议。二是双方合同约定届满期限与实际经营期限不一致,存在合同真空期间,不利于双方权利义务的确定。本案联销协议约定期间自 2000 年 1 月 1 日至 2000 年 12 月 31 日,而双方实际联销期间至 2002 年 10 月 25 日,也即 1 年合约届满至实际联销终止将近两年时间,双方未续约或重新签订合同。对超出合约期限的联销经营时间段,双方的权利和义务是否仍然按照原合同约定履行,就处于不确定的状态了。法院虽可结合双方实际履行行为作出判断,但超市收费与公开约定的行业规范是不相符合的,易引发双方的收费争议。此外,本案某超市以销售额为基数获取固定比例的利益分成虽有协议约定,但并未与双方联销经营的实际状况挂钩,不符合利益共享、风险共担的公平原则。在双方近三年联销合作期间,某食品公司的销售额逐年大幅下滑,某超市并未在后两年内相应调低收费比例,在未续约或重新签订合同的情况下,某超市仍按第一年合同约定的固定比例扣收各项费用,有失风险和利益相一致的原则,不公平地加重了供货商经营风险负担,法院有权对此作酌情调整。

(潘云波)

# 某制药公司与某资产经营公司联营合同纠纷案

## ——法人型联营合同终止后遗漏债务的处理

**【提示】**

营业期满的联营企业未办理注销登记仍具有法人资格、联营终止后发现有遗漏债务，如对外已由联营一方承担的，对内应根据联营终止协议或联营企业资产分割情况对债务进行分担。

**【案情简介】**

上诉人(原审被告):某制药公司

被上诉人(原审原告):某资产经营公司

原告某资产经营公司诉称:原告与被告某制药公司自1992年起至2002年止，作为联营双方出资设立联营企业“某生物化工厂”。联营期满，原告与某制药公司签订终止协议，对联营企业某生物化工厂的善后事宜及债务分担等进行了约定，其中原告同意承担并代某生物化工厂缴纳拖欠的电费约200万元。原告在缴纳电费时发现，某生物化工厂尚拖欠供电局巨额违约金，经与供电局协商后实际支付电费1768514.05元、违约金731485.95元。对于超出200万元的电费违约金部分，应由原告与某制药公司各半承担，但向某制药公司发函催付却遭拒绝。请求法院判令某制药公司支付25万元电费违约金。

被告某制药公司辩称：双方在终止协议中约定由原告某资产经营公司承担的200万元电费中，实际已包括违约金在内。然而某资产经营公司未与被告协商，即自行向供电局支付了违约金。某生物化工厂系独立法人，有独立财产，应以其自身财产承担未尽债务，被告既无还款的法定义务，也无合同约定义务。请求驳回原告的诉讼请求。

一审法院经审理查明：

被告某制药公司与原告某资产经营公司签订的联营协议书中约定，由某资产经营公司与某制药公司作为联营双方出资成立联营企业"某生物化工厂"，该厂实行独立核算、自负盈亏，具有法人地位，由某制药公司承包经营，联营期限为10年即自1992年6月30日起至2002年6月30日止。联营协议签订后，双方均按协议履行了各自的义务，出资成立了某生物化工厂，工商行政管理部门核发了该厂的《企业营业法人执照》。

联营期满，某制药公司与某资产经营公司与2002年7月10日订立一份联营合同终止协议。该协议规定，双方于1992年6月共同投资2084万元，其中某资产经营公司出资52.78%、某制药公司出资47.22%组建了某生物化工厂，至2002年6月30日联营10年期限届满。现某制药公司同意将在某生物化工厂的现有全部存量资产交由某资产经营公司处置；某资产经营公司同意承担并代某生物化工厂缴纳拖欠农民工的养老保险金和医疗保险费约720万元；某制药公司同意承担某生物化工厂向银行借款720万元及利息的担保责任，由某制药公司归还上述银行贷款；某资产经营公司同意承担并代某生物化工厂缴纳拖欠的电费约200万元；某资产经营公司同意承担并代某生物化工厂缴纳拖欠的水费约50万元；本协议签订后，某生物化工厂所有未尽的债务（仅限于涉及诉讼案件）而产生的费用由双方依法解决等。

根据终止协议，某生物化工厂现有的所有资产由某资产经营公司进行了处置。该公司与供电局联系，发现某生物化工厂共拖欠供电局电费 1768514.05 元、违约金 9072477.07 元，遂于 2002 年 9 月 16 日向供电局申请减免电费违约金，经供电局批准，某资产经营公司于 2002 年 9 月实际代某生物化工厂支付供电局电费 1768514.05 元、违约金 731485.95 元。某资产经营公司付款后发函给某制药公司，要求对超出 200 万元的电费违约金部分，由某资产经营公司、某制药公司各承担一半即 25 万元。某制药公司复函拒绝承担。双方经协商未果，遂引发诉讼。

一审法院经审理认为：

某制药公司和某资产经营公司签订的终止协议合法有效。两公司作为联营的双方，在作为独立法人的联营体某生物化工厂联营期满后，对联营体的财产进行了分割，并在订立的终止协议中约定"某资产经营公司同意承担并代某生物化工厂缴纳拖欠的电费约 200 万元"，虽然某资产经营公司并未承诺支付电费违约金，现其自愿承担联营体拖欠的电费 1768514.05 元以外的电费违约金 231485.95 元，并未违反法律。联营期满，联营体虽没有向工商行政管理部门办理注销手续，但联营体的全部资产已由某资产经营公司和某制药公司按终止协议进行了处理，联营体实际已无财产，故联营体对外的债务，除终止协议中明确约定承担的责任人外，未尽债务应按某资产经营公司和某制药公司实际的投资比例对外承担责任。

据此，一审法院根据《中华人民共和国民法通则》第一百零六条第一款的规定，判决：

一、被告某制药公司向原告某资产经营公司支付电费违约金236100元。

二、原告某资产经营公司的其他诉讼请求,不予支持。

某制药公司不服一审判决提起上诉称:(1)事实认定方面,原审存在错误。如某生物化工厂的财产并未由某资产经营公司和某制药公司分割,而是由某资产经营公司取得某生物化工厂的财产处分权。又如,某生物化工厂是法人型联营企业,尚未注销,应以其资产独立承担对外债务。(2)原审的法律分析和相关结论不合理。某制药公司仅是某生物化工厂的出资人和清算责任人,责任范围应以出资额为限,而不应承担无限责任。某资产经营公司申请违约金减免的行为实质上剥夺了某制药公司的权利,该行为既非善意,又不合法。请求撤销原审判决,依法改判驳回某资产经营公司的原审诉请。

被上诉人某资产经营公司辩称:请求驳回上诉,维持原判。

二审法院经审理查明:一审法院认定的事实属实,予以确认。

二审法院经审理认为:

上诉人某制药公司不应与被上诉人某资产经营公司分担某生物化工厂所欠的电费违约金。理由为:(1)某生物化工厂已取得企业法人资格,依法应独立承担民事责任。现某生物化工厂尚未注销,应以其自有资产对外承担债务。上诉人某制药公司与被上诉人某资产经营公司签订的联营合同终止协议书中,仅约定由双方代某生物化工厂归还部分债务,而非对某生物化工厂进行正式清算,故该协议书对外并无约束力。(2)终止协议约定某生物化工厂的全部存量资产交由被上诉人某资产经营公司处置,且被上诉人某资产经营公司亦依约处置了某生物化工厂的资产。现上诉人某制药公司并未处置某生物化工厂的财产,被上诉人某资产经营公司要求由上诉人某制药公司承担部分电费违约金，显失公平。(3)即使双方在签订协议书时没有明确约定电费违约金的负担，根据“从债随主债”的原则，电费违约金亦应由负责承担电费的被上诉人某资产经营公司负担。(4)终止协议明确约定某生物化工厂所有因未尽债务(仅限于涉及诉讼案件)而产生的费用由双方依法解决，被上诉人某资产经营公司支付的某生物化工厂拖欠供电局电费及违约金显然不属于诉讼案件。综上所述，原审判决上诉人某制药公司支付被上诉人某资产经营公司负担电费违约金236100元，缺乏相应的事实和法律依据，应予纠正。

据此，二审法院根据《中华人民共和国民事诉讼法》第一百五十三条第一款第(二)项的规定，判决：

一、撤销原审法院判决。

二、对被上诉人某资产经营公司的诉讼请求不予支持。

**【评析】**

本案是联营企业营业期满后联营投资方关于债务承担引起的纠纷。一、二审法院在对联营企业性质的认定及终止协议的效力认定上是一致的，但实体处理结果并不一样，其中涉及的法律问题包括：

一、营业期满的联营企业未办理注销登记，是否仍具有法人资格

《中华人民共和国民法通则》中将联营分为三种类型：法人型联营、合伙型联营与合同型联营。其中法人型联营是指企业之间或企业、事业单位之间联营，组成的具有法人资格的新的经济实体。所以，法人型联营属于企业法人的范畴，其设立、注销均应符合法律关于企业法人的规定。在我国，企业法人资格的取得与消灭均采登记主义，即经工商行政管理部门设立登记方

可取得法人资格,同样,其法人资格也必须经过工商行政管理部门的注销登记才会消灭。企业法人在营业期满尚未办理注销登记时,其法人资格仍应继续存在,只不过此时该法人应视为限制民事行为能力人,仅能从事与经营无关的企业清算等事宜。

本案中,某生物化工厂是由某资产经营公司与某制药公司合资成立的联营企业,并经工商行政管理部门核发《企业法人营业执照》,系具有独立法人资格,能以自身财产独立承担责任的经济实体。因而尽管联营出资人某资产经营公司、某制药公司签订了终止联营体某生物化工厂的协议,在某生物化工厂尚未办理工商注销登记前,其仍然具有法人人格。

二、资产分配应与债务分担相对应

某资产经营公司与某制药公司系某生物化工厂的出资人,双方在某生物化工厂营业期满后签订终止协议,对某生物化工厂的存量资产处置、部分债务的清偿、人员安排等作了具体的约定,这是它们真实意思的表示,内容合法,应当认定有效。但该协议并未对某生物化工厂的全部债权债务都进行了处理,仅约定由某资产经营公司代为归还部分债务,所以该协议可以说是出资人之间签订的代为清偿的协议,并非是对某生物化工厂进行正式清算,故该终止协议只对合同的双方即某资产经营公司与某制药公司有约束力,对外并无约束力。

对于某资产经营公司与某制药公司代为清偿的份额,应按照终止协议的约定来承担;协议中未作约定的债务,则应由某生物化工厂在其自身财产范围内独立承担。本案中,由于终止协议约定某生物化工厂的全部存量资产交由某资产经营公司处置,且某资产经营公司亦处置了某生物化工厂的资产。在此情况下,如果某资产经营公司不是为某生物化工厂的利益而处置了相关财产,致使某生物化工厂无法偿还债务的,则应由某资产经营公司在其处置某生物化工厂财产的范围内承担某生物化工厂的债务。

### 三、遗漏债务已由联营一方承担，联营各方有终止协议的，对内应根据终止协议处置

除了依照“债务分担与资产分配相对应”原则，还可以根据终止协议的约定对相关债务如何分担进行判断。本案中，系争债务是电费违约金，虽然终止协议中未对该笔债务的承担作明确约定，但应由谁承担，仍可以根据终止协议中的其他条款作出判定。

1. 电费违约金不属于“所有未尽债务产生的费用”的范畴。终止协议约定，“本协议签订后，某生物化工厂所有未尽的债务(仅限于涉及诉讼案件)而产生的费用由双方依法解决”。如果电费违约金属于此处所指“所有未尽债务产生的费用”，那么该违约金的承担应当由某资产经营公司与某制药公司“依法解决”。然而，协议中约定的“所有未尽债务仅限于涉及诉讼案件”，而系争电费违约金显然不属于诉讼案件，所以不属于“所有未尽债务产生的费用”的范畴。

2. 电费违约金属于终止协议中约定由某资产经营公司代为清偿的电费范畴。某制药公司与某资产经营公司在签订终止协议时，已经知道某生物化工厂长期拖欠电费，故双方也应知道某生物化工厂需向某供电局支付电费违约金，且协议中对电费上限也未作明确约定，电费违约金应包括在电费的范畴内。既然电费违约金包括在电费的范畴内，依照协议约定，这部分违约金应当由某资产经营公司承担。即使违约金不在电费范畴内，但其系因电费未及时缴付而产生的，故从法理上而言，电费违约金应属电费的从债务，依据“从债随主债”的原则，违约金亦应由主债的代偿方某资产经营公司承担。所以，在某制药公司明确

表示不同意支付违约金的情况下，某资产经营公司无权要求某制药公司分担部分电费违约金。一审判决某制药公司按实际的投资比例承担236000元电费违约金，缺乏相关事实和法律依据，依法应予以改制。

（钟可慰）

# 某货运有限公司与某物流有限公司合作协议纠纷案

## ——违反部门规章的合同并不当然无效

**【提示】**

双方当事人签订的空运合作协议违反了国家商务部和国家民用航空总局制订的规章，但并未违反法律、行政法规的强制性规定，亦未损害公共利益，该协议仍应依法成立。

**【案情简介】**

上诉人（原审被告、反诉原告）：某物流有限公司

被上诉人（原审原告、反诉被告）：某货运有限公司

原告某货运有限公司诉称：原告是一家港资国际货运代理公司。2005年4月1日，原告与被告某物流有限公司签订了一份空运合作协议书，约定由被告提供原告货运代理使用权，并提供航空公司运单；原告通过被告申领航空公司运单，并支付相关航空公司、仓库的保证金、押金。协议签订后，原告应被告要求共支付了110.75万元。2005年8月，原告的上海分公司取得货运一级代理资质，而根据双方协议约定，待上海分公司货运一级代理资质证照申请办理完成，双方可解除协议，被告需无条件退还押金。另根据国家对国际货运代理业管理的规定，国际货运代理企业不得将国际货运代理经营权转让或变相转让，收取

相关代理费、佣金或获得其他利益。据此，原告于2005年10月27日发函通知被告，自次月起终止原协议履行，双方妥善处理善后有关押金、保证金的返还问题。被告在收到解除合同通知后，并未履行义务，还擅自划转专用账户内属原告的运费8.8万元并更改了银行印鉴，致使原告不能提取专用账户内的运费。故请求法院判令：(1)解除双方签订的空运合作协议书；(2)被告向原告返还B航空公司保证金50万元；(3)被告向原告返还E货运公司仓库押金5.25万元；(4)被告返还原告专用账户内运费89387.48元。

被告某物流有限公司辩称：被告对原告某货运有限公司诉称的双方建立空运合作关系的事实，以及诉请第(2)、(3)项金额均不表示异议。但原告诉请第(4)项的金额应为8.8万元；原告提前终止合同，应按合同法相关规定处理。

某物流有限公司同时反诉称：双方在履行空运合作协议书的过程中，某货运有限公司自2005年8月开始拖欠数家航空公司运费、地面操作费、管理费等相关费用，反诉原告对相关费用予以垫付。某货运有限公司拖欠费用的行为给反诉原告的商业信誉、经营形象造成损失。故反诉请求法院判令：(1)某货运有限公司返还反诉原告垫付的A航空公司运费152624.47元、2005年10月管理费1万元；(2)返还B航空公司运费108812.40元、2005年10月管理费1万元；(3)返还C物流公司地面操作费12184.35元；(4)返还D货物运输服务有限公司地面操作费2331.30元；(5)返还E货运有限公司进口货物操作费45223元；(6)返还委托空运出口运费77248元；(7)返还2005年10月、11月账户管理费2万元；(8)支付销售(运单)税金71764.80元；(9)赔偿反诉原告利息、经营信誉损失6万元。

一审法院经审理查明：

2005年4月1日，原告某货运有限公司作为乙方，被告某物流有限公司作为甲方，签订了空运合作协议书一份，约定：由甲方提供乙方货运代理使用权，并提供航空公司运单，乙方通过甲方申领航空公司运单，乙方提供有关外航的资源及客源，并由甲方代乙方与航空公司签订合约；乙方使用甲方发票并以甲方名义开立银行账户，乙方若自行申领航空公司运单须向甲方提供一次性保证金；乙方应支付甲方每月12000元的账户管理及操作费用，乙方若使用甲方申领的航空公司运单应支付甲方每月10000元的航空公司管理费；合作期限自2005年4月1日至2008年3月31日，待乙方的上海分公司货运代理一级资质证照申设完成，可自行开立货代统一发票向航空公司申领提单时，则甲方同意与乙方立即签订新的合作协议，本协议无条件自动失效。双方还就违约责任作了约定。

合同签订后，原告于2005年5月起支付给被告涉及B航空公司的保证金合计50万元，支付给被告涉及E货运公司的仓库押金52500元。同年8月，原告上海分公司取得货运一级代理资质，之后上海分公司根据协议约定于同年10月27日发函通知被告次月起终止原协议的履行，双方妥善处理协议终止的善后问题，以及与此相关的第三方协议的终止事宜。同年11月10日原告致函被告称，上海分公司前发终止函件系经原告有效授权，依协议约定上海分公司取得货运一级代理资质，原告即可行使合同解除权，希望双方就保证金、押金账目清理等善后问题安排协商。同年12月，被告变更了以其名义为原告开立的银行账户印鉴章，并划取运费8.8万元，目前账户内尚余1940.81元。

原告在履行空运合作协议书过程中，自2005年8月开始有拖欠各航空公司运费、地面操作费、管理费等相关费用，被告对该费用进行了垫付。被告垫付费用分别为:原告应付A航空公司2005年9月、10月运费152624.47元、2005年10月管理费1万元;应付B航空公司2005年8月、10月运费108812.40元、2005年10月管理费1万元;应付C物流公司2005年8月至10月地面操作费12184.35元;应付D货物运输服务有限公司2005年9月至10月的出口货物地面操作费2331.30元;应付E货运有限公司2005年10月至11月进口货物操作费45223元;应付2005年10月20日委托被告空运出口运费77248元;应付被告2005年10月、11月账户管理费人民币20000元;应付被告2005年6月至10月A航空公司运单、2005年8月至10月B航空公司运单销售(运单)税金71764.80元。

一审法院经审理认为:

原告某货运有限公司与被告某物流有限公司之间的空运合作合同关系依法成立,双方均应切实履行各自的义务。现原告依合同约定向被告主张解除空运合作协议书,符合《合同法》关于约定解除合同的规定,该项请求法院依法可予支持。鉴于被告对原告要求其返还的航空公司保证金、货运公司仓库押金及专用账户内运费(该账户实际金额为89940.81元,被告愿意按实际金额予以返还)款项不持异议,故被告理应承担欠款的给付责任。

被告向原告反诉主张返还的垫付航空公司运费、管理费、地面操作费、委托空运出口运费、账户管理费、销售(运单)税金等费用(即被告反诉请求第1—8项),原告对支付上述费用不持异议,法院对被告的上述反诉请求予以支持。被告反诉要求原告赔偿经营信誉等损失6万元,缺乏事实和法律依据,法院依法难以支持。

据此,一审法院根据《中华人民共和国合同法》第九十三条、

第一百零九条、第一百一十三条第一款的规定，判决：

一、解除原告某货运有限公司与被告某物流有限公司签订的空运合作协议书；

二、被告某物流有限公司应向原告某货运有限公司支付航空公司保证金500000元、货运公司仓库押金52500元及专用账户内运费89940.81元；

三、原告某货运有限公司应支付被告某物流有限公司垫付的A航空公司运费152624.47元、管理费1万元，B航空公司运费108812.40元、管理费1万元，C物流公司地面操作费12184.35元，D货物运输服务有限公司地面操作费2331.30元，E货运有限公司进口货物操作费45223元，委托空运出口运费77248元，账户管理费20000元，销售（运单）税金71764.80元；

四、对被告某物流有限公司要求原告某货运有限公司赔偿损失的反诉请求不予支持。

某物流有限公司不服一审判决提起上诉称：(1)《民用航空运输销售代理业管理规定》明确规定，申设人需具备民航行政主管部门核发的空运销售代理业务经营批准证书，方可经营空运销售代理业务，而被上诉人某货运有限公司上海分公司至今仅取得货运代理一级证照，并未取得《航空运输销售代理业务经营批准证书》，故《空运合作协议书》中约定的解除合同的前提条件——“可自行向航空公司申领运单”并未成就，一审法院认定被上诉人有权单方面解除《空运合作协议书》有误。(2)因被上诉人的违约行为，造成上诉人丧失销售A航空公司运单的资格，上诉人以实际经营A航空公司主运单的最低月收入6万元为依据，要求被上诉人赔偿损失的反诉请求应得到支持。(3)一审法院在处理一审本诉、反诉案件受理费的承担上，未充分考虑被上诉人违约在先的事实，有失公正。故请求撤销一审判决第一、四项，支持上诉人要求被上诉人赔偿利息、经营信誉损失6万元的一审反诉请求。

被上诉人某货运有限公司辩称：本案为合同纠纷，若上诉人认为其商业信誉被侵犯，应另行提起侵权之诉。请求驳回上诉，维持原判。

二审法院经审理查明：一审法院查明的事实属实，予以确认。

被上诉人在二审审理中确认，其上海分公司仅取得货运代理一级证照，并未取得《航空运输销售代理业务经营批准证书》及相关批复。

二审法院经审理认为：

根据相关规定，经营空运销售代理业务必须具备民航行政主管部门或者民航地区行政管理机构核发的相应空运销售代理业务经营批准证书。被上诉人某货运有限公司在二审中自认其上海分公司尚未取得中国民用航空总局运输司有关同意其经营空运销售代理业务的批复以及中国民用航空总局核发的《航空运输销售代理业务经营批准证书》，故被上诉人上海分公司目前仍不能自行向航空公司申领提单，系争空运合作协议书约定的解除合同条件尚未成就。一审法院适用《合同法》第九十三条，认定被上诉人有权依据合同约定解除系争空运合作协议书有误，应予纠正。鉴于上诉人某物流有限公司现向法院表示同意解除系争《空运合作协议书》，故一审判决第一项可予以维持。至于上诉人提出的要求被上诉人赔偿其利息、经营信誉损失6万元的一审反诉请求，因其仅提供了部分运单报表加以佐证，并无确凿、充分证据证明其利息、经营信誉损失已实际发生，故对上诉人的该项上诉请求难以支持。一审法院关于一审本诉、反诉案件受理费的处理并无不当,应予维持。

据此,二审法院根据《中华人民共和国民事诉讼法》第一百五十三条、第一百五十八条的规定,判决驳回上诉,维持原判。

【评析】

本案系当事人之间因空运合作而引发的纠纷,主要涉及的法律问题有:空运合作协议书的效力、合作协议可否解除、商业信誉侵权是否成立。

一、关于空运合作协议书的效力问题

本案纠纷涉及的《空运合作协议书》约定了某物流有限公司提供某货运有限公司货运代理使用权,虽然某货运有限公司的对外业务仍以某物流有限公司名义进行,但双方通过协议的方式使某货运有限公司可以经营国际货运代理业务,而某物流有限公司取得了管理费等利益。由于航空运输代理是一项特许经营行业,本案双方之间的这种合作是否有效,就成了首先要解决的问题。

我国民用航空总局1993年颁布的《民用航空运输销售代理业管理规定》第三十七条规定(以下简称《管理规定》,该规定于2008年1月被废止),经营空运销售代理业务的单位需具备民航行政主管部门核发的空运销售代理业务经营批准证书。商务部2004年颁布的《国际货物运输代理业管理规定实施细则》(以下简称《实施细则》)第四十一条规定,"国际货运代理企业不得将国际货运代理经营权转让或变相转让;不得允许其他单位、个人以该国际货运代理企业或其营业部名义从事国际货运代理业务;不得与不具有国际货运代理业务经营权的单位订立任何协议而使之可以单独或与之共同经营国际货运代理业务,收取代理费、佣金或者获得其他利益。"从这一系列规定可见,从事航空运输业务有明确的资质要求，国际货运代理经营权不能随意转让或变相转让。

本案中，某货运有限公司至二审终结时仍未取得中国民用航空总局有关同意其经营空运销售代理业务的批复，也没有取得中国民用航空总局核发的《航空运输销售代理业务经营批准证书》。也就是说，从合同订立至双方解除合同，某货运有限公司一直处于缺乏航空货运经营资质的状态，双方的《空运合作协议书》违反了国家民航总局和商务部的规定。

那末，本案系争的协议书是否就因此归于无效呢？根据合同法原理，鼓励交易是合同法的重要精神，合同纠纷案件的处理不应产生阻碍合法交易的后果。在此精神指导下，实践中对合同效力的否认通常采取谨慎的态度。

我国《合同法》第五十二条规定，违反法律、行政法规的强制性规定的合同无效。据此，法院应当将全国人大及其常委会制定的法律和国务院制定的行政法规作为判断合同效力的依据。当然，如果合同损害了公共利益，虽然没有违反法律、行政法规的强制性规定，法院仍可援引"地方性法规或者行政规章"作为否认合同效力的依据。其次，只有违反法律和行政法规的强制性规定才能确认合同无效。强制性规定包括管理性规范和效力性规范。管理性规范是指法律及行政法规未明确规定此类规范将导致合同无效的规范。此类规范旨在管理和处罚违反规定的行为，但并不否认该行为在民商法上的效力。

因此，在处理本案系争协议的效力问题上，可以从以下方面进行考量：

首先，本案系争的合作协议虽然违反了国家民用航空总局颁布的《管理规定》以及商务部颁布的《实施细则》，但这两个规定属于部门规章，并不是法律或行政法规，因此不属于违反法律、行政法规的强制性规定。其次，从合作协议的内容来看，很难认定其达到了损害公共利益的程度。某货运有限公司虽然没有取得航空货运的资质，但从查明的事实反映，其拥有完全的国际货物运输的能力和相关设备。再者，某货运有限公司的经营范围是航空货物运输，并非危及人身生命安全的航空旅客运输。因此，不能也不宜认定协议内容损害了“公共利益”。据此，法院认定系争合作协议依法成立，肯定其效力并无不妥。对于协议双方当事人违反国家民用航空总局和商务部相关规定的行为，可依法对双方予以处罚，以规范行业行为，而不是断然否认合同效力。

二、关于本案诉争的合作协议是否可以解除的问题

《合同法》第九十三条规定，“当事人协商一致，可以解除合同。当事人可以约定一方解除合同的条件。解除合同成就时，解除权人可以解除。”当然，这里对合同约定解除的条件也不是没有任何限制的，解除协议的内容不得违反法律、行政法规的强制性规定，不得违背国家利益和社会公共利益。否则，解除协议无效，当事人仍要按原合同履行义务。合同解除制度不仅是一项重要的法律补救措施，同时亦与合同作为经济纽带作用的发挥及人们对合同的信赖程度紧密相关。也就是说，合同是双方当事人合意的最终体现，为实现合同双方各自的权益而存在，在失去合同所要追求的目的之后，即使法律强制其存在，也没有任何意义了。

本案中，某货运有限公司提出解除合同的理由是：合作协议书中明确约定，待其上海分公司货运一级代理资质证照申请办理完成，双方即可解除协议。而其认为协议约定的解除条件已经成就，故其可以解除合同。但二审审理查明，某货运有限公司上海分公司虽然取得了一级代理资质证照，但并未取得空运代

理资质,尚不能自行向航空公司申领运单,因此协议约定解除的条件并未全部成就,某货运有限公司不能以取得一级代理资质证照为依据解除协议。可是,协议约定解除的条件虽尚未成就,但法律并不禁止当事人协商解除合同。诉讼过程中,某物流有限公司考虑到双方共同合作的意愿已不复存在,故明确表示同意解除合作。可以说,本案系争合作协议的最终解除,体现了双方共同的意愿,同时也反映了合同解除制度设置的意义。

三、关于某物流有限公司反诉的商业信誉侵权是否成立的问题

商业信誉是指企业信得过的名声及其对顾客的吸引力,以及由此带来的经济利益。它是由企业的资信和经营者多年诚实信用与公认的商业道德所建立起来的,是企业的一种无形财产和重要财产之一,也代表了企业的经营情况和竞争形势。

那末,何为损害商业信誉的行为呢?最高人民法院在2004年颁布的《关于审理不正当竞争民事案件适用法律若干问题的意见》中,对如何准确认定商业信誉侵权作了比较详细的规定,包括:(1)假冒行为;(2)虚假宣传与商业诋毁;(3)侵犯商业秘密;(4)其他不正当竞争行为。因此,对损害商业信誉问题,应从以下方面认定:损害商业信誉、商品声誉行为的构成要件,是指无中生有,制造和散播谣言,扰乱视听,对竞争对手的商业信誉或商品声誉造成损害;主体要件是经营者或者经营者指使他人;客观上实施了捏造、散布虚伪事实的行为,并达到了损害的结果;主观上是为了损害竞争对手的商业信誉、商品声誉。

本案中,某货运有限公司并没有主动实施损害某物流有限公司商业信誉的行为,没有主动制造和散播谣言,亦没有捏

造、散布虚伪的事实。而某物流有限公司也只是提出了要求对方给予侵害赔偿的请求，既没有提供充分证据证明对方存在侵犯商业信誉的行为，也没有证据证明其受到了损害。因此，从法律的角度看，很难认定某货运有限公司侵犯商业信誉的事实成立。

（壮春晖）

# 沈某、某贸易发展有限公司与侯某联营合同纠纷案

## ——境外联营企业的股权转让违反被投资国法律应属无效

**【提示】**

两位中国公民签订联营协议在境外合资设立公司后，因两者之间的股权转让协议违反被投资国法律而未获被投资国批准。在无法查明被投资国有关对违法合同效力认定的法律法规时，可根据我国对涉外民事行为法律适用的规定，适用我国法律确认股权转让协议无效。

**【案情简介】**

原告：沈某

原告：某贸易公司

被告：侯某

原告沈某、原告某贸易公司共同诉称：两原告与被告侯某于2001年9月20日签订了一份《联合经营协议》，约定双方共同去尼日利亚投资组建彩钢板贸易加工公司，协议确定了双方的股权比例。2002年5月，经尼日利亚企业登记注册部门审核批准，原告沈某与被告共同设立的某彩色钢板厂（以下简称彩钢厂）依法成立。2002年12月31日，两原告与被告签署了解除

协议,约定彩钢厂的全部资产及经营权利和风险均由原告享有,原告按照被告投入的注册资本1104.2万元支付被告股权转让款;被告同意原告分期支付。后原告支付给被告30万美元。2005年6月,两原告就余款及利息的支付与被告又签订了一份保证还款协议书。2005年9月,彩钢厂向尼日利亚出口加工区管理局(以下简称管理局)提出批准被告出售股权的申请。同年10月,该管理局函复对彩钢厂股东结构的变化不予批准。由于原、被告双方签订的解除协议违反了尼日利亚国家的法律规定,致使原告的合同目的无法实现。故请求法院判令:(1)确认解除协议及保证还款协议书无效;(2)被告返还股权转让款30万美元。

被告侯某辩称:原告沈某、某贸易有限公司与被告之间的法律行为应受中国法律约束和保护。解除协议与保证还款协议书是两个独立的、合法有效的民事法律行为,后者并不是前者的附件。解除协议的诉讼时效已过,协议约定的解除生效日期为2001年11月30日,原告在时隔3年多后才提出撤销解除协议。保证还款协议书是经公证的合法有效的协议,也是原、被告的真实意思表示。由于原告没有按照我国对外投资的相关规定履行对外投资审批手续,故在尼日利亚设立的彩钢厂是不合法的,原告对此是明知的。由于彩钢厂未办合法手续,所以原、被告才同意终止联营并进行清算,不存在股权转让事宜。彩钢厂并未正式成立的原因,是原告并未按承诺将案外另一家公司的厂房和设备等资产转入,被告支付给原告的投资款从未汇付至尼日利亚。解除协议签署至今,原告没有按约办理彩钢厂的解散歇业手续,相应的法律后果应由原告自行承担。至于原告退还被告的30万美元,是返回投资款,并不是原告所述的股权转让金。此外,管理局是一个法人团体而非行政机关,其总经理办公室出具的函不具有法律效力，不适用于本案。原告提供的彩钢厂章程中的权利被告从未享有过，且该章程在解除协议签订后应无效。

针对被告的辩称，原告沈某、某贸易公司补充陈述：由于受我国外汇管理制度规定的限制，原告在收到被告支付的注册资本后，无法将资金直接汇至尼日利亚。因此，原告用被告的资金购买设备后运至尼日利亚，并在尼日利亚另行筹措资金，作为被告的注册资本投入彩钢厂，彩钢厂的验资报告也证明了被告确实投入了资金。

法院经审理查明：

2001 年 9 月 20 日，原告沈某、原告某贸易公司作为一方，被告侯某作为一方，签订了一份联合经营协议。协议约定：双方共同至尼日利亚投资组建彩钢板贸易加工公司，由原告提供位于尼日利亚国某工业区内的厂房、生产流水线等，被告提供流动资金，双方各占 55%、45%股份。联合经营期限暂定 8 年，自 2001 年 9 月 20 日起至 2009 年 9 月 20 日止。联营期满或提前终止联营，(公司)剩余资产、资金由双方按股份比例分割，具体方法届时另议。任何一方要求提前终止协议，应当提前一个月通知对方，并经协商一致才可实施。任何一方违约应按照《中华人民共和国合同法》承担责任，双方如有争议，可诉请人民法院裁决，诉讼管辖地为中国上海。协议还对联营期间的经营管理、损益分配和结算等作了约定。2001 年 9 月 25 日、12 月 19 日，原告某贸易公司分别出具资金到位确认书给被告，确认收到被告的投资款折合人民币 1104.2 万元。审理中，双方当事人均确认该款系被告为投资彩色钢板厂而支付的出资款。2002 年 5 月，经尼日利亚企业登记注册部门审核批准，原告沈某与被告侯某根据联合经营协议共同设立的彩钢厂依法成立。原告沈某投入165万美元，占55%股权；被告投入135万美元，占45%股权。彩钢厂章程对股份的转让约定为："本公司的股份应当可以转让，由转让人和受让人签字的普通形式的书面文件作出并交付给本公司，以及必须通知有关部门以求批准，直至经管理局批准，且该股份受让人的姓名正式登记记入成员登记册为止，转让人应仍然视为该股份的持有人"。章程在"股东的优先购买权"一节中有一条约定为"本公司的股份只有经管理局允准方能变更，管理局拥有获取该股份的第一选择的权利"。2002年8月2日，尼日利亚的会计师事务所出具一份验资报告，载明截至2002年7月30日，彩钢厂已经收到沈某出资165万美元、侯某出资135万美元，上述实际出资300万美元是以现金方式支付的。2002年12月31日，两原告与被告签订了一份解除协议，协议约定：经双方友好协商一致，同意提前终止，联合经营协议自2002年12月宣布解除。彩钢厂的全部资产及经营权利和风险均由两原告享有，两原告退回被告全部投资款人民币1104.2万元。为保证企业的正常运行，被告同意原告分三期支付。2005年6月14日，两原告与被告以及案外人上海某特种养殖业有限公司（以下简称养殖公司）签订了一份保证还款协议书，协议书载明：原告已于2004年5月8日归还被告30万美元，尚余债款人民币857.75万元及相应延期利息未清偿。协议重新约定了清偿期限。养殖公司为原告的上述还款提供连带责任的保证担保。原告及养殖公司承诺，若届期不履行还款义务或保证义务，自愿直接接受司法机关强制执行。该协议书后经宝山区公证处办理了具有强制执行效力的债权文书公证书。2005年6月底，因原告未按期履行还款义务，养殖公司亦未履行保证义务，被告遂向上海市宝山区人民法院申请强制执行。2005年9月，彩钢厂向管理局提出批准被告出售股权的申请。10月，该管理局总经理办公室代表总经理函复，不允许被告出售彩钢厂的股权。2006年2月，管理局再次致函彩钢厂，对不允许被告出售彩钢厂股权作出了进一步的答复。管理局称，“尼日利亚出口加工区法令(以下简称NEPZA法案)要求在任何地区的任何投资人或经批准的企业在购买、转让或转售公司股份时必须通知本管理局，除非该公司的股票在任何国际证券交易所中公开报价并自由转让。根据上述法案S.10(4)条的授权，本管理局有权在必要时颁发政令管理各地区。因此，本管理局根据上述法案该条款，发布了尼日利亚境内各自由贸易区投资流程、管理规定和运作指导。上述流程、管理规定和运作指导对股票的收购及转让程序作出了明确的规定。但是有必要强调，经批准的企业如需在任何地区转让任何数量的股份，本管理局有优先收购该转让股份的权利。基于上述理由，贵公司未能符合NEPZA法案和相关规定的要求，因此对彩钢厂股东结构的变化不予批准。”2006年3月，管理局又一次致函彩钢厂，称根据NEPZA法案规定，管理局有权监督本区批准的企业中的股份购买或转让。管理局不批准原、被告之间股权转让协议的原因，在于该股权转让协议不符合NEPZA法案的规定，该协议的股份转让行为无效。2006年4月，两原告致函被告，要求被告收到信函30日内，至尼日利亚办理资产交接手续。5月，被告代理律师函复两原告，称双方之间不存在股权转让，而是提前终止联营，解散公司等。

法院在审理中，要求各方当事人分别提供系争纠纷涉及的尼日利亚法律。两原告向法院提供了NEPZA法案，被告对此予以认可。与争议有关的其他尼日利亚法律，两原告以及被告均未提供。

法院经审理认为：

原告沈某、原告某贸易公司与被告侯某在尼日利亚共同投资设立了彩钢厂，由于尼日利亚并不禁止境外人员在其境内设立公司，故彩钢厂应为合法的尼日利亚法人。被告的投资款由于受我国外汇管理制度规定的限制，无法从我国境内直接汇至尼日利亚，但彩钢厂的注册资料、验资报告、章程等亦均反映被告为彩钢厂的股东之一，注册资本系现金形式，这证明被告在彩钢厂有真实的投资。被告认为彩钢厂非合法设立，其投资款并未投入彩钢厂的辩称缺乏事实和法律依据，不予采信。

原告沈某与被告侯某作为彩钢厂的股东，在彩钢厂设立半年后，签订了解除联合经营的协议，并约定在被告退出彩钢厂后，由两原告继续经营并享有权利和义务，被告的投资款由两原告支付。这种约定，实际是一种股权转让性质的约定，而非公司解散清算的约定。由于彩钢厂系尼日利亚法人，因此股东之间转让股权的行为应当遵守尼日利亚法律的规定。根据彩钢厂公司章程的约定，以及尼日利亚 NEPZA 法案等规定，彩钢厂的股权转让应当经管理局批准，且管理局享有优先购买权。现管理局明确表示，两原告与被告之间的股权转让协议不符合NEPZA法案和其他相关规定的要求，属于无效转让行为，对股权转让不予批准。鉴于目前无法查明尼日利亚法律关于违法合同效力的规定，对此可适用我国法律。根据我国法律规定，解除协议因违反尼日利亚法律规定，属于无效协议。两原告与被告之间的保证还款协议书是对解除协议中关于原告还款方式的补充约定，由于解除协议无效，保证还款协议书亦无效。被告依据上述无效协议从两原告处取得的财产应当返还。据此，法院依照《中华人民共和国合同法》第五十二条第（五）项、第五十八条、第一百二十六条第一款、《最高人民法院关于贯彻执行〈中华人民共和国民法通则〉若干问题的意见（试行）》第一百八十四条第一款、第一百九十三条的规定，判决：

一、确认原告沈某、原告某贸易公司与被告侯某于2002年12月31日签订的《联合经营协议的解除协议》、于2005年6月14日签订的《保证还款协议书》无效;二、被告侯某应于判决生效之日起十日内返还两原告30万美元。

一审判决后,各方均未上诉。

**【评析】**

本案系两位中国公民至境外投资而引发的纠纷,虽然本案的原、被告均为中国公民,且系争协议名为联营协议,但双方实际争议标的为境外公司的股权,因此本案属于涉外股权纠纷案件。本案的争议焦点在于解除协议以及保证还款协议的效力如何认定。对此,需要澄清彩钢厂是否合法设立、侯某的投资款是否实际投入彩钢厂、解除协议的性质和法律适用等四个问题。

一、彩钢厂是否合法设立

沈某与侯某为至尼日利亚投资,签订了联合经营协议,之后双方共同投资设立了彩钢厂。由于彩钢厂的注册地在尼日利亚,因此彩钢厂系尼日利亚法人。根据《最高人民法院关于贯彻执行〈中华人民共和国民法通则〉若干问题的意见(试行)》第一百八十四条第一款关于外国法人以其注册登记地国家的法律为其本国法,法人的民事行为能力依其本国法确定的规定,彩钢厂的民事行为能力应当依照尼日利亚法律确定。尽管我国目前对个人境外投资有诸多行政性的限制,但彩钢厂系按照尼日利亚法律设立,尼日利亚并不禁止境外人员在其境内设立公司,因此彩钢厂为合法的尼日利亚法人,其法人地位应当予以确认。

二、侯某的投资款是否已实际投入彩钢厂

侯某的投资款虽然受我国外汇管理制度规定的限制,无法从我国境内直接汇至尼日利亚,但彩钢厂的注册资料、验资报告、章程等均反映被告为彩钢厂的股东之一，据此可以认定侯某的投资款已实际投入彩钢厂。

三、解除协议是股权转让协议还是解散公司的清算协议

沈某与侯某作为彩钢厂的股东，在彩钢厂设立半年后签订了解除联合经营的协议。由于沈某与侯某的联营方式是成立法人型企业，因而双方解除联营的方式可以是解散联营企业，也可以是一方退出联营，联营企业继续存续。所以，解除联营并不必然导致联营体的解散。根据解除协议约定，双方解除联营后，彩钢厂的全部资产及经营权利和风险均由沈某和某贸易公司享有，沈某和某贸易公司退回侯某全部投资款。从这些约定可以看出，在侯某退出彩钢厂后，彩钢厂的主体资格依然存在，由沈某和某贸易公司继续经营并享有权利和义务，侯某的投资款由沈某和某贸易公司支付。此外，解除协议并未涉及公司的结算和清算，彩钢厂的经营活动并未因此而停止。所以，这种约定实际是一种股权转让性质的约定，而非公司解散清算的约定。如果是解散公司，那末公司所有的经营活动应当停止，进入清算阶段，在所有债权债务了结后，若公司仍有财产，股东方可按投资比例进行分割。此时，股东收回的资金或实物实际是从公司处获得，而非由其他股东承担。因此侯某认为解除协议系解散、清算协议的观点缺乏依据，不能成立。

四、本案的法律适用问题

由于彩钢厂系尼日利亚法人，根据《最高人民法院关于贯彻执行〈中华人民共和国民法通则〉若干问题的意见(试行)》第一百八十四条第一款关于“外国法人以其注册登记地国家的法律为其本国法”的规定，双方当事人之间转让股权的行为，应当遵守尼日利亚法律的规定，本案在实体问题的处理上应当适用尼日利亚法律。根据彩钢厂公司章程约定，以及尼日利亚NEPZA

法案等规定,彩钢厂的股权转让应当经管理局批准,且管理局享有优先购买权。现管理局明确表示,本案系争的股权转让协议不符合 NEPZA 法案和其他相关规定的要求,属于无效转让行为,对股权转让不予批准。由于系争的股权转让协议违反了尼日利亚有关法律的规定,其效力如何必须先查明尼日利亚法律中对于违法合同效力的规定。

根据《最高人民法院关于贯彻执行〈中华人民共和国民法通则〉若干问题的意见(试行)》第一百九十三条的规定,对于应当适用的外国法律,可通过以下途径查明:(1)由当事人提供;(2)由与我国订立司法协助协定的缔约对方的中央机关提供;(3)由我国驻该国使领馆提供;(4)由该国驻我国使馆提供;(5)由中外法律专家提供。通过以上途径仍不能查明的,适用中华人民共和国法律。由于尼日利亚系英美法系国家,法院在审理中通过上述途径均未查明相关的法律规定,因此,该案最终适用我国法律。根据我国法律规定,解除协议因违反尼日利亚法律规定,属于无效协议。由于保证还款协议书是对解除协议中关于原告还款方式的补充约定,解除协议无效,保证还款协议书亦无效,被告依据上述无效协议从原告处取得的财产即 30 万美元,应当返还。

(壮春晖)

# 某电影院与某股份有限公司联营合同纠纷案

## ——联营类型的认定与联营期间纠纷的定性

**【提示】**

联营存在的形式多样,要确切判断所属类型,应当综合多方面因素。在此之前,法院审理时首先要把握联营过程中产生纠纷的本质法律特征,将其准确定性,才能正确判断是否为联营纠纷,进而正确裁决各联营主体的民事责任,达到定纷止争的目的。

**【案情简介】**

上诉人(原审被告):某电影院

被上诉人(原审原告):某股份有限公司

原告某股份有限公司诉称:在原告与被告某电影院组建联营体过程中,因被告资金匮乏,难以足额投入约定的投资款,故被告分别于1993年8月23日和1999年7月13日向原告借款,原告遂将85万元借给被告。嗣后,被告向原告还款20万元。2004年10月19日,被告在企业询证函上签章确认向原告借款65万元的事实。2005年3月9日,原告要求被告还款,但被告至今未还。故请求法院判令被告向原告支付欠款65万元。

被告某电影院辩称:本案并非一般借款,而是在改建和经营原、被告组建的联营体过程中产生的借款。被告归还借款的条件为联营体取得利润，而实际上联营体自组建以来亏损严重。

一审法院经审理查明：

1993年8月23日，被告某电影院向原告某股份有限公司出具《借款报告》称，某电影院向某股份有限公司借款80万元，用于某电影院房屋设备的大修改造，所借资金在2年内全部还清，在获得利润后即归还。1994年7月31日，某电影院向某股份有限公司出具《延期还款的报告》称，因按原计划还款有困难，调整还款计划为：1995年2月、7月、11月，各还款20万元；1996年2月，还款20万元。1993年7月13日，某股份有限公司、某电影院签订《协议书》约定，某股份有限公司为某电影院垫付维修资金5万元，某电影院最迟于2002年10月前归还。2004年10月19日，某股份有限公司委托会计师事务所出具询证函，某电影院确认截至2004年9月30日止，尚欠某股份有限公司65万元借款。2005年3月18日和2006年10月8日，某股份有限公司就还款事宜致函某电影院，要求某电影院归还借款，但某电影院至今未归还借款。

一审法院经审理认为：

原告某股份有限公司、被告某电影院之间的借款行为，违反了有关企业之间禁止借款的规定，应当确认借款行为无效。无效合同的责任应由某股份有限公司、某电影院承担。按照无效合同的处理原则，因合同取得的财产，应当予以返还。某电影院应承担还款责任。某电影院要求某公司承担联营亏损一节，系另一法律关系，可另行起诉解决。

据此，法院根据《中华人民共和国合同法》第五十二条第（五）项、第五十八条的规定，判决：

被告某电影院应在判决生效之日起十日内归还原告某股份

有限公司借款 65 万元。

某电影院不服一审判决提起上诉称:对借款事实以及欠款金额没有异议,但是本案并非单纯借款合同纠纷,实际应为联营纠纷,因为上诉人系于联营过程中,基于追加联营投资额的目的向被上诉人某股份有限公司借款,所借款项亦用于联营体,双方为此还对联营利润分配条款作了不利于上诉人的调整,并且根据有关借款报告的规定,上诉人获得联营利润后返还借款。因此,从借款的背景、用途、返还条件等约定分析,系争借款是联营合同的组成部分,原审法院割裂了联营与借款的关系,将本案系争借款定性为企业之间无效借款不符合事实。同时,根据借款报告关于返还借款的条件约定,由于联营体连年亏损,因此上诉人返还被上诉人借款的条件亦不具备。综上所述,一审法院认定事实错误致使作出错误裁判,请求撤销一审判决,依法改判驳回被上诉人的原审诉清或将本案发回重审。

被上诉人某股份有限公司辩称:系争借款的原因与用途确如上诉人某电影院所述,但这并不影响双方在联营法律关系之外发生借款法律关系,一审法院将本案纠纷定性为企业之间无效借款是正确的。关于借款的返还是否附有上诉人获得联营利润后才予返还这一条件,因系争借款行为无效,因此即便存在附返还条件的约定,该约定亦应一并无效,况且上诉人在之后的延期还款报告中自行确认了分期还款的具体时间,可表明上诉人也确认系争借款不再以获得联营利润为返还条件。综上所述,一审法院查明事实清楚,适用法律正确,请求驳回上诉,维持原判。

二审法院经审理查明:一审法院查明的事实属实,予以确认。

二审法院经审理认为:

本案当事人对借款事实以及欠款具体金额没有异议,但对系争借款属联营纠纷还是借款合同纠纷、上诉人某电影院还款是否以获得联营利润为条件存在争议。关于系争借款属联营纠纷还是借款合同纠纷，虽然上诉人某股份有限公司与被上诉人之间存在联营法律关系，系争借款亦发生于双方联营过程中，但即便上诉人将所借款项投资于联营体，亦是上诉人对联营体的投资，与被上诉人无涉。因此，上诉人与被上诉人之间就系争借款成立借款法律关系。就此产生的纠纷，可独立于联营法律关系作出处理。上诉人主张的从系争借款的目的、用途分析应确认系争借款属联营纠纷缺乏依据，不予采信。至于上诉人提出的被上诉人为上诉人提供借款之后，双方对联营中有关利润分配的条款做了不利于上诉人的调整问题，应视为双方就各自民事权利义务作出协商，亦无法证明上诉人关于系争借款属联营合同组成部分的主张。关于上诉人还款是否以获得联营利润为条件，首先有关借款报告中提及的上诉人对"所借资金在两年内全部还清，在获得利润后即归还"的表述来看，可理解为上诉人向被上诉人作出的对还款期限以及还款款项来源的一种预期意见，并不必然得出上诉人只有在获得利润后才归还借款的含义。其次，上诉人在之后的还款报告中明确了分期还款的具体时间，结合上诉人在本案诉讼中提出的联营连年亏损的意思表示，可表明上诉人确认系争借款的归还不以获得联营利润为条件。因此，上诉人关于因联营连年亏损，根据还款条件的约定，还款条件尚不具备的主张缺乏依据，亦不予采信。

据此，二审法院根据《中华人民共和国民事诉讼法》第一百五十三条第一款第(一)项的规定，判决驳回上诉，维持原判。

**【评析】**

联营作为中国特有的法律术语和法律制度，是在我国横向经济联合发展中出现的新的组织形式——企业之间或者企业与事业单位之间在自愿平等、互利互惠的基础上，在不改变联营各方所有制性质的前提下，依法联合起来，就某一生产进行分工协作，提高生产的社会化程度，从而增加经济效益的一项经济制度。为保障并规范这种经济制度，1986 年 4 月 12 日通过的《民法通则》就将联营以基本法律的形式确定下来。

一、确认本案中联营的类型

现实生活中，联营主要表现为以下三种形式：

一是法人型联营，也称紧密型联营，是指联营各方以财产、技术、劳务等共同出资，组建具备法人条件的联营企业。根据《民法通则》第五十一条关于“企业之间或者企业、事业单位之间联营组成新的经济实体，独立承担民事责任、具备法人条件的，经主管机关核准登记，取得法人资格”的规定，可知法人型联营属于典型的有限责任公司的创设行为，究其法律特征，即是联营各方依照《公司法》的规定，新设立有限责任公司，联营各方依照公司章程分享权利和义务，法人型联营体依照《公司法》和《公司章程》进行独立运作。

二是合伙型联营，也称半紧密型联营，是指两个或两个以上的企业之间或者企业与事业单位之间根据联营合同（联营协议），以共同出资、共同经营，并用各自的财产承担风险的方式所进行的联营。根据《民法通则》第三十二条关于“企业之间或者企业、事业单位之间联营，共同经营，不具备法人条件的，由联营各方按照出资比例或者协议的约定，以各自所有的或者经营管理的财产承担民事责任。依照法律的规定或者协议的约定负连带责任的，承担连带责任”的规定，可知合伙型联营与个人合伙有许多相似之处，如联营各方共同出资，共同经营，财产由联营方共有，不能独立承担民事责任而由联营各方承担，不具有法人资格等，即组成一个不具备法人条件、类似个人合伙的一种联营方式。

三是合同型联营，也称松散型联营或协作型联营，是指联营各方既不出资，也不组成新的经济组织，而是按照合同的约定相互协作，各自独立经营，并按照合同的约定享有民事权利和承担民事义务，各自独立承担民事责任的一种联营形式。根据《民法通则》第五十三条关于“企业之间或者企业、事业单位之间联营，按照合同的约定各自独立经营的，它的权利和义务由合同约定，各自承担民事责任”的规定，可知合同型联营就是一种合同合作关系，各方权利义务均在合同中体现出来。由于这种合作关系是通过合同来约定的，因而联营各方受《合同法》规定的调整。

而关于本案联营类型的争议，主要在于厘清到底是合伙型的还是协作型的。从本案联营合同订立的联营目的、名称、经营范围、出资比例、管理方式及盈亏分担形式等内容来看，符合共同出资、共同经营、共享收益、共担风险的合伙型联营的基本特征。据此，本案纠纷若属联营纠纷，可依照有关合伙型联营的法规予以适用。

二、确认本案纠纷性质

在审理有关联营纠纷案件时，应注意一种大量存在的情况，即很多案件起诉案由为联营纠纷，但经过审理后，结案案由又会定性为其他性质的纠纷。所以要正确裁决案件各方的民事责任，必须先分析纠纷的法律特征，准确把握案件性质。

本案中，当事人对借款事实以及欠款具体金额均无异议，但对系争借款属联营纠纷还是借款合同纠纷存在很大争议。借款合同是借款方与贷款方，为借贷一定的金额所明确权利义务关系的协议；而联营合同则是主体之间的相互协作，依法明确相互之间权利义务关系的协议。

某电影院主张系争借款应为联营纠纷，因为某电影院系于联营过程中基于追加联营投资额的目的向某股份有限公司借款，所借款项亦用于联营体，双方为此还对联营利润分配条款作了不利于某电影院的调整，并且根据有关借款报告的规定，某电影院是获得联营利润后再返还借款。因此，从借款的背景、用途、返还条件等约定分析，系争借款是联营合同的组成部分。而某股份有限公司主张本案系单纯借款合同纠纷，虽然系争借款的原因与用途如某电影院所述，但这并不影响双方在联营法律关系之外发生借款法律关系。

具体分析，某股份有限公司与某电影院之间存在联营法律关系，系争借款亦发生于双方联营过程中，但即便某电影院将所借款项投资于联营体，亦是某电影院对联营体的投资，与某股份有限公司无涉。因此，某电影院与某股份有限公司之间就系争借款成立借款法律关系，就此产生的纠纷可独立于联营法律关系作出处理。某电影院认为从系争借款的目的、用途分析确认系争借款属联营纠纷的观点，缺乏依据。至于某股份有限公司向某电影院提供借款之后，双方对联营中有关利润分配的条款做了不利于某电影院的调整问题，应视为双方就各自民事权利义务作出的处分，无法由此证明某电影院关于系争借款属联营合同组成部分的主张。所以，这一纠纷应定性为企业之间的无效借款。

其实，除了本案中借款与联营的争议情况，现实中还存在着另一种容易混淆的借款纠纷与联营纠纷的状况，即名为联营，实为借贷。根据《最高人民法院关于联营合同纠纷案件若干问题的解答》的规定，企业法人、事业法人作为联营一方向联营体投资，但不参加共同经营，也不承担联营风险责任，不论盈亏均按期收回本息，或者按期收取固定利润的，实质上是以联营为名，行借款之实,属于规避有关法律关于“企业之间不准相互借款”的规定,违背了国家金融管理法律、法规的规定,应属无效。

三、合伙型联营的其他注意事项

本案中的联营体虽未出现有关合伙型联营的纠纷,但应注意到这类联营的一些特殊性:一是联营各方共同出资共同经营,联营各方按照协议投入的资金由联营组织统一管理使用,经营活动由各方共同参加决定;二是该类联营组织不具有法人资格,不能独立承担财产责任;三是参加该类联营体的各方对联营的债务承担无限责任,即不仅要以自己投入联营的财产承担民事责任,还要以自己所有的(指集体企业)或经营管理的(指国有企业)全部财产承担民事责任;四是联营各方还要依照法律规定或者协议的约定对联营的债务承担连带责任。

而在实践中,企、事业单位之间的合伙型联营并不常见,多数为一些小企业之间的联营,通常有两种存在方式:第一种方式为经过工商登记的合伙型联营,即合伙型联营到当地工商行政管理部门注册登记后,依法取得“其他组织”的法律地位,但在其名称中不得含有“有限”、“责任”的字样。而所谓“其他组织”,是我国法律规定的一种组织形式,散见于有关法律法规中,是指依法成立、有一定的组织机构和财产,但又不具备法人资格的组织。根据有关法律规定,经过工商登记的合伙型联营依法取得“其他组织”的法律地位后,除上述合伙型联营联营体不能独立承担财产责任、联营各方对联营的债务承担无限责任、依照法律规定或者协议的约定对联营的债务承担连带责任的风险外,其余的权利义务(如签订合同、税务、用工、会计等)类似或等同于“有限责任公司”。另外,当合伙型联营终止后,盈余财产的权属及分配按协议约定办理,这一点与有限责任公司终止后的清算方法也有所不同;第二种方式为未经工商登记的合伙型联营,如未经工商注册登记，则该联营体不具有任何民事主体资格。联营各方如以合伙型联营体的名义从事生产经营活动，则属非法经营。

此外，法人合伙型联营承担连带责任的规定，与公民个人合伙承担连带责任的规定有所不同。根据《民法通则》第五十二条的规定，法人合伙既可约定承担连带责任，也可约定承担按份责任。而根据《民法通则》第三十五条的规定，除法律另有规定外，公民个人合伙必须承担连带责任，是不能以协议约定按份责任的。因此在审理有关合伙型联营各方对联营债务的承担时，必须注意到这一特殊情况。

（王蓓蓓）

# 某制品有限公司与李某联销协议纠纷案

## ——合同名称与合同内容不一致的,应以合同内容确定双方的权利和义务

**【提示】**

依法成立的合同,对当事人具有法律约束力。合同名称与合同具体内容在法律关系上存在差异的,当事人应当按照合同约定内容确定各自的权利和义务。

**【案情简介】**

上诉人(原审被告):李某

被上诉人(原审原告):某制品有限公司

原告某制品有限公司诉称:1992年7月,原告与被告李某就销售硅酸盐蒸压加气砌块(以下简称加气砌块)签订《联销协议书》一份,约定由原告按被告要求发货,售完按规定向被告支付报酬,被告在每月25日结账,年终付清全部货款。协议签订后,原告按约发货,被告未按约付款。经多次对账,至2001年9月7日,被告尚欠货款746529.14元。现请求法院判令被告支付上述货款。

被告李某辩称:双方签订的是《联销协议书》,被告只是作为原告某制品有限公司的销售代表,货是直接销售给需方,货款应

该由需方支付。被告销售完原告产品后，原告应支付报酬即销售奖励费。

原告某制品有限公司反驳称：联销协议书的内容反映了双方是一个买卖关系，合同第二条明确了双方交付货物的价格，原告的产品是直接卖给被告，再由被告卖给需方，合同也写明了每年年终被告要将5%余款全部结清，其他款项应当月结清。

一审法院经审理查明：

原告某制品有限公司为拓展加气砌块销售业务，有意利用被告李某的市场经销点。双方于1992年7月1日签订了一份《联销协议书》，约定原、被告双方设立联合销售点，原告按被告指定地点供货，价格按送货地点确定，如产品送到工地价格为浦西175.20元/m³、浦东188.20元/m³；原告船运加气砌块，到达被告指定码头河下交货综合价为168元/m³；被告需8公分以下产品(含8公分)，原告每立方加价5元。上述卸货费均由被告自理。协议约定被告每月25日与原告核单结账，当月结清90%货款，年终全部结清。为了提高被告经营销售的积极性，双方还协商奖励措施。上述合同签订后，原告按约向被告指定的交货地点送货，被告也通过收货方向原告支付了部分货款。1998年12月18日，被告与原告厂方代表马树荣签订的一份《还款计划》称，1998年度欠原告货款人民币119万元，现经排查摸底，决定今年春节前再归还原告50万元，余款1999年上半年归还20万元，其余货款1999年底全部还清。1999年12月1日，被告再次与原告制订结算单，明确：1998年底结欠1190086.59元，1999年12月1日已还现款254079.80元，1999年12月1日前加气砌块欠款计682.67m³×175元/m³＝119467.25元(卸货费自付)，1999年合计已还373547.05元，合计还欠货款816539.54元。被告在该结算单欠款人处签名确认。

一审法院经审理认为：

原告某制品有限公司与被告李某签订的《联销协议书》反映了双方的真实意思，原告有产品没有市场，被告有市场需要产品，双方优势互补，相互合作，并无不当。该协议书对交付给被告产品的价格、结算方式所作的明确约定，体现了被告代原告销售产品的代理关系，而非简单的买卖关系，被告确实未欠原告货款，但这并不意味着被告不需要承担责任。按照双方签订的《联销协议书》，被告对其代销的货款有义务向客户催讨后交付给原告，在其客户不能及时付款时，被告于 1998 年 12 月 18 日自愿向原告出具了还款计划，作出了对其经手销售货物的货款由其归还的意思表示。这一意思表示既合乎情理，也不违反法律规定，故对被告的这一真实意思表示予以认可。嗣后，被告按其还款承诺向原告归还了部分欠款的行为，是被告遵守诺言，积极负责地向其客户催讨货款的表现。1999 年 12 月 1 日，被告再次向原告确认了欠款、还款及尚欠货款的事实，进一步说明被告经手销售的货物所欠 1190086.59 元货款，扣除了被告归还的现款和以货物抵扣，合计还欠货款 816539.54 元的事实，客观地反映了被告积欠原告货款后自愿偿付的事实。被告在审理中关于上述还款计划和结算单系在原告胁迫、诱骗下所写的陈述，因缺乏相应的证据予以证明，法院难以采信。基于被告已对其代理原告销售产生的部分欠款予以归还的事实，被告即获得向原欠款单位主张上述货款的权利，原告不得再向原欠款单位主张债权。

据此，一审法院根据《中华人民共和国民法通则》第五十四条、第五十五条、第五十七条和《中华人民共和国合同法》第六条、第六十条第一款、第一百零七条的规定，判决：

被告李某应向原告某制品有限公司偿付货款人民币

736529.14 元。

李某不服一审判决提起上诉称：双方是代理关系，不是买卖关系，不应将己方负责催款核账认定为每月定期付款；不应将代催收款项认定为己方通过收货方向原告支付了部分货款；原审判决既然认定己方未欠货款，己方就不应承担责任；既认定己方有义务向客户催讨货款，己方就不应垫付货款。故请求撤销原判，改判驳回被上诉人某制品有限公司的原审诉讼请求。

被上诉人某制品有限公司辩称：双方名为联销，实为买卖，上诉人李某赚取的是销售差价，因李某无营业执照，故被上诉人代李某向客户开具发票，双方并非代理或代销关系。还款计划明确李某系购买被上诉人产品并拖欠货款，故请求驳回上诉。

二审法院经审理查明：一审法院查明的事实属实，予以确认。

二审法院经审理后认为：

本案单就系争《联销协议书》内容来看，的确得不出双方当事人之间存在购销关系的结论。但鉴于本案存在以下事实：(1)协议书中明确约定了产品的结算价格及"卸货费"由上诉人李某自负的内容；(2)李某销售产品所收货款，被上诉人某制品有限公司均向李某出具收款收据；(3)李某向某制品有限公司出具了还款计划，且已部分履行。所以法院有理由认为，由李某向某制品有限公司承担偿付所欠货款的责任，应系李某的真实意思，其理应恪守承诺。原审据此判令李某履行还款义务并无不当。

据此，二审法院根据《中华人民共和国民事诉讼法》第一百五十三条第一款第(一)项的规定，判决驳回上诉，维持原判。

**【评析】**

本案系争联销协议的法律性质是双方当事人争议的焦点，是联销合作经营还是买卖，又或者是代销，双方当事人各执一词。如何把握好双方在签约和履约过程中所约定的权利和义务，理清双方的真实法律关系，是本案处理的关键。

联销合作通常是指商事主体之间通过协议或者章程而进行联合销售的经营方式。参照我国《民法通则》和最高人民法院关于联营合同的规定，联销合作经营的权利义务的本质在于各方共同经营、共负盈亏。我国《合同法》规定，买卖合同是指出卖人转移标的物的所有权于买受人，买受人支付价款的合同。根据前述联销合作和买卖合同法律关系的特点，结合本案系争联销协议进行分析，可以发现双方当事人在协议中存在合作销售的内容，即原告有产品没有市场，被告有市场需要产品，双方优势互补，共同确定市场销售点对外销售；同时协议又约定了被告定期向原告结算货款，该约定又带有买卖合同的特征；协议中还有对被告进行销售奖励的条款，此又与代理销售的法律关系相近。针对系争协议涉及几种法律关系含混不清的情况，不能机械地按照合同名称加以认定，而应在对上述联销合作、买卖、代销法律关系的基本属性作出梳理的前提下，根据本案双方当事人在合同中约定的具体内容以及实际履行情况，确定双方当事人的权利义务。

首先系争协议名为联销，但协议又明确了双方结算货款的内容，该内容是双方当事人真实意思表示，并不违反法律规定，应属合法有效。所以被告不得以联销协议之名逃避因结算约定而应承担的付款责任。

其次，在合同履行过程中，就原告催讨货款被告分别出具了还款计划和结算单，这些行为进一步表明了被告对联销协议中约定的支付货款义务予以确认和自愿履行。被告并无证据证明其出具还款计划和结算单系受原告胁迫和诱骗所致，那末就理应为此承担付款责任。

（江兰官）

# 某贸易有限公司与某科技进修学院等联营合同纠纷案

## ——联合办学经营收益和支付主体的认定

**【提示】**

联合办学过程中，联营体账目与联营一方账目混同且账目不完整的，应依据公平合理原则，对联合办学期间的业务收入、费用支出以及义务主体进行认定。

**【案情简介】**

原告:某贸易有限公司

被告:某科技进修学院

被告:某进修学院

原告某贸易有限公司诉称:2000 年 11 月，原告与被告某科技进修学院、被告某进修学院签订联合办学协议，约定在原告租赁的房屋内联合办学，并由三方各出资 60 万元，每年学费收入扣除一切必要开支后的结余部分，原告得 27.5%。然而两被告违反协议约定，隐瞒学费收入，擅自决定学费支出，不让原告参与办学的财务管理。故请求法院判令两被告将学费收入结余部分的 27.5%支付给原告，并支付原告垫付费用人民币 214.5456 万元。

被告某科技进修学院、被告某进修学院共同辩称:同意与原告某贸易有限公司进行结算。根据约定,三方共同组成联合办学管理委员会,共同管理财务事项。原告未将其收取的3年租金收入交联合体,故对原告主张的垫付费用两被告已另案起诉。

法院经审理查明:

2001年6月,被告某进修学院(甲方)、被告某科技进修学院(乙方)与原告某贸易有限公司(丙方)签订联合办学协议一份,约定三方联合办学,地址在国达路某号,以甲、乙名义共同招生,由三方共同投资组成联合管理委员会,并沿用乙方校名重新组织管理。投资方式为三方各出资60万元,三方确认丙方前期投入资金120万元(丙方的前期装修及办学设施,以三方清核造册为准)全部纳入联合办学资金。甲、乙方应在协议生效之日起7日内,支付丙方垫付的联合办学资金各30万元。此外,甲、乙方应各自再投入30万元作为联合办学资金。甲、乙、丙三方代表组成联合办学管理委员会,负责联合办学规章制度制定和执行以及行政事务。管理委员会主任由甲方代表担任。联合办学收支办法、财务制度及人员安排由三方代表共同商定,每年学费收入支付一切必要的费用后,结余部分甲方、乙方得72.5%,丙方得27.5%。此外,为教学需要,继续投入资金改善教学大楼环境,此款在发展基金中支出,不足部分由联合办学管理委员会决定从当年办学收入中暂支。联合办学期间,原大楼租赁合同不变,仍以丙方名义和案外人某灯泡厂共同履行,租赁费、电费、水费等由联合办学实体支付。签约同时,教学楼内现有的改建设施和装修支出及教学设备须由三方清核登记造册,并由三方代表签字后作为协议附件。协议约定联合办学自2000年11月1日起至2008年6月30日止。协议签订后,两被告按约支付给原告共计60万元,并按约投入共60万元。现原告以两被告未按约定分配收益为由诉至法院。

另查明：根据原告某贸易有限公司提交的垫付费用凭证，其中：(1)水、电费支出为：2000年6月至同年10月计8221.28元，2000年11月至2003年6月计69001.77元，另电工值班费13300元；(2)电话费发生时间为2000年9月至2005年11月，共计29693.40元；(3)工资、奖金（每月7至10名员工不等）自2000年至2005年止，共计1053500元；(4)差旅费（出租车发票及汽油发票）计4190元；(5)业务费（餐饮发票）17179元；(6)房屋维修费184500元；(7)新建阁楼等承包费400000元；(8)2000年至2001年第一学期房租费275000元（无凭证）；(9)日常费用支出计67010.98元，主要涉及灯管、垃圾袋、螺钉、清洁剂等物品。

再查明：(1)相关审计报告所附"三方联合办学查证表"中，收入部分的起止日期为2000年8月至2002年12月31日，支出部分的起止日期为2000年11月至2003年12月25日止。(2)1998年11月，原告与案外人某灯泡厂签订租赁协议，约定原告租赁位于国达路某号大楼1幢，租赁期自1999年7月至2008年6月止，租金1999年7月至2001年6月每年55万元，2001年7月至2003年6月每年57万元，2003年7月至2005年6月每年59万元，2005年7月至2007年6月每年61万元，2007年7月至2008年6月每年63万元。协议还约定，案外人某灯泡厂应确保大楼水、电、气的正常运行，并对房屋设备进行维修、保养。(3)2000年8月，原告与案外人某学校签订教室租赁协议，约定该学校向原告租赁国达路某号教室11间，租赁费每年55万元。2002年8月该学校与原告就上述11间教室的租赁签订补充协议，约定每年的租赁费为60万元，并约定继续签约3—5年。(4)案外人某学校实际交付的租金为2001年63万元、2002年为225000元、2003年为60万元、

2004年为422500元，合计1877500元。(5)2001年1月，被告以联营体名义支付国达路某号(2001年1月至同年6月)租金275000元；2001年6月，被告支付国达路某号(2001年7月至同年12月)租金285000元。被告后又支付2002年全年国达路某号租金576000元，合计1136000元。

法院经审理认为：

因三方联营体以被告某科技进修学院的名义对外办学，该被告掌握整个学院本部和联合办学体的财务账册，其应将上述账册提交审计，以确定联合办学实际收益。但因被告拒绝提供全部账目，故被告在联合办学收入、支出的事实主张上应承担举证不能的后果。法院对被告提供的现有账册进行逐项审核，对于无法确认为用于联合办学支出的，予以调整。因原告支付联营体部分租赁费，故在办学收入中予以调整。又因两被告提供的账册中未显示2003年度联合办学收入以及2003年度以后的收入和支出，而双方签订联合办学的协议约定履行期至2008年6月止，且国达路某号一直未停止对外招生，两被告亦无证据证明联营终止，故对于2003年度及此后联合办学收入、支出部分，参照联营体往年收入、支出，予以酌情确定。关于原告某贸易有限公司垫付的费用，法院认为，原告与两被告的协议实际履行期自2000年11月起，故自2000年11月起至2003年6月止向案外人某灯泡厂交付的水、电费应属代联营体交付的费用。由于原告自身经营与联合体办学的电话混用，电话费单据无法独立区分联合办学业务，法院酌情确定其中计1793.10元属于代联营体支付。同理，原告要求报销垫付工资、奖金部分，法院酌情确定为356962.50元属于代联营体支付；日常费用支出部分酌情确定为2784元。差旅费、业务费、房屋维修费以及承包费用部分，原告提供的单据现无法证明系用于联营体，法院难以采信，对该部分主张不予支持。此外，审计核实有 275000 元房租费非原告垫付，原告该部分主张也不能得到支持。原告按照协议应得收益以及原告支付各项用于联合办学费用应属代联营体支出，联营体应返还给原告。

据此，法院依照《中华人民共和国民法通则》第五十二条的规定，判决：

一、被告某科技进修学院支付原告某贸易有限公司办学收益人民币 2222767.75 元；

二、被告某科技进修学院返还原告某贸易有限公司垫付款人民币 430541.37 元；

三、对原告某贸易有限公司其余诉讼请求不予支持。

法院判决后，当事人均未上诉。

**【评析】**

联合办学是指高等院校与企业在平等、互惠和自愿的基础上，通过合同或协议建立密切联系，共同发展教育的相对稳定的合作形式。联合办学往往是一种松散的联营体，不具有独立的主体资格，尤其是联营体一般只能使用学校的资金账户结算，不得自行在商业银行开设账户，这虽然防止了联营体或其中一方利用校企联合办学的声誉、资产、资金进行借款、抵押等经济活动，损害联合办学的利益，但同时也给联营体收益的认定带来一定的困难。本案中，法院遵循公平合理的原则，依法对联合办学期间的业务收入、费用支出以及义务主体进行了认定。

一、关于联合办学收益认定的依据

根据原告与两被告签订的联合办学协议的约定，三方合作方式为，以两被告的名义共同招生、组织教学，由三方共同投资组成联合办学管理委员会，沿用被告某科技进修学院的原校名重新组织管理。“沿用”词意在《现代汉语词典》中的解释为“继续使用”，而协议中约定沿用的是被告某科技进修学院的校名而非该被告的全部办学内容，且联营体成立后，被告某科技进修学院的工商登记、注册资金均未作变更，故联营体并未成立新的经济实体，而是继续使用被告某科技进修学院的名称，由联营各方按照协议的约定，共同经营管理，同时不禁止各方仍按原方式办学、经营，且在协议实际履行中，三方也有各自对外招生、办学及独立经营业务的事实存在。因此，使用被告某科技进修学院的名称实际上包含两层含义，其一是代表联营体，其二是代表除本案所涉合作办学之外的教学活动。在认定联营体的收益时，即不能将被告某科技进修学院单独进行的业务收入归入联合体，也不能将联营体的收入归被告某科技进修学院。综合上述情况，法院依法认定，被告某科技进修学院应当提供整个学院本部以及对外公布的总报表及联合办学的总账，才能便于审计机构严格区分出联营体办学实际收益并确保审计结论的准确和完整。在被告未提供完整账目的情况下，只能根据办学的实际情况和已有的账目进行审计，对于无法确认为仅用于联合办学的项目在支出中予以调整，并依据公平合理原则，对2003年度以后无账目记载的联合办学的收支进行了认定。

在对联营体收入认定中，争议较大的是原告将国达路某号11间教室租给另一案外人某学校所收取的房屋租赁费是否应作为联营体的收入。对此，法院兼顾了双方约定和公平原则进行了认定。首先，从原告将11间教室出租给案外人某学校的时间上来看，要早于联合办学时间；其次，两被告在与原告合作办学时，必会对办学地址、状况进行必要的了解，故不可能不知道原告已将11间教室出租给他人办学情况，两被告对此并未提出异议，应视为默认；再者，联合办学协议约定，每年办学学费收入支付一切必要的支出后，结余部分由三方按比例分配利润，而学费收入的含义是不包括租赁费收入部分的，故案外人某学校支付的租赁费不应作为联营体的收入。法院同时认为，在联合办学协议签订后，原告在国达路某号的财产已收回60万元，其出资额也为60万元，与两被告的出资额相同。自2001年起，国达路某号的整幢房屋的租赁费由联营体支付，但联营体实际使用的只是其中的一半，而原告却从中单独获得出租给某学校那部分教室的租赁费，故对于联营体而言，不享有收益却要负担成本，显然有失公平。最终，法院从公平角度出发，认定对于联营体实际未使用房屋所对应支付的租赁费，应由原告返还联营体。

二、关于原告垫付费用的认定

对于原告主张的垫付费用的认定，法院综合考虑了协议约定、共同确认、联合办学必需费用、凭证的真实性，并以公平合理为原则，对费用支出进行了分类。(1)对于水、电费等发生于联合办学期间，且系使用租赁物进行办学所必然发生的费用，原告提供了相应凭证的，法院认定应由联营体承担。(2)对于电话费、人员工资、奖金、日常费用支出等，虽然也为办学必需费用，但因原告的业务和联营体混同，无法进行准确区分，故法院根据公平合理原则酌情认定。(3)对于差旅费、业务费等并非联合办学所必需的开支，且原告提供证据也不能证明系为联合办学而支出，法院对此不予确认。(4)对于房屋维修费用及项目承包费用，从原告提供的凭证中涉及维修费用发票没有出票日期也无具体的维修内容，而承包项目既无书面合同又无具体施工项目，再者原告并非房屋所有权人，对房屋的维护费用应按原告与案外人某灯泡厂的租赁合同相关约定予以处理，故法院对相关费用不予支持。对于上述法院认定的原告代联营体支出的费用，应一并计入联营体的支出。

三、关于给付原告收益及返还垫付费用的义务主体

本案原告主张的是联营体的收益，根据协议约定，联营体使用的是被告某科技进修学院的名称，故本案应由被告某科技进修学院向原告给付，被告进修学院不应作为给付主体。应当指出的是，被告某科技进修学院在本案中承担责任的范围，应以联营财产向原告给付应得收益，并返还原告的垫付费用。

（李　红）

# 二、承　　包

# 董某与某出租汽车公司承包合同纠纷案

## ——合同履行不得损害社会公共利益

**【提示】**

合同履行期间，因一方当事人自身情况发生变化丧失履约能力并导致继续履行合同有损社会公共利益的，另一方当事人有权以此为由，拒绝继续履行合同并依法解除合同。

**【案情简介】**

上诉人（原审原告）：董某

被上诉人（原审被告）：某出租汽车公司

原告董某诉称：原告于2000年承包被告某出租汽车公司的一辆出租汽车进行营运，现被告单方解除合同，收回车辆并拒绝原告继续承包。故请求法院判令被告某出租汽车公司继续履行承包合同。

被告某出租汽车公司辩称：原告董某在承包期间突患过敏性哮喘，并因此多次发生交通事故，对原告自身和他人的人身及财产构成威胁。根据原告目前的身体状况，已不适合担任出租车驾驶员工作及继续履行承包合同，故不同意原告的诉讼请求。

一审法院经审理查明：

2000年2月22日，原告董某与被告某出租汽车公司签订一份承包经营合同，约定由原告承包经营被告的一辆“红旗牌”出租汽车，承包期限自2000年2月22日至2003年2月21日；原告在合同签订后向被告一次性缴付风险承包金5000元。合同还对原告在履行合同期间发生违章违纪扣证、因病停业等情况须向被告缴纳营业款以及享受病假工资等问题作了相应的约定。

合同签订后，双方即依约履行。2001年1月7日，原告在驾车行驶至本市汶水路附近发生交通事故，原告负全责。原告在向公安部门的陈述材料中表述：“本人患过敏性哮喘，当时突然一阵剧咳，一口气未能接上来，感到大脑发嗡，本想靠边停车，脚往刹车上踩，但马上就什么都不知道了……”原告在休息一段时间并经公安部门对事故处理结束、车辆修理完毕后，继续履行合同。同年1月25日，原告驾车行驶再次发生交通事故，仍为原告负全责。

两次事故发生后，原告前往医院就诊，被某中心医院诊断患有慢性支气管炎(喘息型)。经过3个多月治疗，原告病情得到了控制。2001年4月起，原告多次写信给被告某出租汽车公司，表示身体已经康复，要求继续履行承包合同，但遭到被告拒绝。

另外，原告的驾驶证2001年度经公安部门年审通过。

审理中，一审法院向多位医生咨询，医生认为：原告所患的是慢性支气管炎(喘息型)，在严重发作的情况下会发生脑部缺氧，造成神智不清；该病症一旦确诊，从疾病本身讲是不可治愈的，会反复发作，而是否发作主要是受环境、烟雾、粉尘、情绪、季节、气候等因素影响，发病的概率具有不可预见性。

一审法院经审理认为：

原告董某与被告某出租汽车公司所签订的承包合同体现了

双方的权利、义务,是双方当事人真实意思的表示,合同的内容符合我国法律规定,应属合法有效。原告在履行合同过程中先后发生两次交通事故,造成较大的物损,均为原告所患病症引起。原告作为一名专职出租车驾驶员,对社会公共安全负有特定的义务,由于其身体的原因,已导致对履行社会义务发生困难。被告根据原告身体的实际状况,以拒绝继续履行承包合同的行为,实际解除了双方的承包合同,符合公民的民事活动应当尊重社会公德,不得损害社会公共利益的基本原则。

据此,一审法院根据《中华人民共和国民法通则》第七条的规定,判决对原告董某要求继续履行承包合同的诉讼请求不予支持。

董某不服一审判决提起上诉称:其在履行承包合同过程中发生的第二次事故是由于操作不当判断失误所造成,与所患疾病无关。经专家论述及本人感受,只要平时注意身体保养,并适当锻炼,能减少发病的机会。被上诉人某出租汽车公司以上诉人不能驾驶车辆为由解除承包合同依据不足。要求撤销原判,改判支持上诉人的原审诉请。

被上诉人某出租汽车公司辩称:出租车驾驶员是一个特殊行业,关系到社会的公共安全。根据上诉人董某的身体状况,不适合继续从事驾驶员工作,承包合同应予解除,要求驳回上诉,维持原判。

二审法院经审理查明:一审法院查明的事实属实,予以确认。

二审法院在审理过程中,委托上海市出租汽车驾驶员疾病诊断中心对上诉人董某所患疾病是否可以从事出租汽车营运工作进行鉴定。该中心的诊断意见为:董某患有支气管哮喘(缓解期)。该中心的鉴定意见为:支气管哮喘缓解期根据全身情况可以上车工作，但如由于汽油、油漆等刺激性物质而常诱发哮喘发作并影响行车安全时，应考虑退出出租车行业从事其他行业。二审法院又征求了上海市出租汽车管理处的意见。该处发函称："董某经疾病诊断中心检查后认定其患有哮喘，在正常情况下，可以从事出租汽车营运工作。但是在受到汽油、油漆等气味的刺激下，易诱发哮喘，影响行车安全。董某在一个月内连续发生两次重大车祸，严重影响了行车安全和服务质量。鉴于以上原因以及董某患病的事实，我处认为董某不宜再从事出租汽车营运工作。"

二审法院经审理认为：

上诉人董某与被上诉人某出租汽车公司签订的承包合同系双方当事人真实意思表示，且未违反有关法律规定，故双方均应遵照执行。上诉人在履行合同过程中，短短18天就先后发生两起由其承担全责的交通事故，究其原因，乃上诉人患有慢性支气管炎（喘息型），在行车中复发并导致神智不清所致。根据原审查明的事实，该病症系不可治愈的，会反复发作且发作时间具有不确定性。上海市出租汽车管理处亦针对上诉人的实际情况作出了上诉人不宜从事出租汽车营运工作的处理意见。上诉人作为出租车驾驶员，其工作的行业有特殊性，如其不能尽到谨慎注意的义务，则会对社会公共安全造成威胁。基于上诉人的实际身体状况，继续履行承包合同已不合适。原审判决认定事实清楚，适用法律正确，应予维持。

据此，二审法院根据《中华人民共和国民事诉讼法》第一百五十三条第一款第（一）项的规定，判决驳回上诉，维持原判。

该案判决后，经二审法院做工作，被上诉人某出租汽车公司承诺安排董某做其他工作直至原合同期满为止，并给予了适当补偿。

**【评析】**

本案涉及的法律问题包括:社会公共利益的界定、民事权利冲突中的利益衡量以及合同履行损害社会公共利益能否作为当事人拒绝履行及解除合同的依据。

一、社会公共利益的涵义与界定

我国《民法通则》第七条规定,"民事活动应尊重社会公德,不得损害社会公共利益"。第五十八条规定,"违反法律或者社会公共利益"的民事行为无效。根据学理解释,《民法通则》所称的"社会公共利益",其地位和作用相当于各国民法中的"公共秩序和善良风俗",是现代民法一项重要的法律原则。在现代市场经济社会中,该原则负有维护国家社会一般利益及一般道德观念的重要功能,被称为现代民法至高无上的基本原则,并被引用至多部法律法规中。如我国《物权法》第七条规定物权的取得和行使,应当遵守法律,尊重社会公德,不得损害公共利益和他人合法权益。《保险法》第十条规定,投保人和保险人订立保险合同,不得损害社会公共利益。《信托法》第五条规定,信托当事人进行信托活动,必须遵守法律、行政法规,遵循自愿、公平和诚实信用原则,不得损害国家利益和社会公共利益。《中外合资经营企业法》第二条第三款规定,国家对合营企业不实行国有化和征收;在特殊情况下,根据社会公共利益的需要,对合营企业可以依照法律程序予以征收,并给予相应的补偿。

虽然我国现行的法律规定以及最高人民法院的司法解释中,没有给出有关社会公共利益的明确定义,也没有解释哪些行为可以构成违反社会公共利益,但是学界通说认为,凡我国社会生活的基础、条件、环境、秩序、目标、道德准则及良好风俗习惯等都应包括在内,违背社会公共利益的表现形式应当是违背我国法律的基本制度与准则、违背社会和经济生活的基本价值取向、违背我国的基本道德标准等。社会公共利益的认定一般应具备以下三个条件：(1)普遍性。社会公共利益的内容是广泛的、普遍的。纵观各国立法规定，许多国家对社会公共利益"公共性"的理解正日益严格。(2)开放性。社会公共利益享有群体为所有的人，它不排除任何人的权益，既不为封闭的某一区域所独占，也不为特定的某些人或某个群体所享有，这是它不同于国家利益、地方利益、集团利益、个人利益的地方。(3)稳定性。社会公共利益的内容是恒定的，即使不同的历史时期，它的内容也是相同的，此一时期的社会公共利益亦被彼一时期所承认。根据上述分析，本案中涉及的社会公共安全显然应当作为社会公共利益中的重要组成部分。危及社会公共安全的民事行为，必然损害社会公共利益。

二、民事权利冲突中的利益衡量

民事权利冲突的背后是不同财产权益或经济利益之间的冲突。从本案表面看，双方所争议的是承包权的行使，但实质却是当事人具体利益和社会公共利益产生冲突时的利益平衡。就广义的利益层次而言，存在着"当事人的具体利益"、"群体利益"、"制度利益"与"社会公共利益"四大类利益。其中，当事人的具体利益是案件双方当事人之间的各种利益，是利益衡量的起点和归宿；群体利益是类似案件中对类似原告或类似被告作相似判断所产生的利益，对群体利益的考量能避免陷入双方具体利益的细微衡量，将视角放大作出综合判断；制度利益则是一个抽象概念，是指一项法律制度所固有的根本性利益，是立法者利益取舍后通过成文法所体现出来的价值目标。不同的法律制度所内涵的法益是不同的，如合同制度追求的是契约自由和交易安全的法益。因法律空白而进行利益衡量时，对制度利益所带来的冲击和影响进行评估是必要的，否则个案的裁判结果可能会破坏法价值秩序的整体性和确定性，违背立法的意旨；社会公共利益是更为宽泛的概念，既包含特定社会的经济秩序、公序良俗，也涉及自然法深层的公平正义等法律理念。社会公共利益是整个利益层次结构中最深层次、最具决定性的因素，是利益衡量的支点和根基，离开了社会公共利益，就谈不上妥当的利益衡量。因此，无论从理论上的利益层次还是从实务中的法律规定来看，司法衡量应当优先考量社会公共利益。在当事人具体利益与社会公共利益冲突的时候，当事人具体利益必须让步。本案中，董某作为一名专职的出租车驾驶员，对社会公共安全负有特定义务，现董某因身体原因无法履行安全驾驶的义务，虽然其因此被终止承包出租车从事营运，势将影响其个人财产利益，但另一方面却保护了广大社会公众的人身和财产安全（当然也包括其自身）。所以，董某的个人利益应当服从于社会公共利益。

三、合同履行有损社会公共利益可作为拒绝履行及解除合同的依据

我国《合同法》规定，合同损害公共利益的，合同无效。但合同履行期间因一方当事人自身情况发生变化导致继续履行合同有损社会公共利益，另一方当事人是否有权以此为由，拒绝继续履行合同并依法解除合同，《合同法》并无明确而直接的规定。那末，本案应如何适用现有法律呢？本案中，我们可以从董某诉请的性质着手分析，寻找可适用的法律。董某的诉请为判令某出租汽车公司继续履行提供汽车供其承包驾驶的合同义务，该义务属于一种非金钱债务，对于此类债务可否要求对方当事人履行继续，我国《合同法》第一百一十条作了明确规定，即当事人一方不履行非金钱债务或者履行非金钱债务不符合约定的，对方可以要求履行，但有下列情形之一的除外：（一）法律上或者事实上不能履行；（二）债务的标的不适于强制履行或者履行费用

过高;(三)债权人在合理期限内未要求履行。本案中,虽然承包合同签订时尚未发现董某患有疾病,承包合同作为双方当事人的真实意思表示,应属合法有效。但董某在实际履行过程中,因突发疾病先后发生两次全责交通事故。根据相关鉴定意见,董某的病症仍会不定期复发,严重发作时会导致神智不清,如果继续履行合同,必然会对社会公共安全以及社会公共利益乃至其本人的生命安全构成危险。因此在这种情况下,董某的诉请显然违反了《民法通则》中关于"民事活动不得损害社会公共利益"的基本原则,因此本案符合我国《合同法》第一百一十条规定的第一种除外情形,即"法律上或者事实上不能履行"。据此,某出租汽车公司有权拒绝履行,并依照《合同法》的规定解除承包合同。鉴于某出租汽车公司拒绝继续履行承包合同符合法律规定,因而其解除合同并无不当,亦无需承担违约责任。

(钟可慰)

# 某酒家与敬某等企业承包经营合同纠纷案

## ——合同解除后损害赔偿范围应根据合同性质及其履约情况确定

**【提示】**

合同解除后，对合同已履行的部分，根据履行情况和合同性质，当事人可以要求恢复原状、采取其他补救措施，并有权要求赔偿损失。合同解除后赔偿的范围不包括可得利益的损失。

**【案情简介】**

上诉人(原审原告):某酒家

被上诉人(原审被告):敬某

被上诉人(原审被告):某有限公司

原告某酒家诉称:2002年1月30日，原告与被告敬某签订了《承包租赁协议书》、《补充协议书》及《委托书》，约定敬某承包原告所有的某酒家、某健身休闲娱乐浴场，承包期为3年。协议签订后，敬某占有并使用了整个酒家及浴场。后原告与敬某发生纠纷并涉讼，某区法院作出相关民事判决，确认双方承包协议自2002年5月15日解除。敬某在诉讼中表示同意在承包协议解除后返还原告交付的承包场所及物品，原告在该案中撤回了相应的诉讼请求。但该判决生效后，敬某未能履行判决及承诺，且在原告向法院申请执行的过程中，出示了2004年4月21日被告某有限公司与敬某签订的协议书，该协议书约定某有限公司同意敬某仍占有原告的承包场所及物品，阻止原告对敬某的判决执行，致使原告的损失进一步扩大。现原告认为，敬某在承包协议解除后仍占有原告的承包场所及物品拒不退出，某有限公司干涉和处分原告与敬某承包协议中承包场所及物品的占有权和受益权，两被告共同侵犯了原告的财产所有权及经营权，造成原告无法继续经营。故请求判令敬某赔偿原告承包协议解除后的经济损失人民币2158333元(计算方法参照原承包租赁协议约定的租赁费)；某有限公司对上述支付义务承担连带责任。

被告敬某辩称：系争承包物因原告某酒家与案外人某装饰公司之间的经济纠纷被其他法院查封，目前仍在查封中，故被告无法返还，原告的损失与其无关。由于原告导致其无法承包经营酒家和浴场，其也不愿返还承包物品。

被告某有限公司辩称：原告某酒家与敬某的承包协议已经解除，原告无权援引承包协议条款主张损失；租赁房屋系本公司所有，其与原告之间的租赁合同关系于2001年即已解除，其允许敬某暂时居住在该房屋内与原告无关。相关民事判决中并未涉及返还承包物品的内容，其也没有阻止敬某将涉案承包物品返还给原告，该案中止执行并非本公司造成，被告对原告没有侵权行为，不应当承担连带责任。

一审法院经审理查明：

原告某酒家及其下属浴场注册登记的住所地所在房产系被告某有限公司所有。2000年4月19日，某服饰公司(该公司与某酒家的法定代表人均是王某)、王某与某有限公司签订《租赁协议》，约定某服饰公司取得该房产的使用权，租赁期限自2000年1月1日起至2009年12月31日止。某有限公司交付房屋及场地后，经该有限公司同意，某酒家在该房屋中开设了下属分支机构某健身休闲娱乐浴场，对房屋进行了装修。

2001 年 12 月 13 日，因原告某酒家和被告敬某拟签订承包协议，被告某有限公司与敬某签订了一份《租赁协议书》，约定某有限公司将某酒家及其下属浴场所在的所有房屋及其内部设施、设备、用品等租赁给敬某使用，租赁期从 2002 年 1 月 1 日始至 2004 年 12 月 31 日止。

2002 年 1 月 30 日，某酒家与敬某签订了落款时间为 2002 年 1 月 1 日的《租赁承包协议书》及《补充协议书》，约定敬某承包经营某酒家企业及其下属分支机构某健身休闲娱乐浴场，租赁某酒家现有设备、设施、用品等，并按营业执照上的经营范围正常经营；协议期限暂定 3 年，自 2002 年 1 月 1 日至 2004 年 12 月 31 日止；敬某租赁使用某酒家现有设备、设施、用品等，每年应交某酒家租赁费为第一年人民币 40 万元、第二年人民币 50 万元、第三年人民币 60 万元。上述协议签订后，敬某取得了某酒家交付的经营手续、相关设备、设施、用品以及某有限公司交付的营业场地，并于 2002 年 2 月 6 日开始营业，至 2002 年 6 月 23 日停止营业。在此过程中，敬某因经营需要购置了部分设备，并对经营场所进行了装修、改造。

2002 年 8 月 8 日，因某酒家与敬某发生承包纠纷，某酒家向一审法院提起诉讼。审理中，因敬某表示在判决后愿意按照承包合同约定返还某酒家原先交付的设备等承包物品，某酒家撤回了相关诉讼请求。一审法院于 2004 年 3 月 23 日作出民事判决，确认 2002 年 1 月 30 日某酒家和敬某签订的《租赁承包协议书》及《补充协议书》于 2002 年 5 月 15 日解除；敬某给付某酒家承包费，偿付某酒家利息损失，并赔偿某酒家承包费损失等。敬某不服该判决，提起上诉后又予以撤回。

2002年8月23日，某有限公司起诉要求敬某支付房屋租金，一审法院于2004年2月判决支持了某有限公司的诉讼请求。敬某不服提出上诉，后于同年4月撤回上诉。2004年4月21日，某有限公司与敬某签订一份《协议书》约定，鉴于双方于2001年12月13日所订的《租赁协议书》主要由于敬某不能履行，拖欠某有限公司房屋租金一时无力支付，经双方协商，一致同意原订租赁协议从即日起终止，有关经济结算将结合双方与第三方某酒家（王某）的相关合约一并结算，在经济结算处理完毕前，某有限公司同意敬某暂住在原租赁房内。2004年10月，某有限公司与敬某经法院调解确认双方的租赁协议于2004年4月21日终止。

2003年2月至5月期间，某有限公司、某服饰公司及王某签订了一份落款时间为2001年11月20日的《终止协议书》，内容为三方一致同意终止2000年4月19日签订的《租赁协议》，自即日起该地房屋（某服饰公司、包括某酒家）由某有限公司收回，某服饰公司于2002年6月前将所有资产搬迁完毕等。

因某酒家下属浴场与案外人某装饰公司存在经济纠纷，法院曾于2003年1月29日出具民事裁定书，裁定查封某酒家下属浴场内的财产（包括内部装潢），告知某酒家妥善保管财产，在查封期间未经法院许可，不得变卖、损坏和灭失。后该案因某酒家停业，且被查封财产暂无法处理，被执行人又无其他财产可供执行，于2003年2月26日终止执行。

2004年9月15日，某有限公司以某服饰公司与其签订2001年11月20日《终止协议书》后，拖欠租金且仍强占部分房屋及场地等为由，向一审法院起诉某服饰公司、某酒家。一审法院于2006年3月24日作出民事判决，对某有限公司与某服饰公司、王某签订的落款时间为2001年11月20日的终止协议效力予以认定，判令某服饰公司、某酒家迁出，并支付租金及房屋使用费等。该案上诉后，经二审维持原判。

目前，某酒家及其下属浴场仍处于停业状态，酒家及浴场的钥匙在敬某处。敬某至今未将系争承包物品返还给某酒家。

审理中，一审法院多次向某酒家释明，征询其是否向敬某主张返还承包物品，但某酒家坚持在本案中不主张该部分诉讼请求。

一审法院经审理认为：

首先，原告某酒家在本案中主张的是被告敬某在解除承包合同关系后，继续拒不返还设施、设备、用品等承包物品，并占有酒家及浴场的经营场所，被告某有限公司同意敬某继续暂住在经营场所内，给某酒家造成的经营损失；赔偿金额参照其与敬某签订的《租赁承包协议书》所约定的承包租赁费计算。本案中，某酒家与敬某之间的《租赁承包协议书》及《补充协议书》经法院判决确认，已于2002年5月15日解除。同时，某服饰公司、王某与某有限公司之间的《租赁协议》也经法院判决认定，于2001年11月20日终止，包括某酒家在内的全部房屋由某有限公司收回。此后，敬某享有对系争房屋的租赁权，至2004年4月21日某有限公司再次收回系争房屋，并同意敬某暂时居住在系争房屋中。由此可见，2001年11月20日某服饰公司、王某与某有限公司终止租赁合同关系以后，某酒家在未恢复与某有限公司之间就酒家及下属浴场的经营场所租赁合同关系的情况下，继续在系争经营场所内经营没有法律依据。由于某酒家并不具备上述经营条件，因此某酒家所主张的经营损失不能成立。

其次，系争承包物品均为酒店和浴场的特定设备、设施、用品，上述物品的使用和收益与酒店和浴场的经营场所及经营行为不可分割，离开酒店和浴场的经营场所及经营行为，系争承包物品的使用价值和收益价值就无从体现。现某酒家在未与某有限公司恢复租赁关系、缺乏经营条件的情况下，要求敬某赔偿其无法行使承包物品的财产使用权和收益权的损失，缺乏依据。至于敬某至今仍占有系争承包物品的问题，鉴于某酒家经法院多次释明，仍坚持不向敬某主张返还承包物，故本案对此不予处理。

再次，关于某有限公司与敬某之间2004年4月21日的《协议书》，该协议仅是某有限公司同意敬某暂时居住在系争经营场所内，并约定双方的债务结算将结合与某酒家的有关合约一并结算。某有限公司作为系争经营场所房屋的所有人，在其与某酒家及敬某先后解除租赁协议收回房屋后，享有对系争经营场所的处分权，其允许敬某暂时居住在系争经营场所内与某酒家无涉。

据此，一审法院根据《中华人民共和国民事诉讼法》第一百二十八条、《最高人民法院关于民事诉讼证据的若干规定》第二条的规定，判决：对某酒家的诉讼请求不予支持。

某酒家不服一审判决提起上诉称：坚持原审中的诉辩意见，请求撤销原审判决；改判支持上诉人某酒家的原审诉请。

被上诉人敬某未到庭应诉。

被上诉人某有限公司辩称：本案审理的是上诉人某酒家与被上诉人敬某的承包经营关系，本被上诉人不应当承担连带赔偿责任。

二审法院经审理查明：一审法院查明的事实属实，予以确认。

二审法院经审理认为：

根据《中华人民共和国合同法》第九十七条规定，合同解除后，当事人有权要求赔偿损失。此处的赔偿一般指对方订立合同所支出的必要费用、因相信合同能适当履行而作准备所支出的必要费用、合同解除后因恢复原状而发生的损害赔偿等，不包括因债务不能履行而产生的可得利益损失的赔偿。本案中，上诉人某酒家认为其主张的就是2003年8月1日起至2007年7月30日止的承包费损失，依此，鉴于承包费损失的性质即为可得利益的损失，故某酒家的上诉主张显然缺乏法律依据，因而无法获得法院支持。一审中，某酒家向法院明确表示“两被告给我造成的是不能经营的损失，应按照我方与敬某签订的租赁承包协议的承包费计算”。基于该意思表示，鉴于：(1)某服饰公司、王某与被上诉人某有限公司之间的《租赁协议》已经法院判定于2001年11月20日终止，包括某酒家在内的大华路某号全部房屋由某有限公司收回；(2)被上诉人敬某所享有的对系争场地的租赁权至2004年4月21日被某有限公司收回；(3)某酒家未恢复与某有限公司之间就酒家及下属浴场的经营场所租赁合同关系，一审法院认为某酒家不具备继续在系争经营场所内经营的条件，从而判定某酒家主张经营损失不能成立并无不当。

据此，二审法院根据《中华人民共和国民事诉讼法》第一百五十三条第一款第(一)项的规定，判决驳回上诉，维持原判。

**【评析】**

我国《合同法》第九十七条规定，合同解除后，对合同已履行的部分，根据履行情况和合同性质，当事人可以要求恢复原状、采取其他补救措施，并有权要求赔偿损失。问题在于，此处的损害赔偿范围是什么，是否包括因债务不履行而产生的可得利益损失？本案中，某酒家以敬某在解除承包合同关系后，继续占有酒家及浴场的经营场所，某有限公司同意敬某继续暂住在经营场所内为由，提出两被告赔偿其不能经营的损失的诉请，由此引发了合同解除后可得利益损失该不该赔的问题。

一、合同解除与损害赔偿范围

赔偿损失是合同解除后的一项法律后果，但也不能滥用。在某些情况下，损害赔偿与合同解除甚至是相互排斥的，因为选择了其中之一就足以使合同当事人的权利得到充分保护，因而没必要同时采用两种方式。如在协商解除合同过程中，双方协商一致，免除一方当事人的损害赔偿责任的；因不可抗力引起的合同解除，双方当事人对合同解除的发生均无过错的，解除合同后就不得再主张损害赔偿。但是，如果在合同解除后，确因一方的过错造成另一方损害，则有过错的一方应向受害方赔偿损失，不能因合同解除而免除其应负的赔偿责任。我国《民法通则》第一百一十五条也规定了"合同的解除不影响当事人要求赔偿损失的权利"。但赔偿要考虑两个问题：(1)赔偿损失仍以过错为条件；(2)赔偿的范围，除双方当事人在协议解除合同时商定的数额外，一般包括：对方订立合同所支出的必要费用；因相信合同能适当履行而做准备所支出的必要费用；合同解除后因恢复原状而发生的损害赔偿，难以恢复原状的，当事人在无法返还的范围内赔偿。

二、合同解除后的损害赔偿不包括可得利益损失

可得利益亦称预期实现和取得的财产增值利益，是指合同在适当履行以后可以实现和取得的财产利益，或由于加害人的侵权而使受害人丧失的应得收益。

就合同违约而言，可得利益具有以下特点：(1)未来性。可得利益是一种未来利益，它在违约行为发生时并没有为合同当事人所实际享有，而必须通过合同的实际履行才得以实现。(2)期待性。可得利益是当事人订立合同时期望通过合同的切实履行所获得的利益，是当事人在订约时能够合理预见到的利

益，而可得利益的损失也是当事人能够预见到的损失。(3)一定的现实性。尽管可得利益并非当事人实际享有的利益，但这种利益并不是主观臆想、不着边际的，而有一定的现实性，即这种利益已具备现实成就的条件，只要合同如期履行，就会被当事人获得。

对于合同解除后，赔偿损失的范围是否包括可得利益损失，理论界和实务界均存在不同的认识，主要有两种观点：第一种观点认为，合同解除后损害赔偿的范围应包括可得利益损失。如有的学者指出，当事人在订立合同后，对方当事人的适当全面履行为其最基本的期待，其当然有可能也有理由以此种期待为动因，与他人再订立合同以谋求更大利益，当这种"谁都看得见的利益"因对方当事人的违约而丧失时，不支持其可得利益损失，无疑有纵容当事人违约之嫌，有违诚实信用原则。第二种观点认为，合同解除后的赔偿范围不应包括可得利益的损失。在合同解除系由违约而产生的情况下，合同的解除不应超出合同解除效力所应达到的范围。由于合同解除的效力是使合同恢复到订立前的状态，而可得利益只有在合同完全履行时才有可能产生。既然当事人选择了合同解除，就说明当事人不愿意继续履行合同，非违约方就不应该得到合同在完全履行情况下所应得到的利益，即不应考虑可得利益的赔偿问题。

从我国的司法实践看，后一种观点得到了实务部门的支持。最高人民法院原经济审判庭在其编著的《合同法释解与适用》一书中明确提出，"合同解除后赔偿的范围不包括可得利益的损失"，成为司法实践中判案的依据。具体理由如下：(1)可得利益只有在合同完全履行时才有可能发生，由于守约方行使了合同解除权，从而不可逆转地消灭了实现可得利益的必要条件，赔偿范围因此不应该包括可得利益损失；(2)救济手段具有多样性，既然当事人选择了合同解除，就说明当事人不愿意履行合同，愿意放弃占有在合同完全履行情况下才能得到的利益；(3)解除合同本身就是对违约方的一种制裁，非违约方只有在合同继续存在对违约方有利的情况下才会选择解除合同，在非违约方行使解除权的情况下，解除后果只能对违约方不利；(4)合同解除的法律后果之一，就是要恢复原状，即恢复到合同缔结之前的状态，体现了合同的溯及效力，如果同时要求可得利益赔偿，显属矛盾；(5)如果允许请求可得利益的损失，会使解除合同方在无需履行合同主要义务的情况下获得合同利益，与民法的公平原则相背离。

本案中，某酒家主张不能经营的损失的赔偿，显属可得利益损失的赔偿。通过上述分析，我们可明确得知：我国《合同法》第九十七条规定的合同解除后损害赔偿的范围，并不包括可得利益损失的赔偿。故某酒家的上诉主张在没有法律依据的情况下，自然得不到法院的支持。何况，某服饰公司、王某与某有限公司之间的《租赁协议》经法院判决，早在2001年11月20日终止，某酒家在未恢复与某有限公司之间就酒家及下属浴场的经营场所租赁合同关系的情况下，继续在系争经营场所内经营就缺乏法律依据。在不具备经营条件之时，其主张经营损失又怎么能成立？

三、可得利益损失赔偿的适用

我国《合同法》第一百一十三条规定，“当事人一方不履行合同义务或履行合同义务不符合约定，给对方造成损失的，损失赔偿额应当相当于因违约所造成的损失，包括合同履行后可以获得利益，但不得超过违反合同一方订立合同时预见或者应当预见到的因违反合同可能造成的损失。”这是我国《合同法》首次明确规定赔偿应包括可得利益的损失，与国际通行做法相一致。

随着《合同法》的施行,诉请法院判令违约方或加害人赔偿可得利益损失的纠纷案件有所增加。在审理这类民事损害赔偿纠纷案件中,依法保护可得利益以及客观公正地计算可得利益损失的赔偿数额,对于切实保护守约人或受害人的合法权益,使其损失能够得到应有的、合理的补偿,惩治和杜绝违约、侵权等行为发生,具有十分重要的现实意义。

(一) 可得利益损失的适用条件

可得利益的损失是指违约行为的发生导致受害人丧失了合同如期履行后所能得到的预期利益。这种损失虽然不是现实的财产损失,但它是相对未来可以得到的利益的损失,即如果没有违约行为发生,那么合同当事人就能实际获得。根据《合同法》的规定,可得利益损失的适用条件有:(1)当事人一方有不履行合同或不当履行合同的违约行为;(2)因当事人的违约行为,给对方造成损失;(3)可得利益是违约方在订立合同时至少应当预见的。这实质上是对权利的一种限制,即此种赔偿应限制在法律规定的合理范围内。这个合理范围,在法律上体现为可得利益"不得超过违反合同一方订立合同时预见到或应当预见到的因违反合同可能造成的损失"。

(二) 可得利益损失的认定

违约损失赔偿制度的目的在于最大限度地保护债权人的利益,但是为了鼓励交易,保证交易安全,对违约造成损失的赔偿也应当限定在法律规定的合理范围内。由此,如何在法律规定的范围内,对可得利益损失的赔偿范围予以正确的认定,成为司法实践中的重要问题。

1. 可得利益损失认定的规则。通常情况下,在认定可得利益损失时,应遵循以下3项规则:

其一,可预见规则。可预见规则即《合同法》第一百一十三条规定的违约方在缔约时应当预见的因违约所造成的损失，包括合理预见的损失数量和根据对方的身份所能预见到可得利益损失类型。根据这一规则，违约方仅对其在订约时能够预见到的损失承担赔偿责任，对不可预见的损失不承担赔偿责任。在适用可预见规则时，还需把握“合理预见”的两个标准：一是合理标准，即只要违约方是一个正常人能够预见到的，就推定他应该预见到；二是审判标准，就是违约方对受害方身份识别的问题。只有把这两个标准结合在一起，才能比较准确地适用可预见规则。

其二，减损规则。《合同法》第一百一十九条规定，守约方应当采取适当的措施防止损失的扩大。该规则的核心是衡量守约方为防止损失扩大而采取的减损措施的合理性。即减损措施应当是守约方根据当时的情形可以做到且成本不能过高的措施。衡量非违约方采取的措施是否妥当，具体考量两个因素：一是采取防止损失扩大的措施时的成本费用；二是非违约方当时能不能采取一些合理的措施，即非违约方当时是不是尽心尽力了。如果其尽心尽力采取了一些措施仍然导致损失扩大的，违约方对于扩大的损失也应给予赔偿。

其三，损益相抵规则。当守约方因损失发生的同一违约行为而获益时，其所能请求的赔偿数额应当是损失减去获益的差额。该规则旨在确定受害人因对方违约而遭受的“净损失”。通常，可以扣除的利益包括：标的物毁损的残余价值、本应支付因违约行为发生而未支付的费用、守约方本应缴纳的税收等。

2. 可得利益损失的计算方法。基于以上 3 项规则，可以得出可得利益损失赔偿的计算公式，即可得利益损失赔偿额＝可得利益损失总额－不可预见的损失－扩大的损失－受害方因违约获得的利益－必要的成本。

（钟可慰）

# 张某与某商贸公司、某典当行无效承包合同纠纷案

## ——个人承包典当行合同的效力认定

**【提示】**

典当行业属国家金融管制的特种行业，对于个人承包典当行的行为，根据承包当时国家有关典当管理的禁止性规定，应确认合同无效。

**【案情简介】**

原告：张某

被告：上海某商贸公司

第三人：上海某典当行

原告张某诉称：1995 年 9 月，原告与被告某商贸公司（系第三人某典当行的主要投资者）签订了一份《经营风险承包合同书》，约定由原告个人承包经营典当行，期限从 1995 年 10 月起至 1998 年 9 月止。1997 年 9 月，原告与被告重新签订一份《风险承包合同》，约定原承包经营期间的财务账面价值经指定审计事务所清产核资后转入典当行，但这部分资产及债权、债务等盈亏继续由原告承担，并入本次承包年限内且与本合同承包年限终止时一并清算，承包期为 1996 年 10 月至 1999 年 9 月。相关审计报告显示：至 1996 年 7 月止，典当行所有者权益为 2507448 元。

嗣后，原告继续承包典当行，并陆续投入典当行250万元，作为典当行的营运资金。1998年底，典当行为加强对公章的管理，将公章从原告处收回，统一交由典当行的董事薛某保管，使用公章需在登记簿上登记、编号。被告擅自收取典当行的公章及账册，致使原告无法正常承包经营。之后，原告更被赶出了典当行。因相关法律规定典当行不得由个人经营，故诉请法院确认承包合同无效，被告返还原告已上交的承包费及原告为承包投入的款项共计800万元。

被告某商贸公司辩称：因人民银行规定个人不得从事典当行业务，故本案系争承包合同应当终止履行。

根据上海某会计师事务所出具的审计报告结论显示：(1)截至1999年9月，典当行资产总额为18212317元，负债合计为15534545元，所有者权益合计为2677772元；(2)原告承包经营期间，实现收入10964198元，实现利润－2778354元。

法院经审理认为：

根据1996年4月3日中国人民银行颁布的《典当行管理暂行办法》的规定，典当行属特殊金融企业，禁止个体设立典当行。据此，原告张某与被告上海某商贸公司于1995年、1997年分别签订的两份风险承包典当行的协议书，均违反了上述规定，应确认无效。然而，原告在承包经营期内的盈亏与承包合同是否有效，两者之间并无直接的因果关系。原告与被告签订的风险承包协议，实际系承包费与“经营机会”的交换，即被告的签约目的在于固定收益、避免典当行经营风险，原告的签约目的在于通过支付承包费获得典当行的经营权。通常情况下，“经营机会”的价值主要取决于当事人的自身判断和评估。根据双方签订的承包协议书可以推定，被告在签约时认定的“经营机会”价值，应与原告约定交付的承包费金额基本相当。根据处理无效合同所遵循的恢复原状原则，被告应将承包费返还原告，但由于原告在事实上无法将已经行使的“承包经营机会”返还被告，故原告对被告“承包经营机会”的丧失也负有折价补偿的责任。从金钱角度加以量化后，上述两者金额基本相当，故对原告要求被告返还承包费的诉讼请求，法院不予支持。另经审计核实，原典当行（改制前）所有者权益为2507448元，上述资产应转入改制后的典当行，但由原告继续负责经营，盈亏应并入第二次承包年限内一并清算。据此，原告提出上述资产归其所有的主张，缺乏必要的事实依据与法律依据，法院不予支持。原告经营期间向典当行投入资金250万元，但上述投入的款项尚不足以弥补其在承包经营典当行期间造成的亏损，故对原告要求被告返还800万元的诉讼请求，法院不予支持。

据此，法院根据《中华人民共和国民法通则》第四条、第五十八条、第六十一条第一款的规定，判决：

一、原告张某与被告上海某商贸公司于1995年9月20日签订的《经营风险承包合同书》、1997年9月19日签订的《风险承包合同》无效；

二、对原告张某的诉讼请求不予支持。

法院判决后，各方当事人均未上诉。

**【评析】**

一、特种行业承包合同的效力

在我国，典当属于金融业务。在本案发生时，中国人民银行是典当业的主管部门，负责典当机构设立、变更、终止的审批以及对典当机构的监督管理。在本案系争议承包合同签订时及案件审理时，规范典当业的法律依据主要是中国人民银行于1996年颁布的《典当行管理暂行办法》（以下称《暂行办法》）。该办法虽未明文禁止个人承包典当行，但第十条明确规定“禁止设立个体典当行”。法院在审理本案时，对“禁止设立个体典当行”作了扩展解释，认为个人不得承包经营典当行，理由是：(1)纵观《暂行办法》全文，限制个人经营乃至投资典当行的立法意图十分明显，除第十条的规定外，第二十三条还规定个人入股总额不得高于典当行全部货币股本金的25%，单个个人入股金额最高不得超过典当行全部实收货币股本金的5%。(2)长期以来，我国对金融领域都进行严格管制，典当行虽非严格意义上的金融机构，但其作为我国融资和担保体系的组成部分，具有金融机构的部分性质，存在较大的经营风险，并可能影响社会稳定，在当时我国金融市场和监管体系尚不健全的情况下，典当行业确实不适合个人经营者承包经营。(3)在该案之前，实践中也没有国家授权个人承包经营典当行的先例。综合上述情况，法院从法律条文本身、立法意图以及实际操作等方面综合考虑，认定本案中的典当行承包合同无效。在当时的法律背景和经济背景之下，作出这样的认定是适当的。即使在2005年2月商务部、公安部联合颁发了新的《典当管理办法》，其中第七条依然明确规定，申请设立典当行，应当“有两个以上法人股东，且法人股相对控股”。可见，至今对于个人经营典当行业，立法依然没有完全放开。

我国《合同法》实施后，在司法实践中对于类似特种行业经营合同的效力认定，应当依据《最高人民法院关于适用〈中华人民共和国合同法〉若干问题的解释(一)》第十条的规定，即“当事人超越经营范围订立合同，人民法院不因此认定合同无效。但违反国家限制经营、特许经营以及法律、行政法规禁止经营规定的除外”。因此，对于尚无明确的法律法规规定，仅有部门规章规定的，若一旦认定有效可能损害社会公共利益和经济秩序的，如金融领域中的一些新产品、新业务，法院可以适用《民法通则》

和《合同法》中关于违反社会公共利益的一般条款以弥补强行性和禁止性规定的不足，并据此认定相关合同无效。比如，对于一段时间来已成热点的证券、期货市场中的委托理财案件，即应以上述理由认定受托人为一般企业、事业单位等非金融机构法人签订的委托理财合同无效。

二、恢复原状原则在特种行业承包合同被认定无效后的运用

本案另一个问题是，恢复原状原则在特种行业承包合同被认定无效后应如何运用。在本案系争的《风险承包合同》被认定无效后，如何合理平衡合同双方的权利义务并分担损失，便成为本案的难点。根据处理无效合同的恢复原状原则，无效合同签订双方应当将各自已履行部分恢复至未履行前的状态，并返还对方给付的对价。然而，对于该承包合同而言，发包方，即本案被告提供的是典当行在一定年限内的经营权，而承包方，即本案原告给付的是一定数量的承包费用，如果简单根据恢复原状原则处理，被告应当返还承包费，原告则应返还承包年限内对典当行的经营权，而这实际是不可能的，因为已经行使的经营权具有时间上的不可逆性和价值上的不确定性。这也成为本案处理的一大难题。

对此，法院从以下几方面进行了审慎考量：第一，一定期限内典当行的承包经营权是一种商业机会，商业机会具有无形性、变动性和不可逆的特点，每一种商业机会都是有成本的。第二，承包经营典当行的商业机会成本由受让者愿意支付的对价、市场类似情形的参照价格以及根据实际经营效果而推断出来的价格等多个因素综合决定。本案原告支付的承包费即为受让者愿意支付的对价，市场参照价格因缺乏成例而无从考证，而根据典当行承包经营期内两百多万元亏损的事实，则从一定程度上证

明该承包经营权的价值不应比原告支付的承包费高。这也意味着，如给该典当行的承包经营权定一个合理的价格，应当不超过当时原告所给付的承包费。第三，恢复原状并不是机械地还原历史，而应把握恢复原状原则的精髓予以灵活运用。如在本案中，首先应确认双方签订承包合同时均系真实意思表示；其次应认定该承包合同的无效与原告在实际承包经营期间的盈亏并无直接联系，即原告应对其经营亏损负责，在此基础上，结合对承包经营权商业价值的合理分析，就可以作出正确的处理。

总之，恢复原状是处理无效合同的重要原则之一，但是对其运用应当根据个案的具体情况进行具体分析，不应简单机械地套用法条。尤其对于特种行业承包合同的无效处理，更应考虑市场因素，体现灵活性。

（岳　菁）

# 黄某与某国际教育公司承包合同纠纷案

## ——留学中介公司与员工签订承包合同的效力认定

**【提示】**

留学中介业务属于特许行业经营，该类企业与员工之间就企业经营目标和责任而达成的承包协议，只要不违反法律法规，应属有效。

**【案情简介】**

上诉人(原审原告)：黄某

被上诉人(原审被告)：某国际教育公司

原告黄某诉称：2003年11月5日，原告与被告某国际教育公司签订经营责任书，明确被告聘任原告为公司项目十九部经理，任期自2003年11月1日至2004年12月31日。该经营责任书实际是被告要求原告承包出国留学中介服务的一种挂靠行为，直接违反了国家管理部门的有关规定；而代表被告签字的高某并非被告的法定代表人，盖章也非被告的公章。所以要求法院确认原、被告签订的经营责任书无效，并返还押金、其他费用等。

被告某国际教育公司辩称：原告黄某与被告签订的经营责

任书系正常的企业内部承包经营合同，未违反法律规定，应为有效合同。被告依照合同约定收取原告的押金和其他费用，并无不当。

一审法院经审理查明：

2003年11月5日，原告黄某、被告某国际教育公司签订经营责任书，约定被告聘请原告为公司项目十九部经理，任期从2003年11月1日至2004年12月31日止。被告授权原告在其主管业务范围内与客户签订《上海市自费出国留学中介服务合同》，并报被告审核。原告负责开拓国外留学市场并向客户提供自费留学中介服务，享受相应的权利并承担义务及经营责任。被告负责对原告负责的项目十九部的经营业绩进行考核，聘任期内的年度考核指标为45万元，当营业收入为45万元(含本数)以下，成本考核为营业收入的75%。原告承担经营风险，在聘任合同生效后10日、180日内分两次，每次向被告缴付风险抵押金45000元，共计90000元。当双方终止合同时，在妥善解决原签约客户的遗留问题后20天内，被告将风险抵押金或风险抵押金余额退还原告，不计利息；当原告未能完成营业收入考核指标45万元时，被告将未完成的20%扣除风险抵押金。双方还对其他事项作了规定。此外，原、被告还签订聘用、劳务合同。嗣后，原告于2004年3月23日向被告交付押金37000元，并确认葛某为项目十九部的日常负责人。经审计确认，2003年11月起到2004年末，原告经营收入130327元，可列支成本数应有应分得97745元，减除费用支出89498.99元和税金105.60元，结余金额为8140.41元。被告账面尚有原告交付的风险押金37000.00元和零星押金5136.28元。

一审法院经审理认为：

原告黄某与被告某国际教育公司之间曾签订聘用、劳务合同，形成企业内部的劳务关系。双方的经营责任书，明确了原告对外以被告的名义开展业务，对内向被告交付费用并承担相应的权利义务，因而从性质而言，经营责任书应确定为内部承包经营合同。合同的效力问题，《合同法》第五十二条有明确规定，即在违反法律、行政法规的强制性规定的情形下，合同才归于无效。因此，原、被告的内部承包经营合同关系成立并有效。被告扣除原告的支出费用，虽在合同中没有明确的数目约定，但全部费用的支出均由原告授权的负责人葛某签字确认，应视为原、被告对支出费用达成一致意见，应予认可。原告在合同期内营业收入仅130327元，按照约定，原告在未完成45万元营业收入指标的情况下，被告可将未完成部分的20％扣除风险抵押金作为其承包收入。原告交付的37000元不足以补偿被告的承包收入，仍欠付被告的承包费用。因此，原告要求确认合同无效、要求被告退还风险抵押金和其他费用的诉讼请求，缺乏依据，不予采信。

据此，一审法院根据《中华人民共和国民事诉讼法》第六十四条第一款、《中华人民共和国合同法》第五十二条第一款第(五)项的规定，判决对原告黄某的诉讼请求不予支持。

黄某不服一审判决提起上诉称：双方签订的合同上，代表被上诉人某国际教育公司签字的并非法定代表人且盖章也并非被上诉人的公章，故两份合同无效。被上诉人与上诉人之间是外部挂靠关系。被上诉人将自费出国留学中介服务机构的资格以挂靠形式转让，违反法律强制性规定，原审适用法律错误。

被上诉人某国际教育公司辩称：代表被上诉人签订合同的当事人经过被上诉人授权，合同合法有效。上诉人黄某与被上诉人之间形成的企业内部承包关系不同于劳务合同关系，带有明显的经营性质。经营责任书明确被上诉人转让的是业务而非经营资质。

二审法院经审理查明：一审法院查明的事实属实，予以确认。

二审法院经审理认为：

本案所涉的劳务合同、聘任合同、经营责任书，一方由上诉人黄某签署，另一方由被上诉人某国际教育公司指派的公司人员代表公司签署，且三份合同分别盖有被上诉人的公司公章、公司业务专用章，应视为双方真实意思表示，合法有效，双方均应恪守。本案所涉合同也实际履行一年余。2003 年 11 月 1 日，上诉人黄某与被上诉人某国际教育公司签订劳务合同，建立劳动关系。同年 11 月 5 日，双方又签订聘任合同及经营责任书，对被上诉人的部分业务进行承包经营，应视为内部承包关系。据此，原审法院查明事实清楚，适用法律正确，应予维持。

据此，二审法院根据《中华人民共和国民事诉讼法》第一百五十三条第一款第(一)项的规定，判决驳回上诉，维持原判。

**【评析】**

在一些实施从业准入的行业中，只有具备规定资质的企业或个人才能开展经营业务。于是，没有资质的主体往往采用“挂靠”、“承包”等形式，利用有资质的企业或个人的名义从事非法经营。本案的争议焦点就在于原、被告之间订立的经营责任书是否规避了有关行业资质的规定。如果经营责任书的实质是对外发包中介业务，则违反国家教育部、国家公安部、国家工商行政管理局联合发布的《自费出国留学中介服务管理规定实施细则》第十二条关于从事自费出国留学的中介服务机构不得以承包或转包等形式委托其他机构或个人开展中介服务业务的禁止性规定，经营责任书无效。

一、本案经营责任书的性质

“承包”即“承包经营管理”，是指由所有权人与实际经营人订立合同，由承包人取得承包对象的占有权、使用权、有条件的收益权，所有权人保留承包对象的所有权，并约定双方各自收益模式和具体权利义务的一种经营管理模式。其实质是所有权与经营权的分离，由承包人对外以发包人的名义经营管理承包对象。由于承包通常将承包人的收益与承包对象的经营状况挂钩，使承包人处于自主经营、自负盈亏、自我约束的状态，于是承包人只有在为承包对象带来了收益的同时才能使自身获得利益，从而保证了发包人利益的可期待性。承包经营的现象出现于我国改革开放以来的20世纪80年代，先后出现了农业生产的承包经营和企业的承包经营模式。由于承包经营有利于充分发挥承包人的主观能动性，全力为承包对象获取收益，从而使发包人的利益也获得保证，是一种双赢的商业模式，因此在实际生活中被广泛采用。本案中，从原、被告订立的经营责任书条款来看，由原告以被告名义对外经营、原告的收益与其经营情况挂钩等约定，均符合承包经营的模式特征，应认定原、被告之间为承包经营合同关系。

二、企业与员工签订承包责任书的效力

对一些专业技术性要求较高的行业，法律、法规往往要求从业主体具备相应的资质，且禁止这些取得经营资格的主体对外发包。同时，法律并不禁止有资质的企业与员工签订承包经营合同，这种在企业内部劳动关系框架下的承包经营责任协议，将劳动工作目标与报酬挂钩，是一种企业经营管理的激励机制。企业通过对员工培训和管理，能够保证经营质量和效率。这种承包协议只要不违反劳动法和其他法律法规，应属有效。

## 三、企业与员工间承包协议的认定

企业与员工之间就企业承包经营责任制目标而达成的明确相互之间责、权、利关系的协议，以企业与职工的劳动（人事）关系为基础，有些还包含有工资、福利等有关劳动关系权利义务方面的内容，虽带有劳动合同的某些属性，但其实质是企业的内部管理合同。在认定该类合同时，应注意合同双方当事人之间有无劳动（人事）关系，合同内容是否包括劳动报酬、社会保险、福利、职业培训等。作为发包方的企业通过承包合同的方式将企业资产交付给员工；员工作为承包方，根据合同约定，在劳动关系和企业制度的约束和管理下，以企业的名义对外从事经营活动，其实质是企业自身的经营行为。

本案中，原告与被告之间不仅仅只订立了经营责任书，还分别签订了聘任合同及劳务合同，据此被告对原告具有管理、约束、考核的权利并有支付相应报酬的义务。原告签署了这些文件，表明其已理解并接受了这样的约定。显然，原、被告之间已经形成了企业内部的劳务关系。据此，也可以进一步确认原告以被告名义对外开展业务，对内向被告交付费用并承担相应的权利义务，双方之间为内部承包合同关系，也证明原告的诉请缺少事实依据，应当予以驳回。

（王凌蔚、陈显微）

# 某甲公司与某乙公司承包经营合同纠纷案

## ——过失相抵规则在违约金处理中的适用

**【提示】**

当事人双方都违反合同的，应当各自承担相应的责任。

**【案情简介】**

原告（反诉被告）：某甲公司

被告（反诉原告）：某乙公司

原告某甲公司诉称：原告根据其与被告某乙公司在2003年7月24日签订的承包经营合同取得某酒店承包经营权并严格履行了合同义务。某乙公司却以原告内部人员有矛盾为借口，未经原告同意于2003年11月28日擅自收取某酒店每日营业款，并于2003年12月5日晚突然通知原告解除承包经营合同，次日在原告强烈反对和未进行任何交接的情况下单方面终止合同并自行经营。故提起诉讼，请求法院判令某乙公司向原告支付违约金50万元。

被告某乙公司辩称并反诉称：其代收营业款和终止合同都事先征得了某甲公司的同意，不存在违约行为，不应支付违约金；某甲公司逾期支付承包费，拖欠员工工资和供应商货款，擅自将某酒店经营权转包给第三者，私刻某酒店公章，致使被告无法根据合同约定行使财务和经营状况监督权。故反诉请求判令某甲公司支付违约金50万元。

反诉被告某甲公司辩称:刻制公章是己方依法行使承包经营权的行为;即使存在拖欠员工工资和供应商货款等情况,也是由于反诉原告代收营业款及提前强行解除合同造成的。因违约方是反诉原告而非己方,故不同意向反诉原告支付违约金50万元。

法院经审理查明:

2003年7月24日,原告某甲公司与被告某乙公司签订《承包经营合同书》一份,双方约定:某乙公司将位于本市某路某号的某酒店发包给某甲公司经营,每月承包费14万元;承包期限为4年,自2003年8月1日起至2007年7月31日止;某乙公司不干涉某甲公司在合同项下的独立经营管理权,并在某甲公司需要时进行全力配合并提供支持;某乙公司对某甲公司经营行使监督权,派员不定期检查某甲公司财务和资产使用状况,但以不影响某甲公司经营为界限,某甲公司须进行配合;某甲公司对某乙公司资产进行善良管理,避免破坏性使用;某甲公司必须坚持合法合规经营原则,独立承担经营中产生的费用及税费,独立承担经营中涉及的相关法律责任;某甲公司拥有独立的财务权;因本合同一方当事人原因导致本合同无法履行,另一方有权决定是否终止合同的履行。终止合同执行情况下,违约方应当向守约方支付50万元作为违约金。此后,某甲公司向某乙公司支付了10万元风险抵押金,某乙公司将某酒店的经营管理权交由某甲公司行使。后某甲公司逾期缴纳承包费,某甲公司遂以缴纳滞纳金的方式得到了某乙公司的谅解。2003年11月28日,某乙公司开始直接收取某酒店营业收入款。2003年12月5日,某甲公司停止行使对某酒店的承包经营管理权。次日,某乙公司直接行使某酒店经营管理权。2003年12月26日,某甲公司提出本诉。2004年1月8日,某乙公司提出反诉。

法院经审理认为:

原告某甲公司与被告某乙公司在履行承包经营合同过程中均有一定的互为因果的违约行为,但均尚未构成与50万元违约金程度相当的根本违约,某甲公司和某乙公司对造成本案纠纷都有一定过失,应各自承担相应责任。理由如下:(1)某乙公司作为发包人,虽然没有提供充分证据证明某甲公司自愿提前终止履行承包经营合同或明确表示同意某乙公司代收营业款,但某乙公司提供的证据能证明某甲公司的主要经营管理人员在12月5日和11月28日的某酒店员工会议上均有出席并发表意见的机会,而某甲公司并未按照常理以有证据予以证明的方式对撤离某酒店或某乙公司代收营业款当场或随后立即提出异议。所以,法院认为某乙公司作出的代收营业款、要求某甲公司停止行使承包经营管理权并离开某酒店等规避商业风险的行为不应被认定为根本违约。(2)某甲公司确有逾期缴纳承包费的行为,但第一次逾期时间较短,第二次逾期后已经以交纳违约滞纳金的形式得到某乙公司的谅解,故法院对某甲公司逾期缴纳承包费的行为不认定为根本违约;(3)某甲公司尽管存在与他人合作经营等部分转包行为,但考虑到某乙公司也采取了代收营业款等相应行为以减少发包风险,并在随后不久收回某酒店的承包经营权,故法院对某甲公司的这一行为也不认定为根本违约。综上所述,虽然某甲公司和某乙公司各自均有一些互为因果的违约行为,但这些行为均不足以导致对方无法实现其签约的主要目的。此外,某乙公司与某甲公司在《承包经营合同》中也并未把拖欠承包费时间长短和金额大小以及是否有权刻制公章、可否合作经营、财务检查如何具体操作等不当履约行为作为根本违约事项予以明确约定。所以，由于双方当事人均未能提供优势证据证明对方做出了与50万元违约金程度相当的根本违约行为，同时鉴于双方当事人均未要求法院适当调整违约金数额，故依法适用合同过失相抵规则，对各方要求对方给付违约金50万元的本诉和反诉的诉讼请求均不予支持。

据此，法院根据《中华人民共和国合同法》第六条、第一百二十条的规定，判决驳回某甲公司本诉请求；驳回某乙公司反诉请求。

法院判决后，双方当事人均未提出上诉。

**【评析】**

在本案中，双方当事人均存在一定程度的违约行为，且均要求对方支付全额违约金。因此，本案的关键在于认定双方当事人的行为是否应适用过失相抵规则及是否构成了与约定金额相当的根本性违约。

一、过失相抵与双方违约之间的联系与区别

过失相抵又称混合过错、与有过失（contributory negligence），是指就损害的发生或扩大，权利人也存在过失时，可按比例将损害在权利人与义务人之间分摊以减轻或者免除义务人的赔偿责任的一种法律规则。过失相抵规则最早主要运用于侵权法领域，罗马法中的“庞氏规则”（即“因自己之过失蒙受损害者不视之为受害”）是过失相抵的雏形。近现代大陆法系国家立法，将过失相抵规则扩展到合同法领域。当前，英美法系理论也确立了对于合同责任与侵权责任竞合的案件，可以适用与有过失规则的观点。1994年国际司法协会制定的《国际商事合同通则》第7.4.7条，对部分归咎于受损害方当事人的损害承担，也采用过失相抵规则。双方违约是指合同双方当事人分别违反了自己的合同义务。双方违约概念的形成及其内涵，经历了一个不断演变的过程。双方违约与过失相抵之间联系密切，二者经常发生重合，人们也经常将二者等同，混合使用。其实，二者之间还是存在一些区别的。例如，双方违约仅适用于债务不履行领域而不像过失相抵规则还可以适用于侵权等领域，双方违约也仅适用于损害发生的情形而不像过失相抵规则还可以适用于损害扩大等情形。但是，在合同法领域，过失相抵规则与双方违约制度在适用上存在很多完全重合的情形，具有极为相似的制度功能。

我国民事立法对过失相抵或双方违约早有规定。例如，《民法通则》第一百一十三条规定，当事人双方都违反合同的，应当分别承担各自应负的民事责任；原《经济合同法》第二十九条第一款规定，如属双方的过错，根据实际情况，由双方分别承担各自应负的违约责任。《合同法》第一百二十条也规定，当事人双方都违反合同的，应当各自承担相应的责任。实践中具体适用这些法条时，需要特别注意过失相抵规则或双方违约制度与履行抗辩权制度等的区别和联系。同时，过失相抵被形象地称为责任相抵，其实是在确定当事人各自应负责任的范围和数额的基础上再确定实际给付的最终数额时可以相互扣减，并非民事法律责任的完全抵消。我国合同法律制度所规定的过失相抵规则或双方违约制度的含义有三：(1)双方当事人都违反合同。即双方当事人都存在违约行为，由此而都负有违约责任。这是一项客观要件，即只要客观上具有违约行为，不管主观上是否存在过错，都可以适用相抵规则。(2)双方各自承担相应责任。在当事人双方都违反合同的情况下，应各自承担与其违约行为相对应的违约责任。(3)抵扣对方的违约给付责任后，实际履行时，己方可以不给付或少给付。

本案中，某甲公司和某乙公司都没有完全按照他们在《承包经营合同》中的约定履行各自的义务，均存在违约行为。例如，某乙公司未经某甲公司的同意而直接收取某甲公司承包经营期间的某酒店营业款，致使某甲公司由于担心经济收益被某乙公司占有而怠于经营，丧失履行合同的积极性。某乙公司这一行为的违约性质较为明显。但是，由于持续时间不长，各方就事实上终止履行《承包经营合同》，某乙公司所收营业款的数额也低于其有权向某甲公司收取的承包费。所以，某乙公司这一违约行为尚未从根本上损害某甲公司的利益。同时，某甲公司在此前后，也存在一系列与某乙公司上述行为互为因果的违约行为：逾期缴纳承包费、未经某乙公司明确同意而擅自与他人合作经营、刻制公章、拖欠员工工资等等。某甲公司和某乙公司的这些违约行为，过错程度大致相当，均应承担相当的违约责任，可以适用过失相抵规则，实际履行时，相互抵消。

## 二、根本性违约的认定

根本性违约（fundamental breach）又称重大违约（gross breach）、实质性违约（substantial breach），是指一方当事人违反合同使另一方当事人蒙受损失，以至于实际剥夺了受害方根据合同有权期待得到的利益。《联合国国际货物销售合同公约》第二十五条规定，一方当事人违反合同的结果，如使另一方当事人蒙受损失，以至于实际上剥夺了他方根据合同规定有权期待得到的东西，即为根本违反合同，除非违反合同一方并不预知，而且一个同等资历、通情达理的人处于相同的情况下也没有理由预知会发生这种结果。

本案当事人双方在《承包经营合同书》中约定，因本合同一方当事人的原因导致本合同无法履行，则另一方有权决定是否终止合同的履行。在终止合同执行情况下，违约方应当向守约方支付50万元作为违约金。某乙公司未经某甲公司明确同意而直接收取某甲公司承包经营期间的营业款，某甲公司未经某乙公司明确同意而擅自与他人合作经营、刻制公章、拖欠员工工资，均未造成对方签约目的完全落空的严重后果，应属于履约中的不当行为，或者说只违反了合同义务群中的从给付义务、附随义务，但并不构成对对方当事人期待利益的根本性剥夺，未违反合同主要债务条款即主给付义务，不应被认定为根本违约；至于某甲公司逾期缴纳承包费等行为，已经通过交纳滞纳金的方式承担了相应的违约责任，故也不应当认定为根本违约。由于一般性的轻微违约行为所应承担的违约责任应当大大轻于根本违约时的违约责任，而本案中50万元高额违约金显然是与根本性违约相对应的。各方当事人就对方的非根本性违约行为均请求判决获得50万元的全额违约金，既违合同原理，亦悖人之常情，最终双双被法院驳回。

（罗健豪）

# 王某与陶某企业承包合同纠纷案

## ——个体工商户经营权不得擅自转包

**【提示】**

当事人在承包合同中擅自转让个体工商户经营权，违反行政法规的禁止性规定，应依法确认承包合同无效。

**【案情简介】**

原告：王某

被告：陶某

第三人：某工贸发展总公司

原告王某诉称：原告与被告陶某于2004年5月3日签订了承包经营协议，原告承包被告开办的吉祥阁美食府，地址平凉路某号。原告支付给被告押金人民币80000元以及3个月租金60000元。同年9月24日，原告收到第三人某工贸发展总公司的通知，称其已终止了与被告关于平凉路某号房屋的租赁合同，原告遂与该工贸发展总公司另行签订该处房屋的租赁合同。因原、被告签订的转包协议未经工贸发展总公司同意，且原告承包被告个体工商户营业执照的行为违反国家有关法规。故诉请法院判令：承包协议无效；被告返还原告租金及押金共计140000元。

被告陶某辩称，承包合同有效并已实际履行，已收租金及押金不同意返还。

法院经审理查明：

2001年6月，被告陶某同第三人某工贸发展总公司签订房屋租赁合同一份，约定第三人将平凉路某号一间390平方米左右的沿街门面房屋租赁给被告作营业场所；房屋租赁期限为5年。合同约定被告在租赁期间，未经第三人同意擅自转包场地的，第三人有权终止合同，被告在转包场地过程中的一切收入归第三人所有。合同签订后，被告在承租场地开设了吉祥阁美食府，并申办了个体工商户营业执照。2003年4月，被告同第三人签订租房补充合同一份，约定租赁期限变更为2003年5月1日至2007年4月30日。2004年5月，原告王某与被告陶某签订了承包经营协议书一份，约定原告承包被告在承租的平凉路某号门面房开办的吉祥阁美食府；原告需缴纳定金8万元，承包费为每月2万元(含租金)；交付方式为原告于协议签订之日交付定金2万元，协议生效之日交付押金余款6万元及3个月租金6万元，此后为房租到期前的10天内预付下3个月的承包费；被告负责将吉祥阁美食府的所有经营证照、印章及营业场所内的所有设备用品编制清单后移交给原告，低值易耗品及不能使用的设备用品不在清单之列；被告负责承包前聘用人员的辞退、安置工作，承担承包前的债权债务；原告负责缴纳承包期间的税收、承担承包期间的债权债务，并负责承包期间聘用人员的辞退、安置工作。协议还约定，如因被告未付房屋租金导致出租人解除房屋租赁合同而致原告无法承包的，被告应赔偿原告违约金8万元；协议副本送第三人某工贸发展总公司。协议签订当日，原告给付被告定金2万元，2004年5月23日原告给付被告5万元，次日原告给付被告1万元，2004年6月22日原告给付被告2004年6月至8月的费用6万元，同日原、被告在财产交接清单上签字。2004 年 8 月 20 日，第三人收到被告交付的至同年 12 月 31 日的房屋租金 37500 元。2004 年 9 月，第三人致函被告，以被告擅自转租为由，要求解除合同。第三人同时向原告发出通知，称其已终止了与被告的房屋租赁合同，要求原告与其签订房屋租赁合同。同年 9 月 25 日，原告同第三人签订了房屋租赁合同一份，第三人将平凉路某号约 330 平方米的房屋以及室内设备租赁给原告作餐饮经营场地。2005 年 3 月，原告以挂号信形式通知被告要求终止承包，但未与被告进行交接。原告自 2004 年 9 月份后未再给付被告承包费。

另查明：2004 年 12 月，陶某起诉第三人要求继续履行房屋租赁合同，该案法院判决双方于 2001 年 6 月 28 日签订的《房屋租赁合同》及 2003 年 4 月 10 日签订的《租房补充合同》继续履行。该判决现已发生法律效力。

2005 年 4 月，在法院主持下，原、被告及第三人共同对吉祥阁美食府及平凉路某号沿街门面房屋内财产进行了清点、交接。

法院经审理认为：

原告王某与被告陶某签订的承包经营协议书约定，被告将包括经营证照、印章以及营业设备用具在内的吉祥阁美食府整体转包给原告经营，虽系双方当事人的真实意思表示，但违反了我国有关个体工商户不得转包的行政法规的规定，显属不当。对此，原、被告均有过错，应依法各自承担相应的责任。鉴于原告实际经营且现已终止，并书面通知了被告，法院依据公平原则依法处理双方的财产关系。原告基于承包经营协议取得的吉祥阁美食府的经营权以及对平凉路某号沿街门面房屋及其内财产的占有权，应返还被告。对于原告实际占有吉祥阁美食府的经营权与该门面房及其内财产所产生的不能返还给被告的物上权损失，应折价补偿，法院参照双方协议约定确定。原告应按照双方原协议每月承包费的约定，给付被告实际经营期间未付的承包费。原告已支付的承包费、房租因原告取得财产使用权并实际开展承包经营活动，故无退还的法律依据，原告要求返还已付承包费的诉讼请求难以支持。被告已收取的承包押金，因原告承包经营已终止，被告应予返还原告。

据此，法院根据《中华人民共和国合同法》第五十二条第(五)项、第五十八条、《中华人民共和国民法通则》第四条的规定，判决：

一、确认原告王某与被告陶某于2004年5月3日签订的承包经营协议书无效；

二、原告王某给付被告陶某2004年9月1日至2005年3月31日应付费用人民币140000元；

三、原告王某给付被告陶某未缴纳的一般营业税、企事业单位承包、承租经营所得税、其他企业城市维护建设税、煤气费及滞纳金、电话费及滞纳金；

四、被告陶某返还原告王某承包押金人民币80000元。

法院判决后，双方当事人均未提起上诉。

【评析】

本案主要涉及原、被告签订的承包合同的效力以及承包合同确认无效后如何处理的问题。

一、个体工商户在领取营业执照后自己不经营而由他人承包经营的合同效力

本案原、被告签订承包经营协议书约定，被告将房屋转租给原告，同时将经营证照、印章以及营业设备用具给原告使用，该约定系双方当事人的真实意思表示，但实际属于个体工商户转包经营，违反了我国有关个体工商户不得转包的行政法规的规

定，属于无效合同。

第一，从法律规范的角度来看，原、被告不属于企业承包合同的适格主体。企业承包经营合同是指国有企业就其承包向国家上交的利润数额和应完成的技术改造任务及其他经济技术指标，为明确企业应承担的责任及应享有权利，由企业经营者代表企业与政府指定的部门所签订的协议。在我国法律明确规定的承包经营的方式中，只有全民所有制企业或国有企业承包经营，国有企业承包经营是经济体制改革过程中产生的一种经济形式。企业承包经营合同的客体是全民所有制企业或国有企业。原、被告签订承包经营协议书，约定将性质为个体工商户的饭店承包给被告经营，虽名义为承包，实际并不属于法律规范意义上确定的承包，不为企业承包经营法律规范所调整。

第二，根据我国《民法通则》第二十六条规定，公民在法律允许的范围内，依法经核准登记，从事工商业经营的，为个体工商户。个体工商户可以起字号。被告系个体工商户，其将房屋租赁给原告，同时将经营证照、印章以及营业设备用具给原告使用。对于该行为性质，根据国家工商行政管理局《对个体工商户转借营业执照认定及处罚时引用法规问题的答复》(工商个字〔1992〕第17号)规定，个体工商户是以个人或家庭成员直接参加生产、经营活动为特征的经营主体。营业执照是个体工商户合法经营的凭证，以委托、承包名义将营业执照提供给他人进行生产经营活动的，属违法行为。1995年10月9日国家工商行政管理局《对〈关于个体工商户可否由他人承包经营的请示〉的答复》(工商个字〔1995〕第254号)进一步明确了上述意见：根据《中华人民共和国民法通则》第二十六条以及国务院发布的《城乡个体工商户管理暂行条例》和国家工商行政管理总局颁布的《城乡个体工商户管理暂行条例实施细则》的有关规定，个体工商户在领取营业执照后自己不经营而由他人承包经营是违法的。故根据我国《合同法》第五十二条第(五)项规定,违反法律、行政法规的强制性规定,合同无效。原、被告签订的承包经营合同应认定为无效合同。

二、确认个体工商户转包需注意的问题

第一,区分转包与委托管理。个体工商户因从事行业不同、经营范围不同、经营方式不同等原因,经营规模千差万别,雇工人数亦因经营规模不同而差距很大。实践中,经营规模较大的个体工商户采取"经理制"的管理模式,个体工商户经营者聘用他人负责经营管理,给予聘用者除固定工资外按照收益比例的奖励,或直接按照经营收益情况确定收入。这种形式在实践中尤其是餐饮业中非常普遍,对此应当与个体工商户自己不经营由他人承包经营区分开来,不宜认定为转包经营。

第二,区分转包与家庭经营的个体工商户变更经营者。根据《城乡个体工商户管理暂行条例》规定,个体工商户可以家庭经营,申请家庭经营的个体工商户,应当登记家庭经营者姓名。但在实际经营中,对外名义上可能不仅有登记的经营者,还有家庭其他成员。根据《城乡个体工商户管理暂行条例》第九条规定,个体工商户改变字号名称、经营者住所、组成形式、经营范围、经营方式、经营场所等项内容,以及家庭经营的个体工商户改变家庭经营者姓名时,应当向原登记的工商行政管理机关办理变更登记;未经批准,不得擅自改变。个人经营的个体工商户改变经营者时,应当重新申请登记。对于实际由家庭其他成员经营而未办理变更登记的,应以家庭全部财产承担民事责任,故也不宜认定为转包。

三、个体工商户在领取营业执照后自己不经营由他人承包经营的合同被确认无效后的处理

个体工商户转包因违反行政法规的禁止性规定,而被确认

为无效合同的，对于造成合同无效的，应认定原、被告均有过错，依法各自承担相应的责任。根据《合同法》第五十八条的规定，合同无效后，因该合同取得的财产，应当予以返还；不能返还或者没有必要返还的，应折价赔偿。处理中的重点问题，是承包方实际使用转包的个体工商户营业执照是否需支付费用。对此，应认定虽然个体工商户的经营权不得转让，但根据公平原则，实际使用人占有、使用并取得收益，就应当支付占有经营权以及其他财产期间相应的费用。

本案鉴于原告实际经营已终止，并书面通知了被告，法院应依据公平原则依法处理双方的财产关系。原告基于承包经营协议取得的吉祥阁美食府的经营权以及对上海市平凉路某号沿街门面房屋及其内财产的占有权，应返还被告。对于原告实际占有吉祥阁美食府的经营权以及该门面房及其内财产所产生的不能返还给被告的物上权损失，应折价补偿。至于原告已支付的承包费、房租，因原告取得财产使用权并实际开展经营活动，其要求返还已付承包费的诉讼请求，不能得到法院支持。

（张大勇）

# 某管理有限公司与某餐饮有限公司承包经营合同纠纷案

## ——单方毁约应承担违约责任

**【提示】**

依法成立的合同,对合同双方当事人有法律约束力。一方提前终止履行合同的,构成违约,应承担相应的责任。

**【案情简介】**

上诉人(原审被告,反诉原告):某餐饮有限公司

被上诉人(原审原告,反诉被告):某管理有限公司

原告某管理有限公司诉称:2004年12月21日,原告与被告某餐饮有限公司签订了《合作协议》。根据协议约定,原告与被告合作经营“吉庆有鱼”酒店,合作经营期限为2005年1月1日至2006年10月14日;被告承诺每月支付给原告合作经营固定收益14万元,每逢双月的25日被告支付给原告固定收益28万元,并约定被告拖欠支付原告固定收益逾15天以上,原告可立即终止合同,被告承担违约金42万元。至2005年4月25日,被告未按约支付给原告固定收益28万元。据此,请求法院判令终止双方于2004年12月21日签订的《合作协议》,被告支付原告5月至6月的合作经营固定收益人民币28万元,违约金人民币42万元,水、电、煤的费用人民币143767.30元。

被告某餐饮有限公司答辩及反诉称：原告某管理有限公司与被告所订的《合作协议》实际是一份承包性质的协议，原告提供给被告的执照和发票是天辰公司的，而原告与该公司订立的《承包经营合同》中约定原告不得擅自退出经营、无权转包的，因此双方所订的《合作协议》是无效协议。合同约定的违约金过高，需要调整。被告认为其经营权可能得不到事实上和法律上的保障，且酒店的水、电、煤管理混乱，被告承担相关费用巨大，故在 2005 年 3 月 15 日书面通知原告，希望提前终止合作协议。经原告口头同意后，被告遂于 2005 年 5 月 15 日结束经营，将经营场所返还原告，故被告无需再向原告支付两个月的固定收益。被告没有违约，不同意向原告支付违约金。被告确认应付原告水、电、煤等相关费用 109104.81 元。被告已向原告支付固定收益 70 万元，但因实际经营只有 4 个半月，故原告应退还被告多收的 7 万元。被告曾投资 138766 元对二楼餐厅包房进行了重新装修，并添置了相应设备和部分厨房用品，以原告名义向鱼缸老板支付了 1 年的鱼缸养护费 25000 元，现原告继续经营酒店，理应向被告支付装潢、设备折价款，负担鱼缸养护费。另外，原告尚有 16000 元餐费和冰箱押金 2200 元未结算给被告。故被告反诉请求判令原告返还 5 月份下半月的固定收益人民币 7 万元，支付装潢、设备款人民币 6 万元(双方一致确认的返还装潢、设备的现值)，返还鱼缸养护费、冰箱押金人民币 17826.50 元，支付餐费人民币 16000 元。

反诉被告某管理有限公司辩称：其发包给反诉原告某餐饮有限公司经营征得天辰公司同意；双方并未对提前终止合同达成一致意见，反诉原告不按约付款理应承担违约责任。除了反诉原告确认的欠费外，还欠己方半个月的外劳力综合保险费 1983.75元、泔脚清运费 7500 元、酒类赞助费 19583.60 元、行政处罚罚款 5000 元。己方同意向反诉原告退还冰箱押金2200元并支付餐费 16000 元,但不同意其他的反诉请求。

一审法院经审理查明:

2004 年 12 月 21 日,原告某管理有限公司与被告某餐饮有限公司签订一份《合作协议》,约定双方合作经营"吉庆有鱼"酒店;合作期限为 2005 年 1 月 1 日至 2006 年 10 月 14 日;被告独立开展经营活动,经营费用由被告承担(房租除外)。合作期间,财务和资金由被告独立管理,并向原告提供相关财务凭证;原告提供正常经营活动必须的合法的相关证照和发票,并派专人监管发票的使用,并负责对外协调相关部门的关系;被告承诺每月支付给原告合作经营固定收益人民币 14 万元,上述收益的结算方式为付二押一,在签订本协议时,被告支付给原告两个月的固定收益和一个月的押金,共计人民币 42 万元,以后每逢双月的 25 日之前,被告支付给原告两个月的固定收益人民币 28 万元;原告无偿提供现有场地、硬件设备、餐具、餐桌椅供被告经营使用;被告必须延续原告的酒水饮料合同,继续履行原合同内容,原告须提供并移交原酒水饮料合同,原厂商赞助费和广告费按时间比例支付给被告。合同还约定了双方可终止合作关系的两种情况:(1)被告拖欠支付原告的合作固定收益逾 15 天以上,原告可立即终止合同,被告承担违约金人民币 42 万元;(2)因原告原因导致被告无法正常经营,原告赔偿被告人民币 42 万元。《合作协议》订立后,被告即向原告支付 2 个月的固定收益和押金共计人民币 42 万元,并于 2005 年 1 月 1 日开始承包经营。同年 2 月,被告又向原告支付了 3 月、4 月的固定收益共计人民币 28 万元。3 月 15 日,被告向原告发出书面通知,要求双方所订的《合作协议》提前到 2005 年 5 月 15 日结束,原告未给予书面答复。5 月 13 日,原告以被告未按约支付 5 月、6 月的固定收益为由诉至法院。5 月 15 日被告退出经营场地并与原告办理移交手续。6 月 8 日,“吉庆有鱼”酒店由原告重新经营。

另查明:原、被告合作经营的“吉庆有鱼”酒店系案外人天辰公司于 2004 年 7 月发包给原告,原告与该公司订有《承包经营合同》。2004 年 12 月 28 日,天辰公司对原、被告签订的《合作协议》作出书面确认。审理中,法院主持双方进行对账,对于酒店内由被告装潢和添置的设备的现值,原、被告一致确认为 6 万元。

一审法院经审理认为:

从原告某管理有限公司与被告某餐饮有限公司签订的《合作协议》约定的经营方式、经济责任承担等条款内容分析,双方实质上是通过协议确立了承包经营合同的法律关系。协议内容是双方真实意思表示,未违反有关法律规定,案外人天辰公司也认可原告的转承包行为,故系争协议合法有效。被告抗辩协议无效的理由没有事实和法律依据,法院不予采信。本案争议之一为被告是否构成违约?协议一旦生效即对双方具有法律拘束力,非依法律规定,一方不得随意解除合同,双方协商一致可以解除合同,但协商解除是双方的法律行为,应当遵循合同订立的程序。为了避免或减少不必要的纠纷,双方应对解除合同关系及解除合同后的责任分担、损失分配等问题达成共识并订立书面协议。而本案中,被告向原告单方面提出提前终止协议的要求后,双方未订立有关解除合同及善后事宜的协议。原告的登报招商行为并不必然推断出原告已作出同意终止合同的意思表示,原告为维护其自身的经济利益,在被告提出请求后将会经过权衡利弊作出决定,包括市场调查。被告理应在得到原告明确的意思表示,并与原告订立解除协议后才能停止履行付款义务。在双方尚未就合同解除达成一致意见的情况下,双方仍应按原合同履行。因此，被告未按约定付款并提前撤离，确已构成违约。在此情况下，原告要求按协议约定行使解除权，法院应予支持。本案争议之二为约定违约金是否过高。根据《合同法》的相关规定，约定的违约金过分高于造成的损失的，当事人可以请求法院予以适当减少。本案中，约定的违约金相当于3个月的固定收益，比较原告的实际损失，违约金数额确实较高。首先，被告在合同订立后已履行了部分，并不是完全不履行；其次，被告在2005年3月即向原告表明了解除合同的愿望，原告有充足时间采取措施防止损失扩大，原告登报招商行为即可证明；再次，原告在被告退场后，已在1个月不到的时间内又重新经营；此外，原告也没有提供充分证据证明其实际损失大于约定的违约金。根据上述理由，法院综合原告可得利益的损失、停业造成的影响以及为防止损失扩大而接受被告的装潢、设备等因素，对违约金数额作出调整，确定被告应向原告支付违约金18万元。本案争议之三为相关费用的承担。原告向被告收取固定收益及外劳力综合保险费，应按被告实际经营的时间来计算，由于被告在5月15日已撤离，不再使用外劳力，原告不应再要求被告支付5月15日之后的固定收益及外劳力综合保险费，已收取的部分应予退还；关于垃圾清运费，因原告提供了证明，被告应承担付款责任。另外，被告主张的鱼缸养护费，因在本案诉讼期间未能提供支付凭证，故该项请求不能得到法院支持，被告取得相关证据后可另行处理。关于被告移交给原告的由其添置的部分设备，以及被告投入酒店的装潢费用，为避免社会财富浪费，减少损失，因原告已继续酒店经营，故对于被告要求原告按设备、装潢的现值承担折价费用，法院认为属公平合理，故予以支持。

据此，一审法院根据《中华人民共和国民法通则》第八十四条、《中华人民共和国合同法》第六十条第一款、第九十四条第一

款第(二)项、第九十七条、第一百一十四条第二款的规定,判决:

一、解除原告某管理有限公司与被告某餐饮有限公司签订的《合作协议》;

二、被告某餐饮有限公司应给付原告某管理有限公司水费、电费、煤气费、税费、发票工本费、外劳力综合保险费、排污费、清运费人民币116604.81元;

三、被告某餐饮有限公司应支付原告某管理有限公司违约金人民币18万元;

四、反诉被告某管理有限公司应退还反诉原告某餐饮有限公司固定收益人民币7万元;

五、反诉被告某管理有限公司应补偿反诉原告某餐饮有限公司装潢、设备款人民币6万元;

六、反诉被告某管理有限公司应退还反诉原告某餐饮有限公司冰箱押金人民币2200元;

七、反诉被告某管理有限公司应给付反诉原告某餐饮有限公司餐费人民币16000元;

八、对原告某管理有限公司、被告某餐饮有限公司的其余诉讼请求不予支持。

某餐饮有限公司不服一审判决提起上诉称:原审判决认定其违约无事实依据。上诉人在2005年3月15日发给被上诉人某管理有限公司的通知即表明希望解除合同,被上诉人当时已口头同意解除协议,并在报纸上刊登招商广告,双方于2005年5月15日办妥交接手续,被上诉人在诉讼前从未告知上诉人不同意解除系争协议;另外,原审判决认定上诉人违约无法律依据,但被上诉人刊登招商广告表明其向不特定的人发出要求他人来经营酒店的要约邀请,加之被上诉人从未表示拒绝解除协议及与上诉人办理交接手续,足以推定被上诉人同意提前解除协议。

被上诉人某管理有限公司辩称：根据系争协议，上诉人某餐饮有限公司应于2005年4月25日前支付固定收益，而上诉人逾期未付，应承担违约责任；登报招商行为不能证明双方已就合同解除及善后事宜达成合意。

二审法院经审理查明：一审法院认定的事实属实，予以确认。

二审法院经审理认为：

本案系争协议是各方当事人真实意思的表示，且未违反法律、法规的强制性规定，应属合法有效，各方均应恪守。上诉人某餐饮有限公司在合同约定的经营期限届满前要求提前终止协议，既无正当理由，又没有证据证明双方已就提前终止协议及相关善后事宜达成一致，故其单方提前解除合同的行为应属违约。被上诉人某管理有限公司的登报招商行为是其为避免损失扩大而采取的补救措施和自助行为，并不能就此得出被上诉人已同意上诉人提前解除合同的结论。即使将该行为视为被上诉人同意上诉人提前结束经营，也不能就此得出被上诉人同意免除上诉人违约责任的结论。一审法院根据双方的履约及损失情况，酌情判决上诉人向被上诉人支付违约金18万元，并无不当。

据此，二审法院根据《中华人民共和国民事诉讼法》第一百五十三条第一款第（一）项的规定，判决驳回上诉，维持原判。

**【评析】**

本案在双方未就提前终止合同及善后事宜达成一致意见的情况下，法院对一方当事人擅自终止合同构成违约作出了认定，并就合同终止后的财产处置事宜作出了公正处理，有效保护了守约方的合同利益。

一、双方签订的《合作协议》合法有效

协议的性质应根据协议内容作出判断。本案中的协议约定了被告独立经营，承担经营期间的债权债务，并向原告交固定收益金，符合承包经营法律关系的特征。由于原告的转承包行为已征得其上家同意，所以只要协议是原、被告双方的真实意思表示，不违反法律、法规的强制性规定，即认定《合作协议》合法有效。

二、被告提前终止合同应属违约

根据《合同法》的规定，合同生效后，一方不得擅自变更或解除，双方协商一致可以解除合同。当事人的合意可以通过书面形式，或双方均认可或双方的事实行为予以确定。本案中，原、被告没有为解除合同订立书面协议，原告不认可同意解除合同的说法，至于在被告撤离经营场地时双方办理交接手续，以及原告登报招商，并不能由此推断原告是同意解除合同。因为被告向原告提出提前解除合同的要求时，原告在作出决定前必然会权衡自己的利益得失，因此其登报招商行为也是符合情理的，当不能实现招商时，原告可以选择不接受解除合同的要求。至于原告在被告撤离场地时与被告办理交接，对原告而言，场地是原告发包给被告的，其要尽管理职责，被告单方解除合同，原告可以通过要求被告支付违约金进行弥补。因此，应当认定本案被告提前终止合同构成了违约，应依法向原告承担违约责任。

三、约定违约金过高应予调整

《合同法》第一百一十四条规定了当事人可以约定违约金的数额，但《合同法》也同时规定了约定违约金过分高于造成的损失的，当事人可以请求法院予以适当减少。本案中，双方约定的违约金是3个月的固定收益金共计48万元，法院最终判决被告支付18万元。之所以确定这个数额，一方面考虑对被告违约主观恶意的惩罚性，另一方面更侧重于对原告遭受的实际损失的补偿。被告承包后投入资金对经营场地装修，并添置设备，已付原告60万元，但因生意不佳，在经营了3个月不到时间即准备解除合同，并向原告提出，显然解除合同是被告无奈之举；而原告在被告退出后约20天即利用了原有设备等重新营业。此外，被告提前2个月向原告提出解除合同，原告应有充分的准备时间，但迟迟不给被告很明确的答复，有点不近情理。因此，依据合情、合理、合法的原则，法院对违约金数额作出调整是恰当的。

四、合同终止应合理处置善后事宜

法院对被告经营期间产生的水、电等各类费用，依凭证按实计算。对于装潢、设备的处理，在法院的引导下，双方一致确定了折价款数额。由于原告获得这部分的财产利益，故法院判决原告应支付被告装潢、设备款6万元。判决后，双方对该笔费用的处理均无异议。

（朱巧凤）

# 胡某与某实业公司企业承包合同纠纷案

## ——涉及无证用房的承包经营合同效力的认定

**【提示】**

在无证用房因承包经营期间被拆迁而引发的承包合同效力争议中，鉴于合同双方约定承包的对象是经营活动，虽涉及违章建筑，但不因无效产权而认定承包合同无效。

**【案情简介】**

原告：胡某

被告：某实业公司

原告胡某诉称：1999年10月10日，原告与被告某实业公司签订一份承包经营合同，约定被告将营业面积约80平方米的某号房屋提供给原告作承包经营用房，期限自1999年12月1日起至2009年11月30日止，每年租金人民币5万元整。同时约定，原告在签约时支付给被告人民币5万元，作为补偿前任承包人在上述房屋的装修费和所欠借款。合同履行后，考虑到经营期限较长，原告对上述房屋进行了进一步的装修，共花费人民币3万元。2002年8月7日，被告单方通知原告，由于房屋拆迁，要求原告于2002年8月9日搬离上述承包经营地，但被告未对原告给予任何经济补偿。故诉请法院判令被告补偿原告房屋拆迁补偿费人民币3.2万元(按被告实际得到补偿费人民币8万元,原告可得40%计算)、房屋装修费人民币2.4万元(合同预定期限为10年,实际履行了2年,以原告所花费的人民币3万元装修费计算),被告归还原告房屋装修补偿费人民币4万元(原告已支付给被告补偿前任承包人的房屋装修费人民币5万元,按10年计算,现已经营2年),被告因违约赔偿给原告经济损失费人民币22500元(按原告每月经营收入人民币7500元计算,要求被告赔偿2002年7月至9月共3个月的经营收入损失)。审理中,原告以被告并非某号房屋所有人为由,放弃要求被告补偿房屋拆迁补偿费的诉讼请求。

被告某实业公司答辩:被告非某号的房屋所有权人,系某街道办事处下属企业,受托管理该房。故被告先后与案外人某公司及原告胡某等签订使用此房屋的承包合同。原告不应向被告主张拆迁补偿费,因为拆迁补偿费并非被告领取,被告亦非拆迁户。原告补偿前一承包人的补偿费应是原告与前一承包人之间的关系,所付被告的款项属转付款,因前承包人尚欠被告借款,且自付款日起至今已逾2年,故原告此项主张已超过诉讼时效。至于原告要求被告补偿房屋装修费及赔偿经济损失的诉讼请求,因拆迁属不可抗力,被告无过错,故不同意补偿。

法院经审理查明:

1999年10月10日,原告胡某与被告某实业公司签订《合同书》一份,约定被告将营业面积约80平方米某号经营用房提供给原告经营承包,期限自1999年12月1日起至2009年11月30日止,为期10年。原告每年上交承包费人民币5万元,自合同签订生效后,原告须付清第一年全部承包费。原告一次性支付人民币5万元,用于补偿前任承包人国申公司的房屋装修费。由于国申公司曾向被告借款未还,上述人民币5万元,由原告直接给付被告。原告将在上述房屋申请注册企业，作为被告下属单位，经济独立核算。在承包经营期限内，原告拥有上述房屋的使用权，税金、治安费、消防费、道路占用费及水、电费等均由原告自负。合同另约定，原告发生的债权、债务和对内对外发生的一切承诺及书证负全责，同时对安全、防火、防盗负全责。同日，原、被告还签订《补充条款》一份，约定被告为了帮助解决本地区知青社员，食品商店一旦动拆迁，店内的7名知青社员由原告安排工作及负责支付"两金"事宜，实际支付金额将在原告上交被告的全年承包费人民币5万元中扣除。该《补充条款》列明了7名知青社员的姓名外，还对原告支付承包费的日期作了具体约定，即每年付款时间为当年的12月1日前付人民币2万元，第二年的5月1日前付人民币3万元，今后以此类推。1999年10月18日，被告向原告出具了编号分别为2004280、2004281的收据各一张，收据分别载明收到原告补偿国申公司房屋装修费及1999年12月1日至2000年11月30日的承包款各人民币5万元。嗣后，原告委托被告注册了住所地为上述某号经营用房的商行，法定代表人为原告胡某。原告在对该房作了装修后即开始承包经营。期间，原告也曾对该房作了改建。原告实际承包期限算至2002年4月30日止，承包费已付，对外按月缴付定额税，金额为人民币7500元/月。

上述用于承包经营的某号房屋属临时产权证已超期10年的非居住房，产权证所记载的建筑面积为28 $m^2$(另52 $m^2$ 系违章建筑)，所有权人为某街道办事处下属的某百货综合商店。产权证的附记栏内注明："市政规划时，无条件拆除。"该房由该街道办事处交被告管理，被告先后将该房发包给多位承包人经营，原告是最后一位承包人，国申公司则是原告的前任承包人。2002年4月12日，因市政建设需要，本案承包经营用房所在地区被列入拆迁范围，房屋土地管理局规定拆迁期限为2002年4月13日至2002年7月12日。因原告到期未迁出经营场所，被告遂于2002年8月6日发给原告《通知》一份，要求原告配合拆迁工作，在接到通知后的3天内，将承包经营用房内的所有物品搬离，逾期拆除该房，被告概不负责。因原告收到通知后未搬出经营场所，被告遂于2002年8月20日协助拆迁单位将上述原告经营场所强行拆除。

法院经审理认为：

原告胡某与被告某实业公司签订的承包合同依法成立。履行中因市政动拆迁这一非原、被告主观原因，致使合同无法履行，被告并无过错。被告将28 $m^2$ 的房屋以80 $m^2$（含违章建筑52 $m^2$）发包给原告，有所不妥，考虑到原告也已按80 $m^2$ 实际承包经营，故原告并未因此遭受实际损失。原告虽在承包期间对房屋作了改建装修，但其提供的证据不足以证明相关费用的确切数额，故法院酌情支持原告要求被告补偿房屋装修费的诉讼请求。原、被告双方在承包合同中约定原告除支付承包费外，另须支付被告人民币5万元，其形式上虽是因前任承包人对被告的债务未结清而由原告支付给被告，但其性质是作为补偿前任承包人的房屋装修费，当有别于代偿债务，且前任承包人也未在合同上签字认可。故被告据此认为该人民币5万元应冲抵前任承包人未归还的借款有误，被告应按10年计算该补偿费，扣除原告实际承包期限对应的款项后将余款返还原告。因承包合同尚未到期，故原告依承包合同主张权利并未超过诉讼时效期间。现原、被告均认可实际承包至2002年4月30日止，故被告应返还原告补偿前任承包人的房屋装修费应按10年中使用了2年又5个月的比例扣除后予以返还。至于原告要求被告赔偿2002年7月至9月3个月的经营收入损失费的诉讼请求，因被告对造成房屋拆迁并无过错，且原告的承包费也仅付至2002年4月30日止，双方也一致表示承包合同实际履行至此，故原告的此项诉讼请求缺乏法律和事实依据，不予支持。

据此，法院依照《中华人民共和国合同法》第五条、第六条的规定，判决：

一、原告胡某与被告某实业公司签订的《合同书》予以解除；

二、被告某实业公司补偿原告胡某房屋装修损失费人民币5000元；

三、被告某实业公司返还原告胡某补偿前任承包人的房屋装修费37917元(计算方式：50000元－29÷12×50000元÷10)；

四、原告胡某其余的诉讼请求不予支持。

法院判决后，双方当事人均未提起上诉。

【评析】

本案是出于无证用房在承包经营期间被动拆迁而引发的承包合同纠纷，主要争议焦点在于是否按照有效合同对承包人的损失予以补偿以及如何确定补偿金额。

一、对于就无证用房签订的承包经营合同的效力认定

本案中，被告提供的承包经营用房因临时产权证已超期10年，按照《上海市城市房屋拆迁管理实施细则》的规定，该房属无证房的性质。被告将违章建筑交付给原告，显属不妥。但是，原告未对此提出异议，并以此违章建筑实际承包经营，且未因此受到损失。虽然被告提供的承包经营用房有瑕疵，但双方承包合同的对象是经营活动，无证产权不影响承包经营的效力，从维护商事交易的效率和稳定性考虑，应当尊重当事人意思自治，本案承包经营合同有效。

二、被告是否应对合同解除承担违约责任

原、被告双方就某号房屋签订了为期10年的长期承包经营合同。在承包经营期间该房屋被拆迁，致使合同无法继续履行，对此被告是否应承担违约责任？如果发包人明知该承包经营用房将被拆迁而故意隐瞒该事实，仍与他人就该房签订承包经营合同，造成他人损失的，由于发包人有欺诈行为，应承担赔偿责任。本案中，被告与原告签订承包经营合同2年后房屋被拆迁，被告对此无法预见，对房屋拆迁无过错，不应承担违约赔偿责任。但鉴于原、被告订立的是一份长期合同，因长期合同未能履行完毕而给承包人造成的损失，发包人应给予相应的补偿。

三、补偿范围及数额的确定

对原告的补偿范围，应包括原告为承包经营需要支出的房屋改建装修费和原告已向被告支付的前任承包人的房屋装修补偿费两部分。关于前者，原告在签订承包经营合同后，考虑到经营期限较长，确对被拆迁房作了进一步的改建装修。但因市政动拆迁致使房屋灭失，装修的残值已无法估算，而原告提供的证据不足以证明确切数额，故只能酌情予以补偿。关于原告已支付被告的前任承包人的房屋装修补偿费人民币5万元，虽然形式上是因前任承包人国申公司对被告的债务未结清而由原告支付给被告，但其性质是作为补偿前任承包人的房屋装修费，当有别于代偿债务，且前任承包人也未在合同上签字认可，故此款应视为原告针对10年的承包期所支付的装修损失补偿费。通常，前任承包人装修的残值应由发包人即被告与其在终止承包时结算，但后任承包人据此在承包时向发包人支付该残值并不违背法律规定，不过该残值应以后任承包人与发包人之间订立的承包年份分摊较为合理，即以10年按比例结算。

(尹力新)

# 某联合会与某咨询公司承包合同纠纷案

## ——法人的内部机构以自身名义签约的效力认定

**【提示】**

法人的内部机构不具备法人主体资格，以自己名义对外订立的合同应属无效。

**【案情简介】**

原告：某联合会

被告：某咨询公司

原告某联合会诉称：原告系依法成立的社团法人，其下设"咨询部"、"咨询顾问委员会"（以下简称"委员会"）等部门。被告某咨询公司由原告与刘某、邵某等人于1993年10月26日共同投资设立，由刘某任法定代表人。同时刘某担任"委员会"秘书长，负责掌管该"委员会"公章。1997年6月，刘某利用其掌管公章之便，未经原告同意，代表"委员会"与被告签订了协议，约定被告与"委员会"共同举办咨询、研究、培训项目，利润按5∶5比例分配。自1996年12月至1998年9月9日，该"委员会"共支付给被告55万元。原告经审计发现上述情况后，遂提起诉讼，主张根据原告内部的《某管理协会专业委员会管理工作条例(暂行)》(以下简称“暂行条例”),“委员会”的财产归原告所有,上述协议未经原告同意应属无效,要求判令被告归还55万元及利息。

被告辩称:原告某联合会起诉资格不明,原告的“暂行条例”有效期仅为1年,已不适用,原告的日常工作都是根据秘书长口头指令进行工作。原告与各部门订立承包合同,上交承包款后剩余全归承包人。而“委员会”与被告是两个自负盈亏、自主经营、独立核算的组织,双方有权签订合作文件,不需要任何人批准。由于“委员会”与被告之间的协议有效,5∶5分成的办法符合法律、法规,被告依据协议收取的55万元合理合法。

针对被告答辩,原告认为,其起诉符合法律规定。“暂行条例”的有效期为1年,此后未修改,但实际一直适用至今。“委员会”支出培训所有费用,被告未尽义务;刘某等人未经原告同意,将“委员会”的利润划入自己控股的被告账户,违反了权利义务相一致的法律规定,属“同类营业”活动,被告应返还不当得利。

法院经审理查明:原告诉称属实,予以确认。

法院经审理认为:

尽管原告某联合会制定的“暂行条例”有效期为1年,但双方都确认此后未作修改或制定新的条例,而作为一个组织,不可能在无章可循的情况下,仅凭某个领导个人意思开展工作,因而就此问题原告的观点更符合客观情况,即“暂行条例”至今仍在适用,对规范“委员会”的行为仍有效力。根据“暂行条例”的规定,“委员会”的资金与财产的最终所有权属于原告。“委员会”作为原告的下属机构,其本身并不是独立的民事义务主体,只是原告的有机组成部分,除特别授权外,无权处分原告的财产和资金,“委员会”处分财产的行为并不能代表原告真实意思表示。本案中,被告某咨询公司缔约行为并非出于善意,刘某、邵某作为被告的法定代表人和股东，同时又是“委员会”的副会长，在明知“委员会”无权处分原告财产的情况下，仍利用自己掌管公章的便利条件与被告签订合同，损害了原告的权利，违反了国家法律、法规的规定。因此，刘某和邵某分别代表“委员会”与被告之间订立的协议无效，被告应返还原告55万元并赔偿原告的利息损失。

法院判决后，双方当事人均未提起上诉。

**【评析】**

随着我国市场经济的不断发展，法人已经成为社会经济生活的主力，其自由进行意思表示的能力即法人意思自治的原则也深入人心，成为维持法人独立人格的重要规则。法人没有实质的躯体，完全是虚拟的法律主体，其意思表示依赖于董事会决议、股东会决议、单位公章和法定代表人及其他授权代理人的签章。其中，合同加盖公章即表示了法人对该合同的认可。但对于法人内部机构使用本部门公章与他人订立合同的情况，法律并无明文规定。本文试以此案为例，从法律地位、起诉资格和例外因素三个角度对此进行分析。

（一）法人内部机构的法律地位

关于本案中的“委员会”是否有权利以自己的名义与他人订立合同的问题。从抽象的角度来看，合同的内容就是对合同双方权利与义务的规定。根据我国《民法通则》规定，能够享有民事权利、承担民事义务的实体有两种，即公民与法人。本案中的“委员会”显然不是公民，那末它是否属于法人呢？《民法通则》明确规定，“法人应当具备下列条件：(一)依法成立；(二)……”。何谓“依法成立”，此处的法应指程序法，即设立企业法人、机关法人、事业单位法人、社会团体法人和联营的程序性法律。设立企业法人应向工商行政管理部门申请营业执照，机关法人专指各级政党机关和国家机关,设立事业单位法人应向国务院机构编制管理机关和县级以上地方人民政府机构编制管理机关核准登记或备案,设立社团法人应向民政部门申请登记,联营的前提是存在企业之间或企事业单位之间的经济实体。"委员会"不能具备上述任何一种情况,因此"委员会"在法律上不具备签订合同的权利,它仅仅是社团法人的内部机构。

那末,在司法实践中,对"委员会"的法律地位的认定是否有先例可循呢? 在我国商业活动中存在着大量的由公司或企业法人内部机构加盖印章的商业交易契约,法院在审理时多否定其效力,理由是该内部机构未领取营业执照,企业内部机构并非企业主体,其印章也不具对外效力。1988 年 11 月 8 日,最高人民法院经济审判庭对福建省高级人民法院就《企业设置的办事机构对外所签订的购销合同是否一律认定为无效合同》所作的请示答复,即确立了上述原则。

(二) 起诉资格的归属

由于本案中的"委员会"不具备签订合同的法律地位,如果原告也没有诉权的话,那末原告也无权主张合同无效。本案被告曾辩称:原告起诉资格不明。而原告则主张,根据"暂行条例"第六条第二款第三项的规定,专业委员会具有自主使用其资金、财产的权利,但其资金与财产的最终所有权属于协会,因此原告在合同标的上存在利益,享有诉权。针对原告的主张,被告提出"暂行条例"的有效期仅为 1 年,尽管此后未曾修改,但已不能适用。解决这个问题的核心实际上是合同标的的所有权归属,"暂行条例"是否有效仅为表象。如合同标的归原告所有,则其有权依法起诉被告;如合同标的物不归原告所有,依照债权相对性原则,原告没有权利主张合同无效,不享有诉权。

笔者认为原告对合同标的享有所有权,理由如下:

首先应明确一个大前提，即物权变动需具备一定生效要件，如动产为交付，不动产为登记等。我国民法在物权变动方面采用形式主义，仅有双方合意或仅有短期占有的状态并不能导致物权变动的发生，最近颁布的《中华人民共和国物权法》进一步确认了这项原则。根据“暂行条例”，在暂行条例有效期内，“委员会”所使用的资金、财产的所有权归原告所有，“委员会”仅有使用和占有的权利。需要注意的是，即使在“暂行条例”失效后，原告并不会因此而失去对“委员会”所使用的资金、财产的所有权，除非原告与“委员会”之间达成物权变动合意或存在其他生效要件。本案中，被告未能提供证据证明物权变动的存在，因而不能否认原告对合同标的享有所有权的事实。因此，由于原告对合同标的存在利益，可享有诉权。

（三）本案应考虑的例外因素

既然“委员会”没有订立合同的主体资格，原告又享有诉权，那末合同是否就必然无效呢？这还应该考虑是否存在特殊情况下赋予合同效力的例外因素——表见代理。所谓表见代理，是指代理人在未经授权、超越授权范围或代理权终止后以被代理人名义与相对人签订合同，相对人有理由相信行为人有代理权的情况下，赋予代理行为法律效力的制度。本案中，“委员会”不是独立的法人，但其处分原告财产的行为是否构成表见代理呢？从特征上来看，“委员会”是原告的下属机构，此前多次与被告有经济往来，在协议上签字的是“委员会”负责人，并加盖了“委员会”公章，是有可能构成“有理由相信行为人有代理权”的。但是，在协议上签字的刘某既是“委员会”的负责人，也是被告的法定代表人，其应当知道自己和“委员会”没有此项权限，“委员会”处分原告财产并非善意，因此其行为不能构成表见代理。

（张志良　李　彦）

# 三、合　　伙

# 黄某与陈甲、陈乙、陈丙等合伙协议纠纷案

## ——未经清算不得主张返还合伙资金

**【提示】**

基于合伙法律关系，合伙人要求退伙，原则上应予准许，但退伙时应当对合伙财产、债权、债务进行清理、分割。非经依法清算，退伙人不得要求收回全额投资款。

**【案情简介】**

上诉人（原审原告）：黄某

被上诉人（原审被告）：陈甲

被上诉人（原审被告）：陈乙

被上诉人（原审被告）：陈丙

被上诉人（原审被告）：某服饰公司

原告黄某诉称，被告陈甲以合股开办某饭店的名义收取原告股金6.4万元，并言明3个月内返还全部股金。嗣后，原告要求陈甲办理相关的股权登记手续和向原告颁发股权证书，但陈甲始终未予处理。同时，陈甲收取股金后，没有开办原告认可的某饭店，而是把股金挪作他用。故请求法院判令陈甲返还股金。

被告陈甲辩称，其收到原告黄某提供的股金后，交给被告陈

乙，用于合伙经营某饭店。合伙承包经营饭店并不一定要办理工商登记，其未与黄某约定过3个月返还股金。因某饭店还在合伙经营中，故不同意黄某诉请，请求驳回黄某诉请。

被告陈乙、被告陈丙辩称，其与原告黄某及被告陈甲反复商量后，约定共同出资32万元经营某饭店，并委托陈乙负责签订承包合同及经营，按股份比例分红及承担亏损。现某饭店经营亏损，黄某要求返还股金，显然不符情理，故不同意黄某诉请。

被告某服饰公司辩称，原告黄某与被告陈甲、被告陈乙、被告陈丙合伙承包经营某饭店。当时，在与发包方签订合伙承包合同时，约定要盖单位公章，故由合伙人之一即陈甲将其开办的某服饰公司的公章盖在合伙承包协议上，某饭店实际并非某服饰公司承包经营。

一审法院经审理查明：

2000年7月，原告黄某与被告陈甲、被告陈乙及被告陈丙口头约定合伙经营某商业公司下属的快餐服务社。当时该快餐服务社由案外人叶某承包经营，取名为某烧鸡店。上述合伙约定的具体内容为：出资比例为黄某出资2股，每股3.2万元，计6.4万元；陈甲出资4股，计12.8万元；陈乙出资3股，计9.6万元；陈丙出资1股，计3.2万元；合伙人出资总额为32万元；某烧鸡店原承包人叶某退出后，由黄某与陈乙、陈甲、陈丙合伙承包，并委托陈乙全权负责经营；合伙人共担风险、共享盈余。口头约定达成后，黄某和陈乙、陈丙将各自的出资额全部交给陈甲，陈甲出具了收条，收条上分别由陈乙及黄某签字证明。陈甲收到出资款后连同自己的出资份额共计32万元，用于补偿前任承包人叶某的投资装潢损失和作为合伙承包押金及经营流动资金等。2000年7月31日，黄某与陈甲、陈乙、陈丙一起至某商业公司，由合伙人代表陈乙出面与某商业公司签订承包经营合同,约定:合伙承包期限 5 年,自 2000 年 6 月 1 日至 2005 年 5 月 31 日止;每月承包费 1.35 万元;承包期间,承包人自主经营,自负盈亏;合同期满或提前终止时,由承包人出资的装潢及设备无偿移交某商业公司;承包人交付押金 3 万元,前任承包人叶某的债权债务由陈乙承担。承包经营合同上盖有某服饰公司公章。承包经营合同订立后,由陈乙负责经营至今。经营期间,陈乙以其经营亏损为由要求发包方某商业公司减免承包费,自 2001 年 4 月起承包费每月降为 1.3 万元。此外,经合伙承包人同意,某烧鸡店改名为某酒家,委托陈乙经营,每月工资 0.2 万元。嗣后,黄某以陈甲收取其股金后未办理股权登记和发放股权凭证及未开办某饭店为由,要求陈甲返还全部股金。陈甲则认为,黄某的股金已全部投入某饭店(现改名某酒家),要退还股金,只能通过清算,多退少补。黄某不予同意,遂诉至法院。

审理中,黄某对陈乙的经营是否亏损不要求审计。陈甲、陈乙、陈丙均不同意黄某退伙。又应陈乙申请,法院依法向某商业公司调查,该公司证实其将快餐服务社发包给陈乙等人,黄某与陈甲、陈乙、陈丙是合伙承包,在签订承包协议时黄某亦在场,并参与商谈,最后协议签订时由合伙人代表陈乙签字。某服饰公司公章盖在协议上面带有保证性质。

一审法院经审理认为:

从原告黄某提供的 2000 年 8 月 1 日收条来看,黄某的 6.4 万元交给被告陈甲是用于某饭店经营,对此黄某和陈甲等人均无异议。黄某提出,款项交付后,陈甲曾口头承诺 3 个月连本带利返还黄某;同时,黄某又称其要求陈甲到工商行政管理部门办理登记注册,发放股权凭证。关于黄某这两种诉称,法院认为,既然要求陈甲发放股权凭证,办理登记注册,陈甲就不可能有 3 个月连本带利返还的承诺,黄某这两种诉称显然互相矛盾,故对黄某关于陈甲承诺过 3 个月连本带利返还股金的陈述不予采信。现陈甲等三人一致认为，黄某的 6.4 万元是黄某与三人口头达成合伙承包经营某饭店（现改名为某酒家）的投资款，发包方某商业公司亦证实了黄某与陈甲等三人合伙承包某饭店的事实，某服饰公司在承包经营合同上的盖章，并不影响黄某与陈甲等三人合伙关系的成立。故黄某与陈甲等三人的合伙承包关系，法院予以确认。陈甲收取黄某的股金用于合伙经营某饭店，并不构成违约。黄某另称陈甲将股金挪作他用，无事实依据，法院不予认定。由于被告陈甲、被告陈乙、被告陈丙三人对黄某的出资额不同意返还，黄某要求陈甲退还股金 6.4 万元的诉请违反了法律对合伙经营的有关规定，侵害了其他合伙人的利益，故不予支持。

据此，一审法院根据《中华人民共和国民法通则》第三十四条、第五十七条的规定，判决：

对原告黄某要求被告陈甲返还 6.4 万元的诉讼请求不予支持。

黄某不服一审法院判决上诉称：(1)原审法院在诉讼主体上认定有误，不仅将已注销的企业列为共同被告，且将与本案无利害关系的陈乙、陈丙均追加为本案被告，有悖我国法律有关民事主体的规定。(2)原审认定的法律关系有误。“合股”开办某饭店并非“合伙”开办某饭店。合股是参股人在各自的份额内承担有限责任，黄某既没有也不可能参与某饭店的经营，因此不可能同意共同投资、共同经营、共同收益、共担风险的合伙方式。黄某在入股后，曾明确向陈甲提出订立股份制章程、颁发股权证书、工商注册登记等。但由于陈甲收取股金后，没有依法办理相关手续，故黄某要求退还股本金 6.4 万元并无不当。(3)陈甲收取黄某交付的 6.4 万元后，并没有开办某饭店，原审却推定某酒家即某饭店显然是置事实于不顾。(4)黄某在陈甲不依法开办某饭店和不订立股份制章程、不颁发股权证的情况下,才要求退还股本的,并不存在一审判决认定的"互相矛盾"情况。综上,请求撤销原判,判令陈甲返还6.4万元。

被上诉人陈甲辩称:不同意黄某的上诉请求。原审已经向某商业公司做过调查,不存在某商业公司作假证的问题。黄某等四人确系合伙关系,故应当承担相应的风险责任。

被上诉人陈乙、陈丙辩称:黄某所说的不是事实。当初是黄某、陈甲、陈乙、陈丙一起接盘的,接盘前的饭店叫某烧鸡店。四人约定合伙经营。后来由于和某烧鸡店不合作了,故重新起了一个名字叫某酒家。因酒家经营状况不好,所以大家约定每人做一个月,但黄某一直找借口不来经营。因6.4万元是黄某作为合伙人出资投入的,故不同意退还。

被上诉人某服饰公司辩称:某服饰公司是2000年底被吊销营业执照的。当初陈甲、黄某、陈乙一起去某商业公司商谈承包事宜,原先说好盖黄某所在医院的章,但黄某提出其不是法定代表人不能盖章,因此加盖了某服饰公司的章作见证。

二审法院经审理查明:原审查明的事实属实,予以确认。另查明:某服饰公司系有限责任公司,2000年12月7日被吊销营业执照,被上诉人陈乙时任该公司法定代表人。

二审法院经审理认为:

2000年7月31日,被上诉人陈乙与商业公司签订承包经营合同时,上诉人黄某参与了谈判过程,故黄某对于快餐服务社已由个人承包经营一节应当是明知的。快餐服务社所处店址已存在快餐服务社这一个非正规就业劳动组织,且系个人承包,在同一地址再成立一个独立企业法人的某饭店并不具有可操作性,故对于黄某的相关主张不予采信。

2000年7月31日承包经营合同签订后，黄某于次日将6.4万元交予被上诉人陈甲，并由陈乙证明的行为，足以推定黄某的交款目的实为经营上述店址的饭店。陈甲出具的收条上虽注有“收股金(某饭店)”字样，但鉴于缺乏其他证据佐证，故据此收条并得不出黄某与陈甲等人曾约定设立企业法人的结论；而收条上陈乙的签字更是证实了黄某、陈甲、陈乙等就经营某饭店事宜存在法律上的利害关系。

原审法院根据审理的情况，依法追加陈乙等为本案的共同被告，程序适当；原审法院又依据当事人提交的相关证据材料，结合庭审调查，作出黄某、陈甲、陈乙、陈丙之间存在合伙关系的认定，符合事实和法律，亦无不当。鉴于合伙各方未就合伙解散事宜协商一致且均未要求对合伙财产进行清算，故黄某上诉要求陈甲返还6.4万元投资没有依据，不予支持。至于黄某上诉称，6.4万元系为成立某饭店而非快餐服务社或烧鸡店或某酒家而投入一节，前述店址先后挂有的烧鸡店、某酒家招牌虽与某饭店名称不一致，但鉴于该店址内仅挂有快餐服务社这一个非正规就业劳动组织证书，承包经营合同所指的承包经营企业亦即该服务社，且确由陈乙经营，故可以确认收条所指的某饭店即后来的某酒家。黄某此节上诉理由依据不足，难以采信。综上，原审判决查明事实清楚，处理结果并无不当，应予维持。上诉人黄某的上诉缺乏依据，不予支持。

据此，二审法院根据《中华人民共和国民法通则》第三十四条、第五十七条、《中华人民共和国民事诉讼法》第一百五十三条第一款第(一)项的规定，判决驳回上诉，维持原判。

**【评析】**

本案的争议焦点在于：黄某与陈甲、陈乙、陈丙是否存在合伙经营的事实;黄某要求陈甲返还其出资款是否有事实和法律依据。

一、关于黄某与陈甲、陈乙、陈丙是否存在合伙经营的事实问题

我国《民法通则》规定,个人合伙是指两个以上公民按照协议,各自提供资金、实物、技术等,合伙经营、共同劳动。最高人民法院《关于贯彻执行〈中华人民共和国民法通则〉若干问题的意见(试行)》规定,公民按照协议提供资金或实物,并约定参与合伙盈余分配,但不参与合伙经营、劳动的,或者提供技术性劳务而不提供资金、实物,但约定参与盈余分配的,视为合伙人。当事人之间没有书面合伙协议,又未经工商行政管理部门核准登记,但具备合伙的其他条件,又有两个以上无利害关系人证明有口头合伙协议的,人民法院可以认定为合伙关系。本案中,黄某主张陈甲系以合股开办某饭店为名收取其投资款,故此后应订立股份制章程、办理股权登记手续、颁发股权证,但黄某对该主张并无相应的证据佐证,且该主张与其起诉时所称陈甲曾承诺在收款后 3 个月内返还其全部股金存在明显冲突。相较之下,陈甲、陈乙、陈丙一致认为 4 人系合伙经营,并约定了各自的投资比例;陈甲出具的收到黄某投资款的收条上有陈乙签名;黄某、陈甲、陈乙、陈丙系共同到某商业公司签订承包经营合同;某商业公司证实上述 4 人系合伙承包关系等事实,证明陈甲关于合伙经营的主张更具合理性,故可以作出了黄某与陈甲、陈乙、陈丙系合伙经营关系的认定。

二、关于黄某要求陈甲返还其出资款是否具有依据的问题

我国《民法通则》规定,合伙的债务,由合伙人按照出资比例或者协议的约定,以各自的财产承担清偿责任。合伙人对合伙的债务承担连带责任,法律另有规定的除外。最高人民法院《关

于贯彻执行〈中华人民共和国民法通则〉若干问题的意见(试行)》规定,合伙人退伙,书面协议有约定的,按书面协议处理;书面协议未约定的,原则上应予准许。但因其退伙给其他合伙人造成损失的,应当考虑退伙的原因、理由以及双方当事人的过错等情况,确定其应当承担的赔偿责任。合伙经营期间发生亏损,合伙人退出合伙时未按照约定分担或未合理分担合伙债务的,退伙人对原合伙的债务,应当承担清偿责任;退伙人已分担合伙债务的,对其参加合伙期间的全部债务仍负连带责任。合伙人退伙时分割的合伙财产,应当包括合伙时投入的财产和合伙期间积累的财产,以及合伙期间的债权债务。从上述法律规定分析,基于合伙关系,合伙人若要求退伙,原则上应予准许,但退伙时应当对合伙财产、债权、债务进行清理、分割,否则不仅可能损害其他合伙人的权益,更可能损害债权人的合法权益。本案中,首先黄某并非以合伙法律关系为据向陈甲主张返还投资款,故对黄某的该主张法院无法支持。其次即使依照合伙法律关系,黄某可以提出退伙,但鉴于合伙各方并未对其合伙财产、债权、债务进行过清理、分割,黄某又明确对于经营是否亏损不要求审计,导致法院无法确认 4 人的合伙经营的盈亏及财产状况,从而也就无法确定是否存在可供返还的投资款,因而黄某返还投资款的诉讼请求确实难以得到支持。

(李　蔚)

# 凌某与某律师事务所合伙财产分配纠纷案

## ——律师事务所改制中的财产分配不得损害国有资产利益

**【提示】**

国有律师事务所改制中，合伙财产分配方案与该所留存的国有资产利益相冲突时，应根据改制当时行政指导意见，从有利于保护国有资产利益和协调解决纠纷的方向予以妥善处理。

**【案情简介】**

上诉人(原审原告):凌某

被上诉人(原审被告):ZD律师事务所

原告凌某诉称，原告原系国有某律师事务所律师。自1995年起，根据体改委和司法局的联合批文，该律师事务所进行转换机制的试点改革。转制后的律师事务所取名为ZD律师事务所，财产为全体“合作律师”共有，由事务所章程规范全体合作律师及其他人员的权利义务，并设立养老、医疗等保险基金以及定期支付离、退休人员退休费用制度；事务所财产以1994年底为分界，在此之前核定的财产为国有资产，由改制后的ZD律师事务所有偿使用，在此之后的财产按章程规定执行；ZD律师事务所比照“合伙”的经济组织形式纳税；转制所应坚持社会主义按劳分配原则，分配要有利于事务所整体规模发展，处理好个人利益与集体利益关系等等。当时，包括凌某在内的27人经司法局批复同意为ZD律师事务所第一批合作律师，并承诺执行《ZD律师事务所章程》，每人缴纳资本金人民币2万元，对外承担连带赔偿责任等。凌某原先享受原事务所离退休人员待遇，成为ZD律师事务所合作律师后，按规定脱离了国家离、退休编制，不再享受离、退休待遇。1995年至1998年期间，凌某在ZD律师事务所每年取得合作律师相应分配收益。1998年底，凌某退出ZD律师事务所，ZD律师事务所退还了凌某所缴纳资本金的一半人民币1万元。自1999年起，ZD律师事务所经司法局核准为合伙律师事务所，并按照同时核准的合伙协议和章程运行。此后，ZD律师事务所每年补贴凌某生活费用人民币5000元，但根据“合伙律师留所金额统计明细表”及其相应“合伙分配决议”，仍有合伙财产和收益未全部结清。故请求法院判令被告ZD律师事务所返还原告尚余集资款人民币1万元；拆迁补偿费人民币4万元；留所应得份额人民币31.339717万元及利息人民币5万元。

被告ZD律师事务所辩称：该所当时系合作制改造，不能按合伙性质分配财产，且客观上无财产可分配。

一审法院经审理查明：

原告凌某起诉关于被告ZD律师事务所改制的事实属实，予以确认。另查明：2000年，审计机构接受司法局委托，对ZD律师事务所1998年底净资产进行了专项审计，审计结论为，1998年底ZD律师事务所调整后的净资产为人民币395.977842万元。ZD律师事务所资产中含有以司法局留存于该所的269万元资金购买的办公楼。为此，司法局审计处出具《关于ZD律师事务所1995年—1998年净资产处理审计意见书》指出，为了有利于律师事务所律师发展，司法局给予ZD律师事务所补偿款人民币269万元及其资产转化部分，不得用于个人分配。

一审法院经审理认为：

1995年至1998年期间，根据司法局改制文件、被告ZD律师事务所章程及合作律师承诺书，ZD律师事务所性质应为合作制，自1999年起，司法局核准ZD律师事务所为合伙制。根据司法局的规定，合作制期间原有资产作为转制后的合伙制律师事务所的共同财产，在律师事务所存续期间不得分割。原告凌某出示的“合伙律师留所金额统计明细表”及其相应“合伙分配决议”与上述司法局改制文件规定不一致，应认定无效。凌某在合作期间的收入已经得到超额分配，即使有留所资产也属于事务所集体财产，应按有关规定处理，不得擅自分割。而凌某提出对ZD律师事务所资产重新予以审计的请求也因此显得没有必要。

据此，一审法院根据《中华人民共和国民法通则》第六条的规定，判决：

一、被告ZD律师事务所返还原告凌某人民币1万元；

二、对原告凌某的其他诉讼请求不予支持。

凌某不服一审判决上诉称：1995年至1998年被上诉人ZD律师事务所是按照合伙制运作的。上诉人在加入ZD律师事务所后就不再享有离、退休待遇，且与其他参加合伙的律师一起对ZD律师事务所的债务承担连带责任。特别是1997年《律师法》出台，ZD律师事务所重新制定合伙协议，完全通过合伙人决议的方式来分配律师收益。因此，上诉人提供的“合伙律师留所金额统计明细表”及相应合伙决议，系合伙人真实意思表示，具有法律效力，应当据此认定相应待分配资产的客观存在并予以分配。一审认定ZD律师事务所系合作性质，且未对相关ZD律师事务所资产状况重新予以审计,认定事实有误。

被上诉人 ZD 律师事务所辩称:律师事务所的性质依法应由司法行政部门核准,ZD 律师事务所直至 1999 年才被正式核准为合伙制所,而之前转制期间系合作制性质,对外也以合作所、合作律师相称,按集体所有制企业纳税。因此,上诉人提供的留所金额表以及相关合伙分配决议即使存在,也属于私分合作所集体资产而归于无效。本案应按照 2000 年司法局委托的专项审计报告来认定 ZD 律师事务所 1998 年底的资产状况,据此 ZD 律师事务所已无财产可用于分割。且根据司法局有关文件,即使律师在所留有资产也应当受合作制性质所限不得分割。

二审法院经审理查明:原审法院查明的事实属实,予以确认。

二审法院经审理认为:

本案所涉纠纷属于在律师事务所转制过程中因财产收益分配问题而引发的矛盾纠葛。本案中关于被上诉人 ZD 律师事务所尚应退还上诉人凌某出资款人民币 1 万元双方当事人并无争议,而关于凌某留所资产分配、拆迁补偿款和 ZD 律师事务所转制期间性质的争议,在目前的情况下具有不可诉性。上诉人关于确认其留所资产等事实,以及按合伙所性质进行分配的权利主张,与司法局所确认的相关审计报告并以此为据而进行的 ZD 律师事务所资产界定和净资产处理意见相悖,这就不可避免地与司法局在 ZD 律师事务所的国有资产利益,以及就转制过程中事务所资产分配的行政性指导意见发生碰撞,故该争议并不是单纯的上诉人与被上诉人平等主体之间的民商事纠纷。鉴于 1995 年至 1998 年 ZD 律师事务所转制运作系在司法局的直接指导和管理下进行,现上诉人与被上诉人在此期间因律师收益分配所发生的纠纷,直接涉及律师事务所转制中资产界定和转制行政性指导意见实施的问题，故该纠纷不属于法院受理范围，而应当由司法行政部门先行予以处理为妥。本案诉讼中，司法局也明确表示本案纠纷可以通过行政或律师协会调解解决。

据此，二审法院根据《中华人民共和国民事诉讼法》第一百零八条第一款第（四）项、第一百一十一条第一款第（三）项、第一百五十三条第一款第（三）项、参照最高人民法院司法解释（2003）1号《关于审理与企业改制相关的民事纠纷案件若干问题的规定》第一条、第三条的规定，判决：

一、被上诉人ZD律师事务所退还上诉人凌某出资款人民币1万元；

二、对上诉人凌某要求被上诉人ZD律师事务所返还拆迁补偿费人民币4万元、返还留所资本金31.339717万元并支付利息人民币5万元的诉请争议不予受理，上诉人凌某应就该争议向司法局申请解决。

**【评析】**

本案是一起较为新颖的国有律师事务所合伙改制过程中发生的财产分配纠纷，涉及以下事实和法律问题：

一、关于系争“合伙律师留所资产”的真实性及其可分配性的争议

本案凌某提供的“合伙律师留所金额统计表”及相关“合伙分配决议”，与2000年司法局委托的专项审计报告结论，以及司法局据此作出的关于ZD律师事务所净资产处理意见书，在内容上是矛盾的。凌某强调其所提供材料的真实性，但未能在诉讼中提交上述留所金额统计表及其分配决议所赖以支撑的会计核算凭证，故对凌某提供的“合伙律师留所金额统计表”所反映的资产情况，法院未予确认。凌某虽对专项审计报告结论予以

否认和质疑，但并未提出足以推翻该审计结论的会计依据，也无法构成对专项审计报告结论客观公正性的合理怀疑。本案中，2000年审计机构出具的审计报告，并非一般意义上的商业性审计，这是司法局根据深化律师事务所改革的规划，主要为划清1995年至1998年改制期间，ZD律师事务所国有资产与改制中律师创收形成资产之间的界限而进行的一次专项审计。审计报告中对各项资产以及盈亏损益的核算，事关"合作律师"可分配资产与国有资产之间利益冲突的调整问题，司法局审计处专门为此发出了关于净资产处理意见书，直接予以规制。因此，本案当事人所争议的关于4年改制期间合作律师相关资产权利的界定与分割，无法回避与司法局留所国有资产利益的碰撞。司法局审计处下发的审计意见书，明确要求ZD律师事务所以审计报告为准对1998年底净资产作出相应账务调整，且不得分割其中的国有资产。在没有充分依据质疑和否定上述审计报告客观公正性的情况下，抛开上述司法局关于ZD律师事务所净资产的处理意见，转而要在本案中重新审计，并径直解决凌某与ZD律师事务所两方之间的权益纠葛，显然不妥。

二、关于1995年至1998年ZD律师事务所改制期间事务所性质的争议

1995年至1998年期间，ZD律师事务所的性质呈现出国办律师事务所向合伙制律师事务所改制转型的一种中间状态，律师事务所运作过程中同时具有合作与合伙性质的部分法律特征：一方面其以合作制事务所性质向司法行政部门申请更改注册名称、对外以合作律师相称、以集体所有制纳税；另一方面内部律师收益机制开始引入带有合伙分配特点的运作模式。应当看到，1995年该律师事务所转制当时，就事务所转制性质尚无明确的法律和政策规定可依，司法局、体改委在转制批复中并未

明确ZD律师事务所的性质为合伙制。1997年《律师法》颁布实施，司法局在律师事务所深化改革的实施意见通知中，提出了关于合作所转为合伙所的概念以及须经资产核定等基本原则，并指出合作期间原有资产作为转制后的合伙律师事务所的共同财产，在事务所存续期间不得分割。据此，1999年ZD律师事务所在资产核定基础上经司法局审批，核准为合伙制律师事务所。还应当看到，1995年至1998年期间，ZD律师事务所的转制运作，包括事务所章程、律师收益分配等也未完全脱离司法局的行政监管。因此，4年转制期间，ZD律师事务所的性质是特定历史时期下发生的，在行政指导和管理下，处于由国办所向合伙所转型的特殊中间状态，参与改制的事务所及其律师的权利和义务，应根据当时的实际情况和司法局的改革指导意见来确定。以现在的评判标准将当时处于转制过渡时期的ZD律师事务所的性质绝对地归入合作或合伙法律关系，进而按合伙关系分割含有国资利益的财产，是不符合当时实际情况的。

三、关于企业改制涉及国有资产行政性调控的司法处理原则

本案中，法院判决支持了凌某关于ZD律师事务所返还尚余集资款人民币1万元的诉讼请求，但对凌某关于分配留所应得份额人民币31.339717万元等主张作出了不予受理，交由司法行政部门调处的裁决。同样是改制过程中产生的纠纷，法院为何区别对待，根本原因在于前后两者实属不同性质的纠纷。

本案ZD律师事务所改制是根据民商事法律、行政法规及当时体改委相关政策，在司法局的指导和监督下进行的。其中，司法局作出的指导和审批意见，不是政府部门对企业自身改制行为进行干涉，而是国家为了保证改制稳妥进行依法行使行政职能，但是这并不改变ZD律师事务所改制属于民事法

律行为的性质。ZD 律师事务所合作、合伙制的改造，也是包括凌某在内的事务所律师的真实意思表示，改制章程和律师收益分配协议均发生于平等主体之间而非行政部门与 ZD 律师事务所之间。ZD 律师事务所改制带来的企业自身资产的调整，内部债权债务的归属，以及合作、合伙律师的权利义务的行使等，受民商事法律、法规和改制章程以及协议的制约。关于返还集资款这一项即属于凌某与 ZD 律师事务所之间因改制所生债务结算纠纷，法院查证属实后遂作出了支持凌某诉请的判决。

关于凌某主张留所财产份额款项，则涉及司法局留所的国有资产分配争议。司法局根据专项审计结果，以行政文件的形式明确规定不得分割。因此，该项纠纷已经不是凌某与 ZD 律师事务所平等主体之间的民事纠纷，而是因涉及国有资产利益由政府行政部门作出具体调控意见而产生的纠纷。ZD 律师事务所改制中，司法局对留存于 ZD 律师事务所的国有资产进行调控的行为，不是企业自身意志所能决定的，而是政府部门代表国家行使行政职能，故司法局与 ZD 律师事务所之间不是平等民事主体关系。因司法局作出关于不得分割留存 ZD 律师事务所国有资产决定所产生的纠纷，涉及政府主管部门对企业国资财产的行政性调控，相关当事人就不能通过民事诉讼程序获得司法救济。《最高人民法院关于审理与企业改制相关的民事纠纷案件若干问题的规定》第三条明确，政府主管部门在对企业国有资产进行行政性调整、划转过程中发生的纠纷，当事人向人民法院提起民事诉讼的，人民法院不予受理。本案中，司法局就上述纠纷明确表示，此系司法局指导下律师事务所转制过程中所发生的纠纷，有关 ZD 律师事务所转制合作和合伙的性质认定，当时没有明确的法律规定，属于试点性改革，现涉讼两方当事人未了纠纷因涉及留所国资财产问题将由司法局行政协调解决。据此，法院从有利于保护国有资产利益和妥善处理纠纷出发，作出了不予受理、移交行政协调的裁决。

（潘云波）

# 韩某与某公司、黄某合伙出资纠纷案

## ——建筑装潢门店投资人退出经营的性质以及清算方式

**【提示】**

对沿街门面店以“转制”、“收购”、“参股”名义吸纳他人出资行为的定性以及清算，应当结合当事人的出资协议、出资人介入经营的程度等依法进行处理。

**【案情简介】**

原告：韩某

被告：某公司

第三人：黄某

原告韩某诉称：2004 年 6 月 26 日，原告与被告某公司签订《管理层收购合同》一份，约定被告将其位于上海市某路 100 号门店的 20%权益出让给原告，另 80%由第三人黄某代表被告持有，按比例享受年终分红，所拥有股权仅限内部流通不得对外转让。合同签订后，原告依约给付被告 6 万元并参与经营，后经营亏损，双方发生矛盾，原告实际于 2004 年 12 月 10 日无法再参与经营。被告同意原告退出，双方即对经营期间的账目进行清理后，于 2005 年 1 月 4 日签署备忘录，确认原告应承担亏损19100 元。故请求法院判令：(1)解除原、被告之间的

《管理层收购合同》;(2)被告返还原告股金40900元(已扣除应承担亏损额)。

被告某公司辩称:确认原告韩某自2004年12月10日后未到门店上班的事实。现同意原告解除《管理层收购合同》,但不同意返还原告出资款项,原告可以回门店继续经营。

第三人黄某同意被告某公司的上述答辩意见。

法院经审理查明:

2004年6月26日,原告韩某与被告某公司签订《管理层收购合同》一份,约定被告某公司将其位于上海市某路100号某装饰门店20%的权益出让给原告;双方一致同意门店办公设施、装修及无形资产总计作价30万元,原告一次性支付被告6万元,另门店80%权益为第三人黄某代表被告持有;双方按比例享受门店年终分红,各自所拥有的股权仅限内部流通不得对外转让。同日,原、被告又签订劳动合同,约定被告安排原告担任门店经理,期限自2004年6月28日至2007年6月27日。合同签订当日,原告依约给付被告6万元。嗣后,原告开始参与经营,直至2004年12月10日停止。2005年1月4日,原、被告签订备忘录一份,确认原告担任经理期间(2004年8月1日至2004年11月30日),总计亏损额为95500元,原告应承担20%计人民币19100元。同日,被告向原告出具欠条两张,确认欠原告借款1700元及2004年11月份工资3130元,并承诺于2005年1月25日支付工资。同日,原告书面承诺,在2005年1月25日将亏损19100元交被告。

法院经审理认为:

原、被告签订的《管理层收购合同》系双方真实意思表示,于法无悖,应属有效。经法院两次释明,被告明确表示同意解除诉争合同,故根据合同自由原则,经双方当事人协商一致,可以解除合同。现原告实际于2004年12月10日后未参与经营，要求解除双方签订的《管理层收购合同》，被告在审理中表示同意，该合同因合意而解除。由于某装饰门店非公司法意义上的独立主体，原告亦非法律意义上的股东，被告关于即使原告退出经营但留存原告股金继续保留原告股东身份的说法，因原告拒绝而不能成立。被告依据《管理层收购合同》基于双方合作事宜而收取原告的"股金"，亦应该因原告退出经营而结算盈亏。现原、被告双方在2005年1月4日签署备忘录，确认原告经营期间应承担的亏损金额，原告据此主张，要求将原告应承担的亏损在其投入的股金中予以扣除后由被告返还原告，依法应于支持。

据此，法院根据《中华人民共和国合同法》第六十条、第九十三条第一款、第九十八条的规定，判决：

一、解除原告韩某与被告某公司于2004年6月26日签订的《管理层收购合同》；

二、被告某公司应返还原告韩某40900元。

法院判决后，双方当事人均未上诉。

**【评析】**

一、原被告间有关出资的合同性质

对一个案件法律关系的定性是确定双方当事人权利、义务的决定因素，即使当事人签订的合同明确写有名称，法院还是必须根据合同约定的内容，比照法律规定的各种有名合同予以确定。当约定内容与法定的有名合同不一致时，仍应当以当事人实际的约定来确定法律关系。

本案双方当事人签订的《管理层收购合同》，虽名为收购合同，但原告不因为支付金钱而取得任何财产，被告也未约定出售任何有形或无形的财产权，所以不符合买卖合同的特征。原告参与的门店属非独立法人,所以原告出资并参与管理的行为也不符合《公司法》调整的股权转让法律关系。由于该门店并未领取合伙企业的营业执照,所以上述出资行为也不属于《合伙企业法》调整的范畴。又因为原、被告分别是自然人和法人,所以他们的共同经营、共担风险的行为也不符合《民法通则》有关合伙和联营的主体要件。再由于原告出资并参与经营,但不独立享有门店的经营权,所以也不符合企业承包合同的特征。

综上所述,诉争合同约定的内容属于典型的无名合同。从诉争合同约定来看,被告将门店的办公设施、装修及无形资产总计作价30万元,将其中20%的权益以6万元价格转让给了原告,原告参与门店管理,同时按比例分享并承担门店的盈亏,构成了原、被告之间共同出资、共同经营、共担风险的关系。这一部分的合同内容虽然不符合现有法律、法规对有名合同的规定,但由于并未违反国家法律、法规的禁止性规定,故当属有效,处理时应当比照类似的合伙经营法律关系处理。

二、原告可否要求解除合同

原告在诉前即实际退出门店经营,起诉时明确要求解除诉争合同。被告虽同意解除合同,但要求原告继续保留出资,在不共同经营的前提下共担经营门店的风险。

其实,被告的这种抗辩是矛盾的、不能成立的。被告首先是同意解除诉争合同,同时又要求保留诉争合同中共同出资、共担风险的部分,其实质就是要求在解除原、被告诉争合同的同时,与原告签订一份新的合同;或者也可以理解成被告不同意解除诉争合同中共同经营的部分条款,而是保留合同中的其他部分。

笔者认为,这两种解释都可以成立,但在当事人起诉或抗辩理由模糊不清时,法院首先要通过释明的方法,促使当事人予以澄清。对此,法院在庭审时经过两次释明,被告都表示合同还是可以解除的，但要求在财产处理时不退还资金，所以这只能按前一种理解进行处理。由于被告对解除合同没有异议，根据《合同法》有关协议解除的规定，诉争合同可以因此解除，原、被告之间的这种类似合伙的法律关系因此终止。

即使作第二种理解，合同仍应当解除。因为在合伙、联营纠纷中，由于当事人是基于人合关系才联合起来，当一方执意退出，一方拒绝时，法院也应当同意退出，否则只能导致僵局出现，增加矛盾，妨碍经济。至于一方无理退出后造成对方损失的，可以予以适当赔偿。本案原告在起诉前就已实际退出经营管理，双方已经实际不再履行诉争合同中共同经营的条款，所以原告要求单方解除合同的诉请应当得到法院支持。至于被告要求变更合同的请求，由于在诉争中，出资与共同经营是紧密联系在一起的，如果不共同经营仅出资，原告就会对出资失去管理、监督，进而承担较高的风险，所以这种变更属于根本性、重大的合同变更，在原告拒绝时，被告变更合同的请求法院是难以支持的。

### 三、"出资"合同解除后清算处理的基本原则

在合伙纠纷的处理中，一方要求退出合伙的，有两种不同的处理原则。一是当一方退出不导致合伙关系无法存续的，属于退伙。二是一方退出导致合伙体因人数仅为一人而无法存续的，属于散伙。本案由于共同经营仅原、被告双方，所以应比照合伙关系的散伙处理。

根据《民法通则》及其相关司法解释，散伙时对合伙财产的处理，有书面协议的按书面协议处理，没有书面协议的，应当按多数人或出资较多方的意见处理，但不得损害其他合伙人的利益。本案原、被告对合同关系终止后的处理意见不能达成一致，被告作为出资较多的一方提出的不退款的方案显然有损原告利益，所以法院可以依据自由裁量权对财产进行分割。

对合伙、联营或类似的法律关系进行清算处理时，有一些重要的基本原则必须得到贯彻。一是当事人“自行清算、协议优先”原则，以充分体现合同自由原则。有协议按协议处理，无协议但能达成一致意见的，按一致意见处理；无法全部达成一致意见，但能就部分处理达成一致的，一致部分应当优先采纳。二是“纠纷一次性解决”原则，即应当对所有现有的有形、无形财产和可能的债权、债务一并作出处理。一般而言，任何经济组织的强制清算都应作彻底处理，不论是合伙、联营还是公司。对于已经发现的财产包括债权、债务都应当进行处理，不能对难以处理部分搁置，防止当事人为清算再次发生纠葛，提起新的诉讼。三是“衡平原则”，即在对财产处理时，不讲形式上的平均主义，而看实质上的公平、便利。比如一方长期作为合伙代表人的，在对外主张债权、债务时就可能较为便利，可以将债权、债务多分割给该方。有形物如果长期在一方现实占有下，为减少返还带来的风险，也可以分配给该方。

法院在处理本案时也贯彻了这些原则，原、被告就盈亏部分已经达成一致意见，法院就按这个意见处理。其余部分不能达成一致意见，由法院依法处理。由于原告已经不再参与经营管理，不宜将门店的财产分割给原告；门店不是独立的法人，对外的债权、债务都必须以被告名义享有、承担，如果转让给原告，也会使得债权的行使、债务的承担过于迂回，给双方造成不便，所以对外债权、债务也宜归属被告。而将原告的早期货币资金扣除盈亏后直接返还，基本可以等同于门店现有资产的总价应分割部分，这样又省却了估价、审计等不必要的诉讼成本，也不至于显失公平。所以法院最终判决被告在扣除门店的盈亏后返还原告当初出资的金钱，体现了上述原则精神。

（翟　骏）

# 刘某与贺某、袁某、张某等合伙协议纠纷案

## ——承包、合伙、租赁不同经营性质下的财产归属

**【提示】**

对基于承包、合伙、租赁经营不断交替所产生的财产争议纠纷，应以时间为主线，理清各个时间节点上不同的经营合同法律关系，并对相应财产的归属作出合理的划分。

**【案情简介】**

原告：刘某

被告：贺某

被告：袁某

被告：张某

第三人：市京公司

第三人：中原酒楼

原告刘某诉称：1995 年 3 月 12 日，第三人市京公司同案外人申虞公司订立《承包经营合同》一份，又于 1995 年 4 月 13 日订立《承包经营补充合同书》一份，约定市京公司将其下属第三人中原酒楼发包给申虞公司，申虞公司又将中原酒楼的承包经营权交给其法定代表人即原告刘某。原告为经营酒楼，先后投

资近100万元，其中实物投资40万元，装潢用去约60万元。原告经营中原酒楼于1995年4月1日开业。1996年7月，原告与被告袁某、被告贺某、案外人陈某签订合伙协议一份，约定自1996年7月起至2000年4月合伙经营中原酒楼，总投资资产约80万元，股权分配为原告30%、袁某35%、贺某24.5%、陈某10.5%，协议生效前的债权债务由原告负担。该协议也被第三人市京公司确认。此后，合伙人陈某因故变更为被告张某。因原告投入酒楼总资产为80万元，故按协议计算，三被告应支付原告56万元，但实际仅支付24万元，尚有32万元未支付。1997年1月2日，三被告背着原告与市京公司签订《租赁经营合同书》和《补充协议书》各一份，约定市京公司自协议签订日即废除与原承包方的协议，如今后原承包方有异议，将由市京公司负责解决。嗣后，三被告即将原告投资承包经营的经营权占为己有，开始经营酒楼。故请求法院判令：终止合伙协议，三被告支付原告投资款56万元，市京公司及中原酒楼承担连带责任。

三被告袁某、贺某、张某辩称：1997年1月2日，其与第三人市京公司签订的《补充协议》第四条明确约定，自协议签订之日起，市京公司即已废除与原承包方的协议，如今后原承包方有异议，将由市京公司负责解决，本案与三被告无关。

第三人市京公司、中原酒楼述称，根据其与案外人申虞公司的承包合同约定，只要申虞公司拖欠一个月承包费，市京公司即可单方面解除合同。因申虞公司拖欠承包费，故在1996年底就终止与申虞公司的承包合同。现原告刘某投入酒楼的资产已与拖欠的承包费折抵尽，故应驳回原告的诉讼请求。

法院经审理查明：

1995年3月12日，案外人申虞公司与第三人市京公司签订《承包经营合同书》一份，约定市京公司将其拥有的第三人中原酒楼包括酒楼内现有的旅馆、舞厅、餐厅、设施交由申虞公司经营，酒楼的园子由申虞公司与市京公司双方共用；承包期满，申虞公司所增添的固定资产（动产部分）归申虞公司所有，不动产部分归市京公司所有；申虞公司经营采用独立核算、自负盈亏的形式，其所有债权、债务由其承担，承包期自1995年4月1日起至2000年3月31日止；申虞公司每年上交税后净利润45万元，自第三年即1997年4月1日起上交税后净利润每年递增8%；付款方式采用先付后用方式，每季度第一个月的10天前上交每季度的利润，如逾期在一个月内支付的，要加付滞纳金，超一个月的，市京公司有权终止合同；承包期内，承包方须安排发包方人员5名，其中服务员4名，管理人员1名。合同还约定，承包方在承包经营期间，不得擅自将场地、房屋转给他人承包，否则发包方有权终止合同，同时还对违约责任等作了约定。合同签订后，原告对酒楼进行了装潢，添置了部分设备后即开始经营。1995年4月13日，申虞公司与市京公司又签订《承包经营补充合同书》一份，约定由市京公司提供资金在中原酒楼餐厅上加建一层，面积约150平方米，作为旅馆扩大给申虞公司承包经营，申虞公司扩大承包后，按发包方交付使用日起，每年追加上交给发包方税后净利润6.5万元；由于承包方还需通讯设备，市京公司向其单位租借一门电话总机，经双方协商，市京公司提供给申虞公司直线电话一门、分机电话27门，总机使用4门直线电话；申虞公司每年支付给市京公司电话总机设备使用费1万元，申虞公司在签订合同时一次性支付总机安装费6000元，从第二年起，电话总机设备使用费必须及时支付，否则超过一个月，市京公司有权停止申虞公司使用，并自超过5天起收取滞纳金；因市京公司在申虞公司承包经营起，在中原酒楼固定资产基础上新增空调、电视机、音响等设备（具体附固定资产清单），总价格为110050元，经双方协商，申虞公司同意以每年33.3%的回报率回报给市京公司，即每年申虞公司必须追加上交给市京公司税后净利润36663元。后中原酒楼的实际经营者为原告刘某个人。

1996年7月，原告与被告袁某、被告贺某、案外人陈某签订合伙协议一份，约定4人自1996年7月起至2000年4月合伙共同经营中原酒楼，总投资资产约80万元，股权分配为原告30%、被告袁某35%、被告贺某24.5%、案外人陈某10.5%；本着"利益共享，亏损同当"的原则，各方根据各自股份担当亏损，分享利益；合股期间不得退股，但可退出管理，分享股份；4人成立董事会，董事长由原告担任；协议生效前的债权债务由原告负担；如承包合同终止，清理债权债务，退还各股东所占股份。该协议履行后，1996年8月4日经4人协商，作出董事会决议一份，明确合伙人陈某因无法履行投入资金的决议，故退出中原酒楼董事会，免去其职务及相应工作，合伙协议中有关陈的相应条款失效。同日，还作出另一份董事会决议，明确新增被告张某为中原酒楼董事会董事，其享受的股份为10.5%，并遵守"利益共享，亏损同当"原则。后原告即与三被告合伙经营中原酒楼。期间，1996年7月至8月，被告贺某、袁某、张某投入中原酒楼的资金分别为80000、240000、50000元。原告先后提取了24.6万元。

1997年1月2日，市京公司称在催讨承包费未果，且三被告也无法联系到原告的情况下，市京公司与三被告签订《租赁经营合同书》一份，约定由三被告租赁中原酒楼，酒楼内现有旅馆、舞厅、餐厅、设施都交由三被告租赁经营；租赁前，酒楼内市京公司资产由双方共同清点并造册清单，三被告有关资产作风险抵押，租赁期满，双方再根据原清单归还各自财产；三被告在租赁经营期间，不得擅自将场地、房屋转租给他人经营，否则市京公司有权终止协议；三被告经营采用独立核算、自负盈亏的形式，其所有债权、债务由三被告承担，租赁期自1997年1月1日起至2002年12月31日止；三被告租赁酒楼每年上交租金56万元，第二年即1998年上交比1997年递增5%，以后以1998年为基数每年递增7%；三被告付款方式采用先付后用方式，每月支付一次，如逾期则须交纳滞纳金，超过一个月的，市京公司有权单方终止合同。1997年3、4月份，三被告还与市京公司签订《补充协议》一份，约定市京公司同意三被告每月上交租金4万元，全年共计48万元，余8万元租金，原则上由市京公司在中原酒楼处消费抵冲，具体每年底按实际发生额结算；在租赁协议签订之前发生的债权债务由三被告承担；因补充协议签订前，三被告已实际经营中原酒楼，故在租赁协议签订之前，申虞公司所欠缴的利润及工资共计21万元，双方同意其中14.9万元由三被告代为偿还，之后申虞公司在酒楼所投资产即为三被告所有，三被告并保证上述欠款在1997年、1998年两年内全数归还市京公司。该补充协议同时载明，自协议签订日起，市京公司即已废除与原承包方的协议，如今后承包方有异议，将由市京公司负责解决。还约定，1997年1月起至4月前，中原酒楼所欠市京公司的水电费由市京公司承担，用以抵消市京公司在此之前即1997年1月至补充租赁协议签订日止在酒楼各类消费费用，包括用餐、舞厅及总机使用费用，其他各类费用由三被告承担。后三被告开始租赁经营中原酒楼，并又投入部分资产，直至1998年3月因拖欠租金与市京公司发生纠纷后退出酒楼经营。

审理中，原告确认其与三被告合伙后，酒楼经营主要以三被告为主。原告收到24.6万元外，三被告代付过12万元承包费。三被告及第三人均确认，租赁合同补充协议中约定的三被告代付 14.9 万元，即为原告承包日起至 1996 年底所欠承包费 21 万元，市京公司用原告在酒楼投入的资产作价冲抵清结该债务，三被告以代付 14.9 万元的对价获得原告的资产。三被告代原告归还单独承包时债务约 22 万元已在另案中处理完毕。1996 年 12 月 30 日，袁某、贺某借给中原酒楼 15000 元系用于 1997 年 1 月 1 日起租赁经营酒楼的装潢。

另查明：市京公司于 1996 年 4 月 8 日、11 月 26 日向申虞公司发函，向原告催讨欠交的承包费，称如不按时付清承包费，市京公司有权按约定终止承包合同。申虞公司确认其拖欠市京公司承包费，并承诺如不按时还款，同意市京公司终止承包合同。市京公司于 1996 年 12 月 8 日书面通知原告，因其未交承包费，又将中原酒楼转与他人承包，终止承包合同及补充合同。1996 年 9 月 5 日中原酒楼财务审计报告显示，自 1995 年 4 月起至 1996 年 6 月末，账面累计经营亏损 284774.45 元；其应收账款中记载应收市京公司及创誉公司餐费 66864.75 元。1998 年 3 月 19 日，市京公司与三被告就租赁合同纠纷涉讼，该案双方达成调解协议：《租赁经营合同书》及《补充协议》终止履行；三被告应分期给付原告市京公司人民币 375 000 元。1999 年 7 月 19 日，三被告与原告刘某就合伙协议纠纷涉讼，三被告要求原告返还投资款 37 万元及其利息 108456.25 元。该案因三被告无法出示有关合伙账册及财产清单确切反映合伙盈亏，其诉请未获支持。1999 年 8 月 4 日，三被告就代原告归还对外债务纠纷提起诉讼，要求中原酒楼及原告返还合伙经营中的垫付款 203994.21 元及利息 6799.54 元。该案双方达成调解协议：原告于 2000 年 12 月 31 日前返还垫付款 96834 元。

法院经审理认为：

原告刘某获得中原酒楼实际承包经营权后，其又与三被告袁某、贺某、张某签订了合伙协议，4 人确定原告当时的投资额为 80 万元，三被告现虽对此持异议，但由于在签订协议时，三被告对原告投资款 80 万元具体包含内容未经盘点并制作清单，三被告也无相应的证据证明合伙时原告具体的投资款金额。况且，市京公司提供的 1996 年 9 月 5 日第三人中原酒楼财务状况的审计报告并未包括装潢；嗣后，酒楼的经营权在三被告租赁终结后又转给他人，酒楼资产已持续变动，对原告当时的投资现已无法评估，而 80 万元投资额是合伙各方达成的合意，故法院只能按各方当事人当时的约定确定原告投资的金额。虽然原告与三被告合伙经营中原酒楼事先未征得第三人市京公司同意，但根据之后市京公司与三被告单独签订的租赁合同内容可得出，其对合伙承包之事予以认可，故自原、被告合伙起，中原酒楼的经营权实际由合伙体行使。三被告与市京公司于 1997 年 1 月 2 日签订了租赁合同，确定双方租赁关系自 1997 年 1 月 1 日起，故原告与市京公司之间的承包关系自同日起实际终止；同样，原告与三被告之间的合伙关系也自同日起实际终止。原告表示因经营亏损，其不用支付利润，故其不拖欠承包费一节，法院不予采信，理由如下：从原告与市京公司签订承包合同书及补充合同书的内容来看，双方约定的款项中有设备使用费，且是先付后做，而严格意义上的净利润应为先做后付；此外，从常理推断，市京公司不可能存在免费提供原告场地、设施及酒楼的经营权；再者，从原告给予市京公司函的内容也可得出原告的观点不能成立，故原告无论是否盈亏，均应按承包合同书及补充合同书约定的计算方式上交承包费。按审计报告结论，原告每月应交承包费为 4 万余元，现原告拖欠承包费（包括 4 人合伙期间）的金额已远远大于一个月应交额，故已构成违约，市京公司据此解除承包合同并无不当。市京公司与三被告签订租赁协议时，对原告拖欠的承包费金额确认为21万元，市京公司表示，该金额已包括涉承包合同书及补充合同书中的一切相关费用，虽然审计报告结论高于该金额，但因审计所依据的账册并不完整，故尽管市京公司现认同审计报告的结论，法院认为从公平角度出发，该21万元为当时记载，较为客观真实，故法院认可截至1996年12月底，原告及其与三被告合伙后共欠市京公司承包费的金额为21万元(包括补充合同书约定的应交款项)，该债务实际应由原告与三被告共同负担，其中4人合伙前拖欠的承包费由原告个人负担，4人合伙后的承包费由4人按投资比例分担。因审计结论与当时确认有差异，法院依法酌情作出处理，原告应负担100405.80元(包括4人合伙前拖欠的承包费及4人合伙后拖欠承包费中原告应负担份额)，三被告负担109594.20元。根据市京公司在审理中的陈述，按租赁协议约定的内容，其已与三被告协商一致，由三被告以获得原告投资财产代还14.9万元的形式而清结上述21万元债务。市京公司作为发包人，未经原告同意与合伙人共同处分承包人的财产确属欠妥，但考虑到合伙实际终止时，中原酒楼在合伙期内的账面亏损额已达112767.77元，其中原告应负担30%即为33830.33元，因此原告投资的财产24万元，扣除装潢、设备的折旧、物品的损耗酌定原告负担2.4万元、合伙亏损33830.33元，余款182169.67元，该款为原告在中原酒楼中投资24万元截至1996年底的资产余额。此外，三被告投入37万元与原告提取24.6万元、代付承包费12万元的差价4000元，该二笔资产当时由三被告获得并用于租赁经营中，三被告以对价14.9万元清偿21万元债务，获得原告尚余资产182169.67元，扣除原告应负担的承包费100405.80元后为81763.87元，故此款应由三被告按比例偿还原告，即被告贺某偿还28617.35元、被告袁某偿还40881.94元、被告张某偿还

12264.58元;对上述余款4000元,三被告应按当时投入的比例返还原告,分别为被告贺某偿还1400元、被告袁某偿还2000元、被告张某偿还600元。因市京公司在处分中并未真正获利,且其当时对原告投资的尚余金额并不清楚,故市京公司未在真正意义上侵害原告的利益,且该处分行为系基于原告未及时清偿拖欠承包费这一违约行为而致,又因酒楼的日常经营管理并非原告负责,而是以三被告为主,故三被告在日常处理酒楼的行为视为代表合伙体,考虑到三被告对代付14.9万元后获得原告资产也无异议,故法院认可市京公司与三被告上述处分原告在酒楼的资产以清偿拖欠承包费的行为,但三被告应对多收原告资产部分返还原告。自1997年1月2日起,三被告对中原酒楼的投资中增加了原属原告所有的那部分资产。审理中,三被告称除审计外,另还代原告归还22万元债务,因三被告表示就该代偿款已提起过诉讼,并在该案中已作出处理,故法院在本案中不能再次处理。综上,原告诉讼请求中涉及要求三被告给付56万元投资款中未足额投资的32万元,因三被告应出资额分别为被告袁某应出资28万元、被告贺某应出资19.6万元、被告张某应出资8.4万元,三人实际出资分别为24万元、8万元、5万元,合计37万元,而三被告尚欠投资款分别为被告袁某为4万元、被告贺某为11.6万元、被告张某为3.4万元,合计19万元,三被告未按合伙约定出足投资,显属违约,理应承担相应的民事责任。至于原告要求三被告返还其投入中原酒楼的资产价值24万元,法院按实际发生的债权债务酌情处理。至于4人合伙期间,酒楼经营实际亏损,账面亏损额已达112767.77元,其中按比例原告应负担33830.33元,被告袁某应负担39468.72元,被告贺某应负担27628.10元,被告张某应负担11840.62元,三被告在酒楼的投资本应一并清算,但因三被告在4人合伙终止后,又发生3人合伙租赁经营事宜，故酒楼中属三被告的资产，以及三被告在与市京公司签订租赁协议后对中原酒楼的追加投资，已一并用于租赁经营中原酒楼，且涉该租赁合同纠纷已在另案诉讼中处理完毕。

对原告诉讼请求中要求三被告偿付确未出足部分的投资款，法院予以支持，对原告在中原酒楼中截至1996年底的资产扣除原告应负担的承包费后的尚余资产，判由三被告按比例偿还原告。因市京公司并未真正获得中原酒楼资产中原属原告所有的资产，也未侵害原告的利益，且市京公司与原告之间不存在合伙关系，故市京公司不应在本案中承担连带责任。因本案处理的是原、被告4人合伙的清算，故对涉及审计报告中合伙期间的应收、应付款如一旦变为实收、实付情形，原、被告4人应按出资比例分配实收款项或承担实付款项。对属原告个人承包经营期间的应收、应付款一旦发生实收、实付情形，由原告个人享受、承担。

据此，法院根据《中华人民共和国民法通则》第三十五条、《中华人民共和国合同法》第一百零七条的规定，判决：

一、被告贺某应给付原告刘某人民币116000元；

二、被告袁某应给付原告刘某人民币40000元；

三、被告张某应给付原告刘某人民币34000元；

四、被告贺某应在本判决生效之日起十日内返还原告刘某投资款人民币30017.35元；

五、被告袁某应返还原告刘某投资款原告人民币42881.94元；

六、被告张某应返还原告刘某投资款原告人民币12864.58元；

七、对原告刘某的其余诉讼请求不予支持。

法院判决后，各方当事人均未提出上诉。

【评析】

本案是原告与三被告之间在经营过程中因承包、合伙、租赁关系不清导致财产混同而引发的合伙协议纠纷，主要争议焦点在于对承包、合伙、租赁关系的厘清以及对原告的损失是否应当补偿、由谁补偿以及如何确定金额的问题。

一、本案承包、合伙、租赁关系的厘清【图示】：

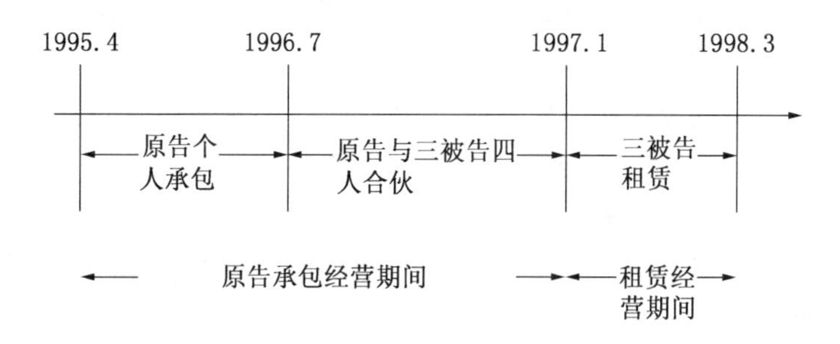


原告个人取得中原酒楼承包经营权的起始日期为1995年4月，这在本案中没有争议，那该经营权的终止日期是何时呢？即原告事先未征得第三人市京公司的同意而与三被告签订的合伙协议是否有效呢？可以这样认为，虽然原告与三被告合伙经营中原酒楼在事先未征得第三人市京公司的同意，但根据之后市京公司与三被告单独签订的租赁合同内容可以得出，其对合伙承包之事是认可的，故合伙协议有效，且自原、被告合伙起，即1996年7月合伙协议生效日起，中原酒楼的经营权实际由合伙体行使。所以，原告个人承包的起止日期为1995年4月至1996年7月。

1996年7月，原告与三被告开始合伙经营中原酒楼，关于该合伙关系的终止时间有所争议，原告主张的合伙终止时间是至2000年4月，三被告认为是至三人租赁为止。法院认为，三被告与市京公司于1997年1月2日签订了租赁合同，确定双方租赁关系自1997年1月1日起，故原告与市京公司之间的承包关系自同日起实际终止，同样，原告与三被告之间的合伙关系也自同日起实际终止。之所以这样考虑，是因为原告拖欠承包费的金额已远大于一个月应交额，故已构成违约，市京公司据此解除承包合同并无不当。既然承包合同已经解除，原告与三被告之间的合伙关系也就实际终止了。

在合伙关系终止后(即1997年1月后)，三被告开始租赁经营中原酒楼，并又投入部分资产，直至1998年3月因拖欠租金与市京公司发生纠纷后退出酒楼经营。

至此，原告与三被告和第三人市京公司、中原酒楼之间的承包、合伙、租赁关系就十分清晰了。

二、原告个人承包及4人合伙期间的资产变动情况【图示】(单位元)

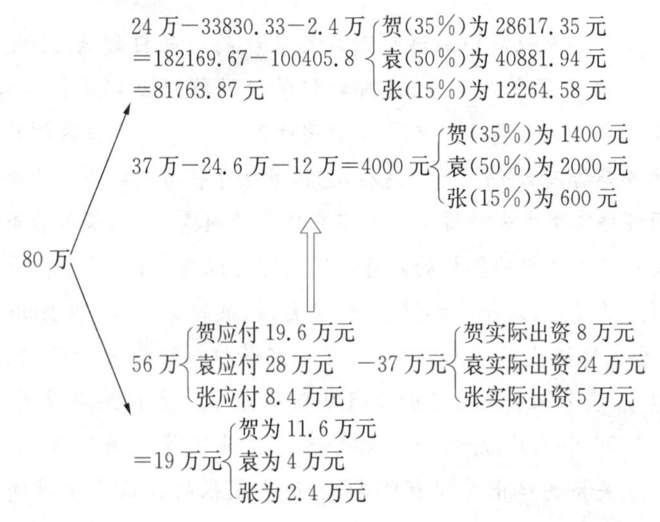

本案中，资产的混同和变动情况是审理中的难点也是重点。因本案原、被告对中原酒楼经营中的资产变动情况、合伙盈亏情况无法说明，故法院依当事人的申请先后两次委托会计师事务所进行审计。最后根据审计的结果和已查证的事实作出了最终的判断。

首先，原告获得中原酒楼实际承包经营权后，其又与三被告签订了合伙协议，4人确定原告当时的投资额为80万元。三被告现虽对此持异议，但由于在签订协议时，三被告对原告投资款80万元具体包含内容未经盘点并制作清单，审理中三被告也无相应的证据否认原告具体的投资款金额达到80万元，况且市京公司提供的1996年9月5日中原酒楼财务状况的审计报告并未包括装潢；嗣后，酒楼的经营权在三被告租赁终结后又转给他人，酒楼资产已持续变动，对原告当时的投资现已无法评估。而80万元投资额是合伙各方达成的合意，故法院只能按各方当事人当时的约定确定原告投资的金额。

其次，原告在合伙中按照合同约定向中原酒楼投资了24万元，这24万元不应如数返还原告，而应按实际发生的债权债务酌情处理。在扣除装潢、设备折旧、物品的损耗2.4万元（酌定原告负担的部分），合伙亏损33830.33元（中原酒楼在合伙期内账面亏损额达112767.77元，根据股权分配原告应负担30%，即33830.33元）后，余款为182169.67元，该款为原告在中原酒楼中投资24万元截至1996年底的资产余额。该笔资产当时由三被告获得并用于之后的租赁经营中，考虑到三被告曾以对价14.9万元清偿21万元债务，该21万元债务系原告及其与三被告合伙后拖欠市京公司的承包款，其中4人合伙前拖欠的承包费由原告个人负担，4人合伙后的承包费由4人按投资比例负担，因审计结论与当时确认有差异，所以法院酌情处理后决定由原告负担100405.80元(包括4人合伙前拖欠的承包费及4人合伙后拖欠承包费中原告应负担份额)。这样,原告的24万元投资款中应返还的资金实为81763.87元,三被告按比例偿还。

再次,根据当初合伙协议的约定,股权分配为原告30%,被告贺某24.5%、袁某35%、张某10.5%,所以对于80万元的总投资额,三被告应分别承担19.6万元、28万元和8.4万元。而审理后查明,三被告实际出资分别为8万元、24万元、5万元,所以三被告未按合伙协议约定足额投资,实属违约,理应返还尚欠原告的投资款分别为11.6万元、4万元及3.4万元。

最后,对于三被告实际投入的37万元(贺某19.6万元、袁某28万元、张某8.4万元),因原告先后提取了24.6万元,后三被告又以该投资款代原告支付了1996年1月至6月期间的12万元承包费,故尚余4000元,该笔资产当时也由三被告获得并用于之后的租赁经营中,所以三被告应按当时投入的比例返还原告,分别为被告贺某1400元、被告袁某2000元、被告张某600元。

至此,这部分法律关系中发生的资产变动已逐层剖析清楚,各部分的财产也有了较明确合理的归属。

三、关于申虞公司承包前中原酒楼资产的认定

因承包前,中原酒楼的原资产并未进行审计,而酒楼当时是由前承包人经营的,原告也认可是有财产的,故该财产的所有权当属第三人所有。但该财产的价值已无法确认,所以本案中不予考虑。

四、关于第三人市京公司是否要对原告承担责任

因市京公司并未真正获得中原酒楼资产中属原告所有的资产,也未侵害原告的利益,且市京公司与原告之间并不存在合伙关系,故市京公司不应在本案中承担连带责任。

五、本案当事人纠纷产生的前因后果及之后审理中遇到的困难，应引起社会上的重视

当前，正是我国市场经济加速发展的阶段，社会上的个人或组织由于过于急切地追求眼前利益，往往忽视了背后的法律关系及之后可能发生的纠纷，等纠纷发生时再求诸法院，又因为当初的疏忽使得法律关系错综复杂，财务状况混乱不清，事后甚至难以查清，导致法院的审理工作困难重重，自己又蒙受不必要的损失。因此，无论是组织还是个人，在进行经营活动时，应适时做好账目管理工作，在终止合伙关系时及时办理对账及移交清单，确保自己的合法权益得到合理保护，这样才能保证我国的市场经济更好更快更顺利地发展。

（尹力新）

# 四、特 许 经 营

# 某茶楼公司与唐某等特许经营合同纠纷案

## ——特许经营合同中途解除的法律后果

**【提示】**

特许人对特许经营合同中途解除没有任何过错的，加盟费无需返还被特许人；特许经营合同解除后，赔偿损失的范围不包括可得利益。

**【案情简介】**

上诉人（原审原告，原审反诉被告）：某茶楼公司

被上诉人（原审被告，原审反诉原告）：唐某

被上诉人（原审被告）：某餐饮公司

原告某茶楼公司诉称：原告与被告唐某签订的特许加盟合同系双方真实意思表示，属合法有效。原告已按约履行了义务，而唐某在被告某餐饮公司加盟开业后连续4个月未支付特许使用费、特许广告费等，显属违约，且符合合同约定的解除条件。故请求法院判令：解除特许加盟合同；唐某支付特许广告费、特许使用费4171.28元、违约金30万元、特许保证金3万元；唐某设立的某餐饮公司承担连带责任。

被告唐某答辩及反诉称：不同意解除合同及承担违约责任；因原告某茶楼公司未履行员工培训、广告制作等合同义务，故延

付相应款项；现要求继续履行特许加盟合同，并由某茶楼公司承担违约责任。同时，特许加盟合同中违约金约定过高，请求法院予以调整。

被告某餐饮公司辩称：同意被告唐某的答辩意见，并对承担连带责任没有异议。

一审法院经审理查明：

2003年9月，原告某茶楼公司与被告唐某订立特许加盟合同，约定某茶楼公司向唐某授予“某茶楼”特许经营权、传授加盟店知识、培训员工、保证其指定的供应单位的供货价格不高于市场正常价格等，期限为5年，唐某应支付加盟费15万元（无论何种情况均不退还）、特许保证金10万元（非定金性质，在唐某违约等情况下某茶楼公司有权没收），并按月支付特许使用费、特许广告费等。合同还约定如一方违约另一方可解除合同，违约金为30万元，唐某以该特许加盟合同参与设立的公司对上述义务承担连带责任。合同签订后，唐某缴纳了加盟费15万元及保证金3万元，并与他人共同出资设立了被告某餐饮公司，由某餐饮公司作为经营“某茶楼”加盟店的载体。之后，某茶楼公司履行了合同约定的各项义务，但因唐某长期拖欠特许使用费和特许广告费等，某茶楼公司经多次催讨未果，遂提起诉讼。

一审法院经审理认为：

原告某茶楼公司已依约履行了相关义务，被告唐某拖欠相关费用的违约行为已构成合同解除条件，某茶楼公司有权解除合同，解除合同后应对该合同的后果一并进行处理。关于合同解除后的法律后果：（1）特许加盟费是否应当返还。合同约定，无论是哪一方违约，导致合同解除、终止，特许加盟费均不予归还。该条款明显加重了唐某的责任，免除了某茶楼公司的责任，有违公平原则。根据《合同法》的相关规定，某茶楼公司应返还唐某部分特许使用费。因某茶楼公司授权特许加盟费为5年15万元，而唐某实际经营一年有余，故某茶楼公司可返还特许加盟费12万元。(2)特许保证金是否应予返还。合同约定，特许保证金不具有定金性质，故特许保证金不成为《特许加盟合同》的担保定金，某茶楼公司无权没收唐某交付的特许保证金，双方关于没收特许保证金的条款为无效条款，故某茶楼公司应返还唐某已交付的特许保证金3万元。(3)唐某应偿付多少违约金。合同中，2倍于特许加盟费的违约金有过高之嫌。唐某请求减少违约金的数额应予考虑。鉴于唐某在合同订立之后即开始违约行为，其违约行为实质将导致某茶楼公司特许经营期间特许广告费、特许使用费、特许加盟费的损失，前两项费用的损失需根据营业额计算，无法确定，但仅特许加盟费一项，某茶楼公司就损失12万元。所以，唐某可偿付某茶楼公司违约金15万元。唐某的反诉请求缺乏事实依据，不予支持。

据此，一审法院根据《中华人民共和国民事诉讼法》第六十四条、《中华人民共和国合同法》第九十三条、第一百一十四条的规定，判决：

一、解除原告某茶楼公司与被告唐某之间订立的《特许加盟合同》；

二、被告唐某支付原告某茶楼公司特许广告费、特许使用费各4171.28元；

三、被告唐某支付原告某茶楼公司违约金15万元；

四、被告某餐饮公司应对被告唐某上述应付款项承担连带清偿责任；

五、对原告某茶楼公司的其余诉讼请求不予支持；

六、原告某茶楼公司返还被告唐某特许加盟费12万元、特许保证金3万元；

七、对被告唐某反诉诉讼请求不予支持。

某茶楼公司不服一审判决提出上诉称:特许加盟费不予返还既是合同约定,也是行业惯例,该条款应属有效条款。本案中,违约方系被上诉人唐某,而非上诉人某茶楼公司,据此请求撤销原审判决第三项、第六项,改判某茶楼公司收取的特许加盟费及特许保证金不予退还,唐某及某餐饮公司应全额支付合同约定的违约金 30 万元等。

被上诉人唐某和某餐饮公司共同辩称:被上诉人唐某经营某餐饮公司仅几个月,并未造成上诉人某茶楼公司的重大损失,故请求驳回上诉,维持原判。

二审经审理查明:一审法院认定的事实属实,予以确认。

二审法院经审理后认为:

本案争议焦点为:

一、关于特许加盟费是否应予退还的问题。本案系争特许加盟合同中关于特许加盟费不予退还的条款,符合特许经营加盟费的性质及行业惯例,在特许人没有违约或恶意解除合同行为的情况下,该条款应属有效,因为特许加盟费实质是被特许人获取特许经营资格的对价。本案中,上诉人某茶楼公司履行了合同约定的授权被上诉人唐某使用特定的注册商标、商号、经营技术资产及提供相关文件等义务后,加盟费的价值已经实现。本案系争特许加盟合同是因唐某的违约行为而致解除,故唐某应承担相应的法律后果。综上,某茶楼公司关于本案系争特许加盟合同解除后不应退还特许加盟费的上诉请求,应予支持。

二、关于违约金的计算问题。唐某等在一审过程中提出合同约定的违约金过分高于某茶楼公司的损失。原审法院在审理过程中则主要考虑了某茶楼公司的加盟费损失。对此问题,分析如下:(1)合同解除后赔偿的范围不包括可得利益的损失。合同解除的效力是使合同恢复到订立之前的状态，而可得利益只有在合同完全履行时才可能产生，现某茶楼公司选择了解除合同，故不应得到在合同完全履行情况下所应得的利益。(2)鉴于已确认加盟费不应由某茶楼公司退还唐某，故对某茶楼公司的加盟费损失不再予以考虑。综上，某茶楼公司要求唐某等支付30万元违约金的上诉请求，缺乏法律依据，不予支持。原审法院判决唐某支付违约金15万元显属过高，酌情改判为3万元。

三、关于特许保证金是否应予退还的问题。本案中，虽然双方约定唐某违约时，某茶楼公司可以没收保证金，但同时明确该保证金不具有定金性质，且某茶楼公司可将保证金用于抵充唐某拖欠的债务，因此该特许保证金的实质是一种以金钱作为质押标的的担保形式，双方关于保证金不具有定金性质的约定，系真实意思表示，按照《最高人民法院关于适用〈中华人民共和国担保法〉若干问题的解释》第一百一十八条关于"当事人交付留置金、担保金、保证金、订约金、押金或者定金等，但没有约定定金性质的，当事人主张定金权利的，人民法院不予支持"的规定，对于唐某交付的特许保证金，某茶楼公司不得主张定金权利，某茶楼公司关于不予退还保证金的请求无法律依据，只能主张以保证金抵扣唐某应支付的债务或违约金。

据此，二审法院根据《中华人民共和国民事诉讼法》第一百五十三条第一款第(二)项的规定，判决：

一、维持原审判决第一项、第二项、第四项、第五项、第七项。

二、撤销原审判决第三项，改判为"被上诉人唐某支付上诉人某茶楼公司违约金3万元"。

三、撤销原审判决第六项，改判为"上诉人某茶楼公司返还被上诉人唐某特许保证金3万元"。

**【评析】**

商业特许经营(以下简称特许经营)是指拥有注册商标、企业标志、专利、专有技术等经营资源的企业即特许人,以合同形式将其拥有的经营资源许可其他经营者即被特许人使用,被特许人按照合同约定在统一的经营模式下开展经营,并向特许人支付特许经营费用的经营活动。本案是一起典型的特许经营合同纠纷。纠纷产生的原因是特许加盟合同提前解除后,双方对合同解除的后果不能达成一致的认识,这在当前的特许经营纠纷中是一个比较突出的问题,具有代表性。

一、特许加盟费是否应退还

加盟费一般是在特许经营合同签订后,由加盟方一次性支付。商务部发布的并于2005年2月1日实施的《商业特许经营管理办法》将加盟费定义为"被特许人为获得特许经营权而向特许人支付的一次性费用"。《商业特许经营管理办法》可以作为本案审理时的依据,因国务院颁布的《商业特许经营管理条例》虽已于2007年5月1日起实施,但该条例未对加盟费进行规定,故《商业特许经营管理办法》的有关规定依然有效。

实践中,特许双方往往并不清楚加盟费的性质,只是约定加盟费"一次性支付",有的把加盟费看作是合同中特许使用费的一部分或预付款,也有的把加盟费理解为合同保证金。因此,在合同履行期限届满前解除合同时,特许双方对加盟费应否返还往往产生争议。

一般情况下,特许双方一经签订特许经营合同,即要求被特许人交纳加盟费,特许人才可能把特许经营权授予被特许人,被特许人也才有可能开展特许经营业务。正如《商业特许经营管理办法》所规定的,被特许人(加盟方)交纳加盟费是为了获得特许经营权。所以,加盟费可以说是被特许人获取特许经营资格的对价，有了这种特许经营资格，被特许人才得以借鸡下蛋、快速实现资本的积累。然而，取得特许经营资格并不意味着经营活动能顺利展开，并取得成功。特许经营作为一种特殊的商业模式，特许人首先应有自己的商标、商号、经营模式等资源；为将这些经营资源授权给被特许人使用，还必须对被特许人提供相关的培训和支持，以使其顺利开业；在被特许人开业后，特许人仍需与其保持密切联系，继续提供支持与帮助，促成其成功经营。可见，从被特许人的角度来讲，交纳加盟费，取得特许经营资格而能顺利开业，只是特许经营的第一步，被特许人还必须以自有资金对业务进行实质性投资，并在经营过程中与特许人持续合作，才可能实现预期收益，达到加盟的目的。在特许经营中，被特许人支付的费用除加盟费外，还应包括特许经营使用费，即"在使用特许经营权过程中按一定的标准或比例向特许人定期支付的费用"，特许经营使用费才是合同履行中使用特许人经营资源的对价。

在市场经济中，商业风险随时存在，而特许经营恰恰具有低风险低成本扩张、迅速广泛占领市场的特点，被特许人正是通过交纳加盟费获得特许经营资格，从而降低经营风险。美国有关商业立法中规定，加盟费是被特许人必须交纳的风险金，其原因就在于被特许人交纳该费用后即可直接享受他人成功的经营模式，大大降低创业风险。因此，在合同开始履行后，如果双方在合同中没有约定中途解除时的处理原则，而特许人又切实履行了收取加盟费所应承担的义务，将特许权授予了被特许人，那末即使中途解约，加盟费也不存在退还问题。

本案中，特许双方实际上约定了加盟费的处理，即"无论何种情况均不退还"，唐某因此认为该条款属可撤销条款，一审法院也根据合同实际履行期限，判决某茶楼公司返还部分加盟费。

虽然对于订立合同时显失公平的条款，在当事人提出请求时，人民法院有权予以变更或者撤销，但此项权力的行使必须恰当，不得违背当事人的真实意思表示，同时须顾及合同性质与行业惯例等因素。根据本案的具体情形，既然一审法院已查明因唐某违约而构成某茶楼公司解除合同的条件，某茶楼公司对合同的解除没有任何过错，那末其按约收取加盟费并授予唐某特许经营权后，在解除合同时不予返还加盟费并无不当，二审法院予以改判是正确的。需要强调的是，我们不能割裂实际情况，孤立地认识合同条款。本案双方关于加盟费的约定，在特许人未履行相关义务而导致合同解除时，如特许人的特许经营权本身有瑕疵、特许人未协助被特许人正常开业，就可能因为显失公平而被撤销。

二、特许保证金是否应退还

关于特许经营中的保证金，《商业特许经营管理办法》的定义是"为确保被特许者履行特许经营合同，特许人向被特许人收取的一定费用。合同到期后，保证金应退还被特许人。"显然，收取保证金的目的是担保合同的履行，但这种担保形式与通常所说的定金有所不同，差别在于不能适用"定金罚则"：一方违约时，另一方不能扣除或要求双倍返还保证金。

本案中，虽然双方约定唐某违约时某茶楼公司可以没收保证金，但同时明确该保证金不具有定金性质，且某茶楼公司可将保证金用于抵充唐某拖欠的债务。因此，合同中的特许保证金是一种以金钱作为质押标的的担保形式，按照《最高人民法院关于适用〈中华人民共和国担保法〉若干问题的解释》第一百一十八条的规定，对于唐某交付的特许保证金，某茶楼公司不得主张定金权利，只能主张以保证金抵扣唐某应支付的债务或违约金。

### 三、违约金如何确定

按照《合同法》第一百一十四条的规定,约定的违约金过分高于造成的损失的,当事人可以请求人民法院予以适当减少。一般而言,约定的违约金兼具补偿性和惩罚性功能,合同双方在签约时,对于违约金高于实际损失是有一定认识的,如无特别不当,法院不宜介入对违约金的调整;但如果违约金超出实际损失太多,或者一方依据其强势地位而迫使对方接受不公平的违约金条款,则法院也应予以干涉。

本案中,双方约定违约方应向守约方支付相当于加盟费两倍的违约金,即30万元。因某茶楼公司起诉时,唐某仅仅经营数月,对某茶楼公司造成的损失有限,故法院对唐某减少违约金数额的请求予以考虑。但在这个问题上,一、二审法院的具体认识并不一致。

原审判决中,将某茶楼公司的损失确定为其在唐某未来经营期间可向唐某收取的特许广告费、特许使用费以及特许加盟费,而按合同约定,前两项费用的损失需根据营业额计算,因唐某违约而不能确定,只能酌情判断;关于特许加盟费,因原审判决部分返还,故就返还的部分构成某茶楼公司的损失。综合考虑某茶楼公司的损失,原审判决唐某偿付违约金15万元。二审法院则认为,合同解除后赔偿的范围不应包括可得利益的损失。因合同解除的效力是使合同恢复到订立之前的状态,而可得利益只有在合同完全履行时才可能产生,某茶楼公司选择了解除合同,故不应得到在合同完全履行情况下所应得的利益;二审同时认定鉴于某茶楼公司无需返还特许加盟费,故无加盟费损失;至于某茶楼公司上诉所称其损失还应包括品牌、商誉、专有技术等无形资产,因未能提供证据,也未予认定,最终判决唐某支付某茶楼公司违约金3万元。从结论看,二审法院进一步减少了违约金，因某茶楼公司不必返还加盟费，故双方实际抵扣的金额与一审法院是一样的，但二审法院对特许经营合同法律关系以及对特许人据以提出诉讼主张的请求权基础的认识，显然有别于原审法院。

（钟可慰）

# 某服饰公司与某工贸公司特许经营合同纠纷案

## ——法人应对其法定代表人以法人名义对外承诺承担相应的民事责任

**【提示】**

特许人的法定代表人所作的承诺应当视为特许人的行为，特许人应对此承担责任。特许人在被特许人瑕疵履行的情况下，放弃了先履行抗辩权，则特许人应当按约履行其义务。

**【案情简介】**

上诉人（原审被告、反诉原告）：某服饰公司

被上诉人（原审原告、反诉被告）：某工贸公司

原告某工贸公司诉称：1999年9月，原告与被告某服饰公司签订了两份《经营许可协议》。该协议约定被告允许原告在杭州地区销售A和B系列服装服饰，期限为3年。之后，双方依约履行。但自2000年底始，被告供货发生了断档、脱销等问题，影响了原告的正常经营。为此，双方于2001年4月14日进行协商，被告同意以不超过全年订单金额（零售价）的15%补偿原告。5月3日，案外人香港某服装有限公司终止了被告的经营权，原告因此蒙受了巨大的损失。故请求法院判令：终止双方签订的《经营许可协议》；被告赔偿原告经济损失人民币40万元。

被告某服饰公司答辩及反诉称：同意终止与原告某工贸公司签订的《经营许可协议》，但2001年4月所谓的补偿方案是被告原法定代表人马某的个人行为，马某未向公司汇报此事。原告出示的订单明细表等虽系被告制作，但被告未盖章、签字，故不予确认。另外，由于原告未按合同约定支付货款，已构成违约，应当支付尚欠的货款。请求法院判令原告支付货款106946元。

反诉被告某工贸公司辩称：反诉原告当时同意该批货物按7折计算，应为74862.20元。

被告在审理中变更其反诉请求，确认反诉被告某工贸公司的欠款为74862.20元。

一审法院经审理查明：

被告某服饰公司系经案外人香港某服装有限公司委托授权在中国大陆独家代理A和B系列服装服饰的零售和批发业务的公司。1999年9月，原告某工贸公司与某服饰公司签订了两份《经营许可协议》，约定某服饰公司允许某工贸公司在杭州地区销售A和B系列服装服饰，期限为3年；某服饰公司指定的零售价是某服饰公司给某工贸公司批发价的2.5倍。之后，双方依约履行。2001年4月14日，某工贸公司与马某（系某服饰公司当时的法定代表人）就某服饰公司延误供货，造成某工贸公司损失的相关问题进行了协商。会后，双方签署了《会议纪要》，针对某工贸公司60万元的损失，马某表示某服饰公司以不超过全年订单金额（零售价）的15%补偿某工贸公司。

另查明：2001年，某工贸公司共收到某服饰公司发出的2001'S/S货品汇总确认4份，订货总金额为6951395元。某服饰公司实际供货金额为1039746元（批发价），折算成零售价为2599365元，某工贸公司退货301127元。某工贸公司确认尚欠某服饰公司2001年最后一批货款74862.2元。双方对订单金额系零售价无异议。

一审法院经审理认为：

被告某服饰公司和原告某工贸公司之间签订的《经营许可协议》合法有效，双方均应恪守。现双方均同意终止协议，并无不当，应予准许。某服饰公司延误供货，已违约在先，其法定代表人马某承诺就延误供货造成某工贸公司的损失进行补偿，补偿金额为不超过2001年全年订单金额的15%，并无不可。某服饰公司发出的货品汇总确认系在收到某工贸公司订单后根据某工贸公司的订货制作的，其再发给某工贸公司表示其已对某工贸公司订货数量及金额予以了确认，故货品汇总确认上记载的应为2001年某工贸公司全年的订单金额，即6951395元。某服饰公司2001年实际供货2599365元，未供货金额为4352030元，根据双方协议约定的零售价与批发价的差价，可计算出由于某服饰公司供货不足造成某工贸公司的利润损失已超过了某工贸公司40万元的诉请，且该诉请在2001年全年订单金额的15%内，故某工贸公司的请求应予支持。由于某工贸公司确认其尚欠某服饰公司货款74862.2元，故某服饰公司的反诉请求也应予支持。

据此，一审法院根据《中华人民共和国合同法》第五十二条、第五十四条、第六十七条以及第九十三条的规定，判决：

一、终止原告某工贸公司与被告某服饰公司签订的经营许可协议；

二、被告某服饰公司赔偿原告某工贸公司损失40万元；

三、原告某工贸公司偿付被告某服饰公司货款74862.2元。

某服饰公司不服一审判决上诉称：(1)双方签订的《经营许可协议》约定，被上诉人某工贸公司所订货物需付15%的定金；

某工贸公司支付货款应根据上诉人发货清单和通知全额支付；对某工贸公司日后可能存在滞销的货物上诉人将不予调换或退货。而某工贸公司并未按2001年的订货金额向上诉人支付定金，并拖欠货款及特卖款20余万元，且未经上诉人同意将滞销货品退回，故某工贸公司违约在先，上诉人有权停止发货。(2)上诉人的原法定代表人马某在任职期间同时担任案外人上海某贸易有限公司(以下简称贸易公司)的股东，贸易公司在与上诉人的业务中欠款1497465.72元，但在上诉人的账册上却反映不出有贸易公司的应收账款，故马某有严重侵犯上诉人合法利益的行为。因此，马某于2001年4月14日签署的《会议纪要》不能作为定案依据。双方于2001年4月5日确认的2001年订货金额仅为意向，并未实际履行。马某在4月14日即承诺按全年订货总额的15%对某工贸公司进行补偿，不符合公平原则。故请求撤销原审判决，发回重审或依法改判驳回某工贸公司的诉请。

被上诉人某工贸公司辩称：(1)上诉人某服饰公司不能正常供货的原因系案外人香港某服装有限公司终止了某服饰公司的独家代理权。被上诉人在某些细节问题上未按协议履行，并不构成某服饰公司停止供货的条件，且某服饰公司实际也已认可。(2)2001年4月14日的《会议纪要》是双方就合作经营中产生的一系列问题进行讨论协商后最终达成的一致意见，且有双方法定代表人或负责人签名确认，故该份《会议纪要》可作为定案依据。请求驳回某服饰公司的上诉，维持原审判决。

二审中，某服饰公司向法院提交已生效民事判决书一份，旨在证明某工贸公司尚欠其特卖款104437.12元。

二审法院经审理查明：一审法院查明的事实属实，予以确认。

另查明:已有生效民事判决书认定,2001 年 7 月 5 日,上诉人某服饰公司和被上诉人某工贸公司签订了一份关于在杭州举办 A 和 B 系列服装服饰大型特卖会的《合作协议》,协议履行后,某工贸公司尚欠某服饰公司特卖款 104437.12 元。

二审法院经审理认为:

关于 2001 年 4 月 14 日《会议纪要》的证据效力问题。马某在签署《会议纪要》时系上诉人某服饰公司的法定代表人,其依据自己的职权对被上诉人某工贸公司的损失作出按全年订货总金额的 15%予以赔偿的承诺,应视为马某的职务行为,某服饰公司应对马某的职务行为承担民事责任。某服饰公司认为马某同时作为案外人贸易公司的股东,存在侵犯某服饰公司利益的行为,但就此并不能得出《会议纪要》不真实以及马某以签署《会议纪要》方式侵害某服饰公司权益的结论,故对某服饰公司提出的《会议纪要》不能作为定案依据的上诉理由不予支持。

关于某工贸公司是否存在违约在先,某服饰公司有权停止供货的问题。双方签订的《经营许可协议》虽有某工贸公司需对所订货物预先支付 15%的定金以及某工贸公司对滞销货物不得调换或退货的约定,但由于双方在实际履行中,某服饰公司并未因某工贸公司未能支付全额定金而拒绝供货,并且亦接受了某工贸公司的退货,故某服饰公司在履行过程中已放弃了协议项下的上述权利。另外,另案生效民事判决系争的欠款发生于 2001 年 4 月 14 日的《会议纪要》之后,而《会议纪要》中表明某服饰公司因案外人香港某服装有限公司的供货问题已于 2000 年底即无法正常供货造成了某工贸公司的损失,故某服饰公司不能正常供货的真正原因系香港某服装有限公司终止了某服饰公司的代理权,某工贸公司尚欠部分货款并非某服饰公司停止供货的原因。综上,某服饰公司未能依约向某工贸公司正常供货显属违约，理应按其承诺赔偿某工贸公司的经济损失，某工贸公司也应支付尚欠货款，原审所作判决并无不当，应予维持。

据此，二审法院根据《中华人民共和国民事诉讼法》第一百五十三条第一款第（一）项的规定，判决驳回上诉，维持原判。

【评析】

本案是关于特许经营合同履行过程中的违约行为所引发的诉讼，现就其中的法律问题以及事实问题分析如下：

一、本案经营许可协议的性质

我国国内贸易部在1997年11月发布的《商业特许经营管理办法（试行）》（2005年2月1日起施行的《商业特许经营管理办法》将该试行办法废止）中规定，特许经营的基本形式包括：直接特许——即特许者将特许经营权直接授予特许经营申请者。获得特许经营权的被特许者按照特许经营合同设立特许网点，开展经营活动，不得再行转让特许权。分特许（区域特许）——即由特许者将在指定区域内的独家特许经营权授予被特许者，该被特许者可将特许经营权再授予其他申请者，也可由自己在该地区开设特许网点，从事经营活动。商务部的《商业特许经营管理办法》规定，特许人可以按照合同约定，将特许经营权直接授予被特许人，被特许人投资设立特许经营网点，开展经营活动，但不得再次转授特许经营权；或者将一定区域内的独家特许经营权授予被特许人，该被特许人可以将特许经营权再授予其他申请人，也可以在该区域内设立自己的特许经营网点。2007年5月1日施行的国务院《商业特许经营管理条例》规定，商业特许经营，是指拥有注册商标、企业标志、专利、专有技术等经营资源的企业（以下简称特许人），以合同形式将其拥有的经营资源许可其他经营者（以下简称被特许人）使用，被特许人按照合同约定在统一的经营模式下开展经营，并向特许人支付特许经营费用的经营活动。企业以外的其他单位和个人不得作为特许人从事特许经营活动。

本案中，某服饰公司系被授权在中国内地独家代理香港A和B系列服装服饰的零售和批发业务的公司，其将上述两种服装服饰在杭州地区的销售权通过协议方式授予了某工贸公司。由于系争的经营许可协议签订于1999年，因此根据当时国内贸易部的规定，可以确定这种经营形式属于特许经营中的分特许（区域特许）。

二、某服饰公司应否对马某的行为承担责任

某服饰公司提出，其原法定代表人马某在任职期间同时担任其他公司的股东，马某有侵犯公司权益的行为，因此马某在《会议纪要》中的承诺不具有法律效力。因此马某的行为是否代表了某服饰公司，这是本案的一个争议焦点。

我国在法人代表机关的设立上施行的是单一代表制，马某作为某服饰公司的法定代表人，实际就是某服饰公司的代表机关，马某与其所代表的某服饰公司在法律上是同一人格。应当指出的是，我国法人的代表人在人格上具有双重性：一方面他是一个自然人，具有自己独立的人格，可以从事自己负责任的行为；另一方面他却是法人的代表机关，其行为由法人承担责任。这样就必然带来了一个问题：其行为在什么情况下被认定为个人行为而由个人承担责任，在什么情况下被认定为法人的行为而由法人承担责任？我国《民法通则》第四十三条规定，“法定代表人对外的职务行为即为法人行为，其后果由法人承担。”《合同法》第五十条规定，“法人或者其他组织的法定代表人、负责人超越职权订立的合同，除相对人知道或者应当知道其超越职权以外，该代表行为有效。”因此可以说，如果法人的代表人是以法人的名义为法律行为，而且一个合理的第三人站在相对人的地位会毫不犹豫地信赖法人的代表人是代表法人行为时，该行为即应被认为是法人的行为，法人应当对此承担法律后果。当然，如果法定代表人的行为超出了章程授权，虽然在外部对第三人有效，但在内部法人仍可追究其责任。

本案中，马某以某服饰公司法定代表人的身份与某工贸公司就双方在《经营许可协议》履行中的问题所达成的一致意见，应当视为马某的职务行为，且马某在会议纪要中所作的承诺并不具备法律规定的无效或者可撤销的情形，因此某服饰公司应对马某行为的后果承担相应的民事责任。至于某服饰公司认为马某的行为损害了公司的利益，某服饰公司可根据章程的约定或法律规定，另行追究马某的责任。

### 三、某服饰公司是否可行使先履行抗辩权

本案另一个争议焦点是：某服饰公司认为由于某工贸公司未先履行义务，违约在先，故其有权停止供货。

某服饰公司的这种抗辩在我国《合同法》上被称为先履行抗辩权（也有学者称之为"后履行抗辩权"）。先履行抗辩权是我国《合同法》独创的一项抗辩制度，是指根据合同约定或者法律规定负有先履行义务的一方当事人，届期未履行义务或者履行义务有瑕疵时或预期违约时，相对方为保护自己的期限利益、顺序利益或为保证自己履行合同的条件而中止履行合同的权利。先履行抗辩权反映了后履行义务人的后履行利益，本质上是对违约的抗辩，是对违约的救济。但是，先履行抗辩权不可能永久存续，当前期违约人纠正违约行为，使得合同履行趋于正常时，先履行抗辩权即消灭，行使抗辩权的一方应当及时恢复履行。当行使先履行抗辩权无效果时，合同可归于解除，此时也就无所谓先履行抗辩权。

就本案的事实来看，某工贸公司没有先支付15%的定金，构成了瑕疵履行，某服饰公司可行使先履行抗辩权，按照协议约定拒绝履行供货义务。但在实际履行过程中，某服饰公司并未因此停止供货，同时还就之后的迟延供货向某工贸公司作出了赔偿的承诺。某服饰公司的这种行为实际已放弃了其享有的先履行抗辩权，因此其在诉讼中再行使此抗辩权，就无法得到法院的支持。至于某服饰公司接受了某工贸公司的退货，说明双方在履行中对原先的约定作了变更，这种变更是双方合意的结果，并不违反法律规定，故法院对此予以认可，并无不妥。

（壮春晖）

# 杨某与某米业公司等特许经营合同纠纷案

## ——特许人的加盟广告宣传及被特许人的注意义务

**【提示】**

特许经营中的广告宣传并不简单等同于信息披露，也不能直接作为特许经营合同的组成部分；夸大宣传与合同欺诈应有所区分，被特许人作为商事主体对此负有相应的注意义务。

**【案情简介】**

上诉人（原审原告）：杨某

被上诉人（原审被告）：某米业公司

被上诉人（原审被告）：某投资公司

原告杨某诉称：2002 年 8 月 19 日，原告与被告某米业公司签订《加盟合同书》，并附清单一份，约定由杨某加盟“某米业公司白金米铺”。合同约定，加盟者在某米业公司“白金米铺”连锁体系内开办一个加盟店；杨某独立对外承担经济责任，实行自主经营、自负盈亏、独立核算，业务上接受某米业公司的指导；加盟费用包括特许加盟费、加盟管理费、加盟保证金共计 5000 元。合同还约定，“白金米铺”配套的碾米机由杨某向某米业公司指定的被告某投资公司购买。同日，杨某和某投资公司签订了一份购销合同，约定由杨某向某投资公司购买韩国原装碾米机一套，价格19800元。合同签订后，杨某履行了付款义务。嗣后，某投资公司亦履行了供货义务，但该碾米机未能达到某米业公司宣传广告中承诺的出“白金米”率。故请求法院判令：某米业公司、某投资公司提供出“白金米”率能达70%—80%的韩国原装碾米机；某米业公司和某投资公司连带赔偿杨某利润损失64999元、经济损失3547.76元。

被告某米业公司、某投资公司辩称：被告在分别与原告杨某签订的《加盟合同书》、《购销合同》中均未承诺使用韩国原装碾米机能达到1斤稻谷碾出0.7—0.8斤“白金米”的效益。某投资公司在向杨某出售碾米机前已对杨某进行了系统培训，提供了碾米机的各项技术参数，杨某通过培训后亲自进行了现场操作及加工测试，并无异议。在碾米机的说明书中明确告知碾米机出米效果与稻谷的品质、干湿等因素有关。现杨某认为碾米机效果不佳，主要是因为杨某使用的稻谷质量较差。请求驳回原告杨某的诉请。

一审法院经审理查明：

2002年8月19日，原告杨某与被告某米业公司签订《加盟合同书》，并附清单一份。合同约定，杨某作为加盟者在某米业公司“白金米铺”连锁体系内开办一个“白金米铺”加盟店。杨某独立对外承担经济责任，实行自主经营、自负盈亏、独立核算，业务上接受某米业公司指导。加盟费用包括特许加盟费、加盟管理费、加盟保证金共计5000元。合同还约定，“白金米铺”配套的碾米机由杨某向某米业公司指定的被告某投资公司购买；杨某承诺是在对“白金米铺”项目进行充分的调查、评估后作出的加盟决定，且在加盟后独立承担经营风险；合同有效期为2年，可续约；某米业公司对杨某进行经营管理和生产技术的指导和培训，为杨某提供培训资料。同日，杨某和某投资公司签订了一份《购销合同》，合同约定，由杨某向某投资公司购买韩国原装碾米机一套，价格 19800 元。合同签订后，杨某支付了某投资公司碾米机款（包括加盟费）23800 元和履约保证金 1000 元。当日，某投资公司对杨某进行培训，并发给杨某《结业证书》一份，内容为：加盟商杨某经培训已能操作韩国碾米机并能排除简单故障，现予以结业。嗣后，某投资公司提供给杨某韩国原装碾米机 1 台。杨某验货后，要求某米业公司和某投资公司派人来杨某处进行设备调试。2003 年 4 月 16 日，某投资公司调试员至杨某处进行碾米机调试，对不同稻谷进行了测试，提出了相应的建议。嗣后，杨某与某米业公司、某投资公司对该机的处理各执己见，经协商未成。

某米业公司寄给杨某的宣传资料中对效益分析的文字表述为 1 斤稻谷 0.75 元出“白金米”0.7—0.8 斤，每斤米的成本为 0.7—1.10 元，“白金米”市价 1.50 元，利润 0.4—0.8 元左右。该宣传资料将带胚芽的米称作“白金米”，并称韩国原装碾米机采用当今世界上最先进的风力碾米技术，以超高速旋转风力击碎谷壳，剥去糠层，实现去壳、拣石、抛光一次性完成，彻底摒弃了传统砂辊式碾米技术的弊端。

某米业公司提供给杨某的《碾米机使用说明书》中写明：生产效率和所需要的工作时间取决于稻米的质量和湿度。此外，某米业公司和某投资公司系两个独立法人，在销售韩国原装碾米机业务中，上述两公司有合作关系。一审审理过程中，各方当事人均确认某投资公司提供的碾米机出米效果与稻谷的品质、干湿等因素有关。

一审法院经审理认为：

原告杨某与被告某米业公司签订的《加盟合同书》以及杨某

与被告某投资公司签订的《购销合同》依法成立且有效，双方应严格按合同约定的义务履行。系争《加盟合同书》中，双方约定的是杨某加盟某米业公司的“白金米铺”，杨某保证在对“白金米铺”项目进行充分的调查、评估后作出加盟决定，且在加盟后独立承担经营风险。杨某与某投资公司签订的《购销合同》约定的是杨某向某投资公司购买韩国原装碾米机。该两份合同均约定对杨某进行培训，但未约定使用该机器能达到1斤稻谷碾出0.7—0.8斤“白金米”的效益。某米业公司寄给杨某的宣传资料是一种宣传广告，而这种宣传广告内容的拟定并非针对杨某。杨某如将该宣传广告的内容作为对购买机器效益的追求，应在其与某米业公司及某投资公司签订合同时予以约定。现杨某称因某米业公司、某投资公司未能提供“白金米”率达到70—80%的韩国原装碾米机，造成其经济损失，仅能视为系杨某的经营风险而不能认定某米业公司及某投资公司违约，故杨某的诉请缺乏依据，不予支持。

据此，一审法院根据《中华人民共和国民法通则》第五条、《最高人民法院关于民事诉讼证据的若干规定》第二条第二款的规定，判决：

对原告杨某的诉讼请求不予支持。

杨某不服一审判决提起上诉称：其坚持原审中的诉辩意见，请求撤销原审判决，改判支持其原审诉请。

被上诉人某米业公司辩称：答辩理由与一审一致，请求驳回上诉，维持原判。

被上诉人某投资公司辩称：“白金米铺”项目是市政府的“4050”工程，碾米机的进口、商检、质检、卫生等手续都是完整的。根据调试报告，碾米机所发生的问题是因杨某操作不当及使用稻谷品种较差引起的。请求驳回上诉，维持原判。

二审法院经审理查明：一审法院查明的事实属实，予以确认。

二审法院经审理认为：

本案系一起因特许加盟合同履行而产生的商事纠纷（即平等主体的商品生产者、经营者之间在从事以营利为目的的商事行为过程中发生的纠纷）。上诉人杨某在本案中并非普通消费者，而是从事营利活动的经营者。

本案中，被上诉人某米业公司提供的宣传资料和宣传广告无论从形式上还是从《加盟合同书》中对附件的约定看，仅是一种要约邀请，而非要约，故不能构成《加盟合同书》或《购销合同》的组成部分。作为商事主体，杨某应当具有较普通消费者为高的风险意识和注意义务，其应当对前述宣传资料、宣传广告的内容作出理性判断和审慎分析。某米业公司在《加盟合同书》中也一再提示杨某必须对加盟项目进行充分的调查和评估。现杨某在《加盟合同书》中签字认可，应当视为其已考虑清楚并愿独立承担相应的风险和责任，如两被上诉人某米业公司、某投资公司无违约行为，则杨某在加盟经营中所产生的费用及损失应由其自行承担。

关于两被上诉人是否存在违约行为的问题。杨某认为由某米业公司指定购买的、某投资公司提供的系争碾米机存在质量问题，即系争碾米机未能达到合同约定的70%至80%出“白金米”率。然而，前述分析已认定宣传资料和宣传广告不是合同的组成部分，不具有合同效力，且上述宣传资料和宣传广告上对“白金米”的定义及含胚芽率并未作明确具体的规定，相关的效益分析亦非被上诉人对上诉人加盟营利的承诺。碾米机的《使用说明书》中载明了碾米机的出米效果与稻谷品质、干湿等因素有关。从农业常识及操作效果看，上述条款符合实际情况。另外，杨某未提供充分证据证明碾米机的质量不符合合同约定或不符合《使用说明书》中的参数；而两被上诉人已履行了相应的培训义务和告知义务，故杨某要求两被上诉人提供出“白金米”率达到70—80%的韩国碾米机，缺乏事实依据和法律依据。鉴于杨某提供的证据尚不足以证明两被上诉人的行为构成违约，故杨某要求两被上诉人赔偿其可得利益和经济损失的请求，不予支持。

据此，二审法院根据《中华人民共和国民事诉讼法》第一百五十三条第(一)项的规定，判决驳回上诉，维持原判。

**【评析】**

广告宣传是特许经营中的一项重要内容，被特许人往往为特许人在相关媒体中发布的广告宣传所吸引，而与特许人签订特许经营合同。司法实践中，有关特许经营活动中的广告宣传是否等同于信息披露、特许人为推广特许经营所作广告是否作为特许经营合同的组成部分、夸大宣传是否构成合同欺诈等问题，争议较大。本案中，杨某以某米业公司、某投资公司实际提供的碾米机与该米业公司在宣传资料中描述的内容不符，认为某米业公司与某投资公司违约，请求赔偿经济损失，由此引发上述纠纷。

一、区分广告宣传与信息披露

由于我国原先的法律法规对特许经营信息披露的形式缺乏具体规定，故实际操作中，特许经营中的广告宣传包含了不少本应属信息披露的内容，两者往往容易混淆。笔者认为，尽管两者在形式上有些相似，但实质上是有根本区别的：(1)广告宣传针对的是不特定的对象，而信息披露往往是针对有意向参与特许经营的人；(2)广告内容一般不涉及明确具体的内容，信息披露的内容则须明确具体。规范广告宣传保护的对象主要是消费者，而规范信息披露保护的对象主要是经营者。但是，由于我国特许经营尚不成熟，因此在严格规范特许人信息披露义务的同时，对特许人广告宣传的真实性以及广告宣传与特许经营合同关系的准确把握，也要符合特许经营这一新型商事法律关系的特点，应针对具体情形，根据行业特点以及被特许人的注意义务等予以综合考量：既要参照信息披露的相关规定对广告宣传进行审查，又应注意对广告宣传的审查程度不能等同于信息披露，不应过分保护被特许人，造成对特许人的要求过于苛刻。

二、特许人为推广特许经营所作广告是否作为特许经营合同的组成部分

我国《合同法》第十四条规定，“要约是希望和他人订立合同的意思表示，该意思表示应当符合下列规定：（一）内容具体确定；（二）表明经受要约人承诺，要约人即受该意思表示约束。”我国《合同法》第十五条规定，“要约邀请是希望他人向自己发出的意思表示。寄送的价目表、拍卖公告、招标公告、招股说明书、商业广告等为要约邀请。商业广告的内容符合要约规定的，视为要约。”所以，一般情况下，商业广告属于要约邀请，而非要约。只有在广告的内容符合了要约规定的时候，它才被认为是要约。《最高人民法院关于审理商品房买卖合同纠纷案件适用法律若干问题的解释》第三条规定，“商品房的销售广告和宣传资料为要约邀请，但是出卖人就商品房开发规划范围内的房屋及相关设施所作的说明和允诺具体确定，并对商品房买卖合同的订立以及房屋价格的确定有重大影响的，应当视为要约。该说明和允诺即使未载入商品房买卖合同，亦应当视为合同内容，当事人违反的，应当承担违约责任。”该条文可以看作我国关于对广告宣传和合同进行区分的具体体现。本案中，某米业公司提供的

宣传广告主要内容为盈利预测和碾米机的功能介绍，既无对双方当事人具体的权利义务内容的约定，也没有碾米机的具体数据，尚不达到对《加盟合同书》的内容产生重大影响的程度，故不属于要约，不能作为合同附件。值得注意的是，商品房广告规范的是一种消费行为，保护对象是处于弱势的消费者群体，而特许经营是一种商业投资行为，其广告对象是以利益追求为最高目标的商人，两者存在区别。

三、夸大宣传是否构成合同欺诈

司法实践中，在审查宣传广告时还要注意区分商业吹嘘和合同欺诈。商业吹嘘通常是指经营者在对外经营宣传活动中对自身经营的商品或服务所作的适度夸大，但并不等同于合同欺诈。商业吹嘘和合同欺诈存在以下不同之处：(1)商业吹嘘是在基本事实的基础上适当夸大；合同欺诈则是违背基本事实。(2)商业吹嘘以作为的形式表现；合同欺诈以作为和不作为两种形式表现。(3)商业吹嘘通常表现在要约邀请中，其内容不构成合同条款，如广告；合同欺诈的内容通常构成合同条款。

本案中，系争碾米机确实能产出一定比例的"白金米"，某米业公司提供的宣传资料中虽有夸大宣传之处，但并非完全失实；同时某米业公司已在使用说明书中对机器的实际"出米率"进行了明确说明，并在实际培训过程中向杨某作了具体演示。因此，应认定某米业公司的广告宣传虽有夸大，但仅是一种商业吹嘘，尚未构成合同欺诈。

四、被特许人是否应尽注意义务

通常，交易双方均负有自己保护自己的注意义务，如交易一方违反了一般交易应有的注意，由此造成的损失只能由自己来承担。特许经营属于商行为，特许经营关系中的特许人与被特许人是具有平等地位的商主体(商主体又称商事法律关系的主体，是指依照法律规定参与商事法律关系，能够以自己的名义从事商行为，享受权利和承担义务的人，包括个人或组织），故在判断被特许人是否因特许人的广告宣传不实而遭受损失时，不能适用《消费者权益保护法》等针对消费者的法律、法规。被特许人加盟特许经营体系，目的是为了营利，其参与特许经营的行为是一种经营性行为。被特许人作为商主体，其应当担负较一般民事主体为高的注意义务。经营者在正常的商业交易中，对交易对象和日后经营活动的基本常识、市场前景、盈利预期等一般事项应当有所了解，对特许人提供的盈利预测，应当进行客观的评断，而不是盲目接受。本案中，杨某虽然是个人，但其作为经营者，应当具有风险意识和经营意识，负有考察项目、评估风险的注意义务，且应较普通消费者为高，在经过充分调查及特许培训结业后，杨某也应对产品质量和经营效果有恰当的预期。由于杨某对某米业公司在宣传资料上所作的盈利预测未进行客观的分析和判断；对某米业公司已在使用说明书中关于出米率受稻米品质、干湿因素影响的提示未加注意；在培训过程中已了解“出米率”不可能达到70％到80％，却仍继续参与该特许经营体系，所以一、二审法院均判决驳回杨某的诉讼请求。

归纳起来，广告宣传即使有夸大之处，但只要特许人严格真实地披露了相关信息或是在合同及其附件中注明，如被特许人因未尽相应注意义务而遭受损失，那末特许人也不应承担责任。

（钟可慰）

# 朱某与某净水有限公司特许经营合同纠纷案

## ——对格式条款含义发生争议的，应作出不利于提供格式条款一方的解释

**【提示】**

当格式条款理解发生争议时，对格式条款有两种以上解释的，应当作出不利于提供格式条款一方的解释。特许人违反合同中关于被特许人享有“独占特许经营权”范围约定的，被特许人有权要求解除特许经营合同。

**【案情简介】**

上诉人(原审被告)：某净水有限公司

被上诉人(原审原告)：朱某

原告朱某诉称：原告与被告某净水有限公司签订了特许加盟合同，加盟被告设立的“天使水吧”。合同约定，原告开设的加盟店的区域保障为1000米。原告在经营中发现，距其加盟店直线距离不足1000米处，被告又允许他人开设了一家“天使水吧”。被告的行为违反了合同约定。故请求法院判令解除合同，被告返还已付设备款并赔偿原告损失。

被告某净水有限公司辩称：合同约定“区域保障为1000米”应理解为水吧上至下、左至右的直线距离为1000米，即圆心为

被告开设的水吧、半径为500米的圆形范围内不开设第二家水吧。现两水吧之间直线距离虽未到1000米，但已超过500米，故被告未违约，不同意解除合同。

一审法院经审理查明：

2003年4月8日，原告朱某与被告某净水有限公司签订"加盟天使水吧合同书"，合同约定，原告购买被告"天使水吧"制水机（Ⅱ型）一整套，经营现制现售饮用水，合同签订后原告应一次付清"天使水吧"整套设备款32000元、管理费3600元、履约保证金5000元。合同同时约定，"天使水吧"区域保障为1000米，系被告的责任之一。合同签订后，原告依约履行，租房经营。原告在经营过程中发现在距其水吧直线距离不足1000米处，被告又允许他人开设了一间"天使水吧"。

一审法院经审理认为：

对于原告朱某、被告某净水有限公司于2003年4月8日签订的"加盟天使水吧合同书"中第九条第五项约定的被告责任，即"'天使水吧'区域保障为1000米"的表述，由于双方理解不同，从而出现两种解释，一为原告所述，为两个"天使水吧"之间的直线距离；一为被告所述，仅指一个水吧上、下、左、右的直线距离。由于该份合同为被告事先打印好后提供给原告签约，参照合同文义解释规则中关于合同条文出现歧义应作出对制订合同者不利解释之法理，应采纳原告对该内容的解释。如按照被告解释，其两个水吧经营距离区域保障仅为500米，必然导致水吧经营网点过于集中，显然不利于加盟者开展正常的经营，从而获取利润。综合上述认定，被告所承担的区域保障责任应为两个"天使水吧"之间的直线距离为1000米。另外，原告签约后已经营数月，不仅未有赢利，反而亏损，与被告未能履行对原告选址的现场勘察义务而致与另一水吧的直线距离未超过1000米具有因果关系。由于原告合同目的未能实现,故原告要求解除合同,由被告返还设备款的主张可予支持。

据此,一审法院根据《中华人民共和国合同法》第三十九条、第四十一条、第九十四条、第九十七条的规定,判决:

一、解除原告朱某与被告某净水有限公司于2003年4月8日签订的“加盟天使水吧合同书”;

二、原告朱某于判决生效之日起十日内负责把“天使水吧”制水机整套设备一套及其附属设备返还给被告某净水有限公司,已严重损坏或不能返还的部分,应按其单价在被告某净水有限公司应予返还的设备款中予以扣除;被告某净水有限公司在收到原告朱某返还上述设备的同时应返还原告朱某购买“天使水吧”制水机整套设备款32000元、“天使水吧”管理费3600元、“天使水吧”履约保证金5000元。

三、被告某净水有限公司应于判决生效之日起十日内赔偿原告朱某损失1188.30元。

某净水有限公司不服一审判决提起上诉称:该合同对保障范围的表述是十分清楚的,不存在理解上的分歧。原审法院认定保障范围1000米为直线距离,并据此支持被上诉人的诉讼请求显属错误。请求撤销原判,改判对被上诉人的原审诉讼请求不予支持。

被上诉人朱某辩称:关于区域保障问题,同意原审法院的观点。原审认定事实清楚,适用法律正确,请求驳回上诉,维持原判。

二审法院经审理查明:一审法院查明的事实属实,予以确认。

二审法院经审理认为:

分析被上诉人朱某与上诉人某净水有限公司签订的“加盟

天使水吧合同书"中"天使水吧的区域保障为1000米"的条款，其实质系为保障被上诉人不因周边一定的地理范围内存在同业竞争而影响经营收益，故对于该1000米，作为权利人的被上诉人自然理解为直线距离。原审法院综合了合同解释规则、系争合同及条款的目的等因素，作出1000米保障区域为直线距离的认定合情合理合法。上诉人的上诉理由依据不足，不予采信。原审判决认定事实清楚，适用法律正确，应予维持。上诉人的上诉请求，依据不足，难以支持。

据此，二审法院根据《中华人民共和国民事诉讼法》第一百五十三条第一款第（一）项的规定，判决驳回上诉，维持原判。

**【评析】**

"独占特许经营权"即指被特许人在指定区域和时间内，享有使用特许人的商标、商号及经营模式来出售或提供指定的商品或服务的排他性权利。我国目前尚无法律规定特许经营合同中必须说明被特许人是否享有"独占特许经营权"。"独占特许经营权"的范围主要根据当事人之间的合同约定。但即使合同约定被特许人享有"独占特许经营权"，也可能产生纠纷，本案就是一起典型的案例，涉及合同约定的独家经营范围不明如何认定以及格式条款如何解释的问题。

一、关于特许经营合同中格式条款产生争议时如何解释的问题

我国《合同法》第三十九条规定，"采用格式条款订立合同的，提供格式条款的一方应当遵循公平原则确定当事人之间的权利和义务，并采取合理的方式提请对方注意免除或者限制其责任的条款，按照对方的要求，对该条款予以说明。格式条款是当事人为了重复使用而预先拟定，并在订立合同时未与对方协

商的条款。”据此，格式合同一般具有以下特征：(1)是由一方预先制定的；(2)是一方与不特定的相对人订立的；(3)具有完整和定型化的特点；(4)相对人在订约中处于弱势地位。格式合同是近代商业社会频繁商贸活动的产物，其优点在于降低交易成本，缩短缔约时间。但格式合同也存在着诸多弊端，主要是接受格式合同的一方很难像提供格式合同一方那样对合同条款有着充分的认知和理解。为了平衡双方利益，我国《合同法》第四十一条在兼顾双方利益的基础上，规定了一项特殊解释原则，即对格式条款有两种以上解释的，应当作出不利于提供格式条款一方的解释。格式条款和非格式条款不一致的，应当采用非格式条款。这两种解释有力地保护了在订立格式合同中处于弱势地位的一方当事人的权利。

本案中，原告与被告签订的“加盟天使水吧合同书”实质是被告作为特许人单方事先制定的一种格式合同。从现实情形看，原告作为被特许人为加盟被告的“天使水吧”，显然处于被动接受被告制定格式合同的弱势地位。该合同第九条第五项约定的被告责任，即“‘天使水吧’区域保障为1000米”的表述，由于双方理解不同，出现了两种解释，一种如原告所述，即两个“天使水吧”之间的直线距离为1000米；另一种如被告所述，仅指一个水吧上、下、左、右的直线距离为1000米，而双方争议的实质是：如以原告开设的“天使水吧”为圆心，保障范围的“1000米”是直径还是半径的问题。对此分歧，合同条款确实尚不明确，一审法院根据格式合同的解释原则，认定被告所承担的区域保障责任应为两个“天使水吧”之间的直线距离1000米，作出了有利于原告的解释，充分保护了原告的合法利益。

二、特许经营合同中的“商圈”问题

其实从本案中，还延伸出了特许经营中的另一个重要问题，即“商圈”问题。由特许人指定被特许人享有“独占特许经营权”的区域,俗称“商圈”。由于“商圈”范围的确定,直接决定了被特许人加盟经营所受竞争的激烈程度,因此“商圈”保护和授权区域是关系到被特许人切身利益的重大问题。关于因被特许人“商圈”保护引发的纠纷,通常有以下几种情况:

1. 特许经营合同中,没有注明特许人授予被特许人的特许经营权是“独占特许经营权”;特许人在签约后,授权许可第三人在被特许人经营的加盟店铺附近另行开设加盟店,导致新店与被特许人的店铺直接竞争。

2. 特许经营合同中,特许人授予被特许人在一定区域范围内享有“独占特许经营权”,但基于合同中所指的独家代理地域范围不明确,或者特许人故意违约,授权许可第三人在被特许人经营的加盟店铺附近另外开设加盟店,导致新店与被特许人的店铺直接竞争。

3. 第三人未经特许人许可,开设与加盟店装潢风格类似、字号相似,且经营内容一致的店铺,而该店铺与被特许人的加盟店产生直接竞争。

本案涉及的是上述第二种情况。

## 三、如特许人允许其他被特许人在被特许人享有“独占特许经营权”的区域内发展第二间加盟店,被特许人是否有权解除合同并要求赔偿

实践中,对于该问题要分两种情形予以分析:

1. 特许经营合同对“商圈”范围有约定的情形。我国《合同法》第九十四条第(四)项规定,当事人一方迟延履行债务或者有其他违约行为致使不能实现合同目的,当事人可以解除合同。该条款概括地规范了严重违约时,当事人一方解除合同的权利。但特许人违反合同约定在被特许人享有独占特许经营权的地理

范围内再次授权其他被特许人发展加盟店，是否属于合同目的不能实现呢？合同目的通常是指当事人通过订立合同的行为所想要得到的结果，该结果通常表现为一种经济利益。合同目的因当事人及合同性质的不同而不同。就特许经营合同而言，是指拥有注册商标、企业标志、专利、专有技术等经营资源的企业，以合同形式将其拥有的经营资源许可其他经营者使用，被特许人按照合同约定在统一的经营模式下开展经营，并向特许人支付特许经营费用的经营活动。由此可见，被特许人订立合同的目的，显然是想通过利用特许人已有的经营模式和经营资源获取经济利益，其通常是在对"商圈"范围内的潜在客户和未来盈利进行详细了解和精确测算后，才会与特许人订立合同，而一旦原有"商圈"内的竞争格局被打破，同质化经营加剧，则必然会导致被特许人的盈利目的难以实现，甚至产生亏损，因此被特许人有权依据《合同法》第九十四条第（四）项的规定，要求解除合同，并在解除合同后，要求违约的特许人返还已收取的相关费用，赔偿实际损失，如装潢等费用。当然，合同解除后，被特许人则应返还从特许人处购入的相关物品，及时清除所有与特许人相关的营业标识，并遵循诚实信用原则，履行保密等义务。本案就属于这种情况。

2. 特许经营合同对"商圈"范围未作约定的情形。我国《合同法》第九十三条规定，当事人协商一致，可以解除合同。被特许人如遇特许人在其加盟店附近准许其他被特许人新开加盟店，从而影响被特许人正常经营的，被特许人可以与特许人协商，要求解除合同。如协商不成，被特许人起诉要求解除合同的，法院应审查新开设的加盟店是否在被特许人原加盟店的合理"商圈"范围内，是否对被特许人原加盟店的经营产生重大影响。其中，"合理范围"需要结合特许经营合同的经营内容、行业惯例等因素综合判断；而“重大影响”一般是指新加盟店开设前后，原加盟店经营业绩的变化。如条件成立，法院应准许解除合同，对于是否退还相关费用及是否承担违约责任，则可依照公平原则并根据案件实际情况予以确定；如果条件不成立，但被特许人坚持不愿继续经营的，鉴于此类情形不适于强制履行，法院可以准许解除合同，要求被特许人承担违约责任。

（钟可慰）

# 杨某与某美容管理公司特许经营合同纠纷案

## ——特许人违反信息披露义务应承担相应的民事责任

**【提示】**

特许人在与被特许人订立特许经营合同前应向被特许人披露相关信息，未依法披露给被特许人造成损失的，应承担相应的民事责任。如特许人的行为符合欺诈的构成要件，相应的特许经营合同应为可撤销的合同，被特许人可依法行使撤销权。

**【案情简介】**

上诉人(原审被告、反诉原告)：杨某

被上诉人(原审原告、反诉被告)：某美容管理公司

原告某美容管理公司诉称：2003 年 7 月，原告与被告杨某签订一份加盟合同，约定杨某加入原告的连锁经营体系。合同签订后不久，杨某屡次违约，未经许可擅自发布广告、不支付管理费和商标使用费，并将加盟店交与他人管理经营等，严重侵犯了原告的合法权益，导致合同目的无法实现。故请求法院判令：解除双方的加盟合同，要求杨某支付商标使用费及管理费。

被告杨某答辩称：其并未将加盟店经营权转让给第三人，也不存在泄漏技术的事实。由于原告某美容管理公司在签约过程

中存在欺诈行为,加盟合同存在可撤销情形,故不应支付商标使用费、管理费。

杨某反诉称:加盟合同签订后,其严格按照合同的约定履行了己方义务,但某美容管理公司始终未能提供有效的经营资质等资料。某美容管理公司在加盟合同签订和履行过程中存在严重欺诈行为,故该合同存在可撤销的情形。请求法院判令撤销双方签订的加盟合同;某美容管理公司赔偿装饰费、房屋租赁费等经营损失并返还加盟金及保证金。

反诉被告某美容管理公司答辩称:其并不存在欺诈行为,杨某主张撤销加盟合同的诉请是没有事实和法律依据的。加盟合同解除后,同意返还杨某交纳的保证金。

一审法院经审理查明:

被告杨某为加入原告某美容管理公司的连锁经营体系,于2003年7月向该公司缴纳了加盟金10万元及保证金2万元。后某美容管理公司为甲方与作为乙方的杨某补签了一份加盟合同,约定乙方必须专业经营甲方中属于乙方的连锁店,不得损害甲方的整体形象和声誉;甲、乙双方对洽谈合同时提供的所有资料必须绝对保密,除非双方已达成书面协议,否则不得擅自向任何第三人泄漏;甲方向乙方提供专有商标名称、商标使用权、视觉识别系统、广告宣传、创意、策划、员工培训及相关管理制度和市场开发、经营管理等的支持和帮助;为了维护甲方形象的统一性,乙方店铺的设备、装置、用具、招牌等的规格必须使用与甲方相同的样式,否则甲方有权要求乙方重新购置所有设备;甲方有权要求乙方在开业前必须派遣其所招聘的美容师参加甲方规定的教育研修和培训,以获得经营连锁店必备的知识和技术。该合同在甲方的义务部分载明:甲方有义务负责提供国家有关部门核准的专业技术及合格用品;该合同在乙方的义务部分载明:

乙方有义务向甲方缴纳加盟金10万元,保证金2万元;乙方要单独或与公司其他加盟店共同进行宣传、广告、展示等促销活动,必须事先向甲方提出书面申请,征得甲方同意后才能实行。此外,加盟合同还就双方的违约责任、合同的解除与终止、合同争议的解决等方面作了具体的约定。2003年8月,杨某租借江苏省南京市某处房屋开设加盟店,租期2年,租金为每月10603.25元,物业管理费为每月913元,杨某另支付装修费9万元。某美容管理公司在新闻媒体上发布广告,将该加盟店冠名为某丰胸美体国际专业连锁机构南京金山店(以下简称金山店)。金山店自2003年9月开业经营,至次年8月停业。经营期间,某美容管理公司向杨某提供了专业美胸仪、电脑软件、灯箱片、超音波仪等设备,以及美容、丰胸产品。

另查明:某美容管理公司在其企业的网站上宣传自己是上海第一家采用法国"天使丰姿"技法结合中医点穴原理进行丰胸美体的专业连锁机构。该丰胸技法的特点是不开刀、不注射、不吃药,无任何副作用。

又查明:2003年9月至2004年8月,某美容管理公司以"某丰胸美体国际专业连锁机构"的名义,在报刊上为金山店开业发布广告,声称系采用法国美胸技艺与中医点穴原理的技术,通过不开刀、不注射、不吃药的手法达到丰胸效果。期间,杨某认为投入的广告费用过高且未达到预期的效应,多次提出要求由其单独进行广告宣传,遭到某美容管理公司的否定。2003年10月,杨某在未经某美容管理公司许可的前提下,擅自以某丰胸美体国际专业连锁机构的名义在报刊上刊登丰胸广告,某美容管理公司获悉后发函提出异议。

再查明:2004年2月,杨某签署一份授权委托书,授权王某代表其行使上述加盟合同的所有权利及义务,处理与某美容管理公司有关合作问题。根据营业执照的登记,某美容管理公司的经营范围包括美容管理服务,美容、美发,美容保健按摩,瘦身(不含医疗性瘦身);美容产品、美容器械的销售。

一审法院经审理认为:

原告某美容管理公司与被告杨某在自愿平等的基础上签订的加盟合同,是双方真实意思的表示,合法有效。杨某在履行加盟合同过程中,未经某美容管理公司许可擅自在报纸上刊登广告、授权他人经营管理加盟店,违反了合同的有关约定,构成违约,某美容管理公司以此为由主张解除合同并无不妥。且杨某在合同履行期限届满之前以停止经营、关闭加盟店的行为表示了解除合同的意愿,故某美容管理公司要求解除加盟合同的诉请应获支持。杨某应按合同的约定支付商标使用费、管理费。某美容管理公司同意在加盟合同解除后返还保证金,于法不悖,应予准许。本案中,某美容管理公司在缔约及履约过程中并不存在欺诈行为,理由为:其一,某美容管理公司并未在合同中将自己定义为丰胸美体的国际专业连锁机构,只是在合同生效后,为经营目的,在为金山店发布广告时自封为丰胸美体国际专业连锁机构,目的是为了提升自己的企业形象,欺骗的对象为广大的消费者,杨某却从含有虚假成分的广告中获益,且杨某单独进行广告宣传时亦沿袭了某美容管理公司的做法,这是双方在履行加盟合同过程中共同违反了诚实信用原则,并不构成某美容管理公司对杨某的欺诈。其二,根据加盟合同及相关法律的规定,某美容管理公司必须向其加盟商提供合格的产品。丰胸产品属于特殊商品,必须取得卫生许可证、生产许可证及国家卫生部颁发的国产特殊用途化妆品卫生许可证后方能进行生产,投入流通领域供消费者使用。现即便存在某美容管理公司销售的丰胸产品未取得卫生部颁发的特许证的事实,亦属于某美容管理公司不适当履行合同，是履约瑕疵，杨某可根据加盟合同的约定及相关法律的规定，追究某美容管理公司的违约责任，但不能以此否定加盟合同的效力。杨某作为该产品的使用方，知道或应当知道某美容管理公司提供的丰胸产品未经卫生部特批的事实，但其仍在经营过程中向消费者提供这些产品，亦有过错，至目前为止，并未因产品未特批而造成杨某经营或经济方面的损失，现杨某以此为由要求宣告加盟合同可撤销，缺乏理由。其三，加盟合同中只是原则性约定了“某美容管理公司有义务向杨某提供由国家有关部门核准的专业技术”的条款，但专业技术所包含的具体内容，加盟合同中没有作出任何文字说明，双方对此产生了不同的解释。法院认为，对加盟合同中所谓的“专业技术”，指的就是某美容管理公司企业网站上所称的法国“天使丰姿”技法结合中医点穴原理进行丰胸的技术。而法国“天使丰姿”技法究竟为何技术，某美容管理公司不能举证说明，也不能作出合理解释，故某美容管理公司在对外进行企业宣传、招揽加盟伙伴时，确实有违诚实信用原则。但杨某已派遣其所招聘的美容师接受某美容管理公司的培训，以获得相应的知识和技术，由此应认定杨某已从某美容管理公司处获得了经营活动所必备的知识和技术。其四，经营医疗性的丰胸项目必须经过国家行政部门的行政审批，而非医疗性的丰胸项目是否必须经过国家行政部门的行政审批，目前没有相应的法律规定。某美容管理公司目前从事的系非医疗性的丰胸项目，即便存在超越经营范围、从事经营活动的事实，也应由国家行政部门依据法律、法规进行行政处罚，不成为加盟合同可撤销的法定理由。由于杨某提出的要求判令撤销加盟合同的诉请，缺乏法律和事实依据，不能获得支持，故其基于撤销加盟合同的诉意而要求某美容管理公司赔偿其经济损失（装饰费、房屋租赁费等）的诉请，亦难支持。

据此，一审法院根据《中华人民共和国合同法》第六条、第八条、第六十条、第九十四条第（二）项、第一百零七条的规定，判决：

一、解除原告某美容管理公司与被告杨某签订的加盟合同；

二、被告杨某应支付原告某美容管理公司商标使用费1万元、管理费6000元；

三、原告某美容管理公司应退还被告杨某保证金2万元；

四、被告杨某的其余反诉请求不予支持。

杨某不服一审判决提起上诉称：某美容管理公司在针对消费者和加盟商的广告中，均自称是国际丰胸连锁机构，所提供的格式合同也含“某专业丰胸连锁机构工程”字样，且以虚假情况隐瞒了其并无丰胸技术的事实真相，构成欺诈。杨某基于某美容管理公司的欺诈行为，支付了巨额加盟费，履行加盟合同，相关损失应由某美容管理公司予以赔偿。

被上诉人某美容管理公司辩称：并无证据显示其向加盟商自定为国际性机构；而作为非医疗性的美容美体机构，不需要行政许可，也不需要国家专门审批；杨某加盟后未达到预期获利，不构成撤销合同的事实和法律依据。

二审法院经审理查明：一审法院认定的事实属实，予以确认。

二审法院经审理认为：

一、关于本案所涉加盟合同是否应予撤销的问题。被上诉人某美容管理公司在广告宣传方面确实存在夸大连锁经营规模、虚构专业技术等不实成分，对上诉人杨某参与加盟经营、签订加盟合同并对加盟赢利的预期产生一定影响。但企业的工商资料对社会具有公示功能，工商资料显示某美容管理公司系中国自然人成立的有限责任公司，经营范围亦表述明确。杨某决定加盟时，理应尽到调查核实等注意义务，并可要求某美容管理公司对其所称的专业技术、产品、资质证明等予以展示。再者，杨某已实际加盟经营较长时间，期间亦使用了某美容管理公司提供的产品，接受相关的技术培训，参与广告宣传，表明杨某与某美容管理公司签订加盟合同并未违背杨某的真实意思表示。况且自加盟合同签订到杨某提出撤销之诉，期间已逾1年，超过了除斥期间的规定。故杨某要求撤销加盟合同的上诉请求，不符合撤销权的法律构成要件，法院难以支持。

二、关于双方当事人的违约责任。某美容管理公司自认并无经国家有关部门核准的专业技术，因此不可能按本案所涉加盟合同的约定向加盟者提供上述专业技术。据此，应当认定其构成合同违约，原审法院认为仅属履约瑕疵欠妥。杨某在合同履行中也存在擅自发布广告等违约行为。综合双方均有违约行为的情况，原审法院未判令任何一方承担合同约定的违约金，二审法院对此表示认同。至于某美容管理公司在本案所涉加盟合同签约时，并无取得卫生部颁发特许证的丰胸产品，也不能合理解释其在网站上自称具有的所谓法国"天使丰姿"技法，当然无法向加盟者提供该类产品或法国"天使丰姿"技法。但加盟合同中只约定某美容管理公司有提供合格产品的义务，并未明确约定需提供经卫生部颁发特许证的丰胸产品以及法国"天使丰姿"技法。因此，上述情况亦非杨某要求撤销加盟合同以及某美容管理公司构成违约的理由。故杨某的上诉理由不能成立。一审法院基于杨某以撤销加盟合同的诉意，未支持其要求某美容管理公司赔偿经济损失的诉请并无不当。

据此，二审法院根据《中华人民共和国民事诉讼法》第一百五十三条第一款第(一)项的规定,判决驳回上诉,维持原判。

【评析】

商业特许经营一般简称为特许经营,又称加盟连锁。根据国务院颁布的《商业特许经营管理条例》的规定,特许经营可被定义为:"拥有注册商标、企业标志、专利、专有技术等经营资源的企业(以下称特许人),以合同形式将其拥有的经营资源许可其他经营者(以下称被特许人)使用,被特许人按照合同约定在统一的经营模式下开展经营,并向特许人支付特许经营费用的经营活动。"本案双方当事人所订立的加盟合同,符合上述特征,应确认为特许经营合同。

一、特许经营合同双方的权利义务

特许经营合同虽具有合同的一般共性——双方当事人应通过平等协商,自愿达成合意,双方权利义务的分配也应遵循自愿、公平、诚实信用的原则,从而在此基础上达成的协议,法律将予以尊重和认可。但该类合同又有着显著的特点,特许经营合同区别于其他经营模式的一个根本性特征就是,特许人拥有注册商标、企业标志、专利、专有技术等经营资源,并通过订立合同的方式,许可他人(被特许人)使用这些经营资源,被特许人为此需向特许人支付相应费用。这一特征反映在合同关系上,就是对特许人资质及信息披露义务的分配和对被特许人接受经营督导、支付相应费用及竞业禁止义务的分配。所以,特许人在经营资格、商业模式、无形资产等方面应具备一定的资质,并应将其资质的相关信息真实、全面地向被特许人披露。本案中,某美容管理公司未能就其相关经营资源信息尽到充分的披露义务,这是造成双方理解分歧与争议的重要原因。而被特许人也应根据合同的约定,接受特许人在经营方面的统一管理和督导、支付相应费用等。因此,杨某作为被特许人,擅自发布广告,也是对其自身义务的违反。

二、特许人负有的信息披露义务及相关法律规制

特许经营的核心是特许权的授予。然而在特许经营进入我国的过程中,特许人利用被特许人对特许人诚实信用的轻信和获利愿望的强烈,特别是我国目前的被特许人多以个人为主,缺乏专业知识和从业经验,在特许经营过程中,特许人提供虚假信息对被特许人进行欺诈,这种状况的存在严重破坏了特许经营的声誉,侵害了被特许人的合法权益。由此,特许经营风险防范的核心就是严格信息披露,特许经营合同的有关内容必须与披露的信息相一致。与此相对应,特许人向被特许人告知经营资质等信息披露行为,成为特许人应担负的核心义务。

2005 年之前,我国法律对特许经营合同并无特别规定。商务部于 2004 年 12 月颁布、2005 年 2 月 1 日实施的《商业特许经营管理办法》,对特许经营合同作了规定。其后,国务院颁布的《商业特许经营管理条例》及商务部颁布的《商业特许经营信息披露管理办法》均已于 2007 年 5 月 1 日起实施,对特许人的信息披露义务作了更为详细和严格的规定,此后处理该类案件时应适用上述规定,以维护公平的交易秩序。其中,《商业特许经营管理条例》专辟一章,对特许人的信息披露义务严格规制,罗列了特许人应向被特许人提供的 12 大类信息,并规定了违反此项义务应承担的法律责任,具有重要的现实意义。

就现阶段而言,对于特许人的信息披露义务应严格掌握之外,在判断特许人是否完整披露信息的基础上,还要判断所披露的信息是否真实,是否误导了被特许人而使其做出了违背真实意思的表示。

## 三、特许人违反信息披露义务的法律后果及司法救济

《商业特许经营管理条例》在明确了特许人信息披露义务的同时，也规定了相应的行政处罚措施。该条例第二十三条规定，特许人向被特许人提供的信息应当真实、准确、完整，不得隐瞒有关信息，或者提供虚假信息；第二十八条规定，特许人违反上述规定，被特许人向商务主管部门举报并经查实的，由商务主管部门责令改正，处 1 万元以上 5 万元以下的罚款；情节严重的，处 5 万元以上 10 万元以下的罚款，并予以公告。但对实践中因此而引发的大量民事纠纷如何处理，民事责任如何承担，仍缺乏明确的法律规定。

从法理上讲，特许人在与被特许人订立特许经营合同前向被特许人提供信息的义务属于先合同义务。根据我国《合同法》第四十二条、第四十三条的规定，有假借订立合同为名，恶意磋商、故意隐瞒与订立合同有关的重要事实或者提供虚假情况的或者有其他违背诚实信用原则的行为；合同订立过程知悉的商业秘密予以泄漏或不正当使用行为等，给对方当事人造成损失的，应承担损害赔偿责任。由此，对特许人没有提供订立与特许经营合同有关的重要事实或提供虚假情况的行为，被特许人有权终止特许经营合同，如给被特许人造成损失的，特许人还应承担民事赔偿责任。特许人因违反披露信息义务对被特许人的赔偿，通常认为是赔偿信赖利益上的损失，即相信合同有效而受到的损失。但司法实践中，对缔约过失的赔偿权仅以信赖利益为据，以实际损失为限。

诚然，特许经营合同还可以从合同的角度，通过双方当事人协商，约定违反披露义务的后果。但由于此类合同通常为格式合同，被特许人又处于相对弱势地位，且一般不具备法律专业知识，很难在合同中约定权责相当的违约责任条款。

法定责任与约定责任的缺失，是难以追究特许人违反信息披露义务之责的原因之一。而另一个重要原因在于，对违反该义务的程度争议较大，难以确定。本案中，对于某美容管理公司未能提供合同约定的专业技术一项，其性质和程度应如何认定，就产生了不同的理解。一审法院以双方均无合理解释，杨某已实际获取履约所需的技术为由，认定某美容管理公司不构成违约，显然是减轻了对特许人信息披露义务的要求。二审法院以某美容管理公司不能按合同的约定提供专业技术为由，认定该公司构成违约，符合合同的约定，但特许人因此所需承担的后果仍相对较轻，且特许人对其产品、资质等信息的披露义务也被免除了。而杨某提出的撤销合同的诉请，即是认定某美容管理公司严重违反信息披露义务，构成欺诈所应承担的后果。本案最终因杨某提出的撤销之诉超过除斥期间，且其已经营较长时间为由，驳回了杨某的该项请求，符合本案案情。如特许人的行为符合欺诈的构成要件，相应的特许经营合同应为可撤销的合同，被特许人可依法行使撤销权。

因此，在现行法律框架下，如何确定特许人违反信息披露义务的程度及其责任，还需结合特许经营合同的目的、具体约定以及双方的履约情况等因素进行综合分析，从而作出判断。特许经营中特许人的信息披露义务应明显高于一般合同，认定责任时，应结合合同条款以及法律的原则性规定，来确定特许人的义务以及相应的民事责任；而被特许人作为商事主体，其参与特许经营的行为是一种经营性行为，应当具备一定的风险意识和经营意识，负有考察项目、评估风险的注意义务，并高于一般消费者。本案二审的意见正体现了上述观点。

（陶　静、陈显微）

# 李某、某商贸公司与某发展公司经营合同纠纷案

## ——违约金与约定损害赔偿可以并处

**【提示】**

当事人在合同中约定一方违约时，另一方有权同时主张违约方赔偿损失与支付违约金的，不违反法律禁止性规定，法院可以准许。

**【案情简介】**

上诉人(原审被告、反诉原告)：某发展公司

被上诉人(原审原告、反诉被告)：李某

被上诉人(原审原告、反诉被告)：某商贸公司

原告李某、某商贸公司诉称：原告李某与被告某发展公司订立了《某品牌音响加盟合同书》(以下简称《加盟合同书》)，约定某发展公司授权李某在上海、杭州等地销售该品牌音响产品，李某享有40万元产品的提货循环信用额度。为履行合同，李某设立了原告某商贸公司。合同履行中，某发展公司单方面取消了信用额度，要求现款提货，致使两原告不能正常经营，合同无法继续履行，损失巨大。据此，请求法院判令被告赔偿原告各项损失计1576624.01元，支付违约金10万元。

被告某发展公司辩称：当时双方因提货发生争执，被告转

移仓库货物，系因为两原告李某、某商贸公司手续不全而随意提货。两原告付款系为了保留信用额度，而非现款提货，且被告同期供货的价值大于两原告付款金额，故被告没有取消信用额度的违约行为，两原告的主张不能成立。现双方已无法继续合作，应解除合同并结清价款。据此，被告反诉要求判令解除《加盟合同书》，两原告支付提货价款238115.84元，支付样品价款120305元。

一审法院经审理查明：

2004年5月20日，被告某发展公司作为授权方，与作为代理方签约人的原告李某签订《加盟合同书》，授权期限自2004年5月1日至2007年4月30日。该《加盟合同书》约定，授权方在2004年5月1日至2005年3月31日期间给予代理方40万元的循环信用额度；合同一方造成重大违约，另一方有权终止合同，并要求违约方赔偿全部损失并支付违约金10万元。后两原告在4家门店经营为被告代理的某品牌音响。经营过程中，原告某商贸公司在提货总额不及40万元信用额度一半的情况下，三次向被告支付价款。被告在两原告信用提货金额不及40万元，且提货金额与样品价值明确的情况下，未经两原告同意，要求两原告现款提货。在两原告付款同期，被告供货金额大于收款额。同时，两原告在经营过程中发生租金损失合计136188.58元，装修费损失合计114030元，电费、促销费、广告费等损失合计94327.47元。此外，至两原告起诉时止，尚欠被告提货价款224480.84元、样品价款120305元。

一审法院经审理认为：

一、关于两原告李某、某商贸公司的主体资格。《加盟合同书》为有效合同，某商贸公司系因履行该合同而成立，并为合同所指代理方。因某商贸公司成立前，李某已作为代理方开始履行合同，而某商贸公司成立后，李某仍有以其个人名义参加合同履行的行为，现李某与某商贸公司作为原告，共同向被告主张权利，故合同代理方的权利义务应由李某与某商贸公司共同承担。

二、关于合同解除及原告未付提货价款。审理中，两原告与被告某发展公司就合同解除达成一致，则《加盟合同书》得以解除。被告要求两原告按供货价结清价款，应予支持。鉴于样品动销的事实，两原告还应当支付被告该样品的价款。

三、关于合同解除后的违约责任。依据《合同法》第一百一十三条规定，因一方过错造成另一方损害的，有过错的一方依法应予赔偿。被告拒绝两原告提货并转移仓库货物的行为，没有正当理由，两原告按约直接在仓库提货已不可能。原告某商贸公司在提货总额不及40万元信用额度一半的情况下，三次向被告支付价款，被告就此解释为系两原告为了保留信用额度，该解释显然悖于一般的经营常识，不予采信。从两原告另行开拓3家新卖场并予以装修、发布广告等履行合同的积极行为来看，亦可排除两原告为造成被告违约事实而恶意付款的可能。据此，两原告为不影响正常经营，为向被告取得货物而支付价款的事实可予确定。被告在两原告信用提货金额不满40万元，且提货金额与样品价值明确的情况下，未经两原告同意，要求两原告现款提货，显属违约。在两原告付款同期，被告供货金额虽大于收款额，但亦不能否定被告违约事实的存在。价款结算系合同重要条款，被告的违约行为属合同规定的重大违约，导致合同不能正常履行、两原告发生经营损失的后果，被告依法应当赔偿两原告的经营损失，并按约支付违约金10万元。某商贸公司制作了某品牌产品网页，对此被告的受益程度明显大于两原告，故酌定被告按相关费用的80％金额予以赔偿。某商贸公司发布了某品牌音响的产品广告，广告费用理应由被告承担；某商贸公司进行电视媒体宣传，为其正常经营所需，两原告要求被告赔偿该项费用不予支持。合同解除的效力是使合同恢复到订立之前的状态，而可得利益只有在合同完全履行时才可能产生。两原告选择了解除合同，故不应得到合同完全履行情况下所应得的利益，两原告要求被告赔偿预期利润不予支持。

据此，一审法院根据《合同法》第六十条第一款、第九十七条的规定，判决：

一、解除原告李某与被告某发展公司签订的《加盟合同书》；

二、原告李某、原告某商贸公司支付被告某发展公司提货价款224480.84元；

三、原告李某、原告某商贸公司支付被告某发展公司样品价款120305元；

四、被告某发展公司赔偿原告李某、原告某商贸公司租金损失合计136188.58元；

五、被告某发展公司赔偿原告李某、原告某商贸公司装修费损失合计114030元；

六、被告某发展公司赔偿原告李某、原告某商贸公司电费、促销费、广告费等损失合计94327.47元；

七、被告某发展公司支付原告李某、原告某商贸公司违约金10万元；

八、驳回原告李某、原告某商贸公司其余诉讼请求。

某发展公司不服一审判决提出上诉称：上诉人并没有违约，原审判决上诉人赔偿两被上诉人李某和某商贸公司损失的同时，还要支付违约金，加重了上诉人的责任，违背相关法律规定；原审判决对两被上诉人损失的认定错误。

二审法院经审理查明：一审法院查明的事实属实，予以确认。

二审法院经审理认为：

上诉人某发展公司违约属实。原审法院认定的两被上诉人李某、某商贸公司的损失范围和损失具体金额并无不当。二审审理期间，两被上诉人表示自愿放弃原审判决已获支持的部分装修款、广告费共计6万元，对该自行处理的部分，二审法院依法予以调整。由于本案当事人所签的合同同时约定了损害赔偿与违约金两种违约责任，此约定不违反法律、行政法规的强制性规定，应属有效，且此约定并未导致当事人之间利益的明显失衡，因此可以并处。

据此，二审法院根据《中华人民共和国民事诉讼法》第一百五十三条的规定，判决：

一、驳回上诉，维持原审判决主文的第一、二、三、四、七、八项；

二、撤销原审判决主文的第五、六项；

三、上诉人某发展公司赔偿两被上诉人李某、某商贸公司装修费、电费、促销费、广告费等损失合计148357.47元。

**【评析】**

一、违约金和损害赔偿的性质

违约金是指不履行或者不完全履行合同义务的违约方按照合同约定，支付给非违约方一定数量的金钱。损害赔偿是指一方当事人因不履行或不完全履行合同义务而给对方当事人造成损失时，按照法律和合同的规定所应承担的损害赔偿责任。损害赔偿责任以补偿性为原则，以惩罚性为例外。根据等价交换原则，任何民事主体一旦造成他人损害，都必须以同等的财产予以赔偿。因此，一方违约后，必须赔偿对方因此所遭受的全部损失。

违约金作为一种违约的补救方式，具有损害赔偿所不具有的特点。由于违约金数额可由当事人在订立合同时约定，这样当事人对违约后承担责任的范围可以预先确定，一旦发生违约则不必具体计算损害范围，非违约方就可以要求违约方支付违约金。所以，违约金与损害赔偿相比的一个重要特点在于，违约金的支付避免了损害赔偿方式适用中常常遇到的计算损失范围和举证的困难，从而节省了计算上的花费，在一定程度上节约了诉讼成本。

违约金和损害赔偿在性质方面的相同之处在于：二者均具有补偿性，但损害赔偿是损失的补救性措施，在补偿损失的同时还具有一定的随意性；而违约金不仅具有补偿性，还有一定的惩罚性，同时违约金还具有稳定性。具体来说，(1)违约金和损害赔偿都是指合同一方的当事人因没有按照约定履行合同而需依法或依约向另一方支付金钱补偿，其数额一般是以所造成的损失为标准。(2)赔偿金具有一定的随意性，即合同当事人可以事先对赔偿金的数额或计算方法予以约定，体现了当事人意思自治的原则。(3)违约金具有稳定性，即一方面违约金是当事人违反合同履行义务应当承担的责任，它需要当事人事先在合同中作出约定，即使当事人没有约定，也应依照法律的规定承担责任；另一方面违约金的数额、比例或计算方法、计算标准等，一般由合同当事人事先约定，非经双方协商同意，一般不得更改。(4)违约金具有一定的惩罚性。虽然本质意义上的违约金应当是补偿性的违约金，但不排除当事人在公平、诚实信用原则的指导下，约定适用惩罚性的违约金。

二、违约金和约定损害赔偿的关系

根据我国《合同法》第一百一十三条和一百一十四条的规

定,损害赔偿包括法定损害赔偿与约定损害赔偿。违约金与约定损害赔偿关系非常密切,二者有相似性。一方面,二者都是当事人事先约定的,都可以在违约发生后对受损失方起到补偿作用。从我国司法实践来看,约定损害赔偿与违约金常常是并存的。综合我国《合同法》的相关规定,当事人一方不履行合同义务或者履行合同义务不符合约定的,应当承担继续履行、采取补救措施或者赔偿损失等违约责任,在继续履行或者采取补救措施后,对方还有其他损失的,应当赔偿损失,赔偿以给对方造成的实际损失及合同履行后可以获得的利益为依据,但以违约方在订立合同时预见到或者应当预见到的因违约可能造成的损失为限——此为法定损害赔偿及其限度。同时,当事人还可以约定违约金以及损失赔偿额的计算方式——此为约定违约金及约定损害赔偿。此外,当事人还可以根据损失大小,请求人民法院或者仲裁机构对约定违约金予以适当调整。另一方面,违约金与约定损害赔偿都能起到督促合同当事人履行合同的作用,有一定的担保作用。

当然两者也有区别的:首先从目的上看,违约金主要是为了担保合同的履行,而约定损害赔偿的主要目的是为了弥补法定损害赔偿的不足,是为了解决事后赔偿的困难。其次,约定违约金也可以具有一定的补偿性,但它毕竟不是完全意义上的赔偿损失,所以在约定的违约金额小于实际损失时,当事人可以请求人民法院或仲裁机构予以增加。也就是说,如果当事人取得该约定违约金后,仍然可以要求约定的损害赔偿。最后,违约金的支付不以实际损害的发生为前提,只要有违约事实存在,不管是否发生损害都应当支付。而损害赔偿条款的生效,则应以实际发生损害为前提,没有实际损失是不能适用约定损害赔偿条款的。

三、违约金与损害赔偿的聚合及司法适用

司法实践中,当事人的合同中经常同时约定了损害赔偿和违约金,那末,两者是否可以同时适用呢?笔者认为,二者是两种不同的补救措施,是可以同时适用的。首先,当事人约定损害赔偿只解决了补偿损失的问题,并未涉及对违约行为的制裁,而约定违约金具有惩罚性和制裁性,从而能够对违约当事人进行适当制裁。其次,当事人由于各种原因对约定的预定赔偿额可能过低,若允许当事人再约定违约金,则可以弥补一方所遭受的损失,所以二者并用是合理的。最后,违约金约定的数额可能远远小于实际的损害,所以也应允许当事人另外约定损害赔偿,特别是损失额的计算方法。当然,违约金和损害赔偿的并用应以实际损害作为责任的最高限额。如果并用以后,有可能使违约当事人承担的责任过重而合同另一方过分得益,就需要法院依法适当干预,以确保案件裁判结果符合公平、诚信的要求。总之,法院依法对约定违约金和约定损害赔偿的干预和限制,主要是由违约责任的补偿性决定的,是为了防止非违约方因对方违约而获得不当利益,将合同行为演变为变相赌博。本案中,当事人所签的合同同时约定了损害赔偿与违约金两种违约责任,此约定不违反法律、行政法规的强制性规定,应属有效,且此约定并未导致当事人之间利益明显失衡,因此可以并处以有效保护非违约方的合法权益。

(连慰江)

# 五、中外合资合作

# 某股份有限公司与某集团公司等财产损害赔偿纠纷案

## ——中外合资经营企业中方专用基金的归属应从当时约定

**【提示】**

跨国公司设立在东道国的子公司是东道国的法人，东道国对其既有属地管辖权，又有属人管辖权，子公司受东道国法律保护也必须遵守东道国的法律。对于中外合资企业中方专用基金性质及其归属的争议，应从我国当时制度规定以及有关约定予以准确界定和妥善处理。

**【案情简介】**

上诉人（原审原告）：某股份有限公司

上诉人（原审第三人）：荷兰 LH 公司

被上诉人（原审被告）：某集团公司

被上诉人（原审被告）：某制皂厂

被上诉人（原审被告）：某控股公司

第三人：某实业公司

原告某股份有限公司诉称：本案三被告某集团公司、某制皂厂、某控股公司从未将划转中外合资企业上海 LH 公司中方专用基金户内人民币 610 万元一事，告知当时的 LH 公司董事会以及合并转制后的原告。直至2001年5月，原告接到公司员工举报后委托专项审计，才发现款项被划的事实。该款项系专用于合资企业中方员工福利的公司资产，三被告的划款行为已侵犯合资企业的财产权益，故请求法院判令被告某集团公司、被告某制皂厂共同返还原告人民币610万元及相应利息；被告某控股公司承担相应赔偿责任。

被告某集团公司、被告某制皂厂共同答辩：对上述系争款项的流向没有异议，但合资企业上海LH公司对该基金不具有所有权，且当时LH公司对该款项的划付是明知的。

被告某控股公司答辩：其不知系争款项划转一事，本案讼争与其无关。

第三人某实业公司述称：同意被告某集团公司、被告某制皂厂答辩意见，本案讼争与其无关。

第三人荷兰LH公司述称：同意原告某股份有限公司的诉称意见。

一审法院经审理查明：

1986年7月，某制皂厂、某日用化工公司作为甲方，与乙方英国LH公司共同投资成立上海LH公司。合资企业成立后，在交通银行上海分行设立了“上海LH公司中方专用基金户”，用于中方职工工资和福利等开支，该账户单独设立账簿核算。1998年11月，某集团公司（系某制皂厂的控股公司）发函要求上海LH公司将留存在合资企业的中方劳务人员劳务工资的差额余款，全部划转到中方投资者的账户。1998年11月25日，上海LH公司中方专用基金户内人民币610万元以支票方式被划转到某集团公司账户内，某集团公司出具了记明交款人为上海LH公司的相应收据。1998年11月26日，上海LH公司的中方股东变为某控股公司，外方股东变为荷兰LH公司，而此后在上海 LH 公司合并转制为某股份有限公司之前,中方股东又转变为某实业公司。1999 年 8 月,上海 LH 公司与其相关外商投资企业合并转制为某股份有限公司,其中荷兰 LH 公司持有 76.9%股份,某实业公司持有 22.8%股份,某控股公司持有 0.1%的股份。2003 年 3 月,某股份有限公司以某集团公司、某制皂厂、某控股公司上述划转上海 LH 公司中方专用基金账户款项的行为不当为由,以上海 LH 公司财产权益继受者的身份,向法院提起本案赔偿诉讼。

一审法院经审理认为:

LH 公司中方专用基金户是我国特定经济时期下外商投资企业所设置的特殊的专用资金账户,实行的是一套特别的财务会计制度。本案被告某制皂厂作为上海 LH 公司中方投资者,根据当时合资企业财务会计制度规定,对中方专用基金具有独立的支配权。中方投资者因合资企业转制重组而划拨系争基金款项用于中方职工安置分流,这一行为具有正当性。上海 LH 公司、某股份有限公司知道或应当知道包括该款项划转在内的基金收支状况,且未及时对此提出异议,诉讼时效已过。

据此,一审法院根据《中华人民共和国民法通则》第四条、第一百三十五条、第一百三十七条的规定,判决:

对原告某股份有限公司的诉讼请求不予支持。

某股份有限公司、荷兰 LH 公司不服一审判决共同提起上诉称:原审判决认定某制皂厂安置接纳了部分中方员工、某股份有限公司成立后接管了原上海 LH 公司中方专用基金账户及相应账册等,均不符合事实。上海 LH 公司中方专用基金账户资金的进出从未报外方总经理审批。上诉人某股份有限公司在 2001 年接到群众举报后,即要求某控股公司对基金进行专项审计,上诉人履行了自己的职责,应在诉讼时效内,故请求二审法院依法改判。

被上诉人某集团公司辩称:在诉讼时效上,上诉人要求法院给予其特殊的权利,不应得到支持。

被上诉人某制皂厂辩称:有关基金支配预案报外方总经理审批的事实已经由相关证据证明。

被上诉人某控股公司辩称:某股份有限公司成立后,其从未参与系争基金的管理,上诉人称要求某控股公司进行审计不是事实。

原审第三人某实业公司述称:其与本案没有关系。

二审法院经审理查明:一审法院认定的事实属实,予以确认。

二审法院经审理认为:

根据当时合资企业财务制度约定,上海 LH 公司中方专用基金账户管理者的身份具有既是中方股东委派又是合资企业高管的双重性,其处置行为在法律上完全可以视为上海 LH 公司和中方投资者的共同意思表示。上诉人关于专用基金户资金进出需经外方总经理审批,并不必然影响被上诉人某制皂厂对中方专用基金具有独立的支配权。上海 LH 公司作为一家规范的中外合资企业,理应对其中方基金专户情况予以及时了解和掌握。在本案系争资产被划转期间,上海 LH 公司客观上具有知道上述情况的条件和可能,而在合资企业变更过程中,上海 LH 公司和某股份有限公司也有责任及时发现争议问题。据此,二审法院确信上海 LH 公司和某股份有限公司应当知道中方专用基金划转情况。在系争款项划转到提起诉讼期间,不存在诉讼时效中止、中断或延长的情形,故某股份有限公司的起诉已超过诉讼时效而丧失胜诉权。

据此,二审法院根据《中华人民共和国民事诉讼法》第一百五十三条第一款第(一)项、第一百五十八条的规定,判决驳回上诉,维持原判。

【评析】

中外合资经营企业的中方专用基金是在我国特定经济时期下形成的,有着特殊用途并独立于合资企业会计核算之外的资产项目。本案围绕一笔被中方投资者划转多年的中方专用基金的归属及其处置,牵扯出合资双方的利益碰撞、中方职工遣散安置、诉讼时效等争议问题。

一、从制度的特殊性来审视上海LH公司中方专用基金的归属

上海LH公司作为中外合资经营企业,根据国家特殊规定开立了中方专用基金户。据当时公司财务会计制度草案记载:公司"应付工资,下设应付外方职工工资及应付中方职工工资二个明细科目,对应付中方职工工资在银行开立专户存储,专户存款由中方另立账册,单独核算实际支付的中方职工工资等,包括工资、奖金、津贴以及中方职工劳动保险、医疗费用等,都由单独设置的中方账户中支付"。该中方专用基金户运作方式是,董事会决定中方职工工资提取比例;由来自中方的公司董事、副总经理以及会计人员管理基金专户和资金收支,分配预案报公司外方总经理审批,账单由劳资部中方负责人(又系工会代表)审核。

据此法院确认:其一,对外而言,该项基金系由企业依法设立,基金权益的行使主体理应归于企业本身,上海LH公司有权就基金所受外来损害提起赔偿诉讼。其二,对内而言,该项基金由"中方另立账册,单独核算实际支付中方职工工资和福利",上海LH公司也不将该基金账户纳入企业会计核算之列,可见企业中方投资者被授予独立核算和支配该基金的权能。其三,基

金具体管理人既是合资企业的高级管理人员和财会人员，又是来自中方投资者的人员，身份上具有双重性，也决定了核算支配基金行为性质的双重性。被公司授权的中方董事、副总经理以及会计人员对基金处置行为，理应视为上海LH公司和企业中方投资者共同的意思表示。

二、以善良管理人标准评判中方划转系争基金款项的正当性

上海LH公司中方专用基金的来源是公司解缴的中方职工劳务工资。因上海LH公司中方高级管理人员收入按国家有关规定，实行的是名义工资与实得工资差额法管理，故基金留存相当部分是上述工资差额款，但企业也从全体中方职工工资收入中提取一定比例的金额纳入基金留存，与前者一起用于各项福利开支。上海LH公司中方职工相当部分来源于中方投资者单位(某制皂厂等)，但企业也从社会上招募员工。上海LH公司与全体员工签有集体合同，明确合资企业的劳资关系和劳动待遇。上海LH公司合并转制之前，企业又与工会签订备忘录，就劳动合同到期、终止、解除后的员工安置和经济补偿问题，区别不同情况予以妥善安排。在上海LH公司合并转制为某股份有限公司过程中，有部分职工回到中方投资者原单位，有部分职工合同解除后遣散，还有相当部分职工与某股份有限公司签订新的劳动合同。

据此法院确认，中方投资者具有单独管理和核算基金的权能，中方投资者支配基金的行为符合基金专款专用的宗旨，已尽到基金善良管理人的义务，可不视为权利的滥用。其一，当时实际情况是上海LH公司改制重组即将启动，企业中方职工的分流安置势在必行，此时中方划拨基金结余款作为职工分流的安置准备金，并未超出基金专款专用的范围。其二，当时有关政策

规定也确实要求中方投资者对原属己方单位的合资企业职工的分流,承担一定的安置义务。法院充分注意到原告就此提出的反驳意见,一是中方划拨系争基金款项不符合国家有关规定,中方最终只接纳了小部分人员,与其划走巨款在权利和义务上明显不对等;二是被告某集团公司并非中方投资者,其取得该款项没有法律依据。对此法院认为,中方对基金专户进行单独核算的权利源于上海LH公司财务制度规定,这种权利的取得可视为合资企业及其中外投资者各方的自行约定,于法不悖。在当时实际情况下,某制皂厂等中方投资者的企业状况与合资企业相比存在较大差距,接纳分流职工的负担相对沉重,因此原告仅凭安置人数来判断具体划拨金额上的不当有失片面,而上海LH公司中方职工分流和安置最终全部得到落实,系争基金款项的划拨从事实效果上并未对安置分流造成负面影响,故法院认可系争划拨行为的适当性。另外,被告某集团公司系被告某制皂厂当时的上级主管单位,系争基金款项直接划入某集团公司,属于中方企业之间内部协调问题,并不影响系争划款目的的实现。

三、从合资企业转制及其财务制度的规范性来确定诉讼时效

原告某股份有限公司发起人协议规定,上海LH公司等"相关外商投资企业的总净资产应从资产注入日开始30日内投入给某股份有限公司。在资产注入日并从该日开始,某股份有限公司应拥有上述相关外商投资企业的所有资产,并承担与负担上述外商投资企业的所有负债"。相关行政部门批复"上述相关外商投资企业合同、章程自变更登记为公司(指某股份有限公司)之日起终止。上述相关外商投资企业的一切权利和义务均由公司承担"。据此,上海LH公司在合并转制过程中依法进行

了净资产评估，会计部门出具的评估报告对企业应付工资、福利费项目作了清查，但未见对上海LH公司中方专用基金资产项目的清查。某股份有限公司成立后接管了上海LH公司中方专用基金账户及相应账册，但按公司章程，某股份有限公司不实行中方专用基金财务制度。另外，上海LH公司因关税事宜未了，直至本案诉讼阶段才得以办理公司注销手续。

据此法院认为，某股份有限公司根据相关发起人协议和行政批复，承接原上海LH公司所有的权利和义务于法不悖。某股份有限公司有权就上海LH公司中方专用基金损害赔偿争议提起诉讼。对于某股份有限公司依评估报告继受上海LH公司资产过程中未涉及系争专用基金，某股份有限公司的解释是，该项基金一直从企业成本中列支，无法反映到资产项目的会计核算当中，故资产评估遗漏了对基金的清查。法院认为，本案相关净资产评估已对企业成本中列支的应付工资以及福利费项目作了清查，而未涉及与前者直接相关的专用基金账目，某股份有限公司就其事实主张所作的解释并不具有说服力。其一，就法律意义而言，上海LH公司中方专用基金无疑属于合资企业财产权益，也为某股份有限公司发起人协议所规定继受的上海LH公司资产概念所涵盖。该基金设有专户，即使诚如某股份有限公司所言，该项基金在企业成本中列支，但也绝无理由将基金专户及其财务账册排除于清查之外，而某股份有限公司在接收基金的同时，却没有对“遗漏”基金项目的净资产评估报告提出任何异议，或即时针对中方专用基金另行交付清查评估，应视为其当时对接收基金前账户实际收支状况及其余款的默认。其二，就财务制度而言，上海LH公司中方专用基金户的运作和监管机制是健全的。基金管理人员的身份本身具有双重性，公司章程还规定董事会聘请的会计师以及工会都有权对基金专户进行监督，包括系争款项划转在内的基金专户财务账册凭证，也始终留存于上海LH公司和某股份有限公司，即使诚如某股份有限公司所言，中方某制皂厂擅自划款，但在此后中、外股东数度更替、中方职工分流安置、企业合并资产评估、基金专户交接等一系列涉及合资企业和职工重大权益切割的时间节点上，上海LH公司和某股份有限公司完全有条件、也有责任，通过即时盘点系争基金账户发现争议问题。据此法院确信，上海LH公司和某股份有限公司在员工举报之前知道或应当知道包括系争基金款项划转在内的基金收支状况，并应承担未就本案系争基金权益适时清查和及时行使诉权的法律后果。

(潘云波)

# 某实业公司与某陶瓷公司中外合作经营合同利润分配纠纷案

## ——中外合作经营企业应依照经审批的合作合同约定进行利润分配

**【提示】**

中外合作经营企业的利润分配方式有其特殊之处，应由合作双方根据合作企业合同的约定进行。同时，合作企业合同经审批机关批准生效后，如其中的重大事项需变更，亦应经审批机关的批准，仅由合作各方自行协商变更的，不发生法律效力。

**【案情简介】**

上诉人（原审被告）：某陶瓷公司

被上诉人（原审原告）：某实业公司

原告某实业公司诉称：1995年5月、7月，某实业公司、王某及其他3家公司先后订立《合作经营某陶瓷公司协议书》、《关于修改合同、章程部分条款的协议书》。两协议约定，上述5方合作设立中外合作经营企业被告“某陶瓷公司”，某实业公司以现有厂房等作为合作条件，其余4方提供39万美元和价值11万美元设备作为合作条件；除某实业公司外的另外4个合作方每年支付某实业公司人民币22万元作为某实业公司的收益，以后3年递增8%，某陶瓷公司不论盈亏，保证某实业公司收益。协议订立后，某陶瓷公司经上海市人民政府、上海市工商行政管理局核准设立，为中外合作经营企业。按合作协议约定，从1995年5月至2004年12月，某陶瓷公司应付某实业公司的收益为2304287.04元，期间某陶瓷公司以租金、补贴等形式支付某实业公司696040元，尚欠1607323元。故请求法院判令某陶瓷公司支付拖欠款项。

被告某陶瓷公司辩称：合作各方已实际订立合资经营协议，应按新协议履行，以出资比例分配利润；原告某实业公司未交付协议约定的5间办公室，未完全履行出资义务，请求法院驳回某实业公司的诉请。

一审法院经审理查明：

1995年5月6日，原告某实业公司、王某及其他3家公司订立《合作经营某陶瓷公司协议书》一份，同年7月27日，上述各方又订立《关于修改合同、章程部分条款的协议书》。两协议约定，上述5方合作设立中外合作经营企业"某陶瓷公司"，某实业公司以现有厂房1300 $m^2$、场地2400 $m^2$ 和200 kVA配电设施作为合作条件，其余4方提供39万美元和价值11万美元设备作为合作条件；除某实业公司外的另外4个合作方每年支付某实业公司人民币22万元作为某实业公司的收益，以后3年递增8%，被告某陶瓷公司不论盈亏，保证某实业公司收益。协议订立后，某陶瓷公司经上海市人民政府、上海市工商行政管理局核准设立。某实业公司认为，按合作协议约定，从1995年5月至2004年12月，某实业公司应得的收益为2304287.04元，期间某实业公司收到某陶瓷公司以租金、补贴等形式支付的人民币696040元，某陶瓷公司仍结欠其收益1607323元。

1996年8月2日，某陶瓷公司的合作各方又订立《合资经营某陶瓷公司补充协议》，约定将原合作各方变为中外合资经营企业的合资各方，合资经营某陶瓷公司，但该协议未报审查批准机关批准，某陶瓷公司也未经核准设立为中外合资经营企业。一审诉讼期间，某陶瓷公司于 2005 年 3 月 22 日向某实业公司支付 44500 元。

一审法院经审理认为：

原告某实业公司与其他合作各方订立的协议系中外合作企业合同，该合同合法有效，被告某陶瓷公司应依约支付某实业公司收益，某陶瓷公司未按约支付相应的收益系违约行为，应承担给付责任；某陶瓷公司在诉讼期间支付的款项应从某实业公司诉请的金额中扣除。某陶瓷公司辩称合作各方已实际订立合资经营协议，因订立中外合资经营合同应报审查批准机关批准，故该合资协议不具法律效力，不能依法予以保护；某陶瓷公司辩称某实业公司未交付 5 间办公室，因某实业公司已履行了主要义务，某陶瓷公司已一直正常生产经营，故不足以成为某陶瓷公司拒付收益的理由，且某陶瓷公司对此也表示可另行主张权利。

据此，一审法院根据《中华人民共和国合同法》第八条、第一百零九条、《中华人民共和国中外合作经营企业法》第二十一条第一款、《中华人民共和国中外合资经营企业法》第二条第一款、第三条的规定，判决：

被告某陶瓷公司应在判决生效之日起十日内给付原告某实业公司收益人民币 1562823 元。

某陶瓷公司不服一审判决提起上诉称：被上诉人某实业公司起诉的主体错误。根据协议书约定，负有支付固定收益义务的是其他合作 4 方，而非上诉人某陶瓷公司。而且某实业公司主张的大部分债权已超过诉讼时效。请求二审法院撤销原审判决，驳回某实业公司的原审诉请。

被上诉人某实业公司辩称：多年来，支付款项的一直是上诉人某陶瓷公司,而非其他合作各方。某陶瓷公司在一审中向被上诉人支付部分收益,应视为诉讼时效中断。原审判决认定事实清楚,适用法律正确,请求驳回上诉、维持原判。

二审经审理查明:一审法院认定的事实属实,予以确认。

二审法院另查明:1995 年 7 月,某实业公司(甲方)、自然人王某和其他 3 家公司共同签订了《合作经营某陶瓷公司合同》,该合同第十四条约定"各方必须每年支付给甲方人民币 22 万元,作为定额利润分配,以后每隔三年递增 8%,支付日期为每年的 6 月、12 月各 50%。合作企业不论盈亏,各方决不影响甲方收益分配,经营期内甲方不承担任何风险责任。合作公司分给甲方利润后的余款,归各方所有",上述 5 方在合同上盖章签字。

二审法院经审理认为:

本案系中外合作经营合同纠纷。中外合作各方设立合作企业,应当依照《中华人民共和国中外合作经营企业法》的规定,在合作企业合同中约定投资或者合作条件、收益或者产品的分配、风险和亏损的分担、经营管理的方式和合作企业终止时财产的归属等事项。相关合同应经审批机关批准后生效,涉及重大变更事项亦须经审批机关批准。本案系争的《合作经营某陶瓷公司协议书》系合作各方的真实意思表示,且经审批机关批准,应属合法有效,合作各方均应恪守。该协议书明确约定利润分配方式为合作方中的王某和其他 3 家公司按年向合作方某实业公司支付定额利润 22 万元,协议书中约定的"合作公司不论盈亏,保证甲方收益"也仅表明上述定额利润不受某陶瓷公司经营情况的影响,而非指由上诉人某陶瓷公司向被上诉人某实业公司支付定额利润。即使合作各方于 1995 年 7 月签订的《合作经营某陶瓷公司合同》已经批准,从该合同的约定中也得不出利润分配方式已变更为由某陶瓷公司直接支付给某实业公司的结论。由于某陶瓷公司既非系争合同的当事人,也非系争合同约定的债务人,故某实业公司向某陶瓷公司主张相关收益的诉请缺乏事实依据和法律依据,不予支持。

综上,二审法院根据《中华人民共和国民事诉讼法》第一百五十三条第一款第(三)项、第一百五十八条的规定,判决:

一、撤销原审判决;

二、对被上诉人某实业公司的诉讼请求不予支持。

**【评析】**

本案的问题在于:(1)中外合作经营企业的利润分配具有特殊性;(2)中外合作经营企业重大事项变更须经相关部门的批准方可生效。而一审判决恰恰忽略了以上两点,导致被改判。

一、中外合作经营企业的利润分配具有特殊性

中外合作经营企业是指由外国的企业、其他经济组织或者个人同中国的企业或其他经济组织,按照平等互利的原则和中国的法律,经中国政府批准在中国境内共同投资创办的契约式合营企业。中外合作经营企业具有以下特征:(1)投资者既有中方,也有外方,可能是两方也可能是多方。(2)合作经营合同是企业成立的基本依据。(3)中外合作经营企业既可以是法人企业,也可以是非法人企业。(4)外方投资者可以先行回收投资,且在期满时将投资利益无偿留归中方。(5)企业的管理既可以是董事会制,也可以是联合管理委员会制。(6)利益的分配和亏损的负担可不依投资比例确定,而由双方通过协商,用书面合同加以规定。(7)中外合作经营企业除适用公司法外,有关外商投资的法律另有规定的,应适用其规定。

中外合作经营企业作为一种契约型合营企业(Contractual

Joint Venture)而区别于合资经营企业，其利润分配主要通过双方本着“意思自治”的原则自由协商确定的，这就为合作双方自主确定分配方式提供了选择的余地，而不必按照投资比例固定双方的分配关系。《中华人民共和国中外合作经营企业法》第二十一条规定，“中外合作者依照合作企业合同的约定，分配收益或者产品，承担风险和亏损。中外合作者在合作企业合同中约定合作期满时合作企业的全部固定资产归中国合作者所有的，可以在合作企业合同中约定外国合作者在合作期限内先行回收投资的办法。合作企业合同约定外国合作者在缴纳所得税前回收投资的，必须向财政税务机关提出申请，由财政税务机关依照国家有关税收的规定审查批准。依照前款规定外国合作者在合作期限内先行回收投资的，中外合作者应当依照有关法律的规定和合作企业合同的约定对合作企业的债务承担责任。”该条规定明确了中外合作经营企业的利润分配由合作企业合同约定，其中特别规定了外国合作者可以根据合同约定先行回收投资的制度，与公司法有很大差别。《中华人民共和国中外合作经营企业法实施细则》第四十三条也规定，“中外合作者可以采用分配利润、分配产品或者合作各方共同商定的其他方式分配收益。”因此，在处理涉及中外合作经营企业纠纷时，不能简单地适用公司法。

本案中，《合作经营某陶瓷公司协议书》经审批机关批准，应属合法有效。该协议书明确约定利润分配方式为合作方中的王某和其他 3 家公司按年向合作方某实业公司支付定额利润 22 万元，协议书中约定的“合作公司不论盈亏，保证甲方收益”也表明了上述定额利润不受某陶瓷公司经营情况的影响，故该约定应为合作各方所恪守，利润支付主体应为合作方中的王某和其他 3 家公司，而非被告某陶瓷公司。

## 二、中外合作经营企业重大事项变更需经审查批准机关批准

《中华人民共和国中外合作经营企业法》第五条规定，“申请设立合作企业，应当将中外合作者签订的协议、合同、章程等文件报国务院对外经济贸易主管部门或者国务院授权的部门和地方政府(以下简称审查批准机关)审查批准。审查批准机关应当自接到申请之日起四十五天内决定批准或者不批准。”第七条规定，“中外合作者在合作期限内协商同意对合作企业合同作重大变更的，应当报审查批准机关批准；变更内容涉及法定工商登记项目、税务登记项目的，应当向工商行政管理机关、税务机关办理变更登记手续。”中外合作经营企业的利润分配方式应属合作企业合同的重大事项，如变更，则需经审批机关的批准。某实业公司在诉讼中称合作企业合同在实际履行中都是由某陶瓷公司支付利润，而非由合同中约定的其他股东支付，故应视为各方当事人以实际行为对合同进行了变更。而某陶瓷公司则在诉讼中辩称，合作各方又另行订立了合资经营协议，应按新协议履行，以出资比例分配利润。鉴于前述分析，中外合作经营合同重大事项变更应报审查批准机关批准，故无论是通过实际履行方式对合同进行变更还是各方另行订立的合资协议，由于都未经法定审批程序，故均不具有法律效力，不能依法予以保护。这一点与一般经营合同中遵循的当事人意思自治原则有所区别，也是审理中外合作经营合同案件时应注意的特殊问题。

(钟可慰)

# 六、其　　他

# 鞠某与傅某非正规就业劳动组织经营权转让纠纷案

## ——非正规就业劳动组织经营权不得转让

### 【提示】

非正规就业是政府解决下岗再就业工程方面的一项特殊政策,从政府推出该项政策的目的以及非正规就业劳动组织本身所具有的人身属性和公益属性审视,非正规就业劳动组织经营权不得擅自转让。

### 【案情简介】

上诉人(原审被告):鞠某

被上诉人(原审原告):傅某

原告傅某诉称:2005 年 8 月,原告与被告鞠某达成协议,鞠某同意将某服务社转让给原告,原告为此支付了转让费 47800 元。后原告获知非正规就业组织不得自行转让。故请求法院判令鞠某返还转让费。

被告鞠某辩称:被告向原告傅某转让的是设备和装潢,并非转让某服务社。被告收取的 47800 元中包括房租和某服务社的设备和装潢的转让费,不含某服务社的转让费。被告将某服务社的设备和装潢转让给傅某的行为应属有效,请求驳回傅某的诉请。

一审法院经审理查明：

2005年5月，被告鞠某取得了上海市再就业工程领导小组办公室、上海市劳动和社会保障局颁发的非正规就业劳动组织证书。证书载明：认定某服务社为非正规就业劳动组织，负责人为鞠某。鞠某于2005年8月10日将某服务社转让给原告傅某经营，傅某支付给鞠某转让费47800元，鞠某移交给傅某某服务社的证书及服务社的全部设备。2006年1月，傅某不再经营。傅某多次与鞠某交涉要求返还转让费未果，遂引发诉讼。

一审法院经审理认为：

上海市再就业工程领导小组办公室、上海市劳动和社会保障局发给被告鞠某非正规就业劳动组织证书，是政府对鞠某再就业岗位的安排。某服务社系特批给鞠某个人经营，不得转让，鞠某将某服务社转让给原告傅某经营的行为属无效民事行为，鞠某收取的转让费依法应退还傅某。由于傅某实际使用了某服务社租赁的房屋，故房租和水电等费用应由傅某负担，扣除房租及相关费用后，鞠某应返还转让费40366元。同时，傅某收取的鞠某的设备应返还给鞠某，傅某使用鞠某设备应支付使用折旧费。

据此，一审法院根据《中华人民共和国民法通则》第五十八条、第六十一条的规定，判决：

一、原告傅某、被告鞠某之间的转让行为无效；

二、被告鞠某返还给原告傅某40366元；

三、原告傅某给付被告鞠某设备使用费936元；

四、原告傅某返还被告鞠某设备（见清单），如有缺少按价赔偿。

鞠某不服一审判决提起上诉称：上诉人是向被上诉人傅某转让某服务社的设备和装潢，并非转让某服务社，应属合法有效。鞠某从未向傅某移交过某服务社的有关营业证照，只是放在服务社内未及时收回。故请求二审法院撤销原审判决，对傅某的原审诉请不予支持。

被上诉人傅某辩称：其向上诉人鞠某支付的47800元中包含了房租，其余为受让某服务社的设备和证书的费用，鞠某移交服务社时房屋内并无装潢。原审法院所作判决正确，应予维持。

二审法院经审理查明：一审法院查明的事实属实，予以确认。

二审法院另查明：2005年8月8日，上诉人鞠某出具收条一张，该收条载明：今收到傅某店转让费定金2万元正，加1万元正。鞠某在原审法院的庭审中称某服务社的证书、图章、发票等均放在收银台的抽屉里，移交服务社时，鞠某将上述抽屉的钥匙交给了被上诉人傅某。

二审法院经审理认为：

根据上诉人鞠某于2005年8月8日出具的收条载明的内容及鞠某将放有某服务社的证书、图章、发票等的抽屉的钥匙交给被上诉人傅某的行为，可认定鞠某向傅某收取的款项中包括了某服务社经营证照的转让费，鞠某向傅某转让某服务社非正规就业劳动组织证书的行为，违反了发证机关为鞠某安排再就业岗位的初衷，当属无效，双方因该无效民事行为取得的财产互负返还义务。由于鞠某与傅某当时就某服务社的财产移交未列有清单，故原审法院依据傅某的自认来确认傅某应返还鞠某的设备并无不当。

据此，二审法院根据《中华人民共和国民事诉讼法》第一百五十三条第一款第(一)项的规定，判决驳回上诉，维持原判。

**【评析】**

一、非正规就业劳动组织的性质和法律规制

非正规就业是20世纪70年代初由国际劳工组织(ILO)正

式提出的概念，当时被称为“非正规部门就业”。非正规部门就业主要是指在广大发展中国家的城镇地区，发生在小规模经营的生产和服务单位里的以及自雇佣型就业的经济活动。在我国，“非正规部门”被定名为非正规就业劳动组织，对它的一般定义是指组织失业人员、下岗协保人员、农村富余劳动力，通过从事社区服务业、家庭工业和工艺作坊等小型制作业为单位提供社会化服务，参与公共服务和社会协管中的公益性劳动等形式进行生产自救，以获得基本的收入和社会保障的一种社会劳动组织。非正规就业劳动组织除了没有进行工商登记外，其生产经营活动的实质与正规企业并无二致。非正规就业组织通常具有家庭所有、小规模运作、劳动密集型以及依赖本地资源等特征。

我国的非正规就业劳动组织是以组织形式出现的，一般不包括单独的个体劳动者。1996 年 7 月，上海市再就业工程领导小组办公室在其颁布的《关于实施再就业工程试点工作的若干政策》中，首次提出成立生产自救性的劳动组织及社会服务等非正规就业性质的劳动组织，承诺对这类组织在 3 年内不收地方税费和除基本社会保障费用以外的所有社会性缴费。同年 10 月，上海市再就业领导小组办公室又专门制定了《关于鼓励下岗人员从事非正规劳动组织就业的若干试行意见》。目前，对于非正规就业及其组织的规范上，仅有 2006 年初上海市人大制定的《上海市促进就业若干规定》这一地方性法规予以规范，且相对原则，缺乏具体的措施规定。作为地区非正规就业劳动组织的行政管理部门——区开业指导中心，也只有颁证义务，缺乏监管和制约的手段。

由于非正规就业劳动组织是根据相关政策、法规成立的特殊组织，其设立目的主要是解决中、低端劳动者的就业问题。因此，在设立时并不像公司或合伙组织等法人主体那样，需要经过较为严格的审查登记程序，而是在劳动行政部门进行备案登记即可设立。非正规就业劳动组织虽然未经工商核准登记并领取营业执照，不具备法人资格，但仍具有一定的组织机构和财产，符合《最高人民法院关于适用〈中华人民共和国民事诉讼法〉若干问题的意见》第四十条关于"民事诉讼法第四十九条规定的其他组织是指合法成立、有一定的组织机构和财产，但又不具备法人资格的组织"的规定，属于该条第(9)项"符合本条规定条件的其他组织"，具有诉讼主体资格。

二、非正规就业劳动组织经营权转让应属无效

由于非正规就业劳动组织自身特有的组织形式简单、设立要求低、政策灵活等特点，特别是地方政府承诺对这类组织在3年内不收地方税费和除基本社会保障费用以外的所有社会性缴费，一方面加速了该组织形式的推广，促进了其运作与发展。但同时也带来了经营运作不规范等不良状况，在一定程度上影响和制约了其健康发展。特别是有的开办人将该组织违规转让，从中牟取违法利益；而一些不具备设立条件的单位或个人为达到逃税等目的，趁机"借壳上市"。本案即为这样一起典型案例。

那么，应如何看待本案中某服务社转让的法律效力呢？一种观点认为，由于现行法律、法规对此没有具体规定，故在确定相关合同法律效力时不必过于严格，只要没有我国《合同法》所规定的无效情形，就应当认定为合同有效。目前，法律并未对非正规就业组织经营权的转让作出禁止性规定，故鞠某与傅某之间转让某服务社的行为应属有效。另一种观点认为，非正规就业组织经营权的转让应属无效，具体理由如下：

1. 从政府推出非正规就业劳动组织的目的分析。从相关文件来看，非正规就业劳动组织是以一定的组织形式，组织符合

条件的劳动者通过经营或劳动来获取收入，解决就业问题。该政策针对的对象有一定的特殊性，主要是失业人员、下岗协保人员、农村富余劳动力等特殊人群。这类人群，无论是年龄层次、职业技能还是自有资金都处于偏下水平，缺乏竞争力，需要政府的扶持。政府推出非正规就业一系列政策，根本目的是为了鼓励相关人群在政府的扶持下，通过自身努力自主创业、生产自救，以获得基本的收入和社会保障。依据上海相关政策规定，非正规就业劳动组织享受税收优惠的期限为3年，期满后符合企业设立规定的转为小企业，不符合的予以注销。因此，非正规就业劳动组织虽然在经营形式上类似于个体工商户或合伙企业，但性质上却更偏重于保障就业。本案中，鞠某将某服务社整体转让给傅某，以获取转让收益，显然偏离了相关政策制订的目的与初衷。

2. 从非正规就业劳动组织的人身属性分析。从相关规定看，非正规就业劳动组织的设立人员属于特定人群，需经相关劳动部门认定。同时，该组织的资金通常为开办人个人或共同筹集，组织形式类似于个体经营或合伙经营，其开办人一般应对组织的债务承担连带责任，而非有限责任，因此非正规就业劳动组织具有很强的人身属性。如开办人将其开办的非正规就业劳动组织转让，显然有悖其特有的人身属性，并可能损害债权人利益。

3. 从非正规就业劳动组织的公益属性分析。非正规就业组织一般由政府部门通过减免税收等方式进行补贴，一些公益性质的非正规就业劳动组织更是以政府出资并购买服务的形式出现。无论是从非正规就业组织的设立目的还是运作方式来看，均带有很强烈的公益性色彩。本案中，鞠某将某服务社整体转让给傅某，傅某则可以从中获取为期3年的税收优惠等，无异于变相享有了其原本无法获得的政府补贴，有违社会公平。

尽管我国对非正规就业劳动组织尚无法律或行政法规层面的规定，相关文件中也没有禁止非正规就业劳动组织经营权转让的规定，但是根据上述对非正规就业劳动组织设立目的、人身属性和公益属性的分析，应当可以得出非正规就业组织经营权不得转让的结论。至于法律方面，应以"恶意串通，损害国家、集体或者第三人利益"、"违反社会公共利益"或"根据合同性质不得转让"等作为适用的法律条文。

本案中，法院采纳了上述第二种观点。

至于本案中某服务社转让被认定无效后的处理问题，应从以下几方面考虑：一是经营资质方面，与之相关的证书、印章、发票等应由傅某返还给鞠某；二是鞠某应向傅某返还其收取的转让费；三是相关设备应当原物返还，不能返还的折价赔偿，但傅某应负担其使用期间的设备折旧费用；四是傅某经营期间的债权债务原则上由傅某负担，如债权人要求鞠某负担的，鞠某应先行偿付后再向傅某追偿。

（钟可慰）

# 孙某与某美容美发公司经营场所转让纠纷案

## ——合同文意解释、整体解释原则的适用

**【提示】**

对于合同约定不明的条款应在文意解释的基础上，从合同目的出发，并结合签约前后的实际情形，认定当事人在合同中的真实意思表示，确定双方的权利义务和违约责任，公平合理地解决合同争议。

**【案情简介】**

上诉人（原审原告）：孙某

被上诉人（原审被告）：某美容美发公司

原告孙某诉称：原告与被告某美容美发公司于 2004 年 6 月 25 日签订了《转让协议书》及《转让交接协议》各一份，约定被告将其河南中路分公司转让给原告，转让费为人民币 11 万元。但被告收取转让费后，却在原告不知情的情况下向工商行政管理部门注销登记了其河南中路分公司，使得原告遭税务部门处罚，无法继续经营。原告认为，被告转让所属分支机构属于违反法律的无效行为。故请求法院判决确认原、被告之间签订的《转让协议书》、《转让交接协议》无效；判令被告返还原告转让费人民币 11 万元。

被告某美容美发公司辩称:《转让协议书》所转让的是被告下属河南中路分公司的设备和产品,协议应属合法有效。原告孙某需在两个月内办理河南中路分公司的变更登记,为此被告办理了河南中路分公司的注销登记。原告在经营过程中还将店面承包给他人经营。另外被告向原告收取的钱款中有人民币2万元已作为房租及相关费用支付给房东。故请求法院驳回原告的诉讼请求。

一审法院经审理查明:

2004年3月11日,案外人卜某与被告某美容美发公司签订合作协议,约定双方利用本市河南中路某号底层共同经营美容、美发业务,预算投入人民币10万元,其中被告出资人民币6万元,卜某出资人民币4万元。履行过程中,除卜某投入人民币4万元外,被告也出资对营业场所进行了装修,双方还共同购进设备产品共同经营51天。后因合作争议,卜某诉至法院,要求解除协议、分配利润,并由某美容美发公司返还投资款及支付违约金。经一审、二审,卜某的诉请未获支持。

2004年6月25日,原告孙某作为乙方与被告某美容美发公司作为甲方签订了《转让协议书》,载明:兹有河南中路某号(某美容美发公司河南中路分公司),此店属于甲方,现经双方友好协商,将此店转让给乙方,转让费为人民币11万元。转让包括店里所有一切设备(包括产品和押金人民币2万元)。现该店执照为某美容美发公司,此店转让给乙方后,由乙方去变更,时间为2个月,在此期间该店内所发生的债权债务一切纠纷由乙方负责,所有一切之事与甲方无任何关系。2个月之后,如乙方没有变更好,甲方有权收回执照。同日,双方又签订《转让交接协议》,载明甲方自收到乙方人民币11万元后,应及时提供营业执照、卫生许可证、工商许可证等相关有效证件。在7月1日前的水、电、煤以及电话费、房租等相关费用皆由甲方承担，与乙方无关。同时，在7月1日前由甲方引起的相关纠纷，涉及法律问题而导致乙方无法正常营业甚至停业时，其一切法律后果由甲方全部承担。原告于同日给付了定金人民币1万元及转让款人民币8万元，于同年7月3日付清了余款人民币2万元。同年8月4日，工商行政管理部门根据被告的申请作出《准予注销登记通知书》，准予被告河南中路分公司注销登记。原告经营一段时间后，将该营业场所承包给他人经营，经营期内的房租由原告或其承包人以被告的名义向房屋出租方某图书公司交纳。原告在承包给他人经营后产生欠费。2005年5月13日，被告与房屋出租方某图书公司签订《关于〈房屋租赁合同〉中押金的处理协议》，载明被告截至2005年4月25日共欠某图书公司包括房租在内的具体款项，被告愿以租赁合同的押金人民币2万元作为抵偿。双方还同意终止该《房屋租赁合同》。2005年8月，就河南中路某号无证经营事宜，税务机关对原告作出税务处理，追缴了营业税、城建税及附加，并处罚款等。

一审法院经审理认为：

原告孙某与被告某美容美发公司签订的《转让协议书》载明将被告下属河南中路分公司转让给原告，转让包括店里一切设备(包括产品和押金2万元)。协议对转让标的是否包含由被告提供河南中路分公司的经营执照并未明确，但从协议载明签约时执照为“某美容美发公司”的事实分析，可以确认该经营场所的转让包含由被告提供该公司2个月执照。当事人对协议中关于由原告去“变更”何事项产生争议，“变更”按字面理解，可以理解为变更分公司的负责人，也可以理解为注销原执照而由原告在该经营场所申请新的营业执照。对“变更”内容的真实含义应联系上下文作逻辑解释和符合合同目的的解释。当事人约定

“变更”的目的是为了厘清转让前后的法律责任，如果仅对负责人作变更，则并不能起到区分转让前后法律责任的作用。从目的解释分析，当事人对“变更”的真实含义应是由原告另行申请执照以达到变更原执照的目的。协议约定办理“变更”的义务人为原告，合同后文载明如原告未“变更”好，其后果是被告有权收回执照。综上分析，由原告在原经营场所重新办理营业执照更符合当事人订约时的本意。另外，经比较卜某与被告在当初签订的合作协议中约定经营该场所的美容美发业务共投入的金额与原告和被告签订协议书的转让金额，扣除作为房租押金的人民币2万元后，两者金额相近。该节事实说明，本案原、被告之间的转让金额并未显失公平，也可以印证原、被告之间的转让主要是对有形资产的转让。房屋出租方某图书公司知悉原、被告之间的转让后，虽然未与原告重新签订房屋租赁合同，但也接受了原告以被告名义支付的房租。转让协议约定原告所交人民币2万元作为房租押金，说明原告也充分注意到该场所租赁方面的事宜并作了约定，经营场所租赁事宜并不实质性地影响原、被告之间的转让。综上所述，原、被告之间关于被告河南中路分公司的转让主要是对河南中路分公司店内装潢、资产、设备的转让，协议中关于被告为原告提供2个月的营业执照是为转让店面有形财产所约定的从义务。本案所涉转让的主要内容是对经营场所的转让，并非是分公司的转让。被告河南中路分公司在2004年8月4日注销并没有影响原告在2个月过渡期内的经营，原告在其后还以原店招牌的形式将该营业地点承包给他人经营。现无证据证明原告在过渡期内积极对该经营场所重新进行工商注册或要求被告予以协助。因此，原告要求确认转让协议无效并要求被告返还转让款的请求于法无据，不予支持。有关税务、工商处理事项情况，不属本案处理范围。

据此，一审法院依照《中华人民共和国合同法》第四条、第五条、第六条、《最高人民法院关于民事诉讼证据的若干规定》第二条的规定，判决：

对原告孙某的诉讼请求不予支持。

孙某不服一审判决提起上诉。后孙某向二审法院明确表示其不愿缴纳本案上诉费，亦不愿继续上诉，故二审法院按自动撤诉处理。

【评析】

本案纠纷的争议焦点在于对合同效力的不同认识，而对合同效力判断的重要基础之一，在于合同约定的内容。由于种种原因，当事人之间约定的合同权利义务并不明确。因而在处理并不完美的合同纠纷时，需要运用多种合同解释方法对约定不明的条款进行合理解释，以揭示当事人签约时的真实意思，公平合理地解决合同争议。

一、对合同约定不明条款解释的必要性

裁判的过程是将法律规范适用于具体案情进行演绎并得出结论的过程。在合同争议案件中，依照意思自治原则，当事人的主要权利义务通常在合同中进行约定，合同内容是案件事实的主要组成部分。但是由于以下原因，合同约定的内容有时并不明确：(1)合同文字存在表意模糊及容易产生歧义的缺陷。在不同的情况下，合同用语的概念和外延均可能不同，有些法律专门术语有着专有的含义，容易在当事人之间产生争议；(2)合同约定的内容具有不周延性。由于受认识能力局限等原因，当事人在订立合同时难以预计事后履约时可能发生的争议。从订约便捷性和减少交易成本出发，合同文本也没有事无巨细对琐碎事项均作约定的必要和可能。因此，在发生合同争议时，期待合同文本完美无缺、所有当事人的权利义务皆可在合同中明确界定，往往是一种奢望；(3)当事人法律知识的欠缺容易导致合同存在漏洞。如对合同有关要素缺乏约定，合同内容相互存有矛盾之处等，容易使当事人在履约时产生争议。因此，有必要运用合同解释方法来探究签约当事人的真实意思表示，正确认定合同约定不明部分的内容。

二、对合同约定不明部分的解释应以文意解释、整体解释为基础进行

文意解释是指按照合同文字的通常含义对争议条款进行解释，是最基础的解释方法，是所有合同解释方法的起点。本案中，《转让协议书》载明将某美容美发公司河南中路分公司转让给孙某，转让包括店里一切设备(包括产品和押金2万元)。协议对转让标的是否包含由某美容美发公司提供河南中路分公司的经营执照并未明确，但从协议同时还载明签约时执照为“某美容美发公司”的事实分析，说明协议对该经营场所有关营业执照的状况作了揭示。根据文意解释原则，该经营场所的转让包含由某美容美发公司提供该公司2个月执照。那末，协议中关于由孙某去变更的是何事项？是孙某所称的变更分公司负责人还是如某美容美发公司诉称的由孙某去设立新的经营主体呢？“变更”按字面理解，可以理解为变更分公司的负责人，也可以理解为变更原执照而由孙某在该经营场所申请新的营业执照。考虑到订约人并非法律人，不能苛求其对协议用词准确把握，对“变更”内容的真实含义应联系上下文作整体的和符合逻辑的解释。首先，从“变更”的主体分析，如“变更”是指变更负责人，需双方共同完成，则义务主体应是某美容美发公司和孙某。如“变更”是指变更原执照，则义务主体主要是孙某。现协议约定变更的义务主体是孙某，从协议对义务主体的规定分析，“变更”指变

更营业执照的解释更具可能性；其次，合同后文载明如孙某未“变更”好，其后果是某美容美发公司有权收回执照，约定的法律后果并非是协议无效或解除协议，故变更事项的完成与否并非是协议生效的条件。经文意和整体解释，注销原执照后改由孙某在该经营场所重新办理营业执照更符合当事人订约时的本意。

### 三、对合同争议内容还可通过目的解释、公平原则解释等方法对文意解释、整体解释的结论进行验证

对合同约定不明的条款经过文意解释和整体解释后，如结论仍存在几种可能性、争议仍未解决的，可以通过目的解释、公平原则解释等方法进一步对争议内容进行解释；如经文意解释、整体解释后，争议基本澄清的，还可以通过目的解释、公平原则解释等方法对文意解释、整体解释的结论进行验证和确认。当事人签订协议是为了使协议生效，达到当事人的订约目的，因此在合同解释时，应尽可能作合同有效的解释，以符合当事人的订约目的。联系本案，当事人约定此店转让后，由孙某进行“变更”内容的真实含义还应当作符合合同目的的解释。当事人约定“变更”的目的是为了厘清转让前后的法律责任，如果仅对负责人作变更并不能起到区分转让前后法律责任的作用，故从目的解释分析，则当事人对“变更”的真实含义是由孙某另行申请营业执照以达到变更原营业执照的目的更为合理。公平原则作为合同法的基本原则之一，也是对合同争议条款进行解释和认定的一种重要价值判断标准。本案中，卜某与某美容美发公司当初在签订的合作协议中约定经营该经营场所共投入人民币 10 万元，除卜某投入人民币 4 万元外，某美容美发公司也出资对营业场所进行了装修。而孙某与某美容美发公司签订的转让金额为人民币 11 万元，扣除作为房租押金的人民币 2 万元外，转让

金额与对营业场所投入的金额并不悬殊。该事实说明本案系争转让金额并未显失公平，也可以印证转让主要是对某美容美发公司河南中路分公司有形资产的转让，即主要是对店内装潢、资产、设备的转让。基于对上述合同争议事实的解释和确认，依照相关法律规定，孙某与某美容美发公司签订协议转让河南中路分公司店内装潢、资产、设备并无导致合同无效的情形。所以，孙某实际经营近一年后要求确认转让协议无效，并要求某美容美发公司返还转让款的请求显然于法无据。

（鲍　浩）

# 某公司与某市场管理公司侵害经营权纠纷案

## ——妨害承租商户经营应当承担赔偿责任

**【提示】**

因承租商户欠付房租，商场设立方遂阻碍商户出货，侵害了商户经营权，其对商户造成的相应损失应承担损害赔偿责任。

**【案情简介】**

原告：某公司

被告：某市场管理公司

原告某公司诉称：原告与被告某市场管理公司于 2004 年 1 月 18 日签订《租赁合同》，被告将某数码广场的 4 楼出租给原告经营使用。2005 年 3 月 28 日至 29 日，被告无故停运四楼货梯并阻止原告向外出运货物，直接导致原告无法履行其向案外人 C 公司的供货合同，后遭 C 公司起诉，经法院判决，原告支付了逾期交货违约金人民币 192000 元。故请求法院判令被告向原告赔偿 192000 元。

被告某市场管理公司辩称：原告某公司与被告之间虽有出货纠纷，但不存在原告所称停运货梯的事实。即使在 3 月 29 日被告阻止原告出货事实成立，因原告欲供货的西门子移动电话有多个货源地，完全可在其他商场调配。

法院经审理查明：

2004年1月18日，原告某公司与被告某市场管理公司签订租赁合同一份，约定原告向被告租赁使用某数码广场4楼。双方签订的《质量保证协议》和《某数码广场管理部管理规章》均对进出货作了“厂商凭进出货申请单进出货；进出货物时，应配合保安人员的检查，进出货物必须使用货梯或楼梯，禁止使用扶梯载货”的规定。合同签订后，原告入场开展经营活动。2005年3月29日，被告以原告拖欠房租和存在搬迁为由，实施了停运货梯、拉门封闭通道等行为，阻止原告将西门子CL55型移动电话等货物从租赁房屋取出，双方因此发生争执。2005年3月30日，原、被告再次为原告出货事宜发生争执。当日，原告向被告发出终止租赁合同的通知。2005年4月1日，原告实际搬离上述承租房屋。

2005年3月25日，原告与C公司签订一份买卖合同，约定C公司向原告购买西门子CL55型移动电话2000台，每台800元，交货日期为同年3月29日，交货地点为某工业批发市场，交货方式为原告送货，并约定逾期交货按合同总价15%支付违约金。因原告迟延交货，以致涉讼。法院判决书查明“C公司多次催货，某公司以所供货物被某市场管理公司阻挠发货为由，告知C公司不能供货”，法院认为某公司逾期交货构成违约，判决某公司向C公司支付违约金192000元。该判决生效后，经法院执行，某公司在同年7月向C公司支付了192000元。

法院经审理认为：

原告某公司依法享有在法律规定的范围内从事经营活动的权利，公司合法经营权益受法律保护，不受侵犯。原告在开展商业经营活动中，为履行向买受人交付货物的义务，当然有权按其自身意志自由安排出货、运输等事务，以达盈利的目的。妨害经营与一般的财产损害不同，妨害经营的侵权行为并非直接针对财产权或者财产，而是针对创造财产的经营活动，故妨害经营侵权行为的损害事实是受害人经营活动受到阻碍，而使其合法的经营利益受到侵害。原、被告之间订有租赁合同，被告应当知晓原告租赁的目的系开展经营活动，其应当能够预料封闭出货通道、要求其保安人员阻止原告将货物取出的行为将导致原告无法正常供货。阻止出货纠纷发生后，原告多次交涉并报警，随着事态发展，被告应当知晓出货对原告营业事务的紧迫与重要，被告未立即就阻止行为采取补救或消除行为，妨害对方经营的主观故意明显。被告的上述行为直接导致原告无法按其与C公司之间的买卖合同履行交货义务，造成原告违约并支付了违约金，原告的上述经济损失与被告的阻止出货行为之间存在因果关系，故被告应就上述侵害原告合法经营所造成的经济损失承担赔偿责任。

据此，法院根据《中华人民共和国公司法》第五条第二款、《中华人民共和国民法通则》第五条、第一百零六条第二款、第一百三十四条第一款第（七）项的规定，判决：

被告某市场管理公司赔偿原告某公司损失人民币192000元。

法院判决后，双方当事人均未上诉。

**【评析】**

近年来，开设大型市场或商城并将其中的店铺或房屋分割后，以对外招商、招租方式出卖、出租，同时在市场的营业时间、安保、消防、水电供给，以及营业款的收取上实行统一管理的新型的商业模式十分盛行。在这种模式下，市场的组织方和承租人各自独立自主地享有经营管理权，在和谐时互助互利，人气聚集，双方都可从中获取客观的商业回报收益。而双方一旦因租金、物业服务等问题发生纠纷,如再发生市场管理者扣货、封门、擅自查封或处置租赁经营人货物的情况,就会引发侵害经营权的纠纷。侵害企业经营权是一种新类型的侵权案件。所谓企业的经营权,是指企业自主开展经营活动,并以之牟利的权利。本案即为一起涉及损害企业经营权的诉讼。

一、本案应适用侵权行为法予以调整

本案原、被告之间虽然存在租赁合同关系,但根据原告以被告实施封闭货梯、通道的行为侵害其经营为由要求承担赔偿责任的诉讼请求,原告选择主张的是侵权之债。尽管本案被告封闭、停用出货通道的行为也构成了租赁合同上的违约,但从合同法赔偿范围的规定来看,本案适用侵权行为法更能使原告得到充分救济。我国合同法保护的损失范围是违约人可预见的直接损失和可得利益损失。由于本案被告不可预见其封闭货梯行为直接导致了原告对外巨额合同无法履行,故其可以不承担这一部分的违约赔偿责任。例如,甲坐出租车去机场,出租车中途抛锚。甲起诉要求出租车公司赔偿 10 万元,理由是甲因此误机直接导致无法登台演出对外赔付了 10 万元违约金。这个赔偿请求如根据《合同法》,则较难得到支持,因为对出租车司机而言,这一损失在缔约时无法预测。如果能预测,理智的司机一定会考虑风险与收益的差额,拒绝为了 50 元的车费而负担如此高的风险。本案也是如此,由于合同赔偿的可预见原则存在,原告的损失很难以违约赔偿请求权方式得到满足。

二、域外侵权法对保护企业经营权的态度

世界各国在民法立法时,起初并未将企业的经营权纳入侵权法保护范围,但随着市场经济发展,企业成为各国市场经济的主体,保护企业经营权的重要性就显得日益突出。例如,德国民法第 823 条规定,“以故意或过失不法侵害他人生命、身体、健康、自由、所有权或者其他权利者，对他人因此而产生的损害负赔偿义务。违反以保护他人为目的的法律者，负相同的义务。”从这一立法上看，企业经营权并未直接纳入侵权法保护的范畴。然而，1904 年德国帝国最高法院在一份判决中认定，“在《营业规范法》第 1 条中，对经营企业的可能性予以保障，所以，与此相应，各合议庭的许多判决中，在没有法律明文规定的情况下，仍然承认了被直接损害的、已设立且运作的营业权是一项主观权利。……本案合议庭认为，原则上可以采取和这些审判相同的观点。对业已存在的自主经营的企业来说，不仅仅涉及企业业主按自己的意思行事，并且这些意思都具有了具体的表现形式，这就构成了营业权这一主观权利的基础。所以，直接对企业经营的干扰和侵害可以看做是违反了《德国民法典》第 823 条第 1 款的规定。”二次大战后，德国联邦法院继续维持此见解，肯定经营权是德国民法第 823 条第 1 项所称的权利。大陆法系国家大多跟随德国，对企业的经营权赋予侵权法上的保护。

### 三、我国法律对企业经营权的态度

1986 年颁布的《中华人民共和国民法通则》第八十二条规定，“全民所有制企业对国家授予它经营管理的财产依法享有经营权，受法律保护”，第一百零六条第二款规定，“公民、法人由于过错侵害国家的、集体的财产，侵害他人财产、人身的，应当承担民事责任”。1993 年我国《宪法修正案》第十六条规定，“国有企业在法律规定的范围内有权自主经营”。同年颁布的《中华人民共和国公司法》、《中华人民共和国对外贸易法》、1995 年的《中华人民共和国商业银行法》、1996 年的《中华人民共和国煤炭法》都提出企业有权自主经营。这个阶段的立法可以看成企业经营权的法律确立阶段。上述法律虽确立了企业依法享有的经营权，但尚未就经营权侵害救济问题予以明确规定。1996 年

《中华人民共和国乡镇企业法》首次就经营权作出了侵权保护的规定，该法第三十八条规定侵犯乡镇企业自主经营权，给乡镇企业造成经济损失的，应当依法赔偿。

我国司法则较早开始探索对经营权的侵权保护，1993 年最高人民法院下发的《关于充分发挥审判职能作用保障和促进全民所有制工业企业转换经营机制的通知》就指出，"对侵犯企业生产经营决策权、产品销售权、投资决策权等案件，要依法受理，切实保障企业的经营自主权。"

四、企业经营权属于我国侵权行为法的保护范围

我国《民法通则》第一百零六条第二款规定，"公民、法人由于过错侵害国家的、集体的财产，侵害他人财产、人身的，应当承担民事责任。"该法规定的财产权，依理论通说属于物权、所有权的上位概念，泛指一切可以为所有人带来具有经济效益的权利，甚至可以是无形财产如知识产权。企业经营权是有经济价值的，是可以作价转让的，它符合无形财产的特征，所以企业经营权属于财产权的范畴，可以适用该法律条款予以保护。

五、侵害企业经营权的构成要件

1. 企业经营权的内容。理论通说认为，企业营业权是一个"收容性的事实要件"，因为保护企业经营权只是为了填补法律责任中存在的漏洞，所以对于同时构成侵害所有权、危害企业信誉或违反《反不正当竞争法》的行为，应当不再按侵害经营权处理，而按竞合的其他侵权处理。这在德国法上被作为一项重要原则。

2. 行为需具有直接性。这一构成要件也是由德国法院一项重要判例形成，现已成为侵权法的通说。德国联邦法院判决中认为，"过分扩展对已设立且运作的营业权的保护，与德国预先确定侵权行为事实要件的法律制度是矛盾的"，并指出"直接

对业已存在的营业的侵害……必须是以某种方式直接针对该项营业本身的，也就是说是与经营有关的，而不是仅仅针对可以与经营相分离的其他权利和法益。”

3. 积极确定违法性。在侵害经营权的案件中，侵害行为并不直接指示其违法性，必须通过权衡各方的权利才能得出结论。比如对产品的反面报道，必然引发对生产者经营权的损害，但法院必须衡量舆论自由权与经营权的权重，不能认为任何损害企业经营权的行为都具有违法性。

4. 损害需属纯粹经济损失。根据欧洲法纯粹经济损失理论，“这里的纯粹一词起着核心作用，因为若是一种经济损失与原告的人身或财产受到任何侵害发生联系，那末这种损失就是间接经济损失”，“而纯粹经济损失只是使受害者的钱包受损，此外别无他物受损”。如果不属于纯粹经济损失，必然受损的将不限于经营权，而是其他财产权，此时基于前面提出的“收容性的事实要件”的理由，不能按侵害经营权处理。

综上所述，本案被告采取的停运货梯、拉门封闭通道等行为，并不直接损害原告的任何动产或不动产的所有权，行为实施后，原告的有形财产的价值也没有减损。被告的行为限制了原告货物的运输，交换是商业的基本牟利方法，阻止一个商人运输货物就是遏制商人的牟利行为，它妨碍、破坏的就是原告受到法律保护的自主经营的行动权。原告的损失也不是其财产的贬值或损毁，而是交易机会的丧失，履行利益、期待利益的丧失，符合纯经济利益损失的范畴。据此，被告应对其不法侵害原告经营权的行为承担赔偿损失的后果。

（翟　骏）

# 附　　录

# 中华人民共和国民法通则

（1986年4月12日中华人民共和国第六届全国人民代表大会第四次会议通过）

## 第一章 基本原则

**第一条** 为了保障公民、法人的合法的民事权益，正确调整民事关系，适应社会主义现代化建设事业发展的需要，根据宪法和我国实际情况，总结民事活动的实践经验，制定本法。

**第二条** 中华人民共和国民法调整平等主体的公民之间、法人之间、公民和法人之间的财产关系和人身关系。

**第三条** 当事人在民事活动中的地位平等。

**第四条** 民事活动应当遵循自愿、公平、等价有偿、诚实信用的原则。

**第五条** 公民、法人的合法的民事权益受法律保护，任何组织和个人不得侵犯。

**第六条** 民事活动必须遵守法律，法律没有规定的，应当遵守国家政策。

**第七条** 民事活动应当尊重社会公德，不得损害社会公共利益，破坏国家经济计划，扰乱社会经济秩序。

**第八条** 在中华人民共和国领域内的民事活动，适用中华人民共和国法律，法律另有规定的除外。

本法关于公民的规定，适用于在中华人民共和国领域内的外国人、无国籍人，法律另有规定的除外。

## 第二章　公民（自然人）

### 第一节　民事权利能力和民事行为能力

**第九条**　公民从出生时起到死亡时止，具有民事权利能力，依法享有民事权利，承担民事义务。

**第十条**　公民的民事权利能力一律平等。

**第十一条**　十八周岁以上的公民是成年人，具有完全民事行为能力，可以独立进行民事活动，是完全民事行为能力人。

十六周岁以上不满十八周岁的公民，以自己的劳动收入为主要生活来源的，视为完全民事行为能力人。

**第十二条**　十周岁以上的未成年人是限制民事行为能力人，可以进行与他的年龄、智力相适应的民事活动；其他民事活动由他的法定代理人代理，或者征得他的法定代理人的同意。

不满十周岁的未成年人是无民事行为能力人，由他的法定代理人代理民事活动。

**第十三条**　不能辨认自己行为的精神病人是无民事行为能力人，由他的法定代理人代理民事活动。

不能完全辨认自己行为的精神病人是限制民事行为能力人，可以进行与他的精神健康状况相适应的民事活动；其他民事活动由他的法定代理人代理，或者征得他的法定代理人的同意。

**第十四条**　无民事行为能力人、限制民事行为能力人的监护人是他的法定代理人。

**第十五条**　公民以他的户籍所在地的居住地为住所，经常居住地与住所不一致的，经常居住地视为住所。

### 第二节　监　　护

**第十六条**　未成年人的父母是未成年人的监护人。

未成年人的父母已经死亡或者没有监护能力的，由下列人员中有监护能力的人担任监护人：

（一）祖父母、外祖父母；

（二）兄、姐；

（三）关系密切的其他亲属、朋友愿意承担监护责任，经未成年人的父、母的所在单位或者未成年人住所地的居民委员会、村民委员会同意的。

对担任监护人有争议的，由未成年人的父、母的所在单位或者未成年人住所地的居民委员会、村民委员会在近亲属中指定。对指定不服提起诉讼的，由人民法院裁决。

没有第一款、第二款规定的监护人的，由未成年人的父、母的所在单位或者未成年人住所地的居民委员会、村民委员会或者民政部门担任监护人。

**第十七条**　无民事行为能力或者限制民事行为能力的精神病人，由下列人员担任监护人：

（一）配偶；

（二）父母；

（三）成年子女；

（四）其他近亲属；

（五）关系密切的其他亲属、朋友愿意承担监护责任，经精神病人的所在单位或者住所地的居民委员会、村民委员会同意的。

对担任监护人有争议的，由精神病人的所在单位或者住所地的居民委员会、村民委员会在近亲属中指定。对指定不服提起诉讼的，由人民法院裁决。

没有第一款规定的监护人的，由精神病人的所在单位或者住所地的居民委员会、村民委员会或者民政部门担任监护人。

**第十八条** 监护人应当履行监护职责，保护被监护人的人身、财产及其他合法权益，除为被监护人的利益外，不得处理被监护人的财产。

监护人依法履行监护的权利，受法律保护。

监护人不履行监护职责或者侵害被监护人的合法权益的，应当承担责任；给被监护人造成财产损失的，应当赔偿损失。人民法院可以根据有关人员或者有关单位的申请，撤销监护人的资格。

**第十九条** 精神病人的利害关系人，可以向人民法院申请宣告精神病人为无民事行为能力人或者限制民事行为能力人。

被人民法院宣告为无民事行为能力人或者限制民事行为能力人的，根据他健康恢复的状况，经本人或者利害关系人申请，人民法院可以宣告他为限制民事行为能力人或者完全民事行为能力人。

### 第三节 宣告失踪和宣告死亡

**第二十条** 公民下落不明满二年的，利害关系人可以向人民法院申请宣告他为失踪人。

战争期间下落不明的，下落不明的时间从战争结束之日起计算。

**第二十一条** 失踪人的财产由他的配偶、父母、成年子女或者关系密切的其他亲属、朋友代管。代管有争议的，没有以上规定的人或者以上规定的人无能力代管的，由人民法院指定的人代管。

失踪人所欠税款、债务和应付的其他费用，由代管人从失踪人的财产中支付。

**第二十二条** 被宣告失踪的人重新出现或者确知他的下落，经本人或者利害关系人申请，人民法院应当撤销对他的失踪宣告。

**第二十三条** 公民有下列情形之一的，利害关系人可以向人民法院申请宣告他死亡：

（一）下落不明满四年的；

（二）因意外事故下落不明，从事故发生之日起满二年的。

战争期间下落不明的，下落不明的时间从战争结束之日起计算。

**第二十四条** 被宣告死亡的人重新出现或者确知他没有死亡，经本人或者利害关系人申请，人民法院应当撤销对他的死亡宣告。

有民事行为能力人在被宣告死亡期间实施的民事法律行为有效。

**第二十五条** 被撤销死亡宣告的人有权请求返还财产。依照继承法取得他的财产的公民或者组织，应当返还原物；原物不存在的，给予适当补偿。

### 第四节 个体工商户、农村承包经营户

**第二十六条** 公民在法律允许的范围内，依法经核准登记，从事工商业经营的，为个体工商户。个体工商户可以起字号。

**第二十七条** 农村集体经济组织的成员，在法律允许的范围内，按照承包合同规定从事商品经营的，为农村承包经营户。

**第二十八条** 个体工商户、农村承包经营户的合法权益，受法律保护。

**第二十九条** 个体工商户、农村承包经营户的债务，个人经营的，以个人财产承担；家庭经营的，以家庭财产承担。

### 第五节　个人合伙

**第三十条**　个人合伙是指两个以上公民按照协议，各自提供资金、实物、技术等，合伙经营、共同劳动。

**第三十一条**　合伙人应当对出资数额、盈余分配、债务承担、入伙、退伙、合伙终止等事项，订立书面协议。

**第三十二条**　合伙人投入的财产，由合伙人统一管理和使用。

合伙经营积累的财产，归合伙人共有。

**第三十三条**　个人合伙可以起字号，依法经核准登记，在核准登记的经营范围内从事经营。

**第三十四条**　个人合伙的经营活动，由合伙人共同决定，合伙人有执行和监督的权利。

合伙人可以推举负责人。合伙负责人和其他人员的经营活动，由全体合伙人承担民事责任。

**第三十五条**　合伙的债务，由合伙人按照出资比例或者协议的约定，以各自的财产承担清偿责任。

合伙人对合伙的债务承担连带责任，法律另有规定的除外。偿还合伙债务超过自己应当承担数额的合伙人，有权向其他合伙人追偿。

## 第三章　法　　人

### 第一节　一般规定

**第三十六条**　法人是具有民事权利能力和民事行为能力，依法独立享有民事权利和承担民事义务的组织。

法人的民事权利能力和民事行为能力，从法人成立时产生，到法人终止时消灭。

**第三十七条**　法人应当具备下列条件：

（一）依法成立；

（二）有必要的财产或者经费；

（三）有自己的名称、组织机构和场所；

（四）能够独立承担民事责任。

**第三十八条** 依照法律或者法人组织章程规定，代表法人行使职权的负责人，是法人的法定代表人。

**第三十九条** 法人以它的主要办事机构所在地为住所。

**第四十条** 法人终止，应当依法进行清算，停止清算范围外的活动。

### 第二节 企业法人

**第四十一条** 全民所有制企业、集体所有制企业有符合国家规定的资金数额，有组织章程、组织机构和场所，能够独立承担民事责任，经主管机关核准登记，取得法人资格。

在中华人民共和国领域内设立的中外合资经营企业、中外合作经营企业和外资企业，具备法人条件的，依法经工商行政管理机关核准登记，取得中国法人资格。

**第四十二条** 企业法人应当在核准登记的经营范围内从事经营。

**第四十三条** 企业法人对它的法定代表人和其他工作人员的经营活动，承担民事责任。

**第四十四条** 企业法人分立、合并或者有其他重要事项变更，应当向登记机关办理登记并公告。

企业法人分立、合并，它的权利和义务由变更后的法人享有和承担。

**第四十五条** 企业法人由于下列原因之一终止：

（一）依法被撤销；

（二）解散；

（三）依法宣告破产；

（四）其他原因。

**第四十六条**　企业法人终止，应当向登记机关办理注销登记并公告。

**第四十七条**　企业法人解散，应当成立清算组织，进行清算。企业法人被撤销、被宣告破产的，应当由主管机关或者人民法院组织有关机关和有关人员成立清算组织，进行清算。

**第四十八条**　全民所有制企业法人以国家授予它经营管理的财产承担民事责任。集体所有制企业法人以企业所有的财产承担民事责任。中外合资经营企业法人、中外合作经营企业法人和外资企业法人以企业所有的财产承担民事责任，法律另有规定的除外。

**第四十九条**　企业法人有下列情形之一的，除法人承担责任外，对法定代表人可以给予行政处分、罚款，构成犯罪的，依法追究刑事责任：

（一）超出登记机关核准登记的经营范围从事非法经营的；

（二）向登记机关、税务机关隐瞒真实情况、弄虚作假的；

（三）抽逃资金、隐匿财产逃避债务的；

（四）解散、被撤销、被宣告破产后，擅自处理财产的；

（五）变更、终止时不及时申请办理登记和公告，使利害关系人遭受重大损失的；

（六）从事法律禁止的其他活动，损害国家利益或者社会公共利益的。

### 第三节　机关、事业单位和社会团体法人

**第五十条**　有独立经费的机关从成立之日起，具有法人资格。

具备法人条件的事业单位、社会团体，依法不需要办理法人

登记的，从成立之日起，具有法人资格；依法需要办理法人登记的，经核准登记，取得法人资格。

### 第四节 联 营

**第五十一条** 企业之间或者企业、事业单位之间联营，组成新的经济实体，独立承担民事责任、具备法人条件的，经主管机关核准登记，取得法人资格。

**第五十二条** 企业之间或者企业、事业单位之间联营，共同经营、不具备法人条件的，由联营各方按照出资比例或者协议的约定，以各自所有的或者经营管理的财产承担民事责任。依照法律的规定或者协议的约定负连带责任的，承担连带责任。

**第五十三条** 企业之间或者企业、事业单位之间联营，按照合同的约定各自独立经营的，它的权利和义务由合同约定，各自承担民事责任。

## 第四章 民事法律行为和代理

### 第一节 民事法律行为

**第五十四条** 民事法律行为是公民或者法人设立、变更、终止民事权利和民事义务的合法行为。

**第五十五条** 民事法律行为应当具备下列条件：

（一）行为人具有相应的民事行为能力；

（二）意思表示真实；

（三）不违反法律或者社会公共利益。

**第五十六条** 民事法律行为可以采取书面形式、口头形式或者其他形式。法律规定是特定形式的，应当依照法律规定。

**第五十七条** 民事法律行为从成立时起具有法律约束力。行为人非依法律规定或者取得对方同意，不得擅自变更或者解除。

**第五十八条**　下列民事行为无效：

（一）无民事行为能力人实施的；

（二）限制民事行为能力人依法不能独立实施的；

（三）一方以欺诈、胁迫的手段或者乘人之危，使对方在违背真实意思的情况下所为的；

（四）恶意串通，损害国家、集体或者第三人利益的；

（五）违反法律或者社会公共利益的；

（六）经济合同违反国家指令性计划的；

（七）以合法形式掩盖非法目的的。

无效的民事行为，从行为开始起就没有法律约束力。

**第五十九条**　下列民事行为，一方有权请求人民法院或者仲裁机关予以变更或者撤销：

（一）行为人对行为内容有重大误解的；

（二）显失公平的。

被撤销的民事行为从行为开始起无效。

**第六十条**　民事行为部分无效，不影响其他部分的效力的，其他部分仍然有效。

**第六十一条**　民事行为被确认为无效或者被撤销后，当事人因该行为取得的财产，应当返还给受损失的一方。有过错的一方应当赔偿对方因此所受的损失，对方都有过错的，应当各自承担相应的责任。

双方恶意串通，实施民事行为损害国家的、集体的或者第三人的利益的，应当追缴双方取得的财产，收归国家、集体所有或者返还第三人。

**第六十二条**　民事法律行为可以附条件，附条件的民事法律行为在符合所附条件时生效。

## 第二节 代 理

**第六十三条** 公民、法人可以通过代理人实施民事法律行为。

代理人在代理权限内，以被代理人的名义实施民事法律行为。被代理人对代理人的代理行为，承担民事责任。

依照法律规定或者按照双方当事人约定，应当由本人实施的民事法律行为，不得代理。

**第六十四条** 代理包括委托代理、法定代理和指定代理。

委托代理人按照被代理人的委托行使代理权，法定代理人依照法律的规定行使代理权，指定代理人按照人民法院或者指定单位的指定行使代理权。

**第六十五条** 民事法律行为的委托代理，可以用书面形式，也可以用口头形式。法律规定用书面形式的，应当用书面形式。

书面委托代理的授权委托书应当载明代理人的姓名或者名称、代理事项、权限和期间，并由委托人签名或者盖章。

委托书授权不明的，被代理人应当向第三人承担民事责任，代理人负连带责任。

**第六十六条** 没有代理权、超越代理权或者代理权终止后的行为，只有经过被代理人的追认，被代理人才承担民事责任。未经追认的行为，由行为人承担民事责任。本人知道他人以本人名义实施民事行为而不作否认表示的，视为同意。

代理人不履行职责而给被代理人造成损害的，应当承担民事责任。

代理人和第三人串通，损害被代理人的利益的，由代理人和第三人负连带责任。

第三人知道行为人没有代理权、超越代理权或者代理权已终止还与行为人实施民事行为给他人造成损害的，由第三人和行为人负连带责任。

**第六十七条**　代理人知道被委托代理的事项违法仍然进行代理活动的，或者被代理人知道代理人的代理行为违法不表示反对的，由被代理人和代理人负连带责任。

**第六十八条**　委托代理人为被代理人的利益需要转托他人代理的，应当事先取得被代理人的同意。事先没有取得被代理人同意的，应当在事后及时告诉被代理人，如果被代理人不同意，由代理人对自己所转托的人的行为负民事责任，但在紧急情况下，为了保护被代理人的利益而转托他人代理的除外。

**第六十九条**　有下列情形之一的，委托代理终止：

（一）代理期间届满或者代理事务完成；

（二）被代理人取消委托或者代理人辞去委托；

（三）代理人死亡；

（四）代理人丧失民事行为能力；

（五）作为被代理人或者代理人的法人终止。

**第七十条**　有下列情形之一的，法定代理或者指定代理终止：

（一）被代理人取得或者恢复民事行为能力；

（二）被代理人或者代理人死亡；

（三）代理人丧失民事行为能力；

（四）指定代理的人民法院或者指定单位取消指定；

（五）由其他原因引起的被代理人和代理人之间的监护关系消灭。

## 第五章　民 事 权 利

### 第一节　财产所有权和与财产所有权有关的财产权

**第七十一条**　财产所有权是指所有人依法对自己的财产享

有占有、使用、收益和处分的权利。

**第七十二条** 财产所有权的取得,不得违反法律规定。

按照合同或者其他合法方式取得财产的,财产所有权从财产交付时起转移,法律另有规定或者当事人另有约定的除外。

**第七十三条** 国家财产属于全民所有。

国家财产神圣不可侵犯,禁止任何组织或者个人侵占、哄抢、私分、截留、破坏。

**第七十四条** 劳动群众集体组织的财产属于劳动群众集体所有,包括:

(一) 法律规定为集体所有的土地和森林、山岭、草原、荒地、滩涂等;

(二) 集体经济组织的财产;

(三) 集体所有的建筑物、水库、农田水利设施和教育、科学、文化、卫生、体育等设施;

(四) 集体所有的其他财产。

集体所有的土地依照法律属于村农民集体所有,由村农业生产合作社等农业集体经济组织或者村民委员会经营、管理。已经属于乡(镇)农民集体经济组织所有的,可以属于乡(镇)农民集体所有。

集体所有的财产受法律保护,禁止任何组织或者个人侵占、哄抢、私分、破坏或者非法查封、扣押、冻结、没收。

**第七十五条** 公民的个人财产,包括公民的合法收入、房屋、储蓄、生活用品、文物、图书资料、林木、牲畜和法律允许公民所有的生产资料以及其他合法财产。

公民的合法财产受法律保护,禁止任何组织或者个人侵占、哄抢、破坏或者非法查封、扣押、冻结、没收。

**第七十六条** 公民依法享有财产继承权。

**第七十七条**　社会团体包括宗教团体的合法财产受法律保护。

**第七十八条**　财产可以由两个以上的公民、法人共有。

共有分为按份共有和共同共有。按份共有人按照各自的份额，对共有财产分享权利，分担义务。共同共有人对共有财产享有权利，承担义务。

按份共有财产的每个共有人有权要求将自己的份额分出或者转让。但在出售时，其他共有人在同等条件下，有优先购买的权利。

**第七十九条**　所有人不明的埋藏物、隐藏物，归国家所有。接收单位应当对上缴的单位或者个人，给予表扬或者物质奖励。

拾得遗失物、漂流物或者失散的饲养动物，应当归还失主，因此而支出的费用由失主偿还。

**第八十条**　国家所有的土地，可以依法由全民所有制单位使用，也可以依法确定由集体所有制单位使用，国家保护它的使用、收益的权利；使用单位有管理、保护、合理利用的义务。

公民、集体依法对集体所有的或者国家所有由集体使用的土地的承包经营权，受法律保护。承包双方的权利和义务，依照法律由承包合同规定。

土地不得买卖、出租、抵押或者以其他形式非法转让。

**第八十一条**　国家所有的森林、山岭、草原、荒地、滩涂、水面等自然资源，可以依法由全民所有制单位使用，也可以依法确定由集体所有制单位使用，国家保护它的使用、收益的权利；使用单位有管理、保护、合理利用的义务。

国家所有的矿藏，可以依法由全民所有制单位和集体所有制单位开采，也可以依法由公民采挖。国家保护合法的采矿权。

公民、集体依法对集体所有的或者国家所有由集体使用的森林、山岭、草原、荒地、滩涂、水面的承包经营权，受法律保护。承包双方的权利和义务，依照法律由承包合同规定。

国家所有的矿藏、水流，国家所有的和法律规定属于集体所有的林地、山岭、草原、荒地、滩涂不得买卖、出租、抵押或者以其他形式非法转让。

**第八十二条** 全民所有制企业对国家授予它经营管理的财产依法享有经营权，受法律保护。

**第八十三条** 不动产的相邻各方，应当按照有利生产、方便生活、团结互助、公平合理的精神，正确处理截水、排水、通行、通风、采光等方面的相邻关系。给相邻方造成妨碍或者损失的，应当停止侵害，排除妨碍，赔偿损失。

### 第二节 债 权

**第八十四条** 债是按照合同的约定或者依照法律的规定，在当事人之间产生的特定的权利和义务关系，享有权利的人是债权人，负有义务的人是债务人。

债权人有权要求债务人按照合同的约定或者依照法律的规定履行义务。

**第八十五条** 合同是当事人之间设立、变更、终止民事关系的协议。依法成立的合同，受法律保护。

**第八十六条** 债权人为二人以上的，按照确定的份额分享权利。债务人为二人以上的，按照确定的份额分担义务。

**第八十七条** 债权人或者债务人一方人数为二人以上的，依照法律的规定或者当事人的约定，享有连带权利的每个债权人，都有权要求债务人履行义务；负有连带义务的每个债务人，都负有清偿全部债务的义务，履行了义务的人，有权要求其他负有连带义务的人偿付他应当承担的份额。

**第八十八条** 合同的当事人应当按照合同的约定，全部履行自己的义务。

合同中有关质量、期限、地点或者价款约定不明确，按照合同有关条款内容不能确定，当事人又不能通过协商达成协议的，适用下列规定：

（一）质量要求不明确的，按照国家质量标准履行，没有国家质量标准的，按照通常标准履行。

（二）履行期限不明确的，债务人可以随时向债权人履行义务，债权人也可以随时要求债务人履行义务，但应当给对方必要的准备时间。

（三）履行地点不明确，给付货币的，在接受给付一方的所在地履行，其他标的在履行义务一方的所在地履行。

（四）价款约定不明确的，按照国家规定的价格履行；没有国家规定价格的，参照市场价格或者同类物品的价格或者同类劳务的报酬标准履行。

合同对专利申请权没有约定的，完成发明创造的当事人享有申请权。

合同对科技成果的使用权没有约定的，当事人都有使用的权利。

**第八十九条**　依照法律的规定或者按照当事人的约定，可以采用下列方式担保债务的履行：

（一）保证人向债权人保证债务人履行债务，债务人不履行债务的，按照约定由保证人履行或者承担连带责任；保证人履行债务后，有权向债务人追偿。

（二）债务人或者第三人可以提供一定的财产作为抵押物。债务人不履行债务的，债权人有权依照法律的规定以抵押物折价或者以变卖抵押物的价款优先得到偿还。

（三）当事人一方在法律规定的范围内可以向对方给付定

金。债务人履行债务后，定金应当抵作价款或者收回。给付定金的一方不履行债务的，无权要求返还定金；接受定金的一方不履行债务的，应当双倍返还定金。

（四）按照合同约定一方占有对方的财产，对方不按照合同给付应付款项超过约定期限的，占有人有权留置该财产，依照法律的规定以留置财产折价或者以变卖该财产的价款优先得到偿还。

**第九十条** 合法的借贷关系受法律保护。

**第九十一条** 合同一方将合同的权利、义务全部或者部分转让给第三人的，应当取得合同另一方的同意，并不得牟利。依照法律规定应当由国家批准的合同，需经原批准机关批准。但是，法律另有规定或者原合同另有约定的除外。

**第九十二条** 没有合法根据，取得不当利益，造成他人损失的，应当将取得的不当利益返还受损失的人。

**第九十三条** 没有法定的或者约定的义务，为避免他人利益受损失进行管理或者服务的，有权要求受益人偿付由此而支付的必要费用。

### 第三节　知 识 产 权

**第九十四条** 公民、法人享有著作权（版权），依法有署名、发表、出版、获得报酬等权利。

**第九十五条** 公民、法人依法取得的专利权受法律保护。

**第九十六条** 法人、个体工商户、个人合伙依法取得的商标专用权受法律保护。

**第九十七条** 公民对自己的发现享有发现权。发现人有权申请领取发现证书、奖金或者其他奖励。

公民对自己的发明或者其他科技成果，有权申请领取荣誉证书、奖金或者其他奖励。

### 第四节　人　身　权

**第九十八条**　公民享有生命健康权。

**第九十九条**　公民享有姓名权,有权决定、使用和依照规定改变自己的姓名,禁止他人干涉、盗用、假冒。

法人、个体工商户、个人合伙享有名称权。企业法人、个体工商户、个人合伙有权使用、依法转让自己的名称。

**第一百条**　公民享有肖像权,未经本人同意,不得以营利为目的使用公民的肖像。

**第一百零一条**　公民、法人享有名誉权,公民的人格尊严受法律保护,禁止用侮辱、诽谤等方式损害公民、法人的名誉。

**第一百零二条**　公民、法人享有荣誉权,禁止非法剥夺公民、法人的荣誉称号。

**第一百零三条**　公民享有婚姻自主权,禁止买卖、包办婚姻和其他干涉婚姻自由的行为。

**第一百零四条**　婚姻、家庭、老人、母亲和儿童受法律保护。

残疾人的合法权益受法律保护。

**第一百零五条**　妇女享有同男子平等的民事权利。

## 第六章　民　事　责　任

### 第一节　一　般　规　定

**第一百零六条**　公民、法人违反合同或者不履行其他义务的,应当承担民事责任。

公民、法人由于过错侵害国家的、集体的财产,侵害他人财产、人身的,应当承担民事责任。

没有过错,但法律规定应当承担民事责任的,应当承担民事责任。

**第一百零七条**　因不可抗力不能履行合同或者造成他人损

害的，不承担民事责任，法律另有规定的除外。

**第一百零八条** 债务应当清偿。暂时无力偿还的，经债权人同意或者人民法院裁决，可以由债务人分期偿还。有能力偿还拒不偿还的，由人民法院判决强制偿还。

**第一百零九条** 因防止、制止国家的、集体的财产或者他人的财产、人身遭受侵害而使自己受到损害的，由侵害人承担赔偿责任，受益人也可以给予适当的补偿。

**第一百一十条** 对承担民事责任的公民、法人需要追究行政责任的，应当追究行政责任；构成犯罪的，对公民、法人的法定代表人应当依法追究刑事责任。

### 第二节 违反合同的民事责任

**第一百一十一条** 当事人一方不履行合同义务或者履行合同义务不符合约定条件的，另一方有权要求履行或者采取补救措施，并有权要求赔偿损失。

**第一百一十二条** 当事人一方违反合同的赔偿责任，应当相当于另一方因此所受到的损失。

当事人可以在合同中约定，一方违反合同时，向另一方支付一定数额的违约金；也可以在合同中约定对于违反合同而产生的损失赔偿额的计算方法。

**第一百一十三条** 当事人双方都违反合同的，应当分别承担各自应负的民事责任。

**第一百一十四条** 当事人一方因另一方违反合同受到损失的，应当及时采取措施防止损失的扩大；没有及时采取措施致使损失扩大的，无权就扩大的损失要求赔偿。

**第一百一十五条** 合同的变更或者解除，不影响当事人要求赔偿损失的权利。

**第一百一十六条** 当事人一方由于上级机关的原因，不能履行合同义务的，应当按照合同约定向另一方赔偿损失或者采取其他补救措施，再由上级机关对它因此受到的损失负责处理。

### 第三节 侵权的民事责任

**第一百一十七条** 侵占国家的、集体的财产或者他人财产的，应当返还财产，不能返还财产的，应当折价赔偿。

损坏国家的、集体的财产或者他人财产的，应当恢复原状或者折价赔偿。

受害人因此遭受其他重大损失的，侵害人并应当赔偿损失。

**第一百一十八条** 公民、法人的著作权（版权）、专利权、商标专用权、发现权、发明权和其他科技成果权受到剽窃、篡改、假冒等侵害的，有权要求停止侵害，消除影响，赔偿损失。

**第一百一十九条** 侵害公民身体造成伤害的，应当赔偿医疗费、因误工减少的收入、残废者生活补助费等费用；造成死亡的，并应当支付丧葬费、死者生前扶养的人必要的生活费等费用。

**第一百二十条** 公民的姓名权、肖像权、名誉权、荣誉权受到侵害的，有权要求停止侵害，恢复名誉，消除影响，赔礼道歉，并可以要求赔偿损失。

法人的名称权、名誉权、荣誉权受到侵害的，适用前款规定。

**第一百二十一条** 国家机关或者国家机关工作人员在执行职务中，侵犯公民、法人的合法权益造成损害的，应当承担民事责任。

**第一百二十二条** 因产品质量不合格造成他人财产、人身损害的，产品制造者、销售者应当依法承担民事责任。运输者、仓储者对此负有责任的，产品制造者、销售者有权要求赔偿损失。

**第一百二十三条** 从事高空、高压、易燃、易爆、剧毒、放射性、高速运输工具等对周围环境有高度危险的作业造成他人损害的，应当承担民事责任；如果能够证明损害是由受害人故意造成的，不承担民事责任。

**第一百二十四条** 违反国家保护环境防止污染的规定，污染环境造成他人损害的，应当依法承担民事责任。

**第一百二十五条** 在公共场所、道旁或者通道上挖坑、修缮安装地下设施等，没有设置明显标志和采取安全措施造成他人损害的，施工人应当承担民事责任。

**第一百二十六条** 建筑物或者其他设施以及建筑物上的搁置物、悬挂物发生倒塌、脱落、坠落造成他人损害的，它的所有人或者管理人应当承担民事责任，但能够证明自己没有过错的除外。

**第一百二十七条** 饲养的动物造成他人损害的，动物饲养人或者管理人应当承担民事责任；由于受害人的过错造成损害的，动物饲养人或者管理人不承担民事责任；由于第三人的过错造成损害的，第三人应当承担民事责任。

**第一百二十八条** 因正当防卫造成损害的，不承担民事责任。正当防卫超过必要的限度，造成不应有的损害的，应当承担适当的民事责任。

**第一百二十九条** 因紧急避险造成损害的，由引起险情发生的人承担民事责任。如果危险是由自然原因引起的，紧急避险人不承担民事责任或者承担适当的民事责任。因紧急避险采取措施不当或者超过必要的限度，造成不应有的损害的，紧急避险人应当承担适当的民事责任。

**第一百三十条** 二人以上共同侵权造成他人损害的，应当承担连带责任。

**第一百三十一条**　受害人对于损害的发生也有过错的，可以减轻侵害人的民事责任。

**第一百三十二条**　当事人对造成损害都没有过错的，可以根据实际情况，由当事人分担民事责任。

**第一百三十三条**　无民事行为能力人、限制民事行为能力人造成他人损害的，由监护人承担民事责任。监护人尽了监护责任的，可以适当减轻他的民事责任。

有财产的无民事行为能力人、限制民事行为能力人造成他人损害的，从本人财产中支付赔偿费用。不足部分，由监护人适当赔偿，但单位担任监护人的除外。

### 第四节　承担民事责任的方式

**第一百三十四条**　承担民事责任的方式主要有：

（一）停止侵害；

（二）排除妨碍；

（三）消除危险；

（四）返还财产；

（五）恢复原状；

（六）修理、重作、更换；

（七）赔偿损失；

（八）支付违约金；

（九）消除影响、恢复名誉；

（十）赔礼道歉。

以上承担民事责任的方式，可以单独适用，也可以合并适用。

人民法院审理民事案件，除适用上述规定外，还可以予以训诫、责令具结悔过、收缴进行非法活动的财物和非法所得，并可以依照法律规定处以罚款、拘留。

## 第七章　诉讼时效

**第一百三十五条**　向人民法院请求保护民事权利的诉讼时效期间为二年，法律另有规定的除外。

**第一百三十六条**　下列的诉讼时效期间为一年：

（一）身体受到伤害要求赔偿的；

（二）出售质量不合格的商品未声明的；

（三）延付或者拒付租金的；

（四）寄存财物被丢失或者损毁的。

**第一百三十七条**　诉讼时效期间从知道或者应当知道权利被侵害时起计算。但是，从权利被侵害之日起超过二十年的，人民法院不予保护。有特殊情况的，人民法院可以延长诉讼时效期间。

**第一百三十八条**　超过诉讼时效期间，当事人自愿履行的，不受诉讼时效限制。

**第一百三十九条**　在诉讼时效期间的最后六个月内，因不可抗力或者其他障碍不能行使请求权的，诉讼时效中止。从中止时效的原因消除之日起，诉讼时效期间继续计算。

**第一百四十条**　诉讼时效因提起诉讼、当事人一方提出要求或者同意履行义务而中断。从中断时起，诉讼时效期间重新计算。

**第一百四十一条**　法律对诉讼时效另有规定的，依照法律规定。

## 第八章　涉外民事关系的法律适用

**第一百四十二条**　涉外民事关系的法律适用，依照本章的规定确定。

中华人民共和国缔结或者参加的国际条约同中华人民共和国的民事法律有不同规定的，适用国际条约的规定，但中华人民共和国声明保留的条款除外。

中华人民共和国法律和中华人民共和国缔结或者参加的国际条约没有规定的，可以适用国际惯例。

**第一百四十三条**　中华人民共和国公民定居国外的，他的民事行为能力可以适用定居国法律。

**第一百四十四条**　不动产的所有权，适用不动产所在地法律。

**第一百四十五条**　涉外合同的当事人可以选择处理合同争议所适用的法律，法律另有规定的除外。

涉外合同的当事人没有选择的，适用与合同有最密切联系的国家的法律。

**第一百四十六条**　侵权行为的损害赔偿，适用侵权行为地法律。当事人双方国籍相同或者在同一国家有住所的，也可以适用当事人本国法律或者住所地法律。

中华人民共和国法律不认为在中华人民共和国领域外发生的行为是侵权行为的，不作为侵权行为处理。

**第一百四十七条**　中华人民共和国公民和外国人结婚适用婚姻缔结地法律，离婚适用受理案件的法院所在地法律。

**第一百四十八条**　扶养适用与被扶养人有最密切联系的国家的法律。

**第一百四十九条**　遗产的法定继承，动产适用被继承人死亡时住所地法律，不动产适用不动产所在地法律。

**第一百五十条**　依照本章规定适用外国法律或者国际惯例的，不得违背中华人民共和国的社会公共利益。

## 第九章　附　　则

**第一百五十一条**　民族自治地方的人民代表大会可以根据本法规定的原则，结合当地民族的特点，制定变通的或者补充的单行条例或者规定。自治区人民代表大会制定的，依照法律规定报全国人民代表大会常务委员会批准或者备案；自治州、自治县人民代表大会制定的，报省、自治区人民代表大会常务委员会批准。

**第一百五十二条**　本法生效以前，经省、自治区、直辖市以上主管机关批准开办的全民所有制企业，已经向工商行政管理机关登记的，可以不再办理法人登记，即具有法人资格。

**第一百五十三条**　本法所称的"不可抗力"，是指不能预见、不能避免并不能克服的客观情况。

**第一百五十四条**　民法所称的期间按照公历年、月、日、小时计算。

规定按照小时计算期间的，从规定时开始计算。规定按照日、月、年计算期间的，开始的当天不算入，从下一天开始计算。

期间的最后一天是星期日或者其他法定休假日的，以休假日的次日为期间的最后一天。

期间的最后一天的截止时间为二十四点。有业务时间的，到停止业务活动的时间截止。

**第一百五十五条**　民法所称的"以上"、"以下"、"以内"、"届满"，包括本数；所称的"不满"、"以外"，不包括本数。

**第一百五十六条**　本法自一九八七年一月一日起施行。

# 中华人民共和国合同法(节录)

(1999 年 3 月 15 日第九届全国人民代表大会第二次会议通过)

## 总　　则

### 第一章　一 般 规 定

**第一条**　为了保护合同当事人的合法权益,维护社会经济秩序,促进社会主义现代化建设,制定本法。

**第二条**　本法所称合同是平等主体的自然人、法人、其他组织之间设立、变更、终止民事权利义务关系的协议。

婚姻、收养、监护等有关身份关系的协议,适用其他法律的规定。

**第三条**　合同当事人的法律地位平等,一方不得将自己的意志强加给另一方。

**第四条**　当事人依法享有自愿订立合同的权利,任何单位和个人不得非法干预。

**第五条**　当事人应当遵循公平原则确定各方的权利和义务。

**第六条**　当事人行使权利、履行义务应当遵循诚实信用原则。

**第七条**　当事人订立、履行合同,应当遵守法律、行政法规,尊重社会公德，不得扰乱社会经济秩序，损害社会公共利益。

**第八条** 依法成立的合同，对当事人具有法律约束力。当事人应当按照约定履行自己的义务，不得擅自变更或者解除合同。

依法成立的合同，受法律保护。

## 第二章 合同的订立

**第九条** 当事人订立合同，应当具有相应的民事权利能力和民事行为能力。

当事人依法可以委托代理人订立合同。

**第十条** 当事人订立合同，有书面形式、口头形式和其他形式。

法律、行政法规规定采用书面形式的，应当采用书面形式。当事人约定采用书面形式的，应当采用书面形式。

**第十一条** 书面形式是指合同书、信件和数据电文（包括电报、电传、传真、电子数据交换和电子邮件）等可以有形地表现所载内容的形式。

**第十二条** 合同的内容由当事人约定，一般包括以下条款：

（一）当事人的名称或者姓名和住所；

（二）标的；

（三）数量；

（四）质量；

（五）价款或者报酬；

（六）履行期限、地点和方式；

（七）违约责任；

（八）解决争议的方法。

当事人可以参照各类合同的示范文本订立合同。

**第十三条**　当事人订立合同,采取要约、承诺方式。

**第十四条**　要约是希望和他人订立合同的意思表示,该意思表示应当符合下列规定:

(一)内容具体确定;

(二)表明经受要约人承诺,要约人即受该意思表示约束。

**第十五条**　要约邀请是希望他人向自己发出要约的意思表示。寄送的价目表、拍卖公告、招标公告、招股说明书、商业广告等为要约邀请。

商业广告的内容符合要约规定的,视为要约。

**第十六条**　要约到达受要约人时生效。

采用数据电文形式订立合同,收件人指定特定系统接收数据电文的,该数据电文进入该特定系统的时间,视为到达时间;未指定特定系统的,该数据电文进入收件人的任何系统的首次时间,视为到达时间。

**第十七条**　要约可以撤回。撤回要约的通知应当在要约到达受要约人之前或者与要约同时到达受要约人。

**第十八条**　要约可以撤销。撤销要约的通知应当在受要约人发出承诺通知之前到达受要约人。

**第十九条**　有下列情形之一的,要约不得撤销:

(一)要约人确定了承诺期限或者以其他形式明示要约不可撤销;

(二)受要约人有理由认为要约是不可撤销的,并已经为履行合同作了准备工作。

**第二十条**　有下列情形之一的,要约失效:

(一)拒绝要约的通知到达要约人;

(二)要约人依法撤销要约;

(三)承诺期限届满,受要约人未作出承诺;

（四）受要约人对要约的内容作出实质性变更。

**第二十一条** 承诺是受要约人同意要约的意思表示。

**第二十二条** 承诺应当以通知的方式作出，但根据交易习惯或者要约表明可以通过行为作出承诺的除外。

**第二十三条** 承诺应当在要约确定的期限内到达要约人。

要约没有确定承诺期限的，承诺应当依照下列规定到达：

（一）要约以对话方式作出的，应当即时作出承诺，但当事人另有约定的除外；

（二）要约以非对话方式作出的，承诺应当在合理期限内到达。

**第二十四条** 要约以信件或者电报作出的，承诺期限自信件载明的日期或者电报交发之日开始计算。信件未载明日期的，自投寄该信件的邮戳日期开始计算。要约以电话、传真等快速通讯方式作出的，承诺期限自要约到达受要约人时开始计算。

**第二十五条** 承诺生效时合同成立。

**第二十六条** 承诺通知到达要约人时生效。承诺不需要通知的，根据交易习惯或者要约的要求作出承诺的行为时生效。

采用数据电文形式订立合同的，承诺到达的时间适用本法第十六条第二款的规定。

**第二十七条** 承诺可以撤回。撤回承诺的通知应当在承诺通知到达要约人之前或者与承诺通知同时到达要约人。

**第二十八条** 受要约人超过承诺期限发出承诺的，除要约人及时通知受要约人该承诺有效的以外，为新要约。

**第二十九条** 受要约人在承诺期限内发出承诺，按照通常情形能够及时到达要约人，但因其他原因承诺到达要约人时超过承诺期限的，除要约人及时通知受要约人因承诺超过期限不接受该承诺的以外，该承诺有效。

**第三十条** 承诺的内容应当与要约的内容一致。受要约人对要约的内容作出实质性变更的，为新要约。有关合同标的、数量、质量、价款或者报酬、履行期限、履行地点和方式、违约责任和解决争议方法等的变更，是对要约内容的实质性变更。

**第三十一条** 承诺对要约的内容作出非实质性变更的，除要约人及时表示反对或者要约表明承诺不得对要约的内容作出任何变更的以外，该承诺有效，合同的内容以承诺的内容为准。

**第三十二条** 当事人采用合同书形式订立合同的，自双方当事人签字或者盖章时合同成立。

**第三十三条** 当事人采用信件、数据电文等形式订立合同的，可以在合同成立之前要求签订确认书。签订确认书时合同成立。

**第三十四条** 承诺生效的地点为合同成立的地点。

采用数据电文形式订立合同的，收件人的主营业地为合同成立的地点；没有主营业地的，其经常居住地为合同成立的地点。当事人另有约定的，按照其约定。

**第三十五条** 当事人采用合同书形式订立合同的，双方当事人签字或者盖章的地点为合同成立的地点。

**第三十六条** 法律、行政法规规定或者当事人约定采用书面形式订立合同，当事人未采用书面形式但一方已经履行主要义务，对方接受的，该合同成立。

**第三十七条** 采用合同书形式订立合同，在签字或者盖章之前，当事人一方已经履行主要义务，对方接受的，该合同成立。

**第三十八条** 国家根据需要下达指令性任务或者国家订货任务的，有关法人、其他组织之间应当依照有关法律、行政法规规定的权利和义务订立合同。

**第三十九条** 采用格式条款订立合同的，提供格式条款的一方应当遵循公平原则确定当事人之间的权利和义务，并采取合理的方式提请对方注意免除或者限制其责任的条款，按照对方的要求，对该条款予以说明。

格式条款是当事人为了重复使用而预先拟定，并在订立合同时未与对方协商的条款。

**第四十条** 格式条款具有本法第五十二条和第五十三条规定情形的，或者提供格式条款一方免除其责任、加重对方责任、排除对方主要权利的，该条款无效。

**第四十一条** 对格式条款的理解发生争议的，应当按照通常理解予以解释。对格式条款有两种以上解释的，应当作出不利于提供格式条款一方的解释。格式条款和非格式条款不一致的，应当采用非格式条款。

**第四十二条** 当事人在订立合同过程中有下列情形之一，给对方造成损失的，应当承担损害赔偿责任：

（一）假借订立合同，恶意进行磋商；

（二）故意隐瞒与订立合同有关的重要事实或者提供虚假情况；

（三）有其他违背诚实信用原则的行为。

**第四十三条** 当事人在订立合同过程中知悉的商业秘密，无论合同是否成立，不得泄露或者不正当地使用。泄露或者不正当地使用该商业秘密给对方造成损失的，应当承担损害赔偿责任。

## 第三章 合同的效力

**第四十四条** 依法成立的合同，自成立时生效。

法律、行政法规规定应当办理批准、登记等手续生效的，依照其规定。

**第四十五条**　当事人对合同的效力可以约定附条件。附生效条件的合同，自条件成就时生效。附解除条件的合同，自条件成就时失效。

当事人为自己的利益不正当地阻止条件成就的，视为条件已成就；不正当地促成条件成就的，视为条件不成就。

**第四十六条**　当事人对合同的效力可以约定附期限。附生效期限的合同，自期限届至时生效。附终止期限的合同，自期限届满时失效。

**第四十七条**　限制民事行为能力人订立的合同，经法定代理人追认后，该合同有效，但纯获利益的合同或者与其年龄、智力、精神健康状况相适应而订立的合同，不必经法定代理人追认。

相对人可以催告法定代理人在一个月内予以追认。法定代理人未作表示的，视为拒绝追认。合同被追认之前，善意相对人有撤销的权利。撤销应当以通知的方式作出。

**第四十八条**　行为人没有代理权、超越代理权或者代理权终止后以被代理人名义订立的合同，未经被代理人追认，对被代理人不发生效力，由行为人承担责任。

相对人可以催告被代理人在一个月内予以追认。被代理人未作表示的，视为拒绝追认。合同被追认之前，善意相对人有撤销的权利。撤销应当以通知的方式作出。

**第四十九条**　行为人没有代理权、超越代理权或者代理权终止后以被代理人名义订立合同，相对人有理由相信行为人有代理权的，该代理行为有效。

**第五十条**　法人或者其他组织的法定代表人、负责人超越权限订立的合同，除相对人知道或者应当知道其超越权限的以外，该代表行为有效。

**第五十一条** 无处分权的人处分他人财产，经权利人追认或者无处分权的人订立合同后取得处分权的，该合同有效。

**第五十二条** 有下列情形之一的，合同无效：

（一）一方以欺诈、胁迫的手段订立合同，损害国家利益；

（二）恶意串通，损害国家、集体或者第三人利益；

（三）以合法形式掩盖非法目的；

（四）损害社会公共利益；

（五）违反法律、行政法规的强制性规定。

**第五十三条** 合同中的下列免责条款无效：

（一）造成对方人身伤害的；

（二）因故意或者重大过失造成对方财产损失的。

**第五十四条** 下列合同，当事人一方有权请求人民法院或者仲裁机构变更或者撤销：

（一）因重大误解订立的；

（二）在订立合同时显失公平的。

一方以欺诈、胁迫的手段或者乘人之危，使对方在违背真实意思的情况下订立的合同，受损害方有权请求人民法院或者仲裁机构变更或者撤销。

当事人请求变更的，人民法院或者仲裁机构不得撤销。

**第五十五条** 有下列情形之一的，撤销权消灭：

（一）具有撤销权的当事人自知道或者应当知道撤销事由之日起一年内没有行使撤销权；

（二）具有撤销权的当事人知道撤销事由后明确表示或者以自己的行为放弃撤销权。

**第五十六条** 无效的合同或者被撤销的合同自始没有法律约束力。合同部分无效，不影响其他部分效力的，其他部分仍然有效。

**第五十七条** 合同无效、被撤销或者终止的,不影响合同中独立存在的有关解决争议方法的条款的效力。

**第五十八条** 合同无效或者被撤销后,因该合同取得的财产,应当予以返还;不能返还或者没有必要返还的,应当折价补偿。有过错的一方应当赔偿对方因此所受到的损失,双方都有过错的,应当各自承担相应的责任。

**第五十九条** 当事人恶意串通,损害国家、集体或者第三人利益的,因此取得的财产收归国家所有或者返还集体、第三人。

## 第四章 合同的履行

**第六十条** 当事人应当按照约定全面履行自己的义务。

当事人应当遵循诚实信用原则,根据合同的性质、目的和交易习惯履行通知、协助、保密等义务。

**第六十一条** 合同生效后,当事人就质量、价款或者报酬、履行地点等内容没有约定或者约定不明确的,可以协议补充;不能达成补充协议的,按照合同有关条款或者交易习惯确定。

**第六十二条** 当事人就有关合同内容约定不明确,依照本法第六十一条的规定仍不能确定的,适用下列规定:

(一) 质量要求不明确的,按照国家标准、行业标准履行;没有国家标准、行业标准的,按照通常标准或者符合合同目的的特定标准履行。

(二) 价款或者报酬不明确的,按照订立合同时履行地的市场价格履行;依法应当执行政府定价或者政府指导价的,按照规定履行。

(三) 履行地点不明确,给付货币的,在接受货币一方所在地履行;交付不动产的,在不动产所在地履行;其他标的,在履行义务一方所在地履行。

（四）履行期限不明确的，债务人可以随时履行，债权人也可以随时要求履行，但应当给对方必要的准备时间。

（五）履行方式不明确的，按照有利于实现合同目的的方式履行。

（六）履行费用的负担不明确的，由履行义务一方负担。

**第六十三条** 执行政府定价或者政府指导价的，在合同约定的交付期限内政府价格调整时，按照交付时的价格计价。逾期交付标的物的，遇价格上涨时，按照原价格执行；价格下降时，按照新价格执行。逾期提取标的物或者逾期付款的，遇价格上涨时，按照新价格执行；价格下降时，按照原价格执行。

**第六十四条** 当事人约定由债务人向第三人履行债务的，债务人未向第三人履行债务或者履行债务不符合约定，应当向债权人承担违约责任。

**第六十五条** 当事人约定由第三人向债权人履行债务，第三人不履行债务或者履行债务不符合约定，债务人应当向债权人承担违约责任。

**第六十六条** 当事人互负债务，没有先后履行顺序的，应当同时履行。一方在对方履行之前有权拒绝其履行要求。一方在对方履行债务不符合约定时，有权拒绝其相应的履行要求。

**第六十七条** 当事人互负债务，有先后履行顺序，先履行一方未履行的，后履行一方有权拒绝其履行要求。先履行一方履行债务不符合约定的，后履行一方有权拒绝其相应的履行要求。

**第六十八条** 应当先履行债务的当事人，有确切证据证明对方有下列情形之一的，可以中止履行：

（一）经营状况严重恶化；

（二）转移财产、抽逃资金，以逃避债务；

（三）丧失商业信誉；

（四）有丧失或者可能丧失履行债务能力的其他情形。

当事人没有确切证据中止履行的，应当承担违约责任。

**第六十九条**　当事人依照本法第六十八条的规定中止履行的，应当及时通知对方。对方提供适当担保时，应当恢复履行。中止履行后，对方在合理期限内未恢复履行能力并且未提供适当担保的，中止履行的一方可以解除合同。

**第七十条**　债权人分立、合并或者变更住所没有通知债务人，致使履行债务发生困难的，债务人可以中止履行或者将标的物提存。

**第七十一条**　债权人可以拒绝债务人提前履行债务，但提前履行不损害债权人利益的除外。

债务人提前履行债务给债权人增加的费用，由债务人负担。

**第七十二条**　债权人可以拒绝债务人部分履行债务，但部分履行不损害债权人利益的除外。

债务人部分履行债务给债权人增加的费用，由债务人负担。

**第七十三条**　因债务人怠于行使其到期债权，对债权人造成损害的，债权人可以向人民法院请求以自己的名义代位行使债务人的债权，但该债权专属于债务人自身的除外。

代位权的行使范围以债权人的债权为限。债权人行使代位权的必要费用，由债务人负担。

**第七十四条**　因债务人放弃其到期债权或者无偿转让财产，对债权人造成损害的，债权人可以请求人民法院撤销债务人的行为。债务人以明显不合理的低价转让财产，对债权人造成损害，并且受让人知道该情形的，债权人也可以请求人民法院撤销债务人的行为。

撤销权的行使范围以债权人的债权为限。债权人行使撤销权的必要费用，由债务人负担。

**第七十五条**　撤销权自债权人知道或者应当知道撤销事由之日起一年内行使。自债务人的行为发生之日起五年内没有行使撤销权的，该撤销权消灭。

**第七十六条**　合同生效后，当事人不得因姓名、名称的变更或者法定代表人、负责人、承办人的变动而不履行合同义务。

## 第五章　合同的变更和转让

**第七十七条**　当事人协商一致，可以变更合同。

法律、行政法规规定变更合同应当办理批准、登记等手续的，依照其规定。

**第七十八条**　当事人对合同变更的内容约定不明确的，推定为未变更。

**第七十九条**　债权人可以将合同的权利全部或者部分转让给第三人，但有下列情形之一的除外：

（一）根据合同性质不得转让；

（二）按照当事人约定不得转让；

（三）依照法律规定不得转让。

**第八十条**　债权人转让权利的，应当通知债务人。未经通知，该转让对债务人不发生效力。

债权人转让权利的通知不得撤销，但经受让人同意的除外。

**第八十一条**　债权人转让权利的，受让人取得与债权有关的从权利，但该从权利专属于债权人自身的除外。

**第八十二条**　债务人接到债权转让通知后，债务人对让与人的抗辩，可以向受让人主张。

**第八十三条**　债务人接到债权转让通知时，债务人对让与人享有债权，并且债务人的债权先于转让的债权到期或者同时到期的，债务人可以向受让人主张抵消。

**第八十四条** 债务人将合同的义务全部或者部分转移给第三人的，应当经债权人同意。

**第八十五条** 债务人转移义务的，新债务人可以主张原债务人对债权人的抗辩。

**第八十六条** 债务人转移义务的，新债务人应当承担与主债务有关的从债务，但该从债务专属于原债务人自身的除外。

**第八十七条** 法律、行政法规规定转让权利或者转移义务应当办理批准、登记等手续的，依照其规定。

**第八十八条** 当事人一方经对方同意，可以将自己在合同中的权利和义务一并转让给第三人。

**第八十九条** 权利和义务一并转让的，适用本法第七十九条、第八十一条至第八十三条、第八十五条至第八十七条的规定。

**第九十条** 当事人订立合同后合并的，由合并后的法人或者其他组织行使合同权利，履行合同义务。当事人订立合同后分立的，除债权人和债务人另有约定的以外，由分立的法人或者其他组织对合同的权利和义务享有连带债权，承担连带债务。

## 第六章 合同的权利义务终止

**第九十一条** 有下列情形之一的，合同的权利义务终止：

（一）债务已经按照约定履行；

（二）合同解除；

（三）债务相互抵销；

（四）债务人依法将标的物提存；

（五）债权人免除债务；

（六）债权债务同归于一人；

（七）法律规定或者当事人约定终止的其他情形。

**第九十二条**　合同的权利义务终止后，当事人应当遵循诚实信用原则，根据交易习惯履行通知、协助、保密等义务。

**第九十三条**　当事人协商一致，可以解除合同。

当事人可以约定一方解除合同的条件。解除合同的条件成就时，解除权人可以解除合同。

**第九十四条**　有下列情形之一的，当事人可以解除合同：

（一）因不可抗力致使不能实现合同目的；

（二）在履行期限届满之前，当事人一方明确表示或者以自己的行为表明不履行主要债务；

（三）当事人一方迟延履行主要债务，经催告后在合理期限内仍未履行；

（四）当事人一方迟延履行债务或者有其他违约行为致使不能实现合同目的；

（五）法律规定的其他情形。

**第九十五条**　法律规定或者当事人约定解除权行使期限，期限届满当事人不行使的，该权利消灭。

法律没有规定或者当事人没有约定解除权行使期限，经对方催告后在合理期限内不行使的，该权利消灭。

**第九十六条**　当事人一方依照本法第九十三条第二款、第九十四条的规定主张解除合同的，应当通知对方。合同自通知到达对方时解除。对方有异议的，可以请求人民法院或者仲裁机构确认解除合同的效力。

法律、行政法规规定解除合同应当办理批准、登记等手续的，依照其规定。

**第九十七条**　合同解除后，尚未履行的，终止履行；已经履行的，根据履行情况和合同性质，当事人可以要求恢复原状、采取其他补救措施、并有权要求赔偿损失。

**第九十八条**　合同的权利义务终止，不影响合同中结算和清理条款的效力。

**第九十九条**　当事人互负到期债务，该债务的标的物种类、品质相同的，任何一方可以将自己的债务与对方的债务抵销，但依照法律规定或者按照合同性质不得抵销的除外。

当事人主张抵销的，应当通知对方。通知自到达对方时生效。抵销不得附条件或者附期限。

**第一百条**　当事人互负债务，标的物种类、品质不相同的，经双方协商一致，也可以抵销。

**第一百零一条**　有下列情形之一，难以履行债务的，债务人可以将标的物提存：

（一）债权人无正当理由拒绝受领；

（二）债权人下落不明；

（三）债权人死亡未确定继承人或者丧失民事行为能力未确定监护人；

（四）法律规定的其他情形。

标的物不适于提存或者提存费用过高的，债务人依法可以拍卖或者变卖标的物，提存所得的价款。

**第一百零二条**　标的物提存后，除债权人下落不明的以外，债务人应当及时通知债权人或者债权人的继承人、监护人。

**第一百零三条**　标的物提存后，毁损、灭失的风险由债权人承担。提存期间，标的物的孳息归债权人所有。提存费用由债权人负担。

**第一百零四条**　债权人可以随时领取提存物，但债权人对债务人负有到期债务的，在债权人未履行债务或者提供担保之前，提存部门根据债务人的要求应当拒绝其领取提存物。

债权人领取提存物的权利，自提存之日起五年内不行使而消灭，提存物扣除提存费用后归国家所有。

**第一百零五条** 债权人免除债务人部分或者全部债务的，合同的权利义务部分或者全部终止。

**第一百零六条** 债权和债务同归于一人的，合同的权利义务终止，但涉及第三人利益的除外。

## 第七章 违约责任

**第一百零七条** 当事人一方不履行合同义务或者履行合同义务不符合约定的，应当承担继续履行、采取补救措施或者赔偿损失等违约责任。

**第一百零八条** 当事人一方明确表示或者以自己的行为表明不履行合同义务的，对方可以在履行期限届满之前要求其承担违约责任。

**第一百零九条** 当事人一方未支付价款或者报酬的，对方可以要求其支付价款或者报酬。

**第一百一十条** 当事人一方不履行非金钱债务或者履行非金钱债务不符合约定的，对方可以要求履行，但有下列情形之一的除外：

（一）法律上或者事实上不能履行；

（二）债务的标的不适于强制履行或者履行费用过高；

（三）债权人在合理期限内未要求履行。

**第一百一十一条** 质量不符合约定的，应当按照当事人的约定承担违约责任。对违约责任没有约定或者约定不明确，依照本法第六十一条的规定仍不能确定的，受损害方根据标的的性质以及损失的大小，可以合理选择要求对方承担修理、更换、重作、退货、减少价款或者报酬等违约责任。

**第一百一十二条** 当事人一方不履行合同义务或者履行合

同义务不符合约定的，在履行义务或者采取补救措施后，对方还有其他损失的，应当赔偿损失。

**第一百一十三条**　当事人一方不履行合同义务或者履行合同义务不符合约定，给对方造成损失的，损失赔偿额应当相当于因违约所造成的损失，包括合同履行后可以获得的利益，但不得超过违反合同一方订立合同时预见到或者应当预见到的因违反合同可能造成的损失。

经营者对消费者提供商品或者服务有欺诈行为的，依照《中华人民共和国消费者权益保护法》的规定承担损害赔偿责任。

**第一百一十四条**　当事人可以约定一方违约时应当根据违约情况向对方支付一定数额的违约金，也可以约定因违约产生的损失赔偿额的计算方法。

约定的违约金低于造成的损失的，当事人可以请求人民法院或者仲裁机构予以增加；约定的违约金过分高于造成的损失的，当事人可以请求人民法院或者仲裁机构予以适当减少。

当事人就迟延履行约定违约金的，违约方支付违约金后，还应当履行债务。

**第一百一十五条**　当事人可以依照《中华人民共和国担保法》约定一方向对方给付定金作为债权的担保。债务人履行债务后，定金应当抵作价款或者收回。给付定金的一方不履行约定的债务的，无权要求返还定金；收受定金的一方不履行约定的债务的，应当双倍返还定金。

**第一百一十六条**　当事人既约定违约金，又约定定金的，一方违约时，对方可以选择适用违约金或者定金条款。

**第一百一十七条**　因不可抗力不能履行合同的，根据不可抗力的影响，部分或者全部免除责任，但法律另有规定的除外。当事人迟延履行后发生不可抗力的，不能免除责任。

本法所称不可抗力，是指不能预见、不能避免并不能克服的客观情况。

**第一百一十八条** 当事人一方因不可抗力不能履行合同的，应当及时通知对方，以减轻可能给对方造成的损失，并应当在合理期限内提供证明。

**第一百一十九条** 当事人一方违约后，对方应当采取适当措施防止损失的扩大；没有采取适当措施致使损失扩大的，不得就扩大的损失要求赔偿。

当事人因防止损失扩大而支出的合理费用，由违约方承担。

**第一百二十条** 当事人双方都违反合同的，应当各自承担相应的责任。

**第一百二十一条** 当事人一方因第三人的原因造成违约的，应当向对方承担违约责任。当事人一方和第三人之间的纠纷，依照法律规定或者按照约定解决。

**第一百二十二条** 因当事人一方的违约行为，侵害对方人身、财产权益的，受损害方有权选择依照本法要求其承担违约责任或者依照其他法律要求其承担侵权责任。

## 第八章 其他规定

**第一百二十三条** 其他法律对合同另有规定的，依照其规定。

**第一百二十四条** 本法分则或者其他法律没有明文规定的合同，适用本法总则的规定，并可以参照本法分则或者其他法律最相类似的规定。

**第一百二十五条** 当事人对合同条款的理解有争议的，应当按照合同所使用的词句、合同的有关条款、合同的目的、交易习惯以及诚实信用原则，确定该条款的真实意思。

合同文本采用两种以上文字订立并约定具有同等效力的，对各文本使用的词句推定具有相同含义。各文本使用的词句不一致的，应当根据合同的目的予以解释。

**第一百二十六条**　涉外合同的当事人可以选择处理合同争议所适用的法律，但法律另有规定的除外。涉外合同的当事人没有选择的，适用与合同有最密切联系的国家的法律。

在中华人民共和国境内履行的中外合资经营企业合同、中外合作经营企业合同、中外合作勘探开发自然资源合同，适用中华人民共和国法律。

**第一百二十七条**　工商行政管理部门和其他有关行政主管部门在各自的职权范围内，依照法律、行政法规的规定，对利用合同危害国家利益、社会公共利益的违法行为，负责监督处理；构成犯罪的，依法追究刑事责任。

**第一百二十八条**　当事人可以通过和解或者调解解决合同争议。

当事人不愿和解、调解或者和解、调解不成的，可以根据仲裁协议向仲裁机构申请仲裁。涉外合同的当事人可以根据仲裁协议向中国仲裁机构或者其他仲裁机构申请仲裁。当事人没有订立仲裁协议或者仲裁协议无效的，可以向人民法院起诉。当事人应当履行发生法律效力的判决、仲裁裁决、调解书；拒不履行的，对方可以请求人民法院执行。

**第一百二十九条**　因国际货物买卖合同和技术进出口合同争议提起诉讼或者申请仲裁的期限为四年，自当事人知道或者应当知道其权利受到侵害之日起计算。因其他合同争议提起诉讼或者申请仲裁的期限，依照有关法律的规定。

# 中华人民共和国合伙企业法

（1997年2月23日第八届全国人民代表大会常务委员会第二十四次会议通过　2006年8月27日第十届全国人民代表大会常务委员会第二十三次会议修订　自2007年6月1日起施行）

## 第一章　总　　则

**第一条**　为了规范合伙企业的行为，保护合伙企业及其合伙人、债权人的合法权益，维护社会经济秩序，促进社会主义市场经济的发展，制定本法。

**第二条**　本法所称合伙企业，是指自然人、法人和其他组织依照本法在中国境内设立的普通合伙企业和有限合伙企业。

普通合伙企业由普通合伙人组成，合伙人对合伙企业债务承担无限连带责任。本法对普通合伙人承担责任的形式有特别规定的，从其规定。

有限合伙企业由普通合伙人和有限合伙人组成，普通合伙人对合伙企业债务承担无限连带责任，有限合伙人以其认缴的出资额为限对合伙企业债务承担责任。

**第三条**　国有独资公司、国有企业、上市公司以及公益性的事业单位、社会团体不得成为普通合伙人。

**第四条**　合伙协议依法由全体合伙人协商一致、以书面形式订立。

**第五条**　订立合伙协议、设立合伙企业，应当遵循自愿、平等、公平、诚实信用原则。

**第六条**　合伙企业的生产经营所得和其他所得，按照国家有关税收规定，由合伙人分别缴纳所得税。

**第七条**　合伙企业及其合伙人必须遵守法律、行政法规，遵守社会公德、商业道德，承担社会责任。

**第八条**　合伙企业及其合伙人的合法财产及其权益受法律保护。

**第九条**　申请设立合伙企业，应当向企业登记机关提交登记申请书、合伙协议书、合伙人身份证明等文件。

合伙企业的经营范围中有属于法律、行政法规规定在登记前须经批准的项目的，该项经营业务应当依法经过批准，并在登记时提交批准文件。

**第十条**　申请人提交的登记申请材料齐全、符合法定形式，企业登记机关能够当场登记的，应予当场登记，发给营业执照。

除前款规定情形外，企业登记机关应当自受理申请之日起二十日内，作出是否登记的决定。予以登记的，发给营业执照；不予登记的，应当给予书面答复，并说明理由。

**第十一条**　合伙企业的营业执照签发日期，为合伙企业成立日期。

合伙企业领取营业执照前，合伙人不得以合伙企业名义从事合伙业务。

**第十二条**　合伙企业设立分支机构，应当向分支机构所在地的企业登记机关申请登记，领取营业执照。

**第十三条**　合伙企业登记事项发生变更的，执行合伙事务的合伙人应当自作出变更决定或者发生变更事由之日起十五日内，向企业登记机关申请办理变更登记。

## 第二章　普通合伙企业

### 第一节　合伙企业设立

**第十四条**　设立合伙企业，应当具备下列条件：

（一）有二个以上合伙人。合伙人为自然人的，应当具有完全民事行为能力；

（二）有书面合伙协议；

（三）有合伙人认缴或者实际缴付的出资；

（四）有合伙企业的名称和生产经营场所；

（五）法律、行政法规规定的其他条件。

**第十五条**　合伙企业名称中应当标明“普通合伙”字样。

**第十六条**　合伙人可以用货币、实物、知识产权、土地使用权或者其他财产权利出资，也可以用劳务出资。

合伙人以实物、知识产权、土地使用权或者其他财产权利出资，需要评估作价的，可以由全体合伙人协商确定，也可以由全体合伙人委托法定评估机构评估。

合伙人以劳务出资的，其评估办法由全体合伙人协商确定，并在合伙协议中载明。

**第十七条**　合伙人应当按照合伙协议约定的出资方式、数额和缴付期限，履行出资义务。

以非货币财产出资的，依照法律、行政法规的规定，需要办理财产权转移手续的，应当依法办理。

**第十八条**　合伙协议应当载明下列事项：

（一）合伙企业的名称和主要经营场所的地点；

（二）合伙目的和合伙经营范围；

（三）合伙人的姓名或者名称、住所；

（四）合伙人的出资方式、数额和缴付期限；

（五）利润分配、亏损分担方式；

（六）合伙事务的执行；

（七）入伙与退伙；

（八）争议解决办法；

（九）合伙企业的解散与清算；

（十）违约责任。

**第十九条**　合伙协议经全体合伙人签名、盖章后生效。合伙人按照合伙协议享有权利，履行义务。

修改或者补充合伙协议，应当经全体合伙人一致同意；但是，合伙协议另有约定的除外。

合伙协议未约定或者约定不明确的事项，由合伙人协商决定；协商不成的，依照本法和其他有关法律、行政法规的规定处理。

### 第二节　合伙企业财产

**第二十条**　合伙人的出资、以合伙企业名义取得的收益和依法取得的其他财产，均为合伙企业的财产。

**第二十一条**　合伙人在合伙企业清算前，不得请求分割合伙企业的财产；但是，本法另有规定的除外。

合伙人在合伙企业清算前私自转移或者处分合伙企业财产的，合伙企业不得以此对抗善意第三人。

**第二十二条**　除合伙协议另有约定外，合伙人向合伙人以外的人转让其在合伙企业中的全部或者部分财产份额时，须经其他合伙人一致同意。

合伙人之间转让在合伙企业中的全部或者部分财产份额时，应当通知其他合伙人。

**第二十三条**　合伙人向合伙人以外的人转让其在合伙企业

中的财产份额的，在同等条件下，其他合伙人有优先购买权；但是，合伙协议另有约定的除外。

**第二十四条** 合伙人以外的人依法受让合伙人在合伙企业中的财产份额的，经修改合伙协议即成为合伙企业的合伙人，依照本法和修改后的合伙协议享有权利，履行义务。

**第二十五条** 合伙人以其在合伙企业中的财产份额出质的，须经其他合伙人一致同意；未经其他合伙人一致同意，其行为无效，由此给善意第三人造成损失的，由行为人依法承担赔偿责任。

### 第三节 合伙事务执行

**第二十六条** 合伙人对执行合伙事务享有同等的权利。

按照合伙协议的约定或者经全体合伙人决定，可以委托一个或者数个合伙人对外代表合伙企业，执行合伙事务。

作为合伙人的法人、其他组织执行合伙事务的，由其委派的代表执行。

**第二十七条** 依照本法第二十六条第二款规定委托一个或者数个合伙人执行合伙事务的，其他合伙人不再执行合伙事务。

不执行合伙事务的合伙人有权监督执行事务合伙人执行合伙事务的情况。

**第二十八条** 由一个或者数个合伙人执行合伙事务的，执行事务合伙人应当定期向其他合伙人报告事务执行情况以及合伙企业的经营和财务状况，其执行合伙事务所产生的收益归合伙企业，所产生的费用和亏损由合伙企业承担。

合伙人为了解合伙企业的经营状况和财务状况，有权查阅合伙企业会计账簿等财务资料。

**第二十九条** 合伙人分别执行合伙事务的，执行事务合伙人可以对其他合伙人执行的事务提出异议。提出异议时，应当暂停该项事务的执行。如果发生争议,依照本法第三十条规定作出决定。

受委托执行合伙事务的合伙人不按照合伙协议或者全体合伙人的决定执行事务的,其他合伙人可以决定撤销该委托。

**第三十条**　合伙人对合伙企业有关事项作出决议,按照合伙协议约定的表决办法办理。合伙协议未约定或者约定不明确的,实行合伙人一人一票并经全体合伙人过半数通过的表决办法。

本法对合伙企业的表决办法另有规定的,从其规定。

**第三十一条**　除合伙协议另有约定外,合伙企业的下列事项应当经全体合伙人一致同意:

(一)改变合伙企业的名称;

(二)改变合伙企业的经营范围、主要经营场所的地点;

(三)处分合伙企业的不动产;

(四)转让或者处分合伙企业的知识产权和其他财产权利;

(五)以合伙企业名义为他人提供担保;

(六)聘任合伙人以外的人担任合伙企业的经营管理人员。

**第三十二条**　合伙人不得自营或者同他人合作经营与本合伙企业相竞争的业务。

除合伙协议另有约定或者经全体合伙人一致同意外,合伙人不得同本合伙企业进行交易。

合伙人不得从事损害本合伙企业利益的活动。

**第三十三条**　合伙企业的利润分配、亏损分担,按照合伙协议的约定办理;合伙协议未约定或者约定不明确的,由合伙人协商决定;协商不成的,由合伙人按照实缴出资比例分配、分担;无法确定出资比例的,由合伙人平均分配、分担。

合伙协议不得约定将全部利润分配给部分合伙人或者由部

分合伙人承担全部亏损。

**第三十四条** 合伙人按照合伙协议的约定或者经全体合伙人决定，可以增加或者减少对合伙企业的出资。

**第三十五条** 被聘任的合伙企业的经营管理人员应当在合伙企业授权范围内履行职务。

被聘任的合伙企业的经营管理人员，超越合伙企业授权范围履行职务，或者在履行职务过程中因故意或者重大过失给合伙企业造成损失的，依法承担赔偿责任。

**第三十六条** 合伙企业应当依照法律、行政法规的规定建立企业财务、会计制度。

### 第四节 合伙企业与第三人关系

**第三十七条** 合伙企业对合伙人执行合伙事务以及对外代表合伙企业权利的限制，不得对抗善意第三人。

**第三十八条** 合伙企业对其债务，应先以其全部财产进行清偿。

**第三十九条** 合伙企业不能清偿到期债务的，合伙人承担无限连带责任。

**第四十条** 合伙人由于承担无限连带责任，清偿数额超过本法第三十三条第一款规定的其亏损分担比例的，有权向其他合伙人追偿。

**第四十一条** 合伙人发生与合伙企业无关的债务，相关债权人不得以其债权抵销其对合伙企业的债务；也不得代位行使合伙人在合伙企业中的权利。

**第四十二条** 合伙人的自有财产不足清偿其与合伙企业无关的债务的，该合伙人可以以其从合伙企业中分取的收益用于清偿；债权人也可以依法请求人民法院强制执行该合伙人在合伙企业中的财产份额用于清偿。

人民法院强制执行合伙人的财产份额时，应当通知全体合伙人，其他合伙人有优先购买权；其他合伙人未购买，又不同意将该财产份额转让给他人的，依照本法第五十一条的规定为该合伙人办理退伙结算，或者办理削减该合伙人相应财产份额的结算。

### 第五节　入伙、退伙

**第四十三条**　新合伙人入伙，除合伙协议另有约定外，应当经全体合伙人一致同意，并依法订立书面入伙协议。

订立入伙协议时，原合伙人应当向新合伙人如实告知原合伙企业的经营状况和财务状况。

**第四十四条**　入伙的新合伙人与原合伙人享有同等权利，承担同等责任。入伙协议另有约定的，从其约定。

新合伙人对入伙前合伙企业的债务承担无限连带责任。

**第四十五条**　合伙协议约定合伙期限的，在合伙企业存续期间，有下列情形之一的，合伙人可以退伙：

（一）合伙协议约定的退伙事由出现；

（二）经全体合伙人一致同意；

（三）发生合伙人难以继续参加合伙的事由；

（四）其他合伙人严重违反合伙协议约定的义务。

**第四十六条**　合伙协议未约定合伙期限的，合伙人在不给合伙企业事务执行造成不利影响的情况下，可以退伙，但应当提前三十日通知其他合伙人。

**第四十七条**　合伙人违反本法第四十五条、第四十六条的规定退伙的，应当赔偿由此给合伙企业造成的损失。

**第四十八条**　合伙人有下列情形之一的，当然退伙：

（一）作为合伙人的自然人死亡或者被依法宣告死亡；

（二）个人丧失偿债能力；

（三）作为合伙人的法人或者其他组织依法被吊销营业执照、责令关闭、撤销，或者被宣告破产；

（四）法律规定或者合伙协议约定合伙人必须具有相关资格而丧失该资格；

（五）合伙人在合伙企业中的全部财产份额被人民法院强制执行。

合伙人被依法认定为无民事行为能力人或者限制民事行为能力人的，经其他合伙人一致同意，可以依法转为有限合伙人，普通合伙企业依法转为有限合伙企业。其他合伙人未能一致同意的，该无民事行为能力或者限制民事行为能力的合伙人退伙。

退伙事由实际发生之日为退伙生效日。

**第四十九条** 合伙人有下列情形之一的，经其他合伙人一致同意，可以决议将其除名：

（一）未履行出资义务；

（二）因故意或者重大过失给合伙企业造成损失；

（三）执行合伙事务时有不正当行为；

（四）发生合伙协议约定的事由。

对合伙人的除名决议应当书面通知被除名人。被除名人接到除名通知之日，除名生效，被除名人退伙。

被除名人对除名决议有异议的，可以自接到除名通知之日起三十日内，向人民法院起诉。

**第五十条** 合伙人死亡或者被依法宣告死亡的，对该合伙人在合伙企业中的财产份额享有合法继承权的继承人，按照合伙协议的约定或者经全体合伙人一致同意，从继承开始之日起，取得该合伙企业的合伙人资格。

有下列情形之一的，合伙企业应当向合伙人的继承人退还被继承合伙人的财产份额：

（一）继承人不愿意成为合伙人；

（二）法律规定或者合伙协议约定合伙人必须具有相关资格，而该继承人未取得该资格；

（三）合伙协议约定不能成为合伙人的其他情形。

合伙人的继承人为无民事行为能力人或者限制民事行为能力人的，经全体合伙人一致同意，可以依法成为有限合伙人，普通合伙企业依法转为有限合伙企业。全体合伙人未能一致同意的，合伙企业应当将被继承合伙人的财产份额退还该继承人。

**第五十一条**　合伙人退伙，其他合伙人应当与该退伙人按照退伙时的合伙企业财产状况进行结算，退还退伙人的财产份额。退伙人对给合伙企业造成的损失负有赔偿责任的，相应扣减其应当赔偿的数额。

退伙时有未了结的合伙企业事务的，待该事务了结后进行结算。

**第五十二条**　退伙人在合伙企业中财产份额的退还办法，由合伙协议约定或者由全体合伙人决定，可以退还货币，也可以退还实物。

**第五十三条**　退伙人对基于其退伙前的原因发生的合伙企业债务，承担无限连带责任。

**第五十四条**　合伙人退伙时，合伙企业财产少于合伙企业债务的，退伙人应当依照本法第三十三条第一款的规定分担亏损。

### 第六节　特殊的普通合伙企业

**第五十五条**　以专业知识和专门技能为客户提供有偿服务的专业服务机构，可以设立为特殊的普通合伙企业。

特殊的普通合伙企业是指合伙人依照本法第五十七条的规定承担责任的普通合伙企业。

特殊的普通合伙企业适用本节规定;本节未作规定的,适用本章第一节至第五节的规定。

**第五十六条** 特殊的普通合伙企业名称中应当标明“特殊普通合伙”字样。

**第五十七条** 一个合伙人或者数个合伙人在执业活动中因故意或者重大过失造成合伙企业债务的,应当承担无限责任或者无限连带责任,其他合伙人以其在合伙企业中的财产份额为限承担责任。

合伙人在执业活动中非因故意或者重大过失造成的合伙企业债务以及合伙企业的其他债务,由全体合伙人承担无限连带责任。

**第五十八条** 合伙人执业活动中因故意或者重大过失造成的合伙企业债务,以合伙企业财产对外承担责任后,该合伙人应当按照合伙协议的约定对给合伙企业造成的损失承担赔偿责任。

**第五十九条** 特殊的普通合伙企业应当建立执业风险基金、办理职业保险。

执业风险基金用于偿付合伙人执业活动造成的债务。执业风险基金应当单独立户管理。具体管理办法由国务院规定。

## 第三章 有限合伙企业

**第六十条** 有限合伙企业及其合伙人适用本章规定;本章未作规定的,适用本法第二章第一节至第五节关于普通合伙企业及其合伙人的规定。

**第六十一条** 有限合伙企业由二个以上五十个以下合伙人设立;但是,法律另有规定的除外。

有限合伙企业至少应当有一个普通合伙人。

**第六十二条**　有限合伙企业名称中应当标明“有限合伙”字样。

**第六十三条**　合伙协议除符合本法第十八条的规定外，还应当载明下列事项：

（一）普通合伙人和有限合伙人的姓名或者名称、住所；

（二）执行事务合伙人应具备的条件和选择程序；

（三）执行事务合伙人权限与违约处理办法；

（四）执行事务合伙人的除名条件和更换程序；

（五）有限合伙人入伙、退伙的条件、程序以及相关责任；

（六）有限合伙人和普通合伙人相互转变程序。

**第六十四条**　有限合伙人可以用货币、实物、知识产权、土地使用权或者其他财产权利作价出资。

有限合伙人不得以劳务出资。

**第六十五条**　有限合伙人应当按照合伙协议的约定按期足额缴纳出资；未按期足额缴纳的，应当承担补缴义务，并对其他合伙人承担违约责任。

**第六十六条**　有限合伙企业登记事项中应当载明有限合伙人的姓名或者名称及认缴的出资数额。

**第六十七条**　有限合伙企业由普通合伙人执行合伙事务。执行事务合伙人可以要求在合伙协议中确定执行事务的报酬及报酬提取方式。

**第六十八条**　有限合伙人不执行合伙事务，不得对外代表有限合伙企业。

有限合伙人的下列行为，不视为执行合伙事务：

（一）参与决定普通合伙人入伙、退伙；

（二）对企业的经营管理提出建议；

（三）参与选择承办有限合伙企业审计业务的会计师事

务所；

（四）获取经审计的有限合伙企业财务会计报告；

（五）对涉及自身利益的情况，查阅有限合伙企业财务会计账簿等财务资料；

（六）在有限合伙企业中的利益受到侵害时，向有责任的合伙人主张权利或者提起诉讼；

（七）执行事务合伙人怠于行使权利时，督促其行使权利或者为了本企业的利益以自己的名义提起诉讼；

（八）依法为本企业提供担保。

**第六十九条**　有限合伙企业不得将全部利润分配给部分合伙人；但是，合伙协议另有约定的除外。

**第七十条**　有限合伙人可以同本有限合伙企业进行交易；但是，合伙协议另有约定的除外。

**第七十一条**　有限合伙人可以自营或者同他人合作经营与本有限合伙企业相竞争的业务；但是，合伙协议另有约定的除外。

**第七十二条**　有限合伙人可以将其在有限合伙企业中的财产份额出质；但是，合伙协议另有约定的除外。

**第七十三条**　有限合伙人可以按照合伙协议的约定向合伙人以外的人转让其在有限合伙企业中的财产份额，但应当提前三十日通知其他合伙人。

**第七十四条**　有限合伙人的自有财产不足清偿其与合伙企业无关的债务的，该合伙人可以以其从有限合伙企业中分取的收益用于清偿；债权人也可以依法请求人民法院强制执行该合伙人在有限合伙企业中的财产份额用于清偿。

人民法院强制执行有限合伙人的财产份额时，应当通知全体合伙人。在同等条件下，其他合伙人有优先购买权。

**第七十五条**　有限合伙企业仅剩有限合伙人的，应当解散；有限合伙企业仅剩普通合伙人的，转为普通合伙企业。

**第七十六条**　第三人有理由相信有限合伙人为普通合伙人并与其交易的，该有限合伙人对该笔交易承担与普通合伙人同样的责任。

有限合伙人未经授权以有限合伙企业名义与他人进行交易，给有限合伙企业或者其他合伙人造成损失的，该有限合伙人应当承担赔偿责任。

**第七十七条**　新入伙的有限合伙人对入伙前有限合伙企业的债务，以其认缴的出资额为限承担责任。

**第七十八条**　有限合伙人有本法第四十八条第一款第一项、第三项至第五项所列情形之一的，当然退伙。

**第七十九条**　作为有限合伙人的自然人在有限合伙企业存续期间丧失民事行为能力的，其他合伙人不得因此要求其退伙。

**第八十条**　作为有限合伙人的自然人死亡、被依法宣告死亡或者作为有限合伙人的法人及其他组织终止时，其继承人或者权利承受人可以依法取得该有限合伙人在有限合伙企业中的资格。

**第八十一条**　有限合伙人退伙后，对基于其退伙前的原因发生的有限合伙企业债务，以其退伙时从有限合伙企业中取回的财产承担责任。

**第八十二条**　除合伙协议另有约定外，普通合伙人转变为有限合伙人，或者有限合伙人转变为普通合伙人，应当经全体合伙人一致同意。

**第八十三条**　有限合伙人转变为普通合伙人的，对其作为有限合伙人期间有限合伙企业发生的债务承担无限连带责任。

**第八十四条**　普通合伙人转变为有限合伙人的，对其作为普通合伙人期间合伙企业发生的债务承担无限连带责任。

## 第四章　合伙企业解散、清算

**第八十五条**　合伙企业有下列情形之一的，应当解散：

（一）合伙期限届满，合伙人决定不再经营；

（二）合伙协议约定的解散事由出现；

（三）全体合伙人决定解散；

（四）合伙人已不具备法定人数满三十天；

（五）合伙协议约定的合伙目的已经实现或者无法实现；

（六）依法被吊销营业执照、责令关闭或者被撤销；

（七）法律、行政法规规定的其他原因。

**第八十六条**　合伙企业解散，应当由清算人进行清算。

清算人由全体合伙人担任；经全体合伙人过半数同意，可以自合伙企业解散事由出现后十五日内指定一个或者数个合伙人，或者委托第三人，担任清算人。

自合伙企业解散事由出现之日起十五日内未确定清算人的，合伙人或者其他利害关系人可以申请人民法院指定清算人。

**第八十七条**　清算人在清算期间执行下列事务：

（一）清理合伙企业财产，分别编制资产负债表和财产清单；

（二）处理与清算有关的合伙企业未了结事务；

（三）清缴所欠税款；

（四）清理债权、债务；

（五）处理合伙企业清偿债务后的剩余财产；

（六）代表合伙企业参加诉讼或者仲裁活动。

**第八十八条**　清算人自被确定之日起十日内将合伙企业解散事项通知债权人，并于六十日内在报纸上公告。债权人应当自接到通知书之日起三十日内，未接到通知书的自公告之日起四十五日内，向清算人申报债权。

债权人申报债权，应当说明债权的有关事项，并提供证明材料。清算人应当对债权进行登记。

清算期间，合伙企业存续，但不得开展与清算无关的经营活动。

**第八十九条**　合伙企业财产在支付清算费用和职工工资、社会保险费用、法定补偿金以及缴纳所欠税款、清偿债务后的剩余财产，依照本法第三十三条第一款的规定进行分配。

**第九十条**　清算结束，清算人应当编制清算报告，经全体合伙人签名、盖章后，在十五日内向企业登记机关报送清算报告，申请办理合伙企业注销登记。

**第九十一条**　合伙企业注销后，原普通合伙人对合伙企业存续期间的债务仍应承担无限连带责任。

**第九十二条**　合伙企业不能清偿到期债务的，债权人可以依法向人民法院提出破产清算申请，也可以要求普通合伙人清偿。

合伙企业依法被宣告破产的，普通合伙人对合伙企业债务仍应承担无限连带责任。

## 第五章　法律责任

**第九十三条**　违反本法规定，提交虚假文件或者采取其他欺骗手段，取得合伙企业登记的，由企业登记机关责令改正，处以五千元以上五万元以下的罚款；情节严重的，撤销企业登记，并处以五万元以上二十万元以下的罚款。

**第九十四条**　违反本法规定，合伙企业未在其名称中标明“普通合伙”、“特殊普通合伙”或者“有限合伙”字样的，由企业登记机关责令限期改正，处以二千元以上一万元以下的罚款。

**第九十五条** 违反本法规定，未领取营业执照，而以合伙企业或者合伙企业分支机构名义从事合伙业务的，由企业登记机关责令停止，处以五千元以上五万元以下的罚款。

合伙企业登记事项发生变更时，未依照本法规定办理变更登记的，由企业登记机关责令限期登记；逾期不登记的，处以二千元以上二万元以下的罚款。

合伙企业登记事项发生变更，执行合伙事务的合伙人未按期申请办理变更登记的，应当赔偿由此给合伙企业、其他合伙人或者善意第三人造成的损失。

**第九十六条** 合伙人执行合伙事务，或者合伙企业从业人员利用职务上的便利，将应当归合伙企业的利益据为己有的，或者采取其他手段侵占合伙企业财产的，应当将该利益和财产退还合伙企业；给合伙企业或者其他合伙人造成损失的，依法承担赔偿责任。

**第九十七条** 合伙人对本法规定或者合伙协议约定必须经全体合伙人一致同意始得执行的事务擅自处理，给合伙企业或者其他合伙人造成损失的，依法承担赔偿责任。

**第九十八条** 不具有事务执行权的合伙人擅自执行合伙事务，给合伙企业或者其他合伙人造成损失的，依法承担赔偿责任。

**第九十九条** 合伙人违反本法规定或者合伙协议的约定，从事与本合伙企业相竞争的业务或者与本合伙企业进行交易的，该收益归合伙企业所有；给合伙企业或者其他合伙人造成损失的，依法承担赔偿责任。

**第一百条** 清算人未依照本法规定向企业登记机关报送清算报告，或者报送清算报告隐瞒重要事实，或者有重大遗漏的，由企业登记机关责令改正。由此产生的费用和损失，由清算人承担和赔偿。

**第一百零一条**　清算人执行清算事务，牟取非法收入或者侵占合伙企业财产的，应当将该收入和侵占的财产退还合伙企业；给合伙企业或者其他合伙人造成损失的，依法承担赔偿责任。

**第一百零二条**　清算人违反本法规定，隐匿、转移合伙企业财产，对资产负债表或者财产清单作虚假记载，或者在未清偿债务前分配财产，损害债权人利益的，依法承担赔偿责任。

**第一百零三条**　合伙人违反合伙协议的，应当依法承担违约责任。

合伙人履行合伙协议发生争议的，合伙人可以通过协商或者调解解决。不愿通过协商、调解解决或者协商、调解不成的，可以按照合伙协议约定的仲裁条款或者事后达成的书面仲裁协议，向仲裁机构申请仲裁。合伙协议中未订立仲裁条款，事后又没有达成书面仲裁协议的，可以向人民法院起诉。

**第一百零四条**　有关行政管理机关的工作人员违反本法规定，滥用职权、徇私舞弊、收受贿赂、侵害合伙企业合法权益的，依法给予行政处分。

**第一百零五条**　违反本法规定，构成犯罪的，依法追究刑事责任。

**第一百零六条**　违反本法规定，应当承担民事赔偿责任和缴纳罚款、罚金，其财产不足以同时支付的，先承担民事赔偿责任。

## 第六章　附　　则

**第一百零七条**　非企业专业服务机构依据有关法律采取合

伙制的,其合伙人承担责任的形式可以适用本法关于特殊的普通合伙企业合伙人承担责任的规定。

**第一百零八条** 外国企业或者个人在中国境内设立合伙企业的管理办法由国务院规定。

**第一百零九条** 本法自2007年6月1日起施行。

# 中华人民共和国中外合资经营企业法

（1979年7月1日第五届全国人民代表大会第二次会议通过　根据1990年4月4日第七届全国人民代表大会第三次会议《关于修改〈中华人民共和国中外合资经营企业法〉的决定》修正　根据2001年3月15日第九届全国人民代表大会第四次会议《关于修改〈中华人民共和国中外合资经营企业法〉的决定》第二次修正）

**第一条**　中华人民共和国为了扩大国际经济合作和技术交流，允许外国公司、企业和其他经济组织或个人（以下简称外国合营者），按照平等互利的原则，经中国政府批准，在中华人民共和国境内，同中国的公司、企业或其他经济组织（以下简称中国合营者）共同举办合营企业。

**第二条**　中国政府依法保护外国合营者按照经中国政府批准的协议、合同、章程在合营企业的投资、应分得的利润和其他合法权益。

合营企业的一切活动应遵守中华人民共和国法律、法规的规定。

国家对合营企业不实行国有化和征收；在特殊情况下，根据社会公共利益的需要，对合营企业可以依照法律程序实行征收，并给予相应的补偿。

**第三条**　合营各方签订的合营协议、合同、章程，应报国家对外经济贸易主管部门(以下称审查批准机关)审查批准。审查批准机关应在三个月内决定批准或不批准。合营企业经批准后,向国家工商行政管理主管部门登记,领取营业执照,开始营业。

**第四条** 合营企业的形式为有限责任公司。

在合营企业的注册资本中,外国合营者的投资比例一般不低于百分之二十五。

合营各方按注册资本比例分享利润和分担风险及亏损。

合营者的注册资本如果转让必须经合营各方同意。

**第五条** 合营企业各方可以现金、实物、工业产权等进行投资。

外国合营者作为投资的技术和设备,必须确实是适合我国需要的先进技术和设备。如果有意以落后的技术和设备进行欺骗,造成损失的,应赔偿损失。

中国合营者的投资可包括为合营企业经营期间提供的场地使用权。如果场地使用权未作为中国合营者投资的一部分,合营企业应向中国政府缴纳使用费。

上述各项投资应在合营企业的合同和章程中加以规定,其价格(场地除外)由合营各方评议商定。

**第六条** 合营企业设董事会,其人数组成由合营各方协商,在合同、章程中确定,并由合营各方委派和撤换。董事长和副董事长由合营各方协商确定或由董事会选举产生。中外合营者的一方担任董事长的,由他方担任副董事长。董事会根据平等互利的原则,决定合营企业的重大问题。

董事会的职权是按合营企业章程规定,讨论决定合营企业的一切重大问题:企业发展规划、生产经营活动方案、收支预算、利润分配、劳动工资计划、停业,以及总经理、副总经理、总工程师、总会计师、审计师的任命或聘请及其职权和待遇等。

正副总经理(或正副厂长)由合营各方分别担任。

合营企业职工的录用、辞退、报酬、福利、劳动保护、劳动保险等事项,应当依法通过订立合同加以规定。

**第七条**　合营企业的职工依法建立工会组织,开展工会活动,维护职工的合法权益。

合营企业应当为本企业工会提供必要的活动条件。

**第八条**　合营企业获得的毛利润,按中华人民共和国税法规定缴纳合营企业所得税后,扣除合营企业章程规定的储备基金、职工奖励及福利基金、企业发展基金,净利润根据合营各方注册资本的比例进行分配。

合营企业依照国家有关税收的法律和行政法规的规定,可以享受减税、免税的优惠待遇。

外国合营者将分得的净利润用于在中国境内再投资时,可申请退还已缴纳的部分所得税。

**第九条**　合营企业应凭营业执照在国家外汇管理机关允许经营外汇业务的银行或其他金融机构开立外汇账户。

合营企业的有关外汇事宜,应遵照中华人民共和国外汇管理条例办理。

合营企业在其经营活动中,可直接向外国银行筹措资金。

合营企业的各项保险应向中国境内的保险公司投保。

**第十条**　合营企业在批准的经营范围内所需的原材料、燃料等物资,按照公平、合理的原则,可以在国内市场或者在国际市场购买。

鼓励合营企业向中国境外销售产品。出口产品可由合营企业直接或与其有关的委托机构向国外市场出售,也可通过中国的外贸机构出售。合营企业产品也可在中国市场销售。

合营企业需要时可在中国境外设立分支机构。

**第十一条** 外国合营者在履行法律和协议、合同规定的义务后分得的净利润,在合营企业期满或者中止时所分得的资金以及其他资金,可按合营企业合同规定的货币,按外汇管理条例汇往国外。

鼓励外国合营者将可汇出的外汇存入中国银行。

**第十二条** 合营企业的外籍职工的工资收入和其他正当收入,按中华人民共和国税法缴纳个人所得税后,可按外汇管理条例汇往国外。

**第十三条** 合营企业的合营期限,按不同行业、不同情况,作不同的约定。有的行业的合营企业,应当约定合营期限;有的行业的合营企业,可以约定合营期限,也可以不约定合营期限。约定合营期限的合营企业,合营各方同意延长合营期限的,应在距合营期满六个月前向审查批准机关提出申请。审查批准机关应自接到申请之日起一个月内决定批准或不批准。

**第十四条** 合营企业如发生严重亏损、一方不履行合同和章程规定的义务、不可抗力等,经合营各方协商同意,报请审查批准机关批准,并向国家工商行政管理主管部门登记,可终止合同。如果因违反合同而造成损失的,应由违反合同的一方承担经济责任。

**第十五条** 合营各方发生纠纷,董事会不能协商解决时,由中国仲裁机构进行调解或仲裁,也可由合营各方协议在其他仲裁机构仲裁。

合营各方没有在合同中订有仲裁条款的或者事后没有达成书面仲裁协议的,可以向人民法院起诉。

**第十六条** 本法自公布之日起生效。

# 中华人民共和国中外合作经营企业法

（1988 年 4 月 13 日第七届全国人民代表大会第一次会议通过　根据 2000 年 10 月 31 日第九届全国人民代表大会常务委员会第十八次会议《关于修改〈中华人民共和国中外合作经营企业法〉的决定》修正）

**第一条**　为了扩大对外经济合作和技术交流，促进外国的企业和其他经济组织或者个人（以下简称外国合作者）按照平等互利的原则，同中华人民共和国的企业或者其他经济组织（以下简称中国合作者）在中国境内共同举办中外合作经营企业（以下简称合作企业），特制定本法。

**第二条**　中外合作者举办合作企业，应当依照本法的规定，在合作企业合同中约定投资或者合作条件、收益或者产品的分配、风险和亏损的分担、经营管理的方式和合作企业终止时财产的归属等事项。

合作企业符合中国法律关于法人条件的规定的，依法取得中国法人资格。

**第三条**　国家依法保护合作企业和中外合作者的合法权益。

合作企业必须遵守中国的法律、法规，不得损害中国的社会公共利益。

国家有关机关依法对合作企业实行监督。

**第四条** 国家鼓励举办产品出口的或者技术先进的生产型合作企业。

**第五条** 申请设立合作企业,应当将中外合作者签订的协议、合同、章程等文件报国务院对外经济贸易主管部门或者国务院授权的部门和地方政府(以下简称审查批准机关)审查批准。审查批准机关应当自接到申请之日起四十五天内决定批准或者不批准。

**第六条** 设立合作企业的申请经批准后,应当自接到批准证书之日起三十天内向工商行政管理机关申请登记,领取营业执照。合作企业的营业执照签发日期,为该企业的成立日期。

合作企业应当自成立之日起三十天内向税务机关办理税务登记。

**第七条** 中外合作者在合作期限内协商同意对合作企业合同作重大变更的,应当报审查批准机关批准;变更内容涉及法定工商登记项目、税务登记项目的,应当向工商行政管理机关、税务机关办理变更登记手续。

**第八条** 中外合作者的投资或者提供的合作条件可以是现金、实物、土地使用权、工业产权、非专利技术和其他财产权利。

**第九条** 中外合作者应当依照法律、法规的规定和合作企业合同的约定,如期履行缴足投资、提供合作条件的义务。逾期不履行的,由工商行政管理机关限期履行;限期届满仍未履行的,由审查批准机关和工商行政管理机关依照国家有关规定处理。

中外合作者的投资或者提供的合作条件,由中国注册会计师或者有关机构验证并出具证明。

**第十条** 中外合作者的一方转让其在合作企业合同中的全部或者部分权利、义务的,必须经他方同意,并报审查批准机关批准。

**第十一条**　合作企业依照经批准的合作企业合同、章程进行经营管理活动。合作企业的经营管理自主权不受干涉。

**第十二条**　合作企业应当设立董事会或者联合管理机构，依照合作企业合同或者章程的规定，决定合作企业的重大问题。中外合作者的一方担任董事会的董事长、联合管理机构的主任的，由他方担任副董事长、副主任。董事会或者联合管理机构可以决定任命或者聘请总经理负责合作企业的日常经营管理工作。总经理对董事会或者联合管理机构负责。

合作企业成立后改为委托中外合作者以外的他人经营管理的，必须经董事会或者联合管理机构一致同意，报审查批准机关批准，并向工商行政管理机关办理变更登记手续。

**第十三条**　合作企业职工的录用、辞退、报酬、福利、劳动保护、劳动保险等事项，应当依法通过订立合同加以规定。

**第十四条**　合作企业的职工依法建立工会组织，开展工会活动，维护职工的合法权益。

合作企业应当为本企业工会提供必要的活动条件。

**第十五条**　合作企业必须在中国境内设置会计账簿，依照规定报送会计报表，并接受财政税务机关的监督。

合作企业违反前款规定，不在中国境内设置会计账簿的，财政税务机关可以处以罚款，工商行政管理机关可以责令停止营业或者吊销其营业执照。

**第十六条**　合作企业应当凭营业执照在国家外汇管理机关允许经营外汇业务的银行或者其他金融机构开立外汇账户。

合作企业的外汇事宜，依照国家有关外汇管理的规定办理。

**第十七条**　合作企业可以向中国境内的金融机构借款，也可以在中国境外借款。

中外合作者用作投资或者合作条件的借款及其担保，由各方自行解决。

**第十八条** 合作企业的各项保险应当向中国境内的保险机构投保。

**第十九条** 合作企业可以在经批准的经营范围内，进口本企业需要的物资，出口本企业生产的产品。合作企业在经批准的经营范围内所需的原材料、燃料等物资，按照公平、合理的原则，可以在国内市场或者在国际市场购买。

**第二十条** 合作企业依照国家有关税收的规定缴纳税款并可以享受减税、免税的优惠待遇。

**第二十一条** 中外合作者依照合作企业合同的约定，分配收益或者产品，承担风险和亏损。

中外合作者在合作企业合同中约定合作期满时合作企业的全部固定资产归中国合作者所有的，可以在合作企业合同中约定外国合作者在合作期限内先行回收投资的办法。合作企业合同约定外国合作者在缴纳所得税前回收投资的，必须向财政税务机关提出申请，由财政税务机关依照国家有关税收的规定审查批准。

依照前款规定外国合作者在合作期限内先行回收投资的，中外合作者应当依照有关法律的规定和合作企业合同的约定对合作企业的债务承担责任。

**第二十二条** 外国合作者在履行法律规定和合作企业合同约定的义务后分得的利润、其他合法收入和合作企业终止时分得的资金，可以依法汇往国外。

合作企业的外籍职工的工资收入和其他合法收入，依法缴纳个人所得税后，可以汇往国外。

**第二十三条** 合作企业期满或者提前终止时，应当依照法定程序对资产和债权、债务进行清算。中外合作者应当依照合作企业合同的约定确定合作企业财产的归属。

合作企业期满或者提前终止，应当向工商行政管理机关和税务机关办理注销登记手续。

**第二十四条**　合作企业的合作期限由中外合作者协商并在合作企业合同中订明。中外合作者同意延长合作期限的，应当在距合作期满一百八十天前向审查批准机关提出申请。审查批准机关应当自接到申请之日起三十天内决定批准或者不批准。

**第二十五条**　中外合作者履行合作企业合同、章程发生争议时，应当通过协商或者调解解决。中外合作者不愿通过协商、调解解决的，或者协商、调解不成的，可以依照合作企业合同中的仲裁条款或者事后达成的书面仲裁协议，提交中国仲裁机构或者其他仲裁机构仲裁。

中外合作者没有在合作企业合同中订立仲裁条款，事后又没有达成书面仲裁协议的，可以向中国法院起诉。

**第二十六条**　国务院对外经济贸易主管部门根据本法制定实施细则，报国务院批准后施行。

**第二十七条**　本法自公布之日起施行。

# 商业特许经营管理条例

（2007年1月31日国务院第167次常务会议通过　自2007年5月1日起施行）

## 第一章　总　　则

**第一条**　为规范商业特许经营活动，促进商业特许经营健康、有序发展，维护市场秩序，制定本条例。

**第二条**　在中华人民共和国境内从事商业特许经营活动，应当遵守本条例。

**第三条**　本条例所称商业特许经营（以下简称特许经营），是指拥有注册商标、企业标志、专利、专有技术等经营资源的企业（以下称特许人），以合同形式将其拥有的经营资源许可其他经营者（以下称被特许人）使用，被特许人按照合同约定在统一的经营模式下开展经营，并向特许人支付特许经营费用的经营活动。

企业以外的其他单位和个人不得作为特许人从事特许经营活动。

**第四条**　从事特许经营活动，应当遵循自愿、公平、诚实信用的原则。

**第五条**　国务院商务主管部门依照本条例规定，负责对全国范围内的特许经营活动实施监督管理。省、自治区、直辖市人民政府商务主管部门和设区的市级人民政府商务主管部门依照本条例规定，负责对本行政区域内的特许经营活动实施监督管理。

**第六条**　任何单位或者个人对违反本条例规定的行为，有权向商务主管部门举报。商务主管部门接到举报后应当依法及时处理。

## 第二章　特许经营活动

**第七条**　特许人从事特许经营活动应当拥有成熟的经营模式，并具备为被特许人持续提供经营指导、技术支持和业务培训等服务的能力。

特许人从事特许经营活动应当拥有至少 2 个直营店，并且经营时间超过 1 年。

**第八条**　特许人应当自首次订立特许经营合同之日起 15 日内，依照本条例的规定向商务主管部门备案。在省、自治区、直辖市范围内从事特许经营活动的，应当向所在地省、自治区、直辖市人民政府商务主管部门备案；跨省、自治区、直辖市范围从事特许经营活动的，应当向国务院商务主管部门备案。

特许人向商务主管部门备案，应当提交下列文件、资料：

（一）营业执照复印件或者企业登记（注册）证书复印件；

（二）特许经营合同样本；

（三）特许经营操作手册；

（四）市场计划书；

（五）表明其符合本条例第七条规定的书面承诺及相关证明材料；

（六）国务院商务主管部门规定的其他文件、资料。

特许经营的产品或者服务，依法应当经批准方可经营的，特许人还应当提交有关批准文件。

**第九条** 商务主管部门应当自收到特许人提交的符合本条例第八条规定的文件、资料之日起10日内予以备案，并通知特许人。特许人提交的文件、资料不完备的，商务主管部门可以要求其在7日内补充提交文件、资料。

**第十条** 商务主管部门应当将备案的特许人名单在政府网站上公布，并及时更新。

**第十一条** 从事特许经营活动，特许人和被特许人应当采用书面形式订立特许经营合同。

特许经营合同应当包括下列主要内容：

（一）特许人、被特许人的基本情况；

（二）特许经营的内容、期限；

（三）特许经营费用的种类、金额及其支付方式；

（四）经营指导、技术支持以及业务培训等服务的具体内容和提供方式；

（五）产品或者服务的质量、标准要求和保证措施；

（六）产品或者服务的促销与广告宣传；

（七）特许经营中的消费者权益保护和赔偿责任的承担；

（八）特许经营合同的变更、解除和终止；

（九）违约责任；

（十）争议的解决方式；

（十一）特许人与被特许人约定的其他事项。

**第十二条** 特许人和被特许人应当在特许经营合同中约定，被特许人在特许经营合同订立后一定期限内，可以单方解除合同。

**第十三条** 特许经营合同约定的特许经营期限应当不少于3年。但是，被特许人同意的除外。

特许人和被特许人续签特许经营合同的，不适用前款规定。

**第十四条**　特许人应当向被特许人提供特许经营操作手册，并按照约定的内容和方式为被特许人持续提供经营指导、技术支持、业务培训等服务。

**第十五条**　特许经营的产品或者服务的质量、标准应当符合法律、行政法规和国家有关规定的要求。

**第十六条**　特许人要求被特许人在订立特许经营合同前支付费用的，应当以书面形式向被特许人说明该部分费用的用途以及退还的条件、方式。

**第十七条**　特许人向被特许人收取的推广、宣传费用，应当按照合同约定的用途使用。推广、宣传费用的使用情况应当及时向被特许人披露。

特许人在推广、宣传活动中，不得有欺骗、误导的行为，其发布的广告中不得含有宣传被特许人从事特许经营活动收益的内容。

**第十八条**　未经特许人同意，被特许人不得向他人转让特许经营权。

被特许人不得向他人泄露或者允许他人使用其所掌握的特许人的商业秘密。

**第十九条**　特许人应当在每年第一季度将其上一年度订立特许经营合同的情况向商务主管部门报告。

## 第三章　信息披露

**第二十条**　特许人应当依照国务院商务主管部门的规定，建立并实行完备的信息披露制度。

**第二十一条**　特许人应当在订立特许经营合同之日前至少30日，以书面形式向被特许人提供本条例第二十二条规定的信息，并提供特许经营合同文本。

**第二十二条** 特许人应当向被特许人提供以下信息：

（一）特许人的名称、住所、法定代表人、注册资本额、经营范围以及从事特许经营活动的基本情况；

（二）特许人的注册商标、企业标志、专利、专有技术和经营模式的基本情况；

（三）特许经营费用的种类、金额和支付方式（包括是否收取保证金以及保证金的返还条件和返还方式）；

（四）向被特许人提供产品、服务、设备的价格和条件；

（五）为被特许人持续提供经营指导、技术支持、业务培训等服务的具体内容、提供方式和实施计划；

（六）对被特许人的经营活动进行指导、监督的具体办法；

（七）特许经营网点投资预算；

（八）在中国境内现有的被特许人的数量、分布地域以及经营状况评估；

（九）最近2年的经会计师事务所审计的财务会计报告摘要和审计报告摘要；

（十）最近5年内与特许经营相关的诉讼和仲裁情况；

（十一）特许人及其法定代表人是否有重大违法经营记录；

（十二）国务院商务主管部门规定的其他信息。

**第二十三条** 特许人向被特许人提供的信息应当真实、准确、完整，不得隐瞒有关信息，或者提供虚假信息。

特许人向被特许人提供的信息发生重大变更的，应当及时通知被特许人。

特许人隐瞒有关信息或者提供虚假信息的，被特许人可以解除特许经营合同。

## 第四章　法律责任

**第二十四条**　特许人不具备本条例第七条第二款规定的条件，从事特许经营活动的，由商务主管部门责令改正，没收违法所得，处10万元以上50万元以下的罚款，并予以公告。

企业以外的其他单位和个人作为特许人从事特许经营活动的，由商务主管部门责令停止非法经营活动，没收违法所得，并处10万元以上50万元以下的罚款。

**第二十五条**　特许人未依照本条例第八条的规定向商务主管部门备案的，由商务主管部门责令限期备案，处1万元以上5万元以下的罚款；逾期仍不备案的，处5万元以上10万元以下的罚款，并予以公告。

**第二十六条**　特许人违反本条例第十六条、第十九条规定的，由商务主管部门责令改正，可以处1万元以下的罚款；情节严重的，处1万元以上5万元以下的罚款，并予以公告。

**第二十七条**　特许人违反本条例第十七条第二款规定的，由工商行政管理部门责令改正，处3万元以上10万元以下的罚款；情节严重的，处10万元以上30万元以下的罚款，并予以公告；构成犯罪的，依法追究刑事责任。

特许人利用广告实施欺骗、误导行为的，依照广告法的有关规定予以处罚。

**第二十八条**　特许人违反本条例第二十一条、第二十三条规定，被特许人向商务主管部门举报并经查实的，由商务主管部门责令改正，处1万元以上5万元以下的罚款；情节严重的，处5万元以上10万元以下的罚款，并予以公告。

**第二十九条**　以特许经营名义骗取他人财物，构成犯罪的，依法追究刑事责任；尚不构成犯罪的，由公安机关依照《中华人民共和国治安管理处罚法》的规定予以处罚。

以特许经营名义从事传销行为的，依照《禁止传销条例》的有关规定予以处罚。

**第三十条** 商务主管部门的工作人员滥用职权、玩忽职守、徇私舞弊，构成犯罪的，依法追究刑事责任；尚不构成犯罪的，依法给予处分。

## 第五章 附 则

**第三十一条** 特许经营活动中涉及商标许可、专利许可的，依照有关商标、专利的法律、行政法规的规定办理。

**第三十二条** 有关协会组织在国务院商务主管部门指导下，依照本条例的规定制定特许经营活动规范，加强行业自律，为特许经营活动当事人提供相关服务。

**第三十三条** 本条例施行前已经从事特许经营活动的特许人，应当自本条例施行之日起1年内，依照本条例的规定向商务主管部门备案；逾期不备案的，依照本条例第二十五条的规定处罚。

前款规定的特许人，不适用本条例第七条第二款的规定。

**第三十四条** 本条例自2007年5月1日起施行。

# 最高人民法院关于贯彻执行《中华人民共和国民法通则》若干问题的意见(试行)(节选)

(1988年1月26日最高人民法院审判委员会讨论通过)

## 一、公　　民

……

(四) 关于个体工商户、农村承包经营户、个人合伙问题

41. 起字号的个体工商户,在民事诉讼中,应以营业执照登记的户主(业主)为诉讼当事人,在诉讼文书中注明系某字号的户主。

42. 以公民个人名义申请登记的个体工商户和个人承包的农村承包经营户,用家庭共有财产投资,或者收益的主要部分供家庭成员享用的,其债务应以家庭共有财产清偿。

43. 在夫妻关系存续期间,一方从事个体经营或者承包经营的,其收入为夫妻共有财产,债务亦应以夫妻共有财产清偿。

44. 个体工商户、农村承包经营户的债务,如以其家庭共有财产承担责任时,应当保留家庭成员的生活必需品和必要的生产工具。

45. 起字号的个人合伙,在民事诉讼中,应当以依法核准登

记的字号为诉讼当事人，并由合伙负责人为诉讼代表人。合伙负责人的诉讼行为，对全体合伙人发生法律效力。

未起字号的个人合伙，合伙人在民事诉讼中为共同诉讼人。合伙人人数众多的，可以推举诉讼代表人参加诉讼，诉讼代表人的诉讼行为，对全体合伙人发生法律效力。推举诉讼代表人，应当办理书面委托手续。

46. 公民按照协议提供资金或者实物，并约定参与合伙盈余分配，但不参与合伙经营、劳动的，或者提供技术性劳务而不提供资金、实物，但约定参与盈余分配的，视为合伙人。

47. 全体合伙人对合伙经营的亏损额，对外应当负连带责任；对内则应按照协议约定的债务承担比例或者出资比例分担；协议未规定债务承担比例或者出资比例的，可以按照约定的或者实际的盈余分配比例承担。但是对造成合伙经营亏损有过错的合伙人，应当根据其过错程度相应的多承担责任。

48. 只提供技术性劳务不提供资金、实物的合伙人，对于合伙经营的亏损额，对外也应当承担连带责任；对内则应按照协议约定的债务承担比例或者技术性劳务折抵的出资比例承担；协议未规定债务承担比例或者出资比例的，可以按照约定的或者合伙人实际的盈余分配比例承担；没有盈余分配比例的，按照其余合伙人平均投资比例承担。

49. 个人合伙、或者个体工商户，虽经工商行政管理部门错误地登记为集体所有制的企业，但实际为个人合伙或者个体工商户的，应当按个人合伙或者个体工商户对待。

50. 当事人之间没有书面合伙协议，又未经工商行政管理部门核准登记，但具备合伙的其他条件，又有两个以上无利害关系人证明有口头合伙协议的，人民法院可以认定为合伙关系。

51. 在合伙经营过程中增加合伙人，书面协议有约定的，按照协议处理;书面协议未约定的,须经全体合伙人同意,未经全体合伙人同意的,应当认定入伙无效。

52. 合伙人退伙,书面协议有约定的,按书面协议处理;书面协议未约定的,原则上应予准许。但因其退伙给其他合伙人造成损失的,应当考虑退伙的原因、理由以及双方当事人的过错等情况,确定其应当承担的赔偿责任。

53. 合伙经营期间发生亏损,合伙人退出合伙时未按约定分担或者未合理分担合伙债务的,退伙人对原合伙的债务,应当承担清偿责任;退伙人已分担合伙债务的,对其参加合伙期间的全部债务仍负连带责任。

54. 合伙人退伙时分割的合伙财产,应当包括合伙时投入的财产和合伙期间积累的财产,以及合伙期间的债权和债务。入伙的原物退伙时原则上应予退还,一次清退有困难的,可以分批分期清退;退还原物确有困难的,可以折价处理。

55. 合伙终止时,对合伙财产的处理,有书面协议的,按协议处理;没有书面协议,又协商不成的,如果合伙人出资额相等,应当考虑多数人意见酌情处理;合伙人出资额不等的,可以按出资额占全部合伙额多的合伙人意见处理,但要保护其他合伙人的利益。

56. 合伙人互相串通逃避合伙债务的,除应令其承担清偿责任外,还可以按照民法通则第一百三十四条第三款的规定处理。

57. 民法通则第三十五条第一款中关于“以各自的财产承担清偿责任”,是指合伙人以个人财产出资的,以合伙人的个人财产承担;合伙人以其家庭共有财产出资的,以其家庭共有财产承担;合伙人以个人财产出资,合伙的盈余分配所得用于其家庭成员生活的,应先以合伙人的个人财产承担,不足部分以合伙人的家庭共有财产承担。

## 二、法　　人

58. 企业法人的法定代表人和其他工作人员，以法人名义从事的经营活动，给他人造成经济损失的，企业法人应当承担民事责任。

59. 企业法人解散或者被撤销的，应当由其主管机关组织清算小组进行清算。企业法人被宣告破产的，应当由人民法院组织有关机关和有关人员成立清算组织进行清算。

60. 清算组织是以清算企业法人债权、债务为目的而依法成立的组织。它负责对终止的企业法人的财产进行保管、清理、估价、处理和清偿。

对于涉及终止的企业法人债权、债务的民事诉讼，清算组织可以用自己的名义参加诉讼。

以逃避债务责任为目的而成立的清算组织，其实施的民事行为无效。

61. 人民法院审理案件时，如果查明企业法人有民法通则第四十九条所列的六种情形之一的，除企业法人承担责任外，还可以根据第四十九条和民法通则第一百三十四条第三款的规定，对企业法定代表人直接给予罚款的处罚；对需要给予行政处分的，可以向有关部门提出司法建议，由有关部门决定处理；对构成犯罪需要依法追究刑事责任的，应当依法移送公安、检察机关。

62. 人民法院在审理案件中，依法对企业法定代表人或者其他人采用罚款、拘留制裁措施，必须经院长批准，另行制作民事制裁决定书。被制裁人对决定不服的，在收到决定书的次日起十日内可以向上一级法院申请复议一次。复议期间，决定暂不执行。

63. 对法定代表人直接处以罚款的数额一般在二千元以下。法律另有规定的除外。

64. 以提供土地使用权作为联营条件的一方,对联营企业的债务,应当按照书面协议的约定承担;书面协议未约定的,可以按照出资比例或者盈余分配比例承担。

……

# 最高人民法院关于适用《中华人民共和国合同法》若干问题的解释(一)

(1999年12月1日最高人民法院审判委员会第一千零九十次会议通过)

为了正确审理合同纠纷案件,根据《中华人民共和国合同法》(以下简称合同法)的规定,对人民法院适用合同法的有关问题作出如下解释:

## 一、法律适用范围

**第一条** 合同法实施以后成立的合同发生纠纷起诉到人民法院的,适用合同法的规定;合同法实施以前成立的合同发生纠纷起诉到人民法院的,除本解释另有规定的以外,适用当时的法律规定,当时没有法律规定的,可以适用合同法的有关规定。

**第二条** 合同成立于合同法实施之前,但合同约定的履行期限跨越合同法实施之日或者履行期限在合同法实施之后,因履行合同发生的纠纷,适用合同法第四章的有关规定。

**第三条** 人民法院确认合同效力时,对合同法实施以前成立的合同,适用当时的法律合同无效而适用合同法合同有效的,则适用合同法。

**第四条** 合同法实施以后,人民法院确认合同无效,应当以全国人大及其常委会制定的法律和国务院制定的行政法规为依据，不得以地方性法规、行政规章为依据。

**第五条**　人民法院对合同法实施以前已经作出终审裁决的案件进行再审，不适用合同法。

## 二、诉 讼 时 效

**第六条**　技术合同争议当事人的权利受到侵害的事实发生在合同法实施之前，自当事人知道或者应当知道其权利受到侵害之日起至合同法实施之日超过一年的，人民法院不予保护；尚未超过一年的，其提起诉讼的时效期间为二年。

**第七条**　技术进出口合同争议当事人的权利受到侵害的事实发生在合同法实施之前，自当事人知道或者应当知道其权利受到侵害之日起至合同法施行之日超过二年的，人民法院不予保护；尚未超过二年的，其提起诉讼的时效期间为四年。

**第八条**　合同法第五十五条规定的“一年”、第七十五条和第一百零四条第二款规定的“五年”为不变期间，不适用诉讼时效中止、中断或者延长的规定。

## 三、合 同 效 力

**第九条**　依照合同法第四十四条第二款的规定，法律、行政法规规定合同应当办理批准手续，或者办理批准、登记等手续才生效，在一审法庭辩论终结前当事人仍未办理批准手续的，或者仍未办理批准、登记等手续的，人民法院应当认定该合同未生效；法律、行政法规规定合同应当办理登记手续，但未规定登记后生效的，当事人未办理登记手续不影响合同的效力，合同标的物所有权及其他物权不能转移。

合同法第七十七条第二款、第八十七条、第九十六条第二款所列合同变更、转让、解除等情形，依照前款规定处理。

**第十条** 当事人超越经营范围订立合同，人民法院不因此认定合同无效。但违反国家限制经营、特许经营以及法律、行政法规禁止经营规定的除外。

## 四、代 位 权

**第十一条** 债权人依照合同法第七十三条的规定提起代位权诉讼，应当符合下列条件：

（一）债权人对债务人的债权合法；

（二）债务人怠于行使其到期债权，对债权人造成损害；

（三）债务人的债权已到期；

（四）债务人的债权不是专属于债务人自身的债权。

**第十二条** 合同法第七十三条第一款规定的专属于债务人自身的债权，是指基于扶养关系、抚养关系、赡养关系、继承关系产生的给付请求权和劳动报酬、退休金、养老金、抚恤金、安置费、人寿保险、人身伤害赔偿请求权等权利。

**第十三条** 合同法第七十三条规定的“债务人怠于行使其到期债权，对债权人造成损害的”，是指债务人不履行其对债权人的到期债务，又不以诉讼方式或者仲裁方式向其债务人主张其享有的具有金钱给付内容的到期债权，致使债权人的到期债权未能实现。

次债务人（即债务人的债务人）不认为债务人有怠于行使其到期债权情况的，应当承担举证责任。

**第十四条** 债权人依照合同法第七十三条的规定提起代位权诉讼的，由被告住所地人民法院管辖。

**第十五条** 债权人向人民法院起诉债务人以后，又向同一人民法院对次债务人提起代位权诉讼，符合本解释第十三条的规定和《中华人民共和国民事诉讼法》第一百零八条规定的起诉条件的，应当立案受理；不符合本解释第十三条规定的，告知债权人向次债务人住所地人民法院另行起诉。

受理代位权诉讼的人民法院在债权人起诉债务人的诉讼裁决发生法律效力以前，应当依照《中华人民共和国民事诉讼法》第一百三十六条第（五）项的规定中止代位权诉讼。

**第十六条**　债权人以次债务人为被告向人民法院提起代位权诉讼，未将债务人列为第三人的，人民法院可以追加债务人为第三人。

两个或者两个以上债权人以同一次债务人为被告提起代位权诉讼的，人民法院可以合并审理。

**第十七条**　在代位权诉讼中，债权人请求人民法院对次债务人的财产采取保全措施的，应当提供相应的财产担保。

**第十八条**　在代位权诉讼中，次债务人对债务人的抗辩，可以向债权人主张。

债务人在代位权诉讼中对债权人的债权提出异议，经审查异议成立的，人民法院应当裁定驳回债权人的起诉。

**第十九条**　在代位权诉讼中，债权人胜诉的，诉讼费由次债务人负担，从实现的债权中优先支付。

**第二十条**　债权人向次债务人提起的代位权诉讼经人民法院审理后认定代位权成立的，由次债务人向债权人履行清偿义务，债权人与债务人、债务人与次债务人之间相应的债权债务关系即予消灭。

**第二十一条**　在代位权诉讼中，债权人行使代位权的请求数额超过债务人所负债务额或者超过次债务人对债务人所负债务额的，对超出部分人民法院不予支持。

**第二十二条**　债务人在代位权诉讼中，对超过债权人代位请求数额的债权部分起诉次债务人的，人民法院应当告知其向有管辖权的人民法院另行起诉。

债务人的起诉符合法定条件的，人民法院应当受理；受理债务人起诉的人民法院在代位权诉讼裁决发生法律效力以前，应当依法中止。

## 五、撤 销 权

**第二十三条** 债权人依照合同法第七十四条的规定提起撤销权诉讼的，由被告住所地人民法院管辖。

**第二十四条** 债权人依照合同法第七十四条的规定提起撤销权诉讼时只以债务人为被告，未将受益人或者受让人列为第三人的，人民法院可以追加该受益人或者受让人为第三人。

**第二十五条** 债权人依照合同法第七十四条的规定提起撤销权诉讼，请求人民法院撤销债务人放弃债权或转让财产的行为，人民法院应当就债权人主张的部分进行审理，依法撤销的，该行为自始无效。

两个或者两个以上债权人以同一债务人为被告，就同一标的提起撤销权诉讼的，人民法院可以合并审理。

**第二十六条** 债权人行使撤销权所支付的律师代理费、差旅费等必要费用，由债务人负担；第三人有过错的，应当适当分担。

## 六、合同转让中的第三人

**第二十七条** 债权人转让合同权利后，债务人与受让人之间因履行合同发生纠纷诉至人民法院，债务人对债权人的权利提出抗辩的，可以将债权人列为第三人。

**第二十八条** 经债权人同意，债务人转移合同义务后，受让人与债权人之间因履行合同发生纠纷诉至人民法院，受让人就债务人对债权人的权利提出抗辩的，可以将债务人列为第三人。

**第二十九条**　合同当事人一方经对方同意将其在合同中的权利义务一并转让给受让人，对方与受让人因履行合同发生纠纷诉至人民法院，对方就合同权利义务提出抗辩的，可以将出让方列为第三人。

## 七、请求权竞合

**第三十条**　债权人依照合同法第一百二十二条的规定向人民法院起诉时作出选择后，在一审开庭以前又变更诉讼请求的，人民法院应当准许。对方当事人提出管辖权异议，经审查异议成立的，人民法院应当驳回起诉。

# 最高人民法院关于审理联营合同纠纷案件若干问题的解答

（法[经]发[1990]27 号　1990 年 11 月 12 日最高人民法院颁布实施）

根据《中华人民共和国民法通则》和其他有关法律、法规，现就人民法院在审理联营合同纠纷案件中提出的一些问题，解答如下：

## 一、关于联营合同纠纷案件的受理问题

（一）联营各方因联营合同的履行、变更、解除所发生的经济纠纷，如联营投资、盈余分配、违约责任、债务承担、资产清退等纠纷向人民法院起诉的，凡符合民事诉讼法（试行）第八十一条规定的起诉条件的，人民法院应予受理。

（二）联营各方因联营体内部机构设置、人员组成等管理方面的问题发生纠纷向人民法院起诉的，人民法院不予受理。

## 二、关于联营合同纠纷案件的管辖问题

（一）联营合同纠纷案件的地域管辖，因不同的联营形式而有所区别：

1. 法人型联营合同纠纷案件，由法人型联营体的主要办事机构所在地人民法院管辖。

2. 合伙型联营合同纠纷案件，由合伙型联营体注册登记地人民法院管辖。

3. 协作型联营合同纠纷案件，由被告所在地人民法院管辖。

（二）由联营体主要办事机构所在地或联营体注册登记地人民法院管辖确有困难的，如法人型联营体已经办理了注销手续，合伙型联营体应经工商部门注册登记而未办理注册登记，或者联营期限届满已经解体的，可由被告所在地人民法院管辖。

## 三、关于联营合同的主体资格认定问题

（一）联营合同的主体应当是实行独立核算，能够独立承担民事责任的企业法人和事业法人。

个体工商户、农村承包经营户、个人合伙，以及不具备法人资格的私营企业和其他经济组织与企业法人或者事业法人联营的，也可以成为联营合同的主体。

（二）企业法人、事业法人的分支机构不具备法人条件的，未经法人授权，不得以自己的名义对外签订联营合同；擅自以自己名义对外签订联营合同且未经法人追认的，应当确认无效。

党政机关和隶属党政机关编制序列的事业单位、军事机关、工会、共青团、妇联、文联、科协和各种协会、学会及民主党派等，不能成为联营合同的主体。

## 四、关于联营合同中的保底条款问题

（一）联营合同中的保底条款，通常是指联营一方虽向联营体投资，并参与共同经营，分享联营的盈利，但不承担联营的亏损责任，在联营体亏损时，仍要收回其出资和收取固定利润的条款。保底条款违背了联营活动中应当遵循的共负盈亏、共担风

险的原则，损害了其他联营方和联营体的债权人的合法权益，因此，应当确认无效。联营企业发生亏损的，联营一方依保底条款收取的固定利润，应当如数退出，用于补偿联营的亏损，如无亏损，或补偿后仍有剩余的，剩余部分可作为联营的盈余，由双方重新商定合理分配或按联营各方的投资比例重新分配。

（二）企业法人、事业法人作为联营一方向联营体投资，但不参加共同经营，也不承担联营的风险责任，不论盈亏均按期收回本息，或者按期收取固定利润的，是明为联营，实为借贷，违反了有关金融法规，应当确认合同无效。除本金可以返还外，对出资方已经取得或者约定取得的利息应予收缴，对另一方则应处以相当于银行利息的罚款。

（三）金融信托投资机构作为联营一方依法向联营体投资的，可以按照合同约定分享固定利润，但亦应承担联营的亏损责任。

## 五、关于在联营期间退出联营的处理问题

（一）组成法人型联营体或者合伙型联营体的一方或者数方在联营期间中途退出联营的，如果联营体并不因此解散，应当清退退出方作为出资投入的财产。原物存在的，返还原物；原物已不存在或者返还确有困难的，折价偿还。退出方对于退出前联营所得的盈利和发生的债务，应当按照联营合同的约定或者出资比例分享和分担。合伙型联营体的退出方还应对退出前联营的全部债务承担连带清偿责任。如果联营体因联营一方或者数方中途退出联营而无法继续存在的，可以解除联营合同，并对联营的财产和债务作出处理。

（二）不符合法律规定或合同约定的条件而中途退出联营的，退出方应当赔偿由此给联营体造成的实际经济损失。但如

联营其他方对此也有过错的，则应按联营各方的过错大小，各自承担相应的经济责任。

## 六、关于联营合同的违约金、赔偿金的计算问题

根据民法通则第一百一十二条第二款规定，联营合同订明违约金数额或比例的，按照合同的约定处理。约定的违约金数额或比例过高的，人民法院可根据实际经济损失酌减；约定的违约金不足补偿实际经济损失的，可由赔偿金补足。联营合同订明赔偿金计算方法的，按照约定的计算方法及实际情况计算过错方应支付的赔偿金。联营合同既未订明违约金数额或比例，又未订明赔偿金计算方法的，应由过错方赔偿实际经济损失。

## 七、关于联营合同解除后的财产处理问题

（一）联营体为企业法人的，联营体因联营合同的解除而终止。联营的财产经过清算清偿债务有剩余的，按照约定或联营各方的出资比例进行分配。

联营体为合伙经营组织的，联营合同解除后，联营的财产经清偿债务有剩余的，按照联营合同约定的盈余分配比例，清退投资，分配利润。联营合同未约定，联营各方又协商不成的，按照出资比例进行分配。

（二）在清退联营投资时，联营各方原投入的设备、房屋等固定资产，原物存在的，返还原物；原物已不存在或者返还原物确有困难的，作价还款。

（三）联营体在联营期间购置的房屋、设备等固定资产不能分割的，可以作价变卖后进行分配。变卖时，联营各方有优先购买权。

（四）联营体在联营期间取得的商标权、专利权，解除联营

合同后的归属及归属后的经济补偿，应当根据《中华人民共和国商标法》、《中华人民共和国专利法》的有关规定处理。商标权应当归联营一方享有。专利权可以归联营一方享有，也可以归联营各方共同享有。联营一方单独享有商标权、专利权的，应当给予其他联营方适当的经济补偿。

## 八、关于无效联营收益的处理问题

联营合同被确认无效后，联营体在联营合同履行期间的收益，应先用于清偿联营的债务及补偿无过错方因合同无效所遭受的经济损失。

当事人恶意串通，损害国家利益、集体或第三人的合法利益，或者因合同内容违反国家利益或社会公共利益而导致联营合同无效的，根据民法通则第六十一条第二款和第一百三十四条第三款规定，对联营体在联营合同履行期间的收益，应当作为非法所得予以收缴，收归国家、集体所有或者返还第三人，对联营各方还可并处罚款；构成犯罪的，移送公安、检察机关查处。

## 九、关于联营各方对联营债务的承担问题

（一）联营各方对联营债务的责任应依联营的不同形式区别对待：

1. 联营体是企业法人的，以联营体的全部财产对外承担民事责任。联营各方对联营体的责任则以各自认缴的出资额为限。对抽逃认缴资金以逃避债务的，人民法院除应责令抽逃者如数缴回外，还可对责任人员处以罚款。

2. 联营体是合伙经营组织的，可先以联营体的财产清偿联营债务。联营体的财产不足以抵债的，由联营各方按照联营合同约定的债务承担比例，以各自所有或经营管理的财产承担民

事责任；合同未约定债务承担比例，联营各方又协商不成的，按照出资比例或盈余分配比例确认联营各方应承担的责任。

合伙型联营各方应当依照有关法律、法规的规定或者合同的约定对联营债务负连带清偿责任。

3. 联营是协作型的，联营各方按照合同的约定，分别以各自所有或经营管理的财产承担民事责任。

（二）农业集体经济组织以提供自己所有的土地使用权参加合伙型联营的，应当按照联营合同的约定承担联营债务，如合同未约定债务承担比例的，可参照出资比例或者盈余分配比例承担。

（三）以提供技术使用权作为合伙型联营投资的联营一方，应当按照联营合同的约定承担联营债务，如其自己所有的或者经营管理的财产不足清偿联营债务的，可以一定期限的技术使用权折价抵偿债务。

# 跋

为适应新世纪新形势的需要，繁荣应用法学的研究，培养高素质法官，推进法官职业化进程，上海市第二中级人民法院一方面与法律院校建立了较为密切的合作关系，聘请法学专家、学者对本院的精品案件进行评析，同时组织优秀法官到高校兼任教职，讲授法律实务课程，双方优势互补，互相促进，架起了法学理论和实务沟通的桥梁；另一方面，立足审判实践，强调对应用法学的研究，将法官丰富的审判经验上升为对法治的理性思考，同时通过著书立说，以案成书，以书树人，体现法官的法学理论水平和审判实务能力。基于此，我们组织了一批富有审判经验和理论素养的资深法官编写“判案论法丛书”，其内容涵盖刑事、民事、商事、知识产权、行政等领域。本丛书力求从审判的视角出发，阐发案件中涉及的司法理念和法学理论问题，既有很强的实践性，也有一定理论深度。希望本丛书能够为学者研究相关法律问题和同行们的实际工作提供一定的参考。

2002年10月

# 后　记

《经营合同案例精选》一书由上海市第二中级人民法院组织编写。本书从策划、编撰、修改至定稿，历时1年半。上海市高级人民法院常务副院长（时任上海市第二中级人民法院院长）沈志先、王信芳院长、阮忠良副院长、澹台仁毅庭长参加了本书的策划、组织编写和审稿等工作。上海市第二中级人民法院民事审判第三庭的法官以及其他庭室、上海市第二中级人民法院辖区各区、县法院的部分法官参加了本书的具体撰写。全书最后由阮忠良、澹台仁毅同志统稿，王信芳同志定稿。中国法学会商法学研究会会长、清华大学法学院王保树教授欣然拨冗为本书作序，华东政法大学傅鼎生教授、复旦大学法学院王全弟教授等专家学者都在百忙之中对本书的编撰提出了宝贵的意见和建议，潘云波、包晔弘、钟可慰、王蓓蓓等法官为本书的统稿做了许多具体的工作，在此表示衷心的感谢。因篇幅结构限制，部分法官的稿件最终未能收入本书，在此表示歉意。

本书的编撰，是法官们在审判工作十分繁重的情况下，利用业余时间抓紧完成的，受时间限制，书中如有疏漏和不当之处，恳请读者批评指正。

编　者

2008年10月

**图书在版编目（CIP）数据**

经营合同案例精选/阮忠良主编. —上海：上海人民出版社,2008
（判案论法丛书/王信芳主编）
ISBN 978-7-208-08265-6

Ⅰ. 经… Ⅱ. 阮… Ⅲ. 经济合同—合同法—案例—分析—中国 Ⅳ. D923.65

中国版本图书馆CIP数据核字(2008)第185493号

责任编辑　崔美明
特约编辑　刘耀明
封面装帧　陈　楠

·判案论法丛书·
**经营合同案例精选**
总主编　王信芳
主　编　阮忠良　副主编　澹台仁毅
世纪出版集团
上海人民出版社出版
（200001　上海福建中路193号　www.ewen.cc）
世纪出版集团发行中心发行
上海锦佳装璜印刷发展公司印刷
开本889×1194　1/32　印张14　插页3　字数311,000
2008年12月第1版　2008年12月第1次印刷
印数1-5,100
ISBN 978-7-208-08265-6/D·1496
定价 28.00元